Le château de Lord Valentin

1

ROBERT SILVERBERG | *ŒUVRES*

L'HOMME DANS LE LABYRINTHE	*J'ai Lu* 495***
FILS DE L'HOMME	
LA TOUR DE VERRE	
LES MASQUES DU TEMPS	
LES PROFONDEURS DE LA TERRE	
LES AILES DE LA NUIT	*J'ai Lu* 585**
LE TEMPS DES CHANGEMENTS	
UN JEU CRUEL	*J'ai Lu* 800**
LA PORTE DES MONDES	
LES MONADES URBAINES	*J'ai Lu* 997***
SIGNAUX DU SILENCE	
LA FÊTE DE DIONYSOS	
SEMENCE DE LA TERRE	
TRIPS	*J'ai Lu* 1068***
L'OREILLE INTERNE	*J'ai Lu* 1193***
L'HOMME STOCHASTIQUE	*J'ai Lu* 1329***
SHADRAK, DANS LA FOURNAISE	
LES CHANTS DE L'ÉTÉ	*J'ai Lu* 1392***
LE CHEMIN DE L'ESPACE	*J'ai Lu* 1434***
LES DÉPORTÉS DU CAMBRIEN	*J'ai Lu* 1650**
LE LIVRE DES CRÂNES	
L'HOMME PROGRAMMÉ	
LA GUERRE DU FROID	
LES DÉSERTEURS TEMPORELS	
AU TEMPS POUR L'ESPACE	
CHRONIQUES DE MAJIPOOR	
LE CHÂTEAU DE LORD VALENTIN - 1	*J'ai Lu* 1905****
LE CHÂTEAU DE LORD VALENTIN - 2	*J'ai Lu* 1906****

ROBERT SILVERBERG

Le château de Lord Valentin 1

TRADUIT DE L'AMÉRICAIN
PAR PATRICK BERTHON

ÉDITIONS J'AI LU

Ce roman a paru sous le titre original :

LORD VALENTINE'S CASTLE

PREMIÈRE PARTIE

LE LIVRE
DU ROI DES RÊVES

1

Enfin, après toute une journée de marche à travers des vapeurs dorées de chaleur humide qui l'enserraient d'une gangue molletonneuse, Valentin atteignit une grande falaise crayeuse qui surplombait la cité de Pidruid. C'était la capitale de la province qui s'étalait dans toute sa splendeur, la plus grande ville qui s'était trouvée sur son chemin depuis — depuis quand? — la plus grande, en tout cas, depuis le début de sa longue période d'errance.

Il décida de faire une halte et trouva un endroit où s'asseoir au bord de l'escarpement crayeux et, enfonçant ses bottes dans l'amas de roches tendres et effritées, il laissa son regard errer sur Pidruid, clignant des yeux comme quelqu'un qui vient de se réveiller. C'était une chaude journée d'été, le crépuscule ne viendrait pas avant plusieurs heures et le soleil brillait haut dans le ciel au-delà de Pidruid, au-dessus de la Grande Mer. Je vais me reposer ici un moment, se dit Valentin, puis je descendrai jusqu'à Pidruid et me mettrai en quête d'un logement pour la nuit.

Pendant qu'il se reposait, il entendit des cailloux descendre la pente en roulant depuis un point situé au-dessus de lui. Sans hâte, il tourna la tête pour regarder dans la direction d'où il était venu. Il découvrit un jeune pâtre aux cheveux paille et au visage couvert de taches de rousseur qui faisait descendre la colline à ses montures, un troupeau de quinze à vingt têtes. Les animaux à la robe luisante étaient gras et avaient visiblement été fort bien soignés. La monture du garçon paraissait plus vieille et plus efflanquée, une bête pleine de sagesse et d'expérience.

— Holà! s'écria-t-il en s'adressant à Valentin. Dans quelle direction vas-tu?

— Pidruid. Et toi?

— Moi aussi. Je mène ces montures au marché. Mais je dois dire que ça donne soif. As-tu du vin?

— Un peu, répondit Valentin.

Il tapota la gourde reposant sur sa hanche, à l'endroit où quelqu'un de plus belliqueux aurait pu porter une arme.

— C'est un bon vin rouge qui vient de l'intérieur des terres. Je le regretterai quand il sera fini.

— Donne-m'en un peu et je te prêterai une monture pour gagner la ville avec moi.

— Ça me va, répondit Valentin.

Il se leva pendant que le garçon mettait pied à terre et s'approchait en descendant péniblement à travers les éboulis. Valentin lui tendit la gourde. Il estima que le garçon n'avait pas plus de quatorze ou quinze ans. Il était petit pour son âge mais avait déjà un torse large et une musculature bien développée. Il arrivait à peine au coude de Valentin qui n'était pas exceptionnellement grand. C'était un homme robuste, d'une taille légèrement au-dessus de la moyenne, aux épaules larges et droites et aux mains fortes et habiles.

Le garçon agita le vin dans la gourde, le huma en

connaisseur, hocha la tête en signe d'approbation, but une longue gorgée et dit en soupirant d'aise :

— Je n'ai cessé d'avaler de la poussière depuis Falkynkip! Et cette chaleur poisseuse est absolument suffocante. Encore une heure sans boire et je tombais raide mort!

Il rendit la gourde à Valentin.

— Tu habites en ville?

Le visage de Valentin se rembrunit.

— Non.

— Alors, tu es venu pour le festival?

— Le festival?

— Tu n'es pas au courant?

Valentin secoua la tête. Il sentit le regard brillant et moqueur du garçon peser sur lui et en fut embarrassé.

— J'ai voyagé. Je n'ai pas suivi les nouvelles. C'est l'époque du festival à Pidruid?

— C'est cette semaine, répondit le garçon. Tout commence Steldi. Le grand défilé, le cirque, les cérémonies grandioses. Regarde là-bas. Tu ne *le* vois pas? Il entre dans la ville.

Il désignait quelque chose du doigt. Valentin suivit la direction indiquée par le bras tendu du garçon et, plissant les yeux, il fouilla du regard le quartier sud de Pidruid, mais ne vit qu'un moutonnement de toits de tuiles vertes et un lacis de vieilles rues dont le tracé semblait n'obéir à aucun plan. Il secoua de nouveau la tête.

— Là, fit le garçon avec impatience. Près du port. Tu vois? Les vaisseaux? Ces cinq énormes bâtiments où flotte *son* étendard? Et il y a le cortège qui passe sous la porte du Dragon et qui commence à défiler le long de la voie Noire. Je crois que c'est son carrosse qui arrive au niveau de l'arc des Rêves. Tu ne vois donc pas? Tu n'as pas les yeux en face des trous?

— Je ne connais pas la ville, répondit Valentin d'une

voix douce. Mais c'est vrai, je vois le port et les cinq vaisseaux.

— Bon. Maintenant, si tu pars vers la ville... tu vois la grande porte de pierre ? Et la grande artère qui la traverse ? Et cet arc triomphal, juste en deçà de...

— Oui, je vois maintenant.

— Et son étendard sur le carrosse ?

— L'étendard de qui ? Excuse-moi de paraître aussi ignorant, mais...

— De qui ? De qui ? Mais c'est l'étendard de lord Valentin ! Le carrosse de lord Valentin ! C'est l'escorte de lord Valentin qui défile dans les rues de Pidruid. Tu ne sais pas que le Coronal est arrivé ?

— Non, je ne savais pas.

— Et le festival ! Pourquoi crois-tu qu'il y a un festival à cette époque de l'année, si ce n'est en l'honneur de la venue du Coronal ?

— J'ai voyagé et je n'ai pas suivi les nouvelles, répéta Valentin en souriant. Veux-tu encore un peu de vin ?

— Il n'en reste plus guère, fit le garçon.

— Vas-y. Finis-le. J'en achèterai d'autre à Pidruid.

Il lui tendit la gourde et se tourna de nouveau vers la ville, laissant son regard glisser jusqu'en bas de la pente et errer au-dessus des faubourgs boisés jusqu'à la cité peuplée d'une foule grouillante et, au-delà, vers le front de mer jusqu'aux grands navires, aux étendards, au défilé des gardes et au carrosse du Coronal. Ce devait être une date marquante dans l'histoire de Pidruid, car le Coronal régnait du haut du lointain Mont du Château, tout à fait à l'autre bout du monde, si loin que lui et son château en étaient presque légendaires, les distances étant ce qu'elles étaient sur la planète de Majipoor. Les Coronals de Majipoor ne se déplaçaient pas souvent jusqu'au continent Ouest. Mais Valentin restait étrangement indifférent à la présence de son royal homonyme dans la ville toute proche. Je suis ici et le Coronal est ici, se dit-il, et cette nuit, il dormira dans un des luxueux palais des maîtres de Pidruid, et moi je dormirai sur un tas de foin, et puis il y aura un grand festival. Et en quoi cela me concerne-t-il ? Il s'en voulut presque d'opposer une telle placidité à l'excitation de son compagnon. C'était faire preuve d'impolitesse.

— Il ne faut pas m'en vouloir, dit-il. Je suis si peu au courant de ce qui s'est passé dans le monde ces derniers mois. Pourquoi le Coronal est-il ici ?

— Il fait le Grand Périple, répondit le garçon. Il visite toutes les provinces du royaume pour marquer son accession au trône. C'est notre nouveau Coronal, tu sais, lord Valentin, qui ne règne que depuis deux ans. C'est le frère de lord Voriax, qui est mort. Tu savais quand même que lord Voriax était mort et que lord Valentin était notre Coronal ?

— Je l'avais entendu dire, répondit Valentin d'un ton vague.

— Eh bien, c'est lui qui est là, à Pidruid. Il fait le tour du royaume pour la première fois depuis qu'il est entré au Château. Il vient de passer un mois dans le Sud, dans les provinces de la jungle. Aujourd'hui, il a remonté la côte jusqu'à Pidruid, ce soir il fait son entrée dans la ville, et dans quelques jours il y aura le festival, à boire et à manger pour tout le monde, des jeux, des danses, toutes sortes de réjouissances, et aussi un grand marché où ces animaux me rapporteront une fortune. Après, il continue son voyage en traversant tout le continent de Zimroel, de capitale en capitale, un voyage de tant de milliers de kilomètres que cela me donne mal à la tête rien que d'y penser. Et puis, de la côte orientale, il se rembarquera pour Alhanroel et le Mont du Château, et plus personne à Zimroel ne le reverra pendant vingt ans ou plus. Ce doit être bien agréable d'être Coronal !

Il se mit à rire.

— Ce vin était très bon. Je m'appelle Shanamir. Et toi ?

— Valentin.

— Valentin ? *Valentin ?* C'est de bon augure !

— Je crains que ce ne soit un nom bien commun.

— Tu mets *lord* avant, et tu pourrais être le Coronal !

— Ce n'est pas aussi simple. En outre, pourquoi voudrais-je être Coronal ?

— Et le pouvoir ! s'écria Shanamir en ouvrant de grands yeux. Les beaux habits, la nourriture raffinée, le vin, les bijoux, les palais, les femmes...

— Les responsabilités, l'interrompit Valentin d'un air sombre. Le fardeau de la charge. T'imagines-tu que le rôle d'un Coronal consiste seulement à boire du vin doré et à prendre part à des défilés grandioses ? Crois-tu qu'on ne l'a élevé à cette dignité que pour lui faire prendre du bon temps ?

— Peut-être pas, répondit le garçon après avoir réfléchi.

— Il règne sur des milliards et des milliards d'individus, sur des territoires si vastes que nous ne pouvons pas les imaginer. Tout repose sur ses épaules. Mettre en application les décrets du Pontife, maintenir l'ordre, exercer la justice dans chaque pays... cela me fatigue rien que d'y penser, mon garçon. Il empêche le monde de sombrer dans le chaos. Non, je ne l'envie pas. Qu'il garde sa place.

— Tu n'es pas aussi stupide que je l'ai cru au début, Valentin, fit Shanamir après quelques instants.

— Ainsi, tu as cru que j'étais stupide ?

— Disons simple. Insouciant. Tu es un adulte et tu sembles savoir si peu de chose dans certains domaines, et c'est à moi de t'expliquer alors que je suis deux fois plus jeune que toi. Mais je me trompe peut-être. Si nous descendions vers Pidruid ?

2

Shanamir laissa Valentin choisir sa monture parmi celles qu'il menait au marché, mais elles paraissaient toutes semblables à Valentin. Après avoir fait semblant de choisir, il en prit une au hasard, sautant avec légèreté dans la selle naturelle de l'animal. C'était bon de chevaucher après une si longue route à pied. La monture était confortable, ce qui n'avait rien d'étonnant puisque depuis des milliers d'années on élevait dans ce but ces animaux synthétiques, ces produits de la magie d'autrefois, robustes, endurants, infatigables, capables de se nourrir de n'importe quels détritus. L'art de les fabriquer était perdu depuis longtemps, mais maintenant ils se reproduisaient tout seuls et sans eux les déplacements sur Majipoor auraient été d'une lenteur désespérante.

La route de Pidruid suivait l'escarpement pendant près de deux kilomètres puis formait soudain une suite de lacets qui descendaient vers la plaine côtière. Pendant la descente, Valentin laissa le garçon alimenter la conversation. Shanamir venait, disait-il, d'un district situé dans les terres, au nord-est, à deux jours et demi de route; avec ses frères et son père, ils élevaient des montures qu'ils vendaient au marché de Pidruid, et ils gagnaient fort bien leur vie; il avait treize ans et bonne opinion de lui-même; il n'avait jamais encore quitté la province dont Pidruid était la capitale, mais il avait bien l'intention, un jour, de partir à l'étranger, de voyager sur toute la surface de Majipoor, de faire le pèlerinage de l'Ile du Sommeil et de s'agenouiller devant la Dame, de traverser la Mer Intérieure jusqu'à Alhanroel et d'effectuer l'ascension du Mont du Château, et même, peut-être, d'aller dans le Sud, au-delà des tropiques torrides, dans le domaine brûlé et aride du Roi des Rêves, car à quoi bon être vivant et bien portant sur un monde rempli de merveilles comme l'était Maji-poor si on n'en profitait pas pour le parcourir en tous sens ?

— Et toi, Valentin ? demanda-t-il soudain. Qui es-tu, d'où viens-tu, où vas-tu ?

Valentin fut pris par surprise. Bercé par le bavardage du garçon et le rythme lent et monotone du pas de sa monture descendant les lacets de la large route, il fut pris au dépourvu par la série de questions directes.

— Je viens des provinces orientales, répondit-il seu-lement. Je n'ai aucun projet après Pidruid. J'y resterai tant que je n'aurai pas de raison de partir.

— Pourquoi es-tu venu ici ?

— Pourquoi pas ?

— Ah ! fit Shanamir. D'accord. Je vois bien que tu préfères éluder toutes ces questions. Tu es le fils cadet d'un duc de Ni-moya ou de Piliplok, tu as envoyé à quelqu'un un mauvais rêve et tu t'es fait surprendre, alors ton père t'a donné une bourse bien garnie et t'a ordonné de partir à l'autre bout du continent. C'est bien ça ?

— Précisément, répondit Valentin avec un clin d'œil amusé.

— Tu as des royaux et des couronnes plein les poches, et tu vas t'installer à Pidruid et y vivre en prince et tu dépenseras toute ta fortune en danses et en boissons, et puis tu t'embarqueras sur un long-cour-rier pour Alhanroel et tu me prendras avec toi comme écuyer. C'est bien cela ?

— Tout à fait cela, ami. Sauf pour l'argent. J'ai négligé de me préoccuper de cet aspect de la question.

— Mais tu en as quand même un peu, fit Shanamir d'une voix beaucoup moins enjouée. Tu n'es pas un mendiant, j'espère ? Ils sont très durs pour les men-diants à Pidruid. Ils ne tolèrent aucun vagabondage, là-bas.

12

— J'ai quelques pièces, dit Valentin. Assez pour me permettre de vivre pendant la durée du festival et un peu plus. Après, j'aviserai.

— Si vraiment tu prends la mer, emmène-moi avec toi, Valentin !

— Si je le fais, je te le promets.

Ils étaient maintenant arrivés à mi-côte. La ville de Pidruid s'étalait dans un grand bassin en bordure de mer, entouré de basses falaises grises à l'intérieur et sur tout le littoral, sauf à l'endroit où une faille laissait pénétrer l'océan, formant une baie bleu-vert qui était le magnifique port de Pidruid. Pendant qu'il s'approchait du niveau de la mer en cette fin d'après-midi, Valentin sentit les brises de mer fraîches et odorantes qui souf-flaient vers lui en rendant la chaleur plus supportable. Déjà de blanches nappes de brume venues de l'ouest s'avançaient vers la côte et l'air était chargé d'effluves salins et lourd de cette eau qui, quelques heures plus tôt seulement, avait renfermé poissons et dragons de mer. Valentin fut impressionné par la taille de la ville qui s'étendait devant lui. Il ne se souvenait pas de jamais en avoir vu de plus grande; mais, après tout, il y avait tant de choses dont il ne se souvenait pas.

C'était l'extrémité du continent. La totalité de Zim-roel s'étendait derrière la ville, tout ce continent qu'il avait dû traverser à pied d'un bout à l'autre, probable-ment depuis l'un des ports de la côte orientale, Ni-moya ou Piliplok. Et pourtant il se savait jeune, plus très jeune, certes, mais encore assez jeune et il doutait qu'il soit possible de faire un tel trajet à pied dans le cours d'une existence, mais il n'avait aucun souvenir d'avoir utilisé une quelconque monture avant cet après-midi. Pourtant, il semblait savoir monter. L'adresse avec laquelle il s'était hissé sur la large selle de l'animal témoignait qu'il avait dû chevaucher pen-dant au moins une partie de la route. Mais cela n'avait pas d'importance. Maintenant il était ici et n'en ressentait aucune impatience. Puisque Pidruid était la ville qu'il avait atteinte sans trop savoir comment, c'était à Pidruid qu'il allait s'installer, jusqu'à ce qu'il ait une raison de partir ailleurs. Il ne partageait pas la soif de voyages de Shanamir. Le monde était tellement vaste qu'il valait mieux ne pas y penser; trois grands continents, deux immenses mers, un endroit que l'on ne pouvait concevoir dans toute son immensité qu'en rêve, et même ainsi, il n'en subsistait au réveil qu'une parcelle de vérité. On disait que le Coronal, ce lord Valentin, vivait dans un château vieux de huit mille ans où cinq nouvelles salles avaient été ajoutées chaque année depuis le début de sa construction et que ce château couronnait une montagne si haute qu'elle perçait le ciel, un pic colossal de cinquante kilomètres de haut sur les versants duquel s'étendaient cinquante cités de l'importance de Pidruid. C'était le genre de choses auquel il valait mieux ne pas penser non plus. Le monde était trop vaste, trop ancien, trop peuplé pour un simple esprit humain. Je vais vivre à Pidruid, se dit Valentin, et je trouverai un moyen de m'assurer le vivre et le couvert, et je serai heureux.

— Naturellement, tu n'as pas réservé de chambre dans une auberge, fit Shanamir.

— Bien sûr que non.

— Cela tombe sous le sens. Et, naturellement, comme nous sommes en pleine période de festival et comme le Coronal est déjà arrivé, il n'y a plus la moindre chambre en ville. Alors, où comptes-tu dormir, Valentin?

— N'importe où. Sous un arbre. Sur un tas de vieux chiffons. Dans un parc public. On dirait un parc, là-bas, sur la droite, cette bande verte avec les grands arbres.

— Tu te souviens de ce que je t'ai dit à propos des vagabonds à Pidruid? Ils te trouveront et te mettront au secret pendant un mois et quand ils te relâcheront, ils te feront balayer les ordures jusqu'à ce que tu puisses payer ton amende, ce qui, avec le salaire d'un balayeur, te prendra le reste de ta vie.

— Cela a au moins le mérite d'être un emploi stable.

Mais cette réponse ne fit pas rire Shanamir.

— Il y a une auberge où descendent les vendeurs de montures. J'y suis connu, ou plutôt mon père y est connu. Nous trouverons bien un moyen de t'y faire entrer. Mais qu'aurais-tu fait sans moi ?

— Je suppose que j'aurais balayé les ordures.

— On dirait, à t'entendre, que cela t'est parfaitement égal.

Le garçon toucha légèrement l'oreille de sa monture pour la faire arrêter et dévisagea son compagnon.

— Rien n'a donc vraiment d'importance pour toi, Valentin ? Je ne te comprends pas. Es-tu complètement idiot ou simplement l'être le plus insouciant de Majipoor ?

— J'aimerais bien le savoir, répondit Valentin.

Au pied de la falaise, la route qu'ils suivaient rejoignait une grande voie qui descendait du nord et obliquait vers l'ouest en direction de Pidruid. La nouvelle route qui courait dans le fond de la vallée comme un large ruban rectiligne était jalonnée de bornes décorées des doubles armoiries du Pontife et du Coronal, le labyrinthe et la constellation, et pavée d'un matériau gris-bleu, souple et légèrement élastique, un revêtement en parfait état qui devait remonter à des temps très anciens, comme c'était si souvent le cas pour les meilleures choses de cette planète. Les montures continuaient à avancer du même pas pesant. Puisqu'il s'agissait d'animaux synthétiques, ils ne connaissaient pratiquement pas la fatigue et étaient capables d'aller de Pidruid à Piliplok d'une seule traite et sans renâcler. De temps à autre, Shanamir jetait un coup d'œil en arrière pour s'assurer qu'aucune bête ne s'écartait du troupeau, car elles n'étaient pas attachées. Mais elles gardaient sagement leurs places, avançant l'une derrière l'autre en suivant l'accotement, chaque mufle court collé aux crins rêches de la queue du congénère de devant.

Maintenant le soleil était légèrement teinté d'un bronze vespéral et la ville s'étendait juste devant eux. Cette partie de la route offrait un spectacle étonnant : les deux bas-côtés étaient plantés d'arbres imposants, hauts de vingt fois la taille d'un homme, aux troncs minces et fuselés, à l'écorce noir bleuâtre et aux immenses cimes aux feuilles brillantes et d'un vert profond, effilées comme des poignards. Au milieu des frondaisons s'épanouissaient des grappes impressionnantes de fleurs rouges frangées de jaune qui flamboyaient comme des feux de joie aussi loin que portait la vue de Valentin.

— Comment appelle-t-on ces arbres ? demanda-t-il.

— Des palmiers de feu, répondit Shanamir. Pidruid est renommé pour cela. Ils ne poussent qu'à proximité de la côte et ils sont en fleur une seule semaine par an. En hiver, ils produisent des baies acides dont on fait une liqueur forte. Tu en boiras demain.

— Alors le Coronal a choisi une bonne époque pour venir ici ?

— J'imagine que ce n'est pas par hasard.

La double haie d'arbres brillants continuait à s'étirer et ils la suivirent jusqu'à ce que les champs commencent à céder la place aux premiers pavillons, puis ils traversèrent des banlieues où s'entassaient des constructions plus modestes et une zone poussiéreuse avec de petites usines et finalement ils atteignirent les anciennes murailles de la cité de Pidruid elle-même, hautes comme la moitié d'un arbre de feu, percées par une ogive et garnies de créneaux à l'aspect archaïque.

— La porte de Falkynkip, annonça Shanamir. L'entrée est de Pidruid. Et maintenant nous entrons dans la capitale. Il y a onze millions d'habitants, Valentin, et toutes les races de Majipoor sont représentées, pas seu-

16

lement les humains, non, il y a de tout ici, un mélange de races, des Skandars, des Hjorts et des Lii et tout le reste. Il paraît même qu'il y a un petit groupe de Changeformes.

— Des Changeformes ?

— La vieille race. Les premiers autochtones.

— Nous leur donnons un autre nom, fit Valentin d'un air vague. Métamorphes... c'est bien ça ?

— C'est la même chose. C'est vrai, j'ai entendu dire que c'est ainsi qu'on les appelle dans l'Est. Mais tu sais que tu as un accent bizarre ?

— Pas plus bizarre que le tien, ami.

— Pour moi, ton accent est bizarre, poursuivit Shanamir en riant. Et moi, je n'ai pas d'accent du tout. Je parle normalement. Tu articules les mots d'une drôle de manière. *Nous les appelons Métamorphes*, reprit-il en singeant la prononciation de Valentin. Tu vois l'impression que cela me donne. C'est comme ça que l'on parle à Ni-moya ?

Valentin se contenta de hausser les épaules.

— Ils me font peur, ces Changeformes, ces Métamorphes, reprit Shanamir après un silence. On serait beaucoup plus heureux sur cette planète s'ils n'existaient pas. Toujours à rôder partout, à imiter les autres, à manigancer des mauvais coups. J'aimerais bien qu'ils restent sur leur propre territoire.

— C'est ce qu'ils font pour la plupart, non ?

— Pour la plupart. Mais on dit qu'il y en a quelques-uns qui vivent dans chaque ville. Qui complotent on ne sait quoi contre le reste d'entre nous.

Shanamir se pencha vers Valentin, lui prit le bras et le dévisagea longuement et avec gravité.

— On peut en rencontrer un n'importe où. Par exemple, assis au bord d'une falaise par un chaud après-midi et regardant dans la direction de Pidruid.

— Ainsi tu crois que je suis un Métamorphe sous une fausse apparence ?

— Prouve-moi que ce n'est pas vrai! ricana Shana-mir.

Valentin chercha désespérément mais en vain un moyen de démontrer son authenticité et, faute de mieux, il fit une grimace terrifiante, tirant la peau de ses joues comme si elles étaient en caoutchouc, tordant les lèvres dans des directions opposées et roulant les yeux.

— Voilà mon vrai visage, fit-il, tu m'as percé à jour.

Et ils passèrent en riant sous la porte de Falkynkip et pénétrèrent dans la cité de Pidruid.

A l'intérieur de l'enceinte de la ville, tout paraissait beaucoup plus ancien. Les maisons aux arêtes vives étaient construites dans un style curieux, les murs bombés faisant saillie jusqu'aux toits de tuiles, et les tuiles elles-mêmes étaient souvent ébréchées ou cassées et envahies de grosses touffes d'herbe qui avaient pris racine dans les fissures et les petites poches de terre. Une épaisse couche de brouillard planait sur la ville, il faisait sombre et frais en dessous et des lumières brillaient à toutes les fenêtres ou presque. La route principale s'était ramifiée à plusieurs reprises et maintenant Shanamir menait son troupeau le long d'une rue plus étroite bien qu'encore assez droite d'où de petites rues partaient en serpentant dans toutes les directions. Toutes les rues grouillaient de monde. Cette foule éveillait en Valentin un obscur malaise. Il ne se souvenait pas avoir jamais eu autant de gens si près de lui en même temps, presque à le toucher, se pressant contre sa monture, se bousculant, courant en tous sens, jouant des coudes, une foule de porteurs, de marchands, de marins, de vendeurs ambulants, de montagnards qui, comme Shanamir, étaient venus vendre des animaux ou des denrées alimentaires au marché, et partout, dans leurs jambes, des garçonnets et des fillettes. C'était le festival à Pidruid! Des bannières éclatantes en tissu écarlate étaient tendues à travers la rue aux

18

étages supérieurs des bâtiments, deux ou trois par pâté de maisons. Elles portaient l'emblème de la constellation, saluaient le Coronal lord Valentin en grandes lettres vertes et brillantes et lui souhaitaient la bienvenue à Pidruid, la métropole occidentale.

— C'est encore loin, ton auberge? demanda Valentin.

— Il faut traverser la moitié de la ville. Tu as faim?

— Un peu. Plus qu'un peu.

Shanamir fit un signe à ses animaux et ils se dirigèrent docilement vers un cul-de-sac pavé entre deux arcades où il les laissa. Puis, mettant pied à terre, il montra du doigt une minuscule baraque enfumée de l'autre côté de la rue. Des brochettes de saucisses grillaient à la flamme d'un feu de charbon de bois. Le vendeur était un Lii, trapu, la tête plate, avec une peau gris-noir et grêlée et trois yeux luisant comme des braises dans un cratère. Le garçon commanda par geste et le Lii leur tendit deux brochettes de saucisses et remplit deux gobelets de bière blonde légèrement ambrée. Valentin sortit une pièce et la posa sur le comptoir. C'était une belle pièce, épaisse et brillante, crénelée sur son épaisseur, et le Lii la fixa comme si Valentin lui avait offert un scorpion. En toute hâte Shanamir fit disparaître la pièce et posa une des siennes, une pièce de cuivre de forme carrée, percée en son centre d'un trou triangulaire. Il rendit l'autre à Valentin puis ils repartirent vers le cul-de-sac avec leur dîner.

— Qu'ai-je fait de mal? demanda Valentin.

— Avec cette pièce tu pouvais acheter le Lii avec toutes ses saucisses, et de la bière pour un mois. Où l'as-tu prise?

— Eh bien... dans ma bourse.

— Et tu en as d'autres comme celle-là, là-dedans?

— C'est possible, répondit Valentin.

Il regarda attentivement la pièce. Elle portait d'un côté l'image d'un vieillard flétri et décharné, et de l'autre l'effigie d'un homme jeune et vigoureux. Une inscription lui assignait une valeur de cinquante royaux.

— Tu crois qu'elle a trop de valeur pour que je puisse l'utiliser n'importe où? demanda-t-il. En vérité, que puis-je acheter avec?

— Cinq de mes montures, répondit Shanamir. Te loger princièrement pendant un an. Le transport aller et retour jusqu'à Alhanroel. Ce que tu préfères. Et même peut-être encore plus. Pour la plupart d'entre nous, cela représente de nombreux mois de salaire. Tu n'as aucune idée de la valeur des choses?

— C'est ce qu'on dirait, répondit Valentin, l'air confondu.

— Ces saucisses coûtaient dix pesants. Cent pesants font une couronne, dix couronnes font un royal et là tu en as cinquante. Maintenant tu comprends? Je te la changerai au marché. En attendant, garde-la sur toi. C'est une ville honnête et relativement sûre, mais si tu as une pleine bourse de ces pièces, tu tentes le sort. Pourquoi ne m'as-tu pas dit que tu transportais une fortune?

Shanamir se mit à gesticuler.

— Parce que tu ne le savais pas, je suppose. Tu dégages une telle impression d'innocence, Valentin. Avec toi je me sens un homme, et pourtant je ne suis qu'un garçon. Tu parais être un véritable enfant. Est-ce que tu sais quelque chose? Est-ce que tu sais seulement quel âge tu as? Finis ta bière et continuons notre route.

Valentin acquiesça de la tête. Cent pesants font une couronne, se dit-il. Et dix couronnes font un royal. Il se demanda ce qu'il aurait bien pu répondre si Shanamir l'avait pressé de questions sur le chapitre de son âge. Vingt-huit ans? Trente-deux ans? Il n'en avait pas la moindre idée. Et si on le lui demandait sérieusement? Trente-deux ans, décida-t-il. Cela sonne bien. Oui, j'ai trente-deux ans, et il faut dix couronnes pour faire un royal, et la grosse pièce brillante sur laquelle figurent le vieil homme et le jeune en vaut cinquante.

3

La route qui menait à l'auberge de Shanamir passait directement par le cœur de la ville, traversant des quartiers qui, même à cette heure tardive, étaient peuplés et animés. Valentin demanda si cela était dû à la visite du Coronal, mais Shanamir lui répondit que non, que la ville était toujours aussi vivante, car c'était le plus grand port de la côte occidentale de Zimroel. D'ici partaient des navires pour tous les principaux ports de Majipoor, montant et descendant cette côte très animée, mais entreprenant aussi la traversée de la Mer Intérieure jusqu'à Alhanroel, un voyage énorme qui durait près d'un an, et il y avait même quelques échanges commerciaux avec le continent méridional à la population clairsemée, Suvrael, le repaire brûlé par le soleil du Roi des Rêves. Quand Valentin pensait à la totalité de Majipoor, il se sentait opprimé par le poids de ce monde, et pourtant il savait que c'était idiot. Majipoor n'était-elle pas une planète légère et éthérée, semblable à une bulle géante, aux dimensions colossales mais sans guère de substance, si bien que l'on s'y sentait toujours léger et plein d'entrain ? Alors pourquoi cette sensation d'avoir les épaules écrasées par un poids trop lourd, pourquoi ces moments d'accablement sans fondement ? Il se hâta de ramener son esprit à des pensées plus gaies. Il allait bientôt dormir et dès le matin commencerait une journée pleine de nouveaux émerveillements.

— Nous allons traverser la Place Dorée, dit Shanamir, et de l'autre côté, nous prendrons l'Avenue de la Mer qui va jusqu'aux quais, et notre auberge est à dix minutes de là. Tu vas trouver la place stupéfiante.

Et elle l'était en vérité, tout au moins ce que Valentin put en voir : un vaste espace rectangulaire, assez large pour faire manœuvrer deux armées, bordé des quatre côtés par d'immenses bâtiments aux sommets carrés sur les larges façades desquels étaient incrustées des feuilles d'or formant d'éblouissants motifs, si bien que la lumière des flambeaux se réfléchissant sur les grandes tours les faisait flamboyer et elles étaient plus brillantes encore que les arbres de feu. Mais il n'était pas question ce soir-là de traverser la place. A cent pas de l'accès est, une corde tendue en interdisait l'approche, une épaisse corde torsadée de peluche rouge derrière laquelle se tenaient des troupes en uniforme de la garde personnelle du Prince, impassibles, dédaigneuses, les bras croisés sur des pourpoints vert et or. Shanamir sauta à bas de sa monture et s'avança en trottant jusqu'à un marchand ambulant avec lequel il échangea quelques mots rapides. Quand il revint, il jeta avec colère :

— Ils l'ont complètement bloquée. Puisse le Roi des Rêves leur envoyer un sommeil agité cette nuit !

— Que se passe-t-il ?

— Le Coronal est logé dans le palais du maire — c'est le bâtiment le plus haut, avec les spirales dorées sur les murs, là-bas, de l'autre côté de la place — et personne ne peut s'en approcher ce soir. Nous ne pouvons même pas contourner la place parce qu'il y a une foule énorme entassée pour essayer d'apercevoir le Coronal. Le détour nous fera perdre une heure ou plus, car nous sommes obligés de faire le grand tour. Enfin, je suppose qu'il n'est pas si important que ça de dormir. Regarde, le voilà !

Shanamir pointa le doigt vers un haut balcon sur la façade du palais du maire. Des silhouettes venaient d'y apparaître. A cette distance, elles n'étaient pas plus grandes que des souris, mais des souris au port plein de dignité et de noblesse, vêtues de robes somptueuses; Valentin pouvait au moins discerner cela. Il y en avait cinq et le personnage central était sûrement le Coronal. Shanamir avait le corps tendu et se dressait sur la pointe des pieds pour avoir une meilleure vue. Valentin ne distinguait pas grand-chose : un homme brun, peut-être barbu, une lourde robe blanche de fourrure de Steetmoy sur un pourpoint vert ou bleu clair. Le Coronal s'était avancé jusqu'au bord du balcon, étendant les bras en direction de la foule qui formait de ses doigts écartés le symbole de la constellation et scandait interminablement son nom : « Valentin! Valentin! Lord Valentin! »

Et Shanamir, aux côtés de Valentin, hurlait aussi : « Valentin! Lord Valentin! »

Valentin fut parcouru d'un violent frisson de répugnance.

— Ecoute-les! grommela-t-il, ils hurlent comme s'il était le Divin en personne descendu sur Pidruid pour dîner. Ce n'est qu'un homme, non? Quand ses boyaux sont pleins, il les vide, oui ou non?

— Mais c'est le Coronal! s'écria Shanamir en ouvrant des yeux effarés.

— Il ne représente rien pour moi, de la même manière que je représente moins que rien pour lui.

— Il gouverne. Il exerce la justice. Il empêche le monde de sombrer dans le chaos. C'est toi-même qui as dit tout cela. Et tu ne crois pas que toutes ces choses méritent ton respect?

— Mon respect, oui. Mais pas un culte.

— Le culte du roi n'a rien de nouveau. Mon père m'a raconté ce qui se passait jadis. Il y a eu des rois depuis les temps les plus reculés, à l'époque de la Vieille Terre, et je te promets, Valentin, qu'il y avait des scènes d'adoration bien plus délirantes que ce que tu vois ce soir.

— Et certains ont été noyés par leurs propres esclaves, d'autres ont été empoisonnés par leurs principaux ministres, d'autres ont été étouffés par leurs femmes et d'autres encore ont été renversés par le peuple qu'ils prétendaient servir et tous, sans exception, ont été enterrés et oubliés.

Valentin sentait une surprenante colère monter en lui. Il cracha de dégoût.

— Et bien des pays sur la Vieille Terre s'en tiraient très bien sans le moindre roi. Pourquoi en avons-nous besoin sur Majipoor ? Ces Coronals aux besoins dispendieux, et ce mystérieux vieux Pontife tapi dans son Labyrinthe et, à Suvrael, l'expéditeur de mauvais rêves... Non, Shanamir, je suis peut-être trop simple pour le comprendre, mais pour moi tout cela n'a aucun sens. Cette frénésie ! Ces cris de ravissement ! Je parie que personne ne pousse de tels cris de ravissement quand le maire de Pidruid parcourt les rues de la ville.

— Nous avons besoin des rois, insista Shanamir. Ce monde est trop grand pour être dirigé simplement par les maires. Nous avons besoin de symboles puissants et efficaces, et de monarques qui sont presque des dieux pour maintenir l'unité de notre monde. Regarde. Regarde.

Le garçon pointait le doigt vers le balcon.

— Là-haut, cette petite silhouette en robe blanche : le Coronal de Majipoor. Tu ne sens pas quelque chose te courir le long de l'échine quand je dis cela ?

— Rien.

— Tu ne te sens pas vibrer en sachant qu'il y a vingt milliards d'habitants sur cette planète et qu'un seul est Coronal et que ce soir tu le vois de tes propres yeux, une chose que tu ne referas jamais ? Et tu ne te sens pas ému ?

— Absolument pas.

— Tu es vraiment bizarre, Valentin. Je n'ai jamais rencontré quelqu'un qui te ressemblait. Comment peut-on rester de marbre à la vue du Coronal ?

— C'est comme ça, répondit Valentin avec un haussement d'épaules, mais légèrement intrigué lui-même par sa réaction. Viens, partons d'ici. Cette foule me fatigue. Allons chercher notre auberge.

Ce fut un long trajet pour contourner la place, car toutes les rues convergeaient vers elle mais très peu lui étaient parallèles, et Valentin et Shanamir durent avancer en suivant des cercles de plus en plus larges tout en essayant de progresser vers l'ouest, et la file de montures suivait toujours placidement Shanamir. Mais finalement, ils quittèrent un quartier d'hôtels et de beaux magasins et se retrouvèrent dans un autre où foisonnaient entrepôts et ateliers. Ils s'approchaient du bord de mer et atteignirent finalement une auberge vétuste aux poutres noires et gauchies et au toit de chaume délabré, avec des écuries à l'arrière. Shanamir y mena ses montures et traversa une cour jusqu'au logement de l'aubergiste, laissant Valentin seul dans l'obscurité. Il attendit un long moment. Il lui semblait que même de là, il pouvait encore entendre les cris confus et assourdis : « Valentin... Valentin... Lord Valentin ! » Mais cela ne lui faisait absolument rien d'entendre la multitude crier son nom, car c'était le nom d'un autre.

Puis Shanamir revint, traversant la cour d'une course légère et silencieuse.

— C'est arrangé. Donne-moi de l'argent.

— Les cinquante ?

— Moins que ça. Beaucoup moins. Une demi-couronne à peu près.

Valentin fouilla dans sa poche, sortit une poignée de pièces qu'il tria à la lueur diffuse d'une lampe et en tendit quelques-unes à Shanamir.

— Pour le logement ? demanda-t-il.

— Pour acheter le gardien, répondit Shanamir. Les places pour dormir se font rares cette nuit. S'il faut tasser pour en ajouter une, les autres auront moins d'espace, et si quelqu'un s'avise de compter les dormeurs et de se plaindre, il faudra que le gardien nous défende. Suis-moi et ne dis rien.

Ils entrèrent. Cela sentait l'air marin et la moisissure. Juste à l'entrée, un Hjort gras au visage grisâtre était assis comme un énorme crapaud derrière un bureau, occupé à faire des réussites. La créature à la peau rugueuse leva à peine les yeux. Shanamir posa les pièces devant lui et le Hjort acquiesça d'un signe de tête presque imperceptible. Ils avancèrent jusqu'à une pièce sans fenêtres, longue et étroite, où trois veilleuses largement espacées diffusaient une lueur rougeâtre et voilée. Une rangée de matelas traversait la pièce, collés l'un contre l'autre à même le sol et presque tous étaient occupés.

— Ici, fit Shanamir, en en poussant un de la pointe de sa botte.

Il enleva ses vêtements de dessus et s'allongea en laissant de la place pour Valentin.

— Fais de beaux rêves, dit le garçon.

— Fais de beaux rêves, répondit Valentin en se débarrassant de ses bottes.

Puis il se dépouilla à son tour de ses vêtements et se laissa tomber à côté de Shanamir. Des cris lointains retentissaient dans ses oreilles, ou peut-être dans son esprit. Il fut étonné de sentir à quel point il était las. Il pourrait y avoir des rêves cette nuit, oui, et il allait les guetter attentivement pour pouvoir les passer au crible et leur trouver une interprétation, mais d'abord il y aurait un sommeil profond, le sommeil de celui qui est totalement épuisé. Et le matin ? Une nouvelle journée. Tout pouvait arriver. Tout.

4

Il y eut un rêve, bien entendu, vers le milieu de la nuit. Valentin se plaça à une certaine distance de lui et le regarda se déployer, comme on le lui avait appris depuis son enfance. Les rêves étaient chargés de signification, car il s'agissait de messages envoyés par les Puissances qui gouvernaient le monde et sur lesquels chacun devait régler sa vie. On ne les méconnaissait qu'à ses risques et périls, car ils étaient des manifestations de la vérité la plus profonde. Valentin se vit en train de traverser une vaste plaine pourpre sous un sinistre ciel pourpre et un énorme soleil ambré. Il était seul et son visage était tiré et son regard tendu. Pendant qu'il marchait, de hideuses fissures s'ouvraient dans le sol, des crevasses béantes qui étaient orange vif à l'intérieur et d'où surgissaient des choses, semblables à des jouets d'enfant jaillissant d'une boîte, et qui riaient hystériquement à son passage avant de se retirer promptement dans les fissures lorsqu'elles se refermaient.

Ce fut tout. Donc pas un rêve complet, puisqu'il n'avait pas d'histoire, pas de combinaison de conflits et de solution. Ce n'était qu'une image, une scène étrange, une portion d'un tableau d'ensemble qui ne lui avait pas encore été révélé. Il était même incapable de dire s'il s'agissait d'un message envoyé par la Dame, la bienheureuse Dame de l'Ile du Sommeil ou par le malveillant Roi des Rêves. A demi éveillé, il médita quelque temps là-dessus puis décida finalement de ne pas approfondir le sujet plus avant. Il se sentait curieusement à la dérive, coupé de son moi profond : c'était comme s'il n'avait pas même existé l'avant-veille. Et il n'avait même plus accès à la sagesse des rêves.

Il se rendormit et son sommeil fut interrompu seulement par le léger crépitement d'une averse qui tomba brièvement mais bruyamment. Il n'eut pas conscience de faire d'autres rêves. La lumière matinale le réveilla, une lumière chaude, vert doré, qui pénétrait par l'autre extrémité du long dortoir. La porte était ouverte. Shanamir n'était nulle part dans la pièce. Valentin était seul, à l'exception de deux dormeurs qui ronflaient un peu plus loin.

Valentin se leva, s'étira, assouplit ses bras et ses jambes et s'habilla. Il se lava dans un lavabo fixé au mur et sortit dans la cour. Il se sentait alerte, plein d'énergie, et prêt pour tout ce que cette journée pouvait apporter. L'air matinal était lourd d'humidité mais chaud et vif, et le brouillard de la nuit précédente s'était totalement dissipé. Du ciel clair tombait la chaleur éprouvante d'un soleil estival. Dans la cour, poussaient trois grandes plantes grimpantes, une contre chaque mur, aux troncs ligneux et noueux plus larges qu'une poitrine d'homme et aux feuilles vernissées en forme de pelle et d'un bronze profond alors que les nouvelles pousses étaient rouge vif. La plante était couverte de fleurs d'un jaune criard qui ressemblaient à de petites trompettes, mais elle portait aussi des fruits mûrs, de lourdes baies bleu et blanc luisantes de gouttes d'humidité. Valentin en cueillit hardiment une et la mangea. C'était sucré, mais âpre aussi, et capiteux comme un vin très jeune. Il en mangea une autre et tendit le bras pour en prendre une troisième mais se ravisa.

Il fit le tour de la cour et alla jeter un coup d'œil dans les écuries où il vit les montures de Shanamir en train de mâchonner paisiblement de la paille hachée, mais pas trace de Shanamir. Il était peut-être parti s'occuper de ses affaires. Il continua autour du bâtiment, et une odeur de poisson grillé parvint jusqu'à lui et lui fit ressentir les titillations d'une faim soudaine. Il poussa une porte branlante et se trouva dans une cuisine où un petit homme à l'air las préparait le petit déjeuner pour une demi-douzaine de pensionnaires de plusieurs races. Le cuisinier jeta un regard indifférent à Valentin.

— Est-il trop tard pour manger? demanda doucement Valentin.

— Prenez un siège. Poisson et bière, trente pesants.

Il trouva une pièce d'une demi-couronne et la posa sur le fourneau. Le cuisinier poussa de la menue monnaie dans sa direction et jeta un autre filet sur sa plaque. Valentin alla s'asseoir contre le mur. Plusieurs personnes se levèrent pour partir et l'une d'elles, une jeune femme souple et élancée, aux cheveux bruns coupés court, s'arrêta près de lui.

— La bière est dans ce pichet, dit-elle. Ici, chacun se sert.

— Merci, répondit Valentin, mais elle avait déjà franchi la porte.

Il s'en versa une pleine chope... un liquide lourd et piquant qui collait contre son palais. Quelques instants plus tard, il avait son poisson, croustillant et savoureux. Il le dévora.

— Un autre? demanda-t-il au cuisinier qui lui jeta un regard peu amène mais s'exécuta.

Pendant qu'il mangeait, Valentin réalisa que l'un des pensionnaires de la table voisine — un Hjort trapu, au visage bouffi, le teint terreux et la peau grenue, avec de gros yeux protubérants — le dévisageait avec insistance. Cette curieuse inspection mit Valentin mal à l'aise. Après un certain temps, il regarda le Hjort bien en face, et ce dernier cilla et détourna précipitamment les yeux.

Un peu plus tard, le Hjort se retourna vers Valentin et lui demanda :

— Vous venez juste d'arriver, n'est-ce pas?

— Hier soir.

— Vous restez longtemps?

— Au moins pendant toute la durée du festival, répondit Valentin.

Il y avait indiscutablement chez ce Hjort quelque chose qui lui déplaisait instinctivement. Peut-être était-ce seulement son aspect, car Valentin trouvait que les Hjorts étaient des créatures sans attrait, grossières et boursouflées. Mais il savait que ce jugement était cruel. Les Hjorts n'étaient pas responsables de leur apparence physique et ils considéraient probablement les humains comme tout aussi déplaisants, des êtres pâles et étiques, dont la peau lisse était répugnante.

C'était peut-être aussi l'intrusion dans sa vie privée qui le gênait, les regards insistants, les questions. Ou peut-être simplement la manière dont le Hjort avait agrémenté les grains charnus de sa peau d'un pigment orange. Quoi qu'il en fût, il en ressentait un malaise et une inquiétude.

Mais il se sentait légèrement coupable pour ces préventions et n'avait nul désir de se montrer insociable. Pour se racheter, il gratifia le Hjort d'un sourire tiède et lui dit :

— Je m'appelle Valentin. Je suis de Ni-moya.

— Cela fait un bon bout de chemin, répondit le Hjort en continuant à mastiquer bruyamment.

— Vous êtes de la région ?

— Un peu au sud de Pidruid. Mon nom est Vinorkis. Commerce de peaux de haigus.

Le Hjort découpait minutieusement sa nourriture. Après un certain temps, il reporta son attention sur Valentin, laissant ses gros yeux vitreux se poser fixement sur son visage.

— Vous voyagez avec le garçon ?

— Pas vraiment. Je l'ai rencontré sur la route de Pidruid.

Le Hjort hocha la tête.

— Vous rentrez à Ni-moya après le festival ?

Ce feu roulant de questions commençait à devenir

ennuyeux, mais Valentin hésitait encore à se montrer impoli, même devant une telle impolitesse.

— Je ne suis pas encore sûr, répondit-il.

— Alors vous envisagez de rester ici ?

— Je n'ai absolument aucun projet, fit Valentin en haussant les épaules.

— Hum ! fit le Hjort. C'est une agréable manière de vivre.

Il était impossible de déterminer, à cause de l'inflexion nasale du Hjort, si ces paroles devaient être prises comme un éloge ou comme une condamnation sarcastique. Mais Valentin ne s'en souciait guère. Il estima avoir suffisamment sacrifié aux convenances sociales et garda le silence. Le Hjort non plus ne semblait plus rien avoir à dire. Il termina son petit déjeuner, repoussa sa chaise en la faisant grincer et, de sa démarche disgracieuse de Hjort, se dirigea en se dandinant vers la porte et annonça :

— Je pars au marché maintenant. On se reverra.

Finalement, Valentin sortit dans la cour où un jeu curieux était en train de se dérouler. Vers le mur opposé, huit individus debout se lançaient des poignards. Six d'entre eux étaient des Skandars, ces grands êtres hirsutes et rudes, dotés de quatre bras et à la fourrure grise et rêche, et les deux autres étaient des humains. Valentin reconnut ces deux derniers, ils étaient en train de prendre leur petit déjeuner lorsqu'il était entré dans la cuisine — la jeune femme brune et mince et un homme maigre, au regard dur, à la peau d'une pâleur irréelle et aux longs cheveux blancs. Les poignards volaient à une vitesse stupéfiante et étincelaient au soleil matinal et sur tous les visages se lisait une profonde concentration. Personne ne laissait échapper une lame, personne ne semblait jamais en saisir une par le tranchant, et Valentin ne pouvait même pas compter les poignards qui allaient et venaient. Ils paraissaient tous constamment en train de lancer et d'attraper, toutes les mains étaient pleines et d'autres armes décrivaient des trajectoires dans l'air. Des jongleurs, se dit-il, qui s'exercent à leur art et se préparent à présenter un numéro pour le festival. Les Skandars, bâtis en force et avec leurs quatre bras, accomplissaient des prodiges de coordination, mais l'homme et la femme tenaient leur place dans les figures et jonglaient aussi habilement que les autres. Valentin, restant à distance respectueuse, observait avec fascination le vol des poignards.

Puis un des Skandars grogna un « Hop ! » et la figure changea : les six créatures commencèrent à se lancer les lames uniquement entre elles, redoublant de puissance dans leurs passes, pendant que les deux humains s'écartaient de quelques pas. La jeune fille fit un sourire à l'adresse de Valentin.

— Hé, viens te joindre à nous !

— Quoi ?

— Viens jouer avec nous ! s'écria-t-elle, les yeux pétillants de malice.

— Ce jeu me paraît bien dangereux.

— Tous les meilleurs jeux sont dangereux. Tiens !

D'un coup sec du poignet, elle lança sans crier gare un poignard dans sa direction.

— Comment t'appelles-tu ?

— Valentin, hoqueta-t-il en refermant désespérément la main sur le manche du poignard qui sifflait à ses oreilles.

— Bien attrapé, fit l'homme aux cheveux blancs. Essaie cela !

Il lança une lame à son tour. Valentin l'attrapa en riant, un peu moins maladroitement cette fois, et resta debout, un poignard dans chaque main. Les Skandars, sans prêter la moindre attention à ce jeu annexe, continuaient méthodiquement à lancer leurs armes qui allaient et venaient en une cascade étincelante.

— A toi d'envoyer ! cria la jeune fille.

Valentin fronça les sourcils. Il jeta l'arme trop précautionneusement en l'air, saisi de la crainte absurde d'embrocher la jeune fille, et le poignard décrivit un arc trop lâche avant de retomber aux pieds de la jeune fille.

— Tu peux faire mieux, fit-elle d'un ton dédaigneux.

— Pardon, répondit-il.

Il lança le second avec plus de vigueur. Elle le cueillit calmement au vol, en prit un autre dans la main de l'homme aux cheveux blancs et en lança d'abord un, puis l'autre, en direction de Valentin. Il n'eut pas le temps de réfléchir. Clac... et clac, il les attrapa tous les deux. Des gouttes de sueur perlaient sur son front, mais il commençait à trouver le rythme.

— Tenez ! cria-t-il.

Il en lança un à la jeune fille et en reçut un autre de l'homme aux cheveux blancs, puis il en envoya un troisième qui s'éleva dans l'air et en sentit un autre qui arrivait vers lui, et un autre encore, et il se prit à souhaiter qu'il s'agît de poignards d'exercice, à la lame émoussée, mais il savait que ce n'était pas vrai et il cessa de s'en inquiéter. Ce qu'il fallait faire, c'était se transformer en une sorte d'automate dont le corps devait rester vigilant, regardant toujours dans la direction du poignard qui arrivait et laissant celui qui partait voler de lui-même. Les gestes se succédaient avec régularité, prise, lancer, prise, lancer, une lame arrivant toujours vers lui pendant que l'autre partait. Valentin réalisa qu'un vrai jongleur utiliserait les deux mains en même temps, mais il n'était pas un jongleur et la coordination de la prise et du lancer était tout ce qu'il réussissait à faire. Pourtant il se débrouillait bien. Il se demanda combien de temps cela prendrait avant que l'inévitable maladresse ne se produise et qu'il ne se coupe. Les jongleurs riaient tout en augmentant le tempo. Il se mit à rire avec eux, très naturellement, et continua à attraper et à lancer pendant deux ou trois bonnes minutes avant de sentir ses réflexes émoussés par la tension. Le moment était venu d'arrêter. Il attrapa et laissa délibérément tomber chacune des lames tour à tour jusqu'à ce que les trois reposent à ses pieds, puis il se pencha en avant, pouffant de rire, se tapant les cuisses, la respiration précipitée.

Les deux jongleurs humains applaudirent. Les Skandars n'avaient pas interrompu leur fantastique tourbillon de lames, mais soudain l'un d'eux cria un autre « Hop! » et les six créatures rengainèrent leurs poignards et s'éloignèrent sans ajouter un mot, disparaissant dans la direction des dortoirs.

La jeune femme s'approcha de Valentin avec une grâce aérienne.

— Je m'appelle Carabella, dit-elle.

Elle n'était pas plus grande que Shanamir et n'était que depuis peu sortie de l'adolescence. On sentait une irrépressible vitalité bouillonner à l'intérieur de ce corps petit et musclé. Elle portait un pourpoint vert clair à tissure serrée et un collier à trois rangs de coquilles de quanna autour du cou, et ses yeux étaient aussi sombres que sa chevelure. Elle avait un sourire chaud et engageant.

— Où as-tu jonglé avant cela, l'ami ? demanda-t-elle.

— Jamais, répondit Valentin.

Il tamponnait son front couvert de sueur.

— C'est un sport plein de risques. Je me demande comment j'ai fait pour ne pas me blesser.

— *Jamais!* s'exclama l'homme aux cheveux blancs. Tu n'as jamais jonglé avant cela? C'était une démonstration d'adresse naturelle et rien d'autre?

— Je suppose qu'il faut appeler cela comme ça, répliqua Valentin avec un haussement d'épaules.

— Pouvons-nous croire cela? demanda l'homme aux cheveux blancs.

— Je pense, dit Carabella. Il était bon, Sleet, mais il n'avait pas de technique. As-tu remarqué comment ses mains allaient chercher les poignards, un coup par ici, un coup par là, un peu nerveuses, un peu impatientes, n'attendant jamais que les manches arrivent à l'endroit voulu ? Et ses lancers, comme ils étaient précipités et mal contrôlés ? Personne, ayant été entraîné à pratiquer cet art, n'aurait pu facilement prétendre être d'une telle gaucherie, et pourquoi l'aurait-il fait ? L'œil de ce Valentin est très bon, Sleet, mais il dit la vérité. Il n'a jamais jonglé.

— Son œil est plus que bon, murmura Sleet. Il a une vivacité que je lui envie fort. Il a un don.

— D'où viens-tu ? demanda Carabella.

— De l'Est, répondit Valentin d'un air vague.

— C'est bien ce que je pensais. Tu parles d'une manière un peu bizarre. Tu viens de Velathys ? Ou de Khyntor, peut-être ?

— Oui, de cette direction.

Le manque de précision de Valentin n'échappa pas à Carabella, ni à Sleet. Ils échangèrent de rapides regards. Valentin se demanda si ce pouvait être le père et la fille. Probablement pas. Valentin s'aperçut que Sleet était loin d'être aussi âgé qu'il l'avait paru de prime abord. Dans l'âge mûr, certainement, mais on pouvait difficilement appeler cela vieux. La pâleur de sa peau et ses cheveux blancs contribuaient à le vieillir. C'était un homme trapu et nerveux, avec des lèvres minces et une courte barbe blanche taillée en pointe. Une balafre, devenue pâle, mais qui, sans nul doute, avait dû être fort voyante, lui traversait une joue de l'oreille au menton.

— Nous sommes du Sud, dit Carabella. Moi, de Tilomon, et Sleet de Narabal.

— Vous êtes venus présenter un numéro pour le festival du Coronal ?

— Exactement. Nous venons d'être engagés par la troupe de Zalzan Kavol le Skandar pour les aider à se conformer au récent décret du Coronal relatif à l'emploi d'humains. Et toi ? Qu'est-ce qui t'a amené à Pidruid ?

— Le festival, répondit Valentin.

— Pour y faire des affaires ?

— Simplement pour voir les jeux et les défilés.

Sleet se mit à rire d'un air entendu.

— Ce n'est pas la peine d'être embarrassé avec nous, l'ami. C'est loin d'être un déshonneur de vendre des montures au marché. Nous t'avons vu entrer hier soir avec le garçon.

— Non, répondit Valentin, je ne l'ai rencontré qu'hier, alors que j'approchais de la ville. Les bêtes lui appartiennent. Je l'ai simplement accompagné jusqu'à l'auberge parce que j'étais étranger ici. Je n'ai pas de métier.

L'un des Skandars réapparut dans l'embrasure d'une porte. Il était d'une taille gigantesque, une fois et demie comme Valentin, une impressionnante créature à l'allure pataude, aux mâchoires lourdes et aux petits yeux jaunes et farouches. Ses quatre bras pendaient bien en dessous de ses genoux et étaient terminés par des mains aussi grosses que des corbeilles.

— Rentrez ! cria-t-il avec rudesse.

Sleet salua et s'éloigna d'un pas vif. Carabella s'attarda quelques instants, souriant à Valentin.

— Tu es un drôle de type, fit-elle. Tu ne racontes pas de mensonges, et pourtant rien de ce que tu dis n'a l'air d'être vrai. Et je pense que toi-même, tu connais bien peu ce qu'il y a au fond de ton âme. Mais je t'aime bien. Il y a une sorte de rayonnement qui émane de toi, sais-tu cela, Valentin ? De l'innocence, de la simplicité, de la chaleur et... et quelque chose d'autre, je ne sais pas quoi.

Presque timidement, elle posa deux doigts sur le côté du bras de Valentin.

— Je t'aime bien. Peut-être jonglerons-nous encore.

Et elle s'en fut, courant à toutes jambes pour rattra-per Sleet.

5

Il était seul et il n'y avait pas trace de Shanamir, et bien qu'il souhaitât vivement passer la journée en com-pagnie des jongleurs et de Carabella, il ne voyait aucune possibilité de le faire. Et la matinée était à peine entamée. Il n'avait aucun projet précis et cela le perturbait, mais pas outre mesure. Il avait toute la ville de Pidruid à explorer.

Il sortit, s'engageant dans des rues tortueuses où croissait une végétation luxuriante. Des plantes grim-pantes et des arbres pleureurs aux lourdes branches poussaient partout, prospérant dans l'air salin, humide et chaud. De très loin, lui parvenait la musique d'une fanfare, une mélodie gaie, bien qu'un peu trop stri-dente et saccadée, peut-être une répétition pour la grande parade. Un petit ruisseau d'eau écumeuse cou-rait le long du caniveau et les animaux sauvages de Pidruid s'y ébattaient, des mintuns, des chiens galeux et de petits drôles au nez hérissé de piquants. C'était un affairement inimaginable, une cité grouillante où tous et toutes, même les animaux errants, avaient quel-que chose d'important à faire et le faisaient en toute hâte. Tous sauf Valentin qui déambulait sans suivre d'itinéraire particulier. Il s'arrêtait pour jeter un coup d'œil tantôt dans quelque échoppe obscure où s'entas-saient pièces de toile et coupons de tissu, tantôt dans quelque magasin d'épices aux relents de moisi, tantôt dans quelque jardin chic et précieux constellé de fleurs aux teintes riches et coincé entre deux bâtiments hauts et étroits. De temps à autre, des gens le regardaient comme s'ils s'étonnaient que l'on puisse s'offrir le luxe de flâner.

Il s'arrêta dans une rue pour regarder des enfants jouer; c'était une sorte de pantomime dans laquelle un petit garçon, le front ceint d'un bandeau de tissu doré, effectuait des gestes menaçants au centre d'un cercle tandis que les autres dansaient autour de lui en simulant la terreur et en chantant :

> *Le vieux Roi des Rêves*
> *Est assis sur son trône.*
> *Jamais ne ferme l'œil,*
> *Jamais ne reste seul.*
> *Le vieux Roi des Rêves*
> *Nous visite la nuit.*
> *Si nous sommes méchants,*
> *Il nous fera grand-peur.*
> *Le vieux Roi des Rêves*
> *Au cœur comme la pierre,*
> *Jamais ne ferme l'œil,*
> *Jamais ne reste seul.*

Mais quand les enfants s'aperçurent que Valentin les regardait, ils se tournèrent vers lui et lui adressèrent des gestes moqueurs, grimaçant, faisant des bras d'honneur, le montrant du doigt. Il s'éloigna en riant.

Vers le milieu de la matinée, il atteignit le bord de mer. De longues jetées s'avançaient profondément dans le port en formant des coudes, et chacune semblait être le centre d'une activité fébrile. Des débardeurs de quatre ou cinq races déchargeaient des cargos battant pavillon d'au moins vingt ports des trois continents. Ils utilisaient des flotteurs pour descendre les balles de marchandises jusqu'au bord des quais et les transporter jusqu'aux entrepôts, mais il y avait quantité de cris et de manœuvres hargneuses pendant que les sacs immensément lourds étaient manipulés dans tous les sens. Tandis que Valentin, assis dans l'ombre du wharf, contemplait la scène, il sentit qu'on le poussait d'une violente bourrade entre les épaules. Il pivota pour se trouver face à face avec un Hjort à la face congestionnée et rageuse qui gesticulait en montrant quelque chose du doigt.

— Par là-bas! cria le Hjort. Nous avons besoin de six autres pour le navire de Suvrael!

— Mais je ne suis pas...

— Vite! Dépêche-toi!

Très bien. Valentin ne se sentait pas la moindre envie de discuter. Il se dirigea vers le quai et se joignit à un groupe de débardeurs qui vociféraient et rugissaient en débarquant un chargement de bétail sur pied. Valentin se mit à vociférer et à rugir avec eux jusqu'à ce que les animaux, des blaves d'un an au museau allongé, et qui beuglaient, se retrouvent sur le chemin du parc à bestiaux ou de l'abattoir. Puis il s'esquiva paisiblement et descendit le quai jusqu'à une jetée sans aucune activité.

Il resta tranquillement debout quelques minutes, regardant au-delà du port, en direction de la mer, de cette mer vert bronze et moutonnée, plissant les yeux comme si, en essayant suffisamment fort, il pouvait réussir à voir de l'autre côté de la courbe du globe, jusqu'à Alhanroel et son Mont du Château qui s'élevait jusqu'aux cieux. Mais il n'était, bien entendu, pas question de voir Alhanroel d'ici, de l'autre côté des dizaines de milliers de kilomètres de l'océan, de l'autre côté d'une mer si large que certaines planètes auraient facilement pu loger entre les rivages des deux continents qui la bordaient. Valentin regarda par terre, entre ses pieds, et laissa son imagination s'enfoncer dans les profondeurs de Majipoor, se demandant ce qu'il trouverait s'il resurgissait du côté opposé de la planète. Il soupçonna que c'était la moitié occidentale d'Alhanroel. Il n'avait plus que des souvenirs vagues et confus de la géographie. Il semblait avoir oublié tant de choses de ce qu'il avait appris à l'école et il lui fallait faire des efforts pour se souvenir de quoi que ce fût. Peut-être en ce moment même, le lieu de Majipoor diamétralement opposé était-il la tanière du Pontife, le terrifiant Labyrinthe où se cloîtrait le vieux et puissant monarque. Ou peut-être — plus vraisemblablement — l'Ile du Sommeil était-elle à l'opposé d'ici, l'île bénie où résidait la douce Dame, dans les clairières verdoyantes où ses prêtres et prêtresses psalmodiaient sans fin en envoyant des messages bienveillants aux dormeurs du monde entier. Valentin avait de la peine à croire que ces endroits existaient, que de tels personnages vivaient, toutes ces puissances, un Pontife, une Dame de l'Ile, un Roi des Rêves, et même un Coronal, bien qu'il eût contemplé ce dernier de ses propres yeux la veille au soir. Ces potentats lui semblaient irréels. Ce qui paraissait réel, c'étaient le bord des docks de Pidruid, l'auberge où il avait dormi, le poisson grillé, les jongleurs, le jeune Shanamir et ses animaux. Tout le reste n'était que mirage et caprice de l'imagination.

Il faisait chaud maintenant et l'humidité augmentait, en dépit d'une agréable brise qui soufflait vers la terre. Valentin se sentait de nouveau affamé. Il s'offrit pour quelques piécettes un repas composé de tranches de poisson cru à chair bleue, mariné dans une sauce forte et épicée et servi sur des plaques de bois. Il l'arrosa d'un pichet de vin de feu, une surprenante boisson dorée encore plus forte que la sauce et qui emportait la bouche. Puis il envisagea de retourner à l'auberge. Mais il réalisa qu'il ne connaissait ni son nom ni le nom de la rue où elle se trouvait. Il savait seulement qu'elle était à une faible distance de la zone portuaire. Ce ne serait pas une grosse perte s'il ne la retrouvait pas, car il portait sur lui toutes ses possessions, mais les seules personnes qu'il connaissait dans toute la ville de Pidruid étaient Shanamir et les jongleurs, et il ne voulait pas déjà se séparer d'eux.

Valentin rebroussa chemin et s'égara rapidement dans un dédale de venelles et de ruelles indiscernables qui traversaient l'Avenue de la Mer en tous sens. A trois reprises, il découvrit des auberges qui lui parurent être celle qu'il cherchait, mais les trois, lorsqu'il s'en approcha de plus près, se révélèrent ne pas être la bonne. Une heure s'écoula, peut-être plus, et ce fut le début de l'après-midi. Valentin comprit qu'il lui serait impossible de retrouver l'auberge et il eut un serrement de cœur en pensant à Carabella et au contact de ses doigts sur le côté de son bras, à la vivacité de ses mains lorsqu'elle attrapait les couteaux et à la flamme qui brillait dans ses yeux sombres. Mais ce qui est perdu est perdu, se dit-il, et rien ne sert de se lamenter. Il allait se trouver une autre auberge et se faire de nouveaux amis avant la nuit.

Puis il tourna le coin d'une rue et déboucha sur ce qui, très probablement, devait être le marché de Pidruid.

C'était un vaste espace clos presque aussi gigantesque que la Place Dorée, mais sans nul palais ni hôtel imposant aux façades dorées. Rien qu'une interminable succession de baraques couvertes de tuiles, de parcs à bétail à ciel ouvert et de cabanes exiguës. Ici l'on trouvait les parfums les plus suaves et les odeurs les plus nauséabondes du monde entier, et la moitié des produits de l'univers étaient en vente. Valentin y plongea, ravi, fasciné. Dans une baraque, des quartiers de viande étaient suspendus à de grands crochets. Des barils d'épices dont le contenu se répandait par terre en occupaient une autre. Des oiseaux-toupie, ces animaux écervelés qui, debout sur leurs pattes absurdes et brillantes, étaient plus grands que des Skandars, passaient leur temps dans un des parcs à se donner des coups de bec et de patte, pendant que des vendeurs d'œufs et de laine marchandaient par-dessus leur dos. Plus loin se trouvaient des baquets remplis de serpents à la peau luisante qui se tordaient comme des traînées de feu; juste à côté, de petits dragons de mer étripés étaient empilés pour la vente, en tas pestilentiels. Il y avait un endroit où étaient rassemblés les écrivains publics qui rédigeaient des lettres pour des illettrés, et un changeur, qui échangeait prestement les monnaies d'une douzaine de mondes, et encore une rangée de cinquante étals de marchands de saucisses, tous identiques, et cinquante Lii aux traits identiques qui, côte à côte, entretenaient leurs foyers fumants et retournaient leurs brochettes.

Et des diseurs de bonne aventure, des magiciens, des jongleurs, mais il ne s'agissait pas de ceux que Valentin connaissait, et, dans un endroit dégagé, était accroupi un conteur qui, pour une piécette, racontait une aventure embrouillée et rien de moins qu'incompréhensible de lord Stiamot, le fameux Coronal qui avait régné huit mille ans plus tôt et dont les hauts faits étaient devenus légendaires. Valentin écouta cinq minutes le récit qui lui parut sans queue ni tête mais tenait en haleine un auditoire composé d'une quinzaine de porteurs en rupture de charge. Il poursuivit son chemin et passa devant une baraque où un Vroon aux yeux dorés jouait les airs sirupeux sur une flûte d'argent pour charmer des créatures tricéphales qui s'agitaient dans un panier d'osier; devant un garçonnet souriant d'une dizaine d'années qui le défia à un jeu comportant des coquillages et des graines; devant un groupe de marchands ambulants qui vendaient des banderoles portant la constellation du Prince; devant un fakir qui flottait au-dessus d'une cuve d'huile bouillante d'aspect menaçant; dans une allée d'interprètes des rêves et un passage où se pressaient des trafiquants de drogue; devant le coin des bijoutiers et celui des interprètes. Et finalement, après avoir tourné un dernier angle où toutes sortes de vêtements bon marché étaient en vente, il déboucha sur le grand parc où l'on vendait les montures.

Les robustes bêtes pourpres étaient alignées flanc contre flanc par centaines, voire par milliers, impassibles, regardant d'un œil indifférent ce qui était apparemment une vente se déroulant sous leur nez. Valentin trouva la vente aussi difficile à suivre que l'aventure de lord Stiamot narrée par le conteur : vendeurs et acquéreurs étaient disposés face à face sur deux longs rangs et se frappaient les poignets du tranchant de la main, complétant ces gestes en grimaçant, en s'entrechoquant les poings et en écartant les coudes d'un geste brusque. Pas un mot n'était prononcé, et pourtant bien des choses étaient ainsi communiquées, puisque des scribes stationnés le long de la double ligne rédigeaient constamment des actes de vente qu'ils validaient par des coups de tampon à l'encre verte tandis que des commis apposaient frénétiquement des étiquettes portant le sceau du Pontife, le labyrinthe, sur la croupe de chaque animal l'un après l'autre. Valentin suivit la ligne des vendeurs et finit par tomber sur Shanamir qui jouait de la main, des coudes et des poings avec une férocité consommée. En quelques minutes, tout fut terminé et le garçon bondit hors de la ligne en poussant un grand cri de joie. Il prit Valentin par le bras et le fit tourner pour manifester son allégresse.

— Tous vendus ! Tous vendus ! Et au prix fort !

Il montra une liasse de feuillets que lui avait remis un scribe et ajouta :

— Accompagne-moi jusqu'à la trésorerie, et après nous n'aurons plus rien d'autre à faire que de nous amuser ! Tu as dormi jusqu'à quelle heure ?

— Tard, je suppose. L'auberge était presque vide.

— Je n'ai pas eu le courage de te réveiller. Tu ronflais comme un blave. Qu'as-tu fait ?

— J'ai surtout exploré le front de mer. Je suis tombé par hasard sur le marché en essayant de retrouver le chemin de l'auberge. J'ai vraiment eu de la chance de te retrouver.

— Dix minutes de plus et tu m'aurais raté à jamais, dit Shanamir. Regarde. C'est ici.

Il tira Valentin par le poignet et l'entraîna dans une longue galerie éclairée a giorno où des employés derrière leurs guichets changeaient les certificats de vente contre des espèces sonnantes et trébuchantes.

— Donne-moi les cinquante royaux, murmura Shanamir. Je peux faire la monnaie ici.

Valentin sortit la grosse pièce brillante et s'écarta pendant que le garçon prenait sa place dans une file. Quelques minutes plus tard, Shanamir était de retour.

— C'est à toi, fit-il en laissant tomber dans la bourse tendue de Valentin une pluie de pièces, plusieurs de cinq royaux et une profusion de couronnes. Et ça, c'est à moi, ajouta le garçon avec un sourire malicieux en élevant trois grosses pièces de cinquante royaux, semblables à celle qu'il venait de changer pour Valentin.

Il les glissa dans une ceinture qu'il portait sous son pourpoint.

— C'est un voyage fructueux. En période de festival, les gens n'ont qu'une hâte, c'est de dépenser leur argent aussi vite que possible. Viens, maintenant. On retourne à l'auberge et on va fêter cela avec une bouteille de vin de feu, d'accord ? C'est ma tournée !

Il apparut que l'auberge n'était guère qu'à un quart d'heure du marché, dans une rue qui parut soudain familière lorsqu'ils s'y engagèrent. Valentin soupçonna qu'il avait dû s'en approcher à un pâté de maisons ou deux près lors de ses recherches infructueuses. Aucune importance. Il était là et il était en compagnie de Shanamir. Le garçon, soulagé de s'être débarrassé de ses montures et excité par le prix qu'il en avait tiré, discourait sans discontinuer sur ce qu'il allait faire à Pidruid avant de regagner son foyer à la campagne — la danse, les jeux, l'alcool, les spectacles.

Pendant qu'ils étaient assis dans la taverne de l'auberge, en train de faire un sort au vin de Shanamir, Sleet et Carabella apparurent.

— Pouvons-nous nous joindre à vous? demanda Sleet.

— Ce sont des jongleurs, des membres de la troupe des Skandars, dit Valentin à Shanamir. Ils sont venus présenter un numéro dans la parade. J'ai fait connaissance avec eux ce matin.

Il fit les présentations. Les jongleurs prirent des sièges et Shanamir leur offrit à boire.

— Tu es allé au marché? demanda Sleet.

— C'est fait, répondit Shanamir. J'en ai eu un bon prix.

— Et maintenant? demanda Carabella.

— La fête pendant quelques jours, répondit le garçon. Puis je suppose que je rentrerai à Falkynkip.

Sa mine se rembrunit à cette pensée.

— Et toi? demanda Carabella en portant son regard sur Valentin. As-tu des projets?

— Voir le festival.

— Et après?

— Tout ce qui me semblera bon.

Ils avaient terminé le vin. Sleet fit un geste de la main et une seconde bouteille apparut. Il servit généreusement tout le monde. Valentin sentit le feu de l'alcool sur sa langue et la tête commençait à lui tourner.

— Alors, demanda Carabella, tu peux envisager de devenir jongleur et de te joindre à notre troupe?

— Mais je n'ai aucune adresse! s'écria Valentin, tout interdit.

— Ce n'est pas l'adresse qui te manque, intervint Sleet. Ce qu'il te faut, c'est de l'entraînement. Mais de cela, nous pouvons nous charger, Carabella et moi. Il

ne te faudrait pas longtemps pour apprendre le métier.
J'en mettrais ma main au feu.

— Et je voyagerais avec vous, et je mènerais la vie
errante des saltimbanques, et j'irais de ville en ville,
c'est bien ça ?

— Exactement.

Valentin regarda Shanamir par-dessus la table. Les
yeux du garçon pétillaient à cette perspective. Valentin
sentait toute l'intensité de son excitation et son
envie.

— Mais que veut dire tout cela ? demanda Valentin.
Pourquoi inviter un étranger, un novice, un ignorant
comme moi à devenir un des membres de votre
troupe ?

Carabella fit un signe à Sleet qui quitta rapidement
la table.

— Zalzan Kavol t'expliquera, dit-elle. Ce n'est pas un
caprice, mais une nécessité. Notre troupe est incom-
plète, Valentin, et tu nous seras utile. D'ailleurs, ajou-
ta-t-elle, as-tu autre chose à faire ? Tu as l'air complètement perdu dans cette ville. Nous t'offrons de la compagnie autant qu'un gagne-pain.

Quelques instants plus tard, Sleet revint avec le
gigantesque Skandar. Zalzan Kavol était un être terrifiant, massif et imposant. Il s'installa à leur table, non
sans difficulté, sur un siège que son poids fit craquer
d'une manière alarmante. Les Skandars venaient d'un
monde lointain, couvert de glaces et balayé par les
vents, et bien qu'ils aient été installés sur Majipoor
depuis plusieurs milliers d'années, exerçant des
métiers pénibles qui nécessitaient une grande force
physique ou une exceptionnelle acuité visuelle, ils
donnaient perpétuellement l'impression d'être mal à
l'aise et de mauvaise humeur dans le chaud climat
de Majipoor. Peut-être était-ce uniquement dû à
leur faciès, mais Valentin trouvait que Zalzan Kavol

et ses congénères formaient une race sinistre et rebutante.

Le Skandar se servit à boire à l'aide de ses deux bras intérieurs et étala l'autre paire sur toute la largeur de la table, comme s'il en prenait possession. D'une voix rauque et caverneuse, il s'adressa à Valentin :

— Je vous ai vu ce matin jongler avec les couteaux, avec Sleet et Carabella. Vous pouvez faire l'affaire.

— C'est-à-dire ?

— J'ai besoin d'un troisième jongleur humain, et très vite. Vous savez ce que le nouveau Coronal a récemment décrété à propos des spectacles ?

Valentin haussa les épaules en souriant.

— C'est de la folie et de la bêtise, reprit Zalzan Kavol, mais le Coronal est jeune et je suppose qu'il lui arrive de se tromper de cible. Il a décrété que dans chaque troupe composée de plus de trois individus, un tiers des membres devrait être des citoyens de Majipoor d'origine humaine, et ce décret entre en vigueur à compter de ce mois.

— Un décret comme cela, intervint Carabella, ne peut avoir pour effet que de dresser les races les unes contre les autres, sur un monde où de nombreuses races ont vécu pacifiquement depuis des milliers d'années.

— Néanmoins ce décret existe, fit Zalzan Kavol en se renfrognant. Un de ses laquais du Château a dû raconter à ce lord Valentin que les autres races deviennent trop nombreuses, et qu'en travaillant, nous ôtons le pain de la bouche des humains. C'est absurde et c'est dangereux. En temps normal, personne n'aurait prêté la moindre attention à un tel décret, mais nous sommes ici pour le festival du Coronal, et si nous voulons avoir l'autorisation de jouer, nous devons nous plier aux règles, aussi idiotes soient-elles. Cela fait des années que mes frères et moi gagnons notre vie en tant que jongleurs, et cela n'a jamais nui à aucun humain, mais maintenant il nous faut nous soumettre à la loi. Alors j'ai trouvé Sleet et Carabella à Pidruid et nous les exerçons pour les faire participer à nos numéros. C'est aujourd'hui Secondi. Dans quatre jours, nous jouons dans la grande parade, et il me faut un troisième humain. Voulez-vous faire votre apprentissage avec nous, Valentin ?

— Comment pourrais-je apprendre à jongler en quatre jours ?

— Vous ne serez qu'un simple apprenti, répondit le Skandar. Nous trouverons bien des exercices à vous faire faire pour la grande parade, qui ne seront déshonorants ni pour vous ni pour nous. La loi, autant que je puisse en juger, n'exige pas de tous les membres de la troupe qu'ils aient des responsabilités et des capacités égales. Mais trois d'entre nous doivent être humains.

— Et après le festival ?

— Accompagnez-nous de ville en ville.

— Vous ne savez rien de moi et vous m'invitez à partager votre existence ?

— Je ne sais rien de vous et ne *veux* rien savoir de vous. J'ai besoin d'un jongleur de votre race. Je vous paierai le vivre et le couvert partout où nous irons et je vous donnerai dix couronnes par semaine en plus. C'est oui ?

Il y avait une lueur étrange dans les yeux de Carabella, comme si elle essayait de lui dire : « *Tu peux demander le double de ce salaire et l'avoir*, Valentin. » Mais l'argent n'avait pas d'importance. Il pourrait manger à sa faim et aurait un endroit où dormir, et il serait avec Carabella et Sleet qui étaient deux des trois êtres humains qu'il connaissait dans cette ville et même, réalisa-t-il avec une certaine confusion, dans le monde entier. Car il y avait un vide en lui, là où il aurait dû y avoir un passé; il avait de vagues notions de parents, de cousins et de sœurs et d'une enfance quelque part dans l'est de Zimroel, mais rien de tout cela ne lui semblait réel, rien n'avait de densité ni de substance. Et il y avait aussi un vide en lui, là où il aurait dû y avoir un avenir. Ces jongleurs promettaient de le combler. Mais pourtant...

— A une condition, dit Valentin.

— Laquelle ? demanda Zalzan Kavol, l'air mécontent.

Valentin montra Shanamir d'un signe de tête.

— Je crois que ce garçon est las d'élever des montures à Falkynkip et qu'il aimerait peut-être parcourir le monde. Je vous demande de lui offrir à lui aussi une place dans votre troupe...

— Valentin ! s'écria le garçon.

— ... comme valet, comme palefrenier, ou même comme jongleur s'il est doué, poursuivit Valentin, et s'il est d'accord pour partir avec nous, de l'accepter en même temps que moi. Pouvez-vous faire cela ?

Zalzan Kavol resta silencieux pendant quelques instants, comme s'il effectuait un calcul, puis un grognement à peine audible s'éleva des profondeurs de sa masse hirsute. Enfin, il demanda :

— Cela t'intéresserait de te joindre à nous, garçon ?

— Si cela m'intéresserait ? *Moi ?*

— C'est bien ce que je craignais, dit le Skandar d'un ton morose. Alors, l'affaire est faite. Nous vous engageons à treize couronnes par semaine pour tous les deux, plus le vivre et le couvert. D'accord ?

— D'accord, dit Valentin.

— D'accord ! s'écria Shanamir.

Zalzan Kavol vida d'un trait le reste du vin de feu.

— Sleet, Carabella, ordonna-t-il, emmenez cet étranger dans la cour et commencez à faire de lui un jongleur. Toi, garçon, tu viens avec moi. Je veux que tu jettes un coup d'œil à nos montures.

6

Ils sortirent. Carabella fila à toutes jambes dans le
dortoir pour aller chercher du matériel. Valentin prit
plaisir à regarder les mouvements gracieux de sa
course, imaginant le jeu des muscles souples sous ses
vêtements. Sleet cueillait des baies bleu et blanc sur
l'une des grandes plantes grimpantes de la cour et les
lançait dans sa bouche.

— Qu'est-ce que c'est? demanda Valentin.

— Des thokkas, répondit Sleet en lui en lançant une.
A Narabal, où je suis né, un thokka qui commence à
pousser le matin atteint la hauteur d'une maison dans
l'après-midi. Bien entendu, le sol est d'une grande
richesse à Narabal, et la pluie tombe tous les matins à
l'aube. Une autre?

— S'il te plaît.

D'un coup sec et précis du poignet, Sleet lui envoya
une baie. Le geste était dépourvu d'ampleur, mais efficace. Sleet était un homme d'une grande retenue, léger
comme une plume, sans un gramme de chair superflue,
aux gestes précis et à la voix sèche et posée.

— Mâche bien les graines, conseilla-t-il à Valentin,
elles favorisent la virilité.

Il émit un petit rire.

Carabella revint, portant un grand nombre de balles de couleur en caoutchouc avec lesquelles elle jonglait rapidement en traversant la cour. Lorsqu'elle
arriva à la hauteur de Valentin et de Sleet, elle lança
sans s'interrompre une des balles à Valentin et trois à
Sleet. Elle en garda trois pour elle.

— Pas de couteaux? demanda Valentin.

— C'est du tape-à-l'œil, répondit Sleet. Aujourd'hui,
nous étudions les principes fondamentaux. Nous étu-

dions la philosophie de notre art. Les couteaux risque-raient de nous distraire.

— La philosophie?

— T'imagines-tu que la jonglerie n'est qu'une suite de tours, demanda le petit homme d'un air offensé, une distraction pour les badauds, un moyen de ramasser quelques couronnes dans un carnaval de province? C'est tout cela, c'est vrai, mais c'est avant tout un art de vivre, ami, un credo, une forme de culte.

— Et un genre de poésie, dit Carabella.

— Oui, cela aussi, fit Sleet avec un hochement de tête approbateur. Et une mathématique. Elle nous enseigne le calme, le contrôle de soi, l'équilibre, le sens de la position des choses et la structure profonde du mouvement. Une harmonie silencieuse s'y attache. Mais par-dessus tout, il y a une discipline. Ai-je l'air prétentieux en disant cela?

— C'est bien son intention, d'être prétentieux, inter-vint Carabella, une lueur malicieuse dans l'œil. Mais tout ce qu'il dit est vrai. Es-tu prêt à commencer?

Valentin hocha la tête.

— Essaie de trouver le calme intérieur, dit Sleet. Purifie ton esprit de toute pensée et de tout calcul inutile. Transporte-toi au centre de ton être et n'en bouge plus.

Valentin posa les pieds bien à plat sur le sol, prit trois longues inspirations, décontracta les épaules de manière à ne plus sentir le poids de ses bras ballants et attendit.

— Je pense, dit Carabella, que cet homme vit la plu-part du temps au centre de son être. Ou bien qu'il n'a pas de centre et ne peut donc jamais en être très éloi-gné.

— Es-tu prêt? demanda Sleet.

— Prêt.

— Nous allons t'enseigner les principes fondamen-taux, l'un après l'autre. Jongler, c'est effectuer en succession rapide une suite de petits mouvements discrets qui donnent l'apparence de la continuité et de la simultanéité. La simultanéité est une illusion, ami, quand on jongle et même quand on ne jongle pas. Tous les événements se produisent l'un après l'autre.

Sleet avait un sourire sans chaleur. Il semblait parler d'un lieu situé à des milliers de kilomètres.

— Ferme les yeux, Valentin. L'orientation dans le temps et dans l'espace est essentielle. Pense à l'endroit où tu es et où tu te situes par rapport au monde.

Valentin se représenta Majipoor, cette sphère imposante suspendue dans l'espace, dont la moitié ou plus était couverte par la Grande Mer. Il se vit lui-même, planté à la pointe de Zimroel, avec la mer dans son dos et tout un continent qui se déroulait devant lui. Il vit la Mer Intérieure avec l'Ile du Sommeil et, au-delà, Alhanroel dont la partie méridionale s'élevait jusqu'à l'énorme protubérance bombée du Mont du Château. Au-dessus, le soleil, jaune légèrement teinté de vert bronze, qui dardait ses rayons de feu sur la poussière de Suvrael et sur les tropiques, et réchauffait le reste de la planète, et les satellites de Majipoor quelque part dans le lointain, et les étoiles encore plus loin, et les autres mondes, les mondes d'où venaient les Skandars, les Hjorts, les Lii et tous les autres, et même le monde dont sa propre race était issue, la Vieille Terre d'où ils avaient émigré quatorze mille ans auparavant, un minuscule monde bleu, ridiculement petit lorsqu'on le comparait à Majipoor, très loin, à demi oublié dans une autre partie de l'univers. Et sa pensée revint en sens inverse depuis les étoiles jusqu'à ce monde, ce continent, cette ville, cette auberge, cette cour, ce petit coin de sol humide dans lequel s'enfonçaient ses bottes, et il dit à Sleet qu'il était prêt.

Sleet et Carabella, les bras tombant droit, les coudes collés au corps, levèrent les avant-bras à l'horizontale, les mains ouvertes et les phalanges à demi repliées, une balle dans la main droite. Valentin les imita.

— Imagine qu'un plateau rempli de pierres précieuses repose sur ta main, dit Sleet. Si tu bouges les épaules ou les coudes, si tu hausses ou baisses les mains, les pierres précieuses vont se renverser. Tu vois ? Le secret de la jonglerie est de remuer aussi peu que possible. Ce sont les objets qui bougent; toi, tu les contrôles, tu restes immobile.

La balle que tenait Sleet se déplaça soudain de sa main droite à sa main gauche, bien que son corps n'ait pas esquissé le moindre mouvement. Il en fut de même de la balle de Carabella. Valentin, les imitant, lança sa balle d'une main à l'autre, mais il eut conscience d'avoir produit un effort et d'avoir remué.

— Tu te sers trop du poignet et beaucoup trop du coude, lui dit Carabella. Laisse ta main s'ouvrir d'un seul coup. Laisse les doigts s'écarter. Tu relâches un oiseau pris au piège... comme ça ! La main s'ouvre et l'oiseau prend son envol.

— Pas de travail du poignet ? demanda Valentin.

— Très peu, et tu fais en sorte de le cacher. La poussée vient de la paume de la main. Comme ça.

Valentin essaya. Monter l'avant-bras aussi peu que possible, donner un petit coup de poignet très sec; l'impulsion venait du centre de sa main et du centre de son être. La balle vola jusqu'à sa main gauche.

— Bien, fit Sleet. Encore.

Encore. Encore. Encore. Pendant une quinzaine de minutes, ils firent tous les trois sauter des balles d'une main dans l'autre. Sleet et Carabella lui firent lancer la balle de manière à ce qu'elle décrive un arc toujours semblable devant son visage, les deux mains de niveau, sans l'autoriser à lever la main ou à écarter le bras à la réception de la balle. Les mains attendaient, les balles se déplaçaient. Au bout d'un certain temps, il le fit automatiquement. Shanamir sortit des écuries et observa, l'air ébahi, l'incessante répétition du même geste. Puis il s'éloigna. Valentin ne s'arrêta pas. Ce lancer répétitif d'une seule balle ne donnait pas à Valentin l'impression d'être vraiment en train de jongler, mais c'était l'épreuve du moment et il s'y appliquait tout entier.

Il finit par réaliser que Sleet et Carabella avaient cessé de lancer et que lui seul continuait, comme une machine.

— Tiens ! fit Sleet en lui lançant une baie de thokka qu'il venait de cueillir.

Valentin l'attrapa entre deux lancers de balle et la tint à la main comme s'il pensait qu'on pouvait lui demander de jongler avec. Mais non, Sleet lui indiqua par gestes qu'il devait la manger. Sa récompense, son stimulant.

Carabella vint poser une seconde balle dans sa main gauche et une troisième dans la droite, à côté de la balle du début.

— Tu as de grandes mains, dit-elle. Ce sera facile pour toi. Regarde-moi, et puis fais comme moi.

Elle fit aller et venir une balle entre ses deux mains, qu'elle attrapait à l'aide de trois doigts et de la balle qu'elle tenait au creux de chaque main. Valentin l'imita. Il était plus difficile d'attraper la balle avec une main pleine que lorsqu'elle était vide, mais pas énormément plus, et bientôt il y réussit parfaitement.

— Et c'est maintenant que commence l'art, dit Sleet. Nous faisons un échange... comme cela.

Une balle s'envola de la main droite de Sleet en direction de la gauche en décrivant un arc à la hauteur de son visage. Pendant qu'elle était en l'air, il lui fit de la place dans sa main gauche en lançant la balle qui s'y trouvait par-dessous celle qui arrivait et en la faisant passer dans sa main droite. La manœuvre paraissait assez simple, un double lancer rapide, mais quand Valentin essaya, les balles se heurtèrent et s'éloignèrent en rebondissant. Carabella les rapporta en souriant. Il essaya de nouveau avec le même résultat, et elle lui montra comment lancer la première balle de manière à ce qu'elle redescende vers l'extérieur de sa main gauche pendant que l'autre se déplaçait à l'intérieur de cette trajectoire quand il la lançait vers la droite. Il lui fallut plusieurs tentatives pour effectuer correctement le geste, et même alors, il lui arriva plusieurs fois de manquer la réception, car ses yeux partaient dans de trop nombreuses directions à la fois. Pendant ce temps, Sleet, telle une machine, effectuait échange après échange. Carabella exerça Valentin au double lancer pendant ce qui parut à celui-ci être des heures et le fut peut-être. Dès qu'il fut capable de le réaliser à la perfection, il commença à s'ennuyer, puis il passa de l'ennui à un état d'absolue sérénité et il sut qu'il pouvait lancer les balles ainsi pendant un mois ou plus sans jamais éprouver la moindre lassitude ni jamais en laisser échapper une.

Et soudain il s'aperçut que Sleet jonglait avec les trois balles à la fois.

— Vas-y, l'encouragea Carabella, cela *paraît* seulement impossible.

Il passa au nouvel exercice avec une aisance qui le surprit lui-même et surprit bien évidemment Sleet et Carabella aussi, car elle applaudit, et lui, sans changer de rythme, émit un grognement approbateur. Intuitivement, Valentin lança la troisième balle pendant que la seconde se déplaçait de sa main gauche à sa droite; il la reçut et la relança, et puis il continua : un lancer, un lancer, un lancer et une réception, un lancer et une réception, une réception, un lancer, toujours une balle sur une trajectoire ascendante, et une descendant vers la main qui l'attendait, et la troisième attendant d'être lancée à son tour. Il réussit trois, quatre, cinq échanges avant de réaliser la difficulté de ce qu'il était en train de faire et de perdre le synchronisme de ses gestes, et les trois balles allèrent s'éparpiller dans la cour après s'être heurtées.

— Tu as un don, murmura Sleet. Tu as indiscutablement un don.

Valentin était gêné d'avoir laissé les balles se heurter, mais le fait de les avoir laissées s'échapper semblait loin d'être aussi important que le fait d'avoir réussi à jongler avec les trois balles à sa première tentative. Il alla les ramasser et recommença. Sleet lui faisait face et continuait la série de lancers qu'il n'avait jamais interrompue. Copiant la posture et le synchronisme des gestes de Sleet, Valentin commença à lancer, laissa tomber deux balles au premier essai, s'empourpra, marmonna une excuse, recommença et, cette fois, ne s'arrêta pas. Cinq, six, sept échanges, dix, puis il perdit le compte, car il n'avait plus l'impression qu'il s'agissait d'échanges, mais d'un processus ininterrompu, perpétuel et infini. Sans qu'il sache comment, le champ de sa conscience s'était fractionné, une partie se chargeant d'effectuer des réceptions et des lancers précis et sûrs, et l'autre jouant le rôle d'un moniteur contrôlant les balles qui volaient et descendaient, effectuant de rapides calculs de vitesse, d'angle de chute et de pesanteur. La partie chargée du contrôle transmettait instantanément et en permanence ces données à la partie qui réglait les lancers et les réceptions. Le temps semblait fragmenté en une infinité de brèves impulsions, et pourtant, paradoxalement, il n'avait pas la sensation d'une succession. Les trois balles semblaient garder une position fixe, l'une perpétuellement en l'air et une dans chaque main, et le fait qu'à chaque instant une balle différente occupait une de ces positions était sans importance. Chacune faisait partie d'un tout. Le temps était éternel. Il ne bougeait pas, il ne lançait pas, il ne recevait pas; il observait seulement la rotation des balles et cette rotation était figée en dehors du temps et de l'espace. Maintenant Valentin comprenait le mystère de cet art. Il venait de pénétrer dans l'infini. En faisant éclater sa conscience, il l'avait unifiée. Il s'était transporté jusqu'à la nature profonde du mouvement et il avait appris que le mouvement n'était qu'une illusion et la succession une erreur des sens. Ses mains fonctionnaient dans le présent, ses yeux balayaient le futur, et pourtant seul existait l'instant présent.

Et pendant que son âme s'élevait au plus haut point d'exaltation, Valentin perçut, grâce à un infime signal de sa conscience qui, à tous autres égards, avait atteint la transcendance, qu'il n'était plus enraciné à sa place mais qu'il avait commencé à avancer, comme magiquement attiré par les balles qui continuaient leur rotation en s'écartant insidieusement de lui. Elles reculaient à travers la cour à chaque série de lancers — et de nouveau il les percevait comme des séries et non plus comme une rotation ininterrompue — et il lui fallait maintenant avancer de plus en plus vite pour suivre l'allure. Il courait presque, trébuchant et titubant autour de la cour pendant que Carabella et Sleet se bousculaient pour l'éviter, et finalement les balles se trouvèrent totalement hors de sa portée malgré un ultime plongeon désespéré. Elles s'éloignèrent en rebondissant dans trois directions.

Valentin s'agenouilla, haletant. Il entendit le rire de ses instructeurs et se mit à rire avec eux.

— Que s'est-il passé ? demanda-t-il enfin. Tout se passait si bien... et puis... et puis...

— Les petites erreurs s'accumulent, lui dit Carabella. Tu es transporté d'émerveillement par tout cela, tu lances une balle légèrement en dehors de l'axe et cela t'oblige à avancer la main pour la recevoir, et ce geste te fait effectuer le lancer suivant en dehors de l'axe à son tour, et le suivant, et ainsi de suite jusqu'à ce que tout commence à s'éloigner, et tu cours après, mais la poursuite est vouée à l'échec. Cela arrive à tout le monde au début. Il ne faut pas y attacher d'importance.

— Ramasse tes balles, dit Sleet. Dans quatre jours, tu jongles devant le Coronal.

7

Il s'exerça pendant des heures, se limitant à trois balles, mais répétant l'exercice jusqu'à ce qu'il eût pénétré l'infini une douzaine de fois, passant de l'ennui à l'extase et de l'extase à l'ennui si souvent que l'ennui lui-même devint extase. Ses vêtements étaient trempés de sueur et collaient à sa peau comme des serviettes chaudes et humides. Même quand commença une de ces brèves et légères ondées fréquentes à Pidruid, il continua à lancer les balles. L'averse se termina et fit place à une étrange lumière crépusculaire émanant du soleil couchant masqué par une légère brume. Et Valentin jonglait toujours. Une folle énergie le possédait. Il était vaguement conscient de voir des formes se déplacer dans la cour, Sleet, Carabella, les différents Skandars, Shanamir, des étrangers, qui allaient et venaient, mais il ne leur prêtait pas la moindre attention. Lui, qui avait été comme un récipient vide dans lequel on avait versé cet art, ce mystère, n'osait s'arrêter, de crainte de tout perdre et de se retrouver vide et creux comme avant.

Puis quelqu'un s'approcha, et il se retrouva soudain les mains vides, et il comprit que Sleet avait intercepté les balles une à une pendant qu'elles décrivaient leur courbe devant son nez. Pendant quelques instants, les mains de Valentin continuèrent malgré tout à remuer à une cadence soutenue. Ses yeux refusaient de se fixer sur autre chose que le plan sur lequel il avait lancé les balles.

— Bois cela, dit Carabella avec douceur, et elle porta un verre à ses lèvres.

C'était du vin de feu; il l'avala comme de l'eau. Elle lui en donna un autre.

— Tu as un don prodigieux, lui dit-elle. Tu n'as pas seulement la coordination, mais aussi la concentration. Tu nous as fait un peu peur, Valentin, quand tu n'as pas pu t'arrêter.

— D'ici Steldi, tu seras le meilleur de nous tous, dit Sleet. Le Coronal en personne te distinguera et te fera applaudir. Et vous, Zalzan Kavol? Qu'en dites-vous?

— Je dis qu'il est trempé et qu'il lui faut des vêtements propres, grommela le Skandar.

Il tendit quelques pièces à Sleet.

— Allez au bazar et achetez-lui quelque chose qui lui aille avant que les échoppes ne ferment. Carabella, emmène-le au purificateur. Nous dînons dans une demi-heure.

— Viens avec moi, dit Carabella.

Elle conduisit Valentin, qui était encore hébété, à travers la cour jusqu'aux dortoirs et derrière eux. Un purificateur rudimentaire avait été installé en plein air contre le bâtiment.

— L'animal! fit-elle d'une voix furieuse. Il aurait au moins pu te dire un mot d'éloge. Mais ce n'est pas son genre, je suppose. Pourtant il était impressionné.

— Zalzan Kavol?

— Impressionné, oui... étonné. Mais comment pourrait-il faire l'éloge d'un humain? Tu n'as que deux bras. Enfin, il n'est pas du genre à faire des éloges. Allez, enlève ça.

Elle se dévêtit rapidement et il en fit de même, laissant tomber par terre ses vêtements trempés. La clarté de la lune lui dévoila la nudité de Carabella et il s'en délecta. Elle avait un corps mince et souple, presque semblable à celui d'un garçon, n'étaient les petits seins ronds et le brusque évasement des hanches sous la taille fine. Ses muscles bien développés jouaient sous la peau. Elle avait une fleur tatouée en vert et rouge en haut d'une fesse plate.

Elle l'entraîna sous le purificateur et ils restèrent debout, serrés l'un contre l'autre pendant que les vibrations les débarrassaient de la sueur et de la poussière. Puis, toujours nus, ils retournèrent au dortoir où Carabella sortit un pantalon en tissu doux et gris pour elle, et un justaucorps propre. Entre-temps, Sleet était revenu du bazar avec des vêtements neufs pour Valentin : un pourpoint vert foncé orné de broderies écarlates, un pantalon rouge serré et un manteau bleu léger qui tirait sur le noir. C'était un costume beaucoup plus élégant que celui qu'il venait de quitter. En le portant, il se sentit comme quelqu'un qui vient d'être promu à un haut rang, et c'est d'une démarche altière qu'il accompagna Sleet et Carabella jusqu'à la cuisine.

Le dîner consistait en un ragoût — la viande qui entrait dans sa composition resta anonyme et Valentin n'osa pas demander — arrosé de grandes rasades de vin de feu. Les six Skandars étaient assis à un bout de la table, les quatre humains à l'autre, et la conversation fut languissante. A la fin du repas, Zalzan Kavol et ses frères se levèrent sans un mot et quittèrent la pièce.

— Nous les avons offensés ? demanda Valentin.

— C'est leur politesse habituelle, répondit Carabella.

Le Hjort qui lui avait parlé au petit déjeuner, Vinorkis, traversa la pièce et resta planté près de l'épaule de Valentin, baissant la tête et le fixant de ses gros yeux vitreux; c'était bien évidemment une habitude chez lui. Valentin lui adressa un sourire gêné.

— Je vous ai vu jongler dans la cour cet après-midi, dit Vinorkis. Vous êtes très bon.

— Merci.

— Un de vos passe-temps favoris ?

— A vrai dire, je ne l'avais jamais fait avant. Mais les Skandars m'ont engagé dans leur troupe.

— Vraiment? fit le Hjort, l'air impressionné. Et vous allez partir en tournée avec eux?

— Apparemment.

— Dans quel coin?

— Je n'en ai pas la moindre idée, répondit Valentin. Cela n'a peut-être encore même pas été décidé. Mais où qu'ils aillent, cela me conviendra.

— Ah! l'existence vagabonde, dit Vinorkis. J'ai moi-même eu l'intention d'en tâter. Peut-être vos Skandars m'engageraient-ils aussi?

— Vous savez jongler?

— Je sais tenir les comptes. Je jongle avec les chiffres.

Vinorkis éclata d'un rire véhément et donna à Valentin une grande claque dans le dos.

— Je jongle avec les chiffres! Elle est bonne, non? Allez, bonne nuit à tous!

— Qui était-ce? demanda Carabella quand le Hjort eut disparu.

— Je l'ai rencontré ce matin au petit déjeuner. Un commerçant de la région, je pense.

— Il ne me plaît pas beaucoup, dit-elle en faisant une grimace. Mais c'est tellement facile de ne pas aimer les Hjorts. Ils sont si laids!

Elle se leva gracieusement et s'étira.

— On y va?

Il dormit cette nuit encore d'un profond sommeil. Alors qu'il s'attendait un peu, après les événements de l'après-midi, à rêver de jonglerie, il se retrouva une seconde fois dans la plaine pourpre — un signe alarmant, car les Majipooriens savent depuis leur tendre enfance qu'un rêve qui se répète est particulièrement significatif et, la plupart du temps, lourd de menaces. La Dame envoie rarement ce genre de rêve mais le Roi est coutumier du fait. Son rêve, de nouveau, ne fut qu'un fragment. Des faces moqueuses planaient dans le ciel. Des tourbillons de sable pourpre se tordaient le long du chemin comme si des créatures aux pinces impatientes et aux palpes claquantes s'agitaient en dessous. Des piquants jaillissaient du sol. Les arbres avaient des yeux. Tout était chargé de menaces, de hideur et de présages. Mais c'était un rêve sans personnages ni événements. Il communiquait seulement de sinistres présages.

Le monde des rêves céda la place au jour naissant. Cette fois, il fut le premier à se réveiller, dès que les premiers rais de lumière commencèrent à filtrer dans le dortoir. A ses côtés, Shanamir dormait comme un bienheureux. Beaucoup plus bas dans le dortoir, Sleet s'était lové comme un serpent et, près de lui, Carabella dormait, détendue et souriante dans ses rêves. Les Skandars dormaient de toute évidence ailleurs. Les seuls autres étrangers dans la pièce étaient un couple de Hjorts balourds et un trio de Vroons dont l'enchevêtrement de membres dépassait l'entendement. Valentin prit trois balles dans la malle de Carabella et sortit dans les brumes de l'aube pour affiner son talent frais éclos.

Sleet, sortant une heure plus tard, le trouva en train de s'exercer et battit des mains.

— Tu as le feu sacré, ami. Tu jongles comme un possédé. Mais ne te fatigue pas trop vite. Nous avons des choses plus compliquées à t'apprendre aujourd'hui.

La leçon matinale porta sur des variantes de la position de base. Maintenant que Valentin avait maîtrisé l'art de lancer les trois balles de manière à ce que l'une soit toujours en l'air — et il l'avait maîtrisé, cela ne faisait pas de doute, atteignant en un après-midi une habileté technique qui avait demandé à Carabella, comme elle le reconnaissait elle-même, plusieurs journées de pratique —, ils le firent se déplacer, marcher, trottiner, tourner le coin du bâtiment et même sautiller, le tout sans interrompre la cascade de balles. Il jongla avec ses trois balles en montant un escalier et en le descendant. Il jongla en position accroupie. Il jongla sur une jambe, comme les hiératiques gihornas des Marais du Zimr. Il jongla à genoux. Il avait maintenant acquis une sûreté totale dans l'harmonie qui devait régner entre l'œil et la main, et ce que faisait le reste de son corps n'avait plus aucun effet là-dessus.

Dans l'après-midi, Sleet l'initia à de nouvelles difficultés : lancer la balle de derrière son dos en demi-volée, la lancer par-dessous une jambe, jongler avec les poignets croisés. Carabella lui enseigna comment faire rebondir une balle contre un mur et lui faire reprendre sans à-coups sa place au milieu des autres après le rebond et comment envoyer une balle d'une main à l'autre en la laissant frapper le dos de la main au lieu de l'attraper et de la relancer. Il assimila rapidement tout cela. Carabella et Sleet avaient cessé de le complimenter sur la vitesse de ses progrès — c'était une forme de condescendance de le couvrir constamment d'éloges — mais il ne manqua pas de remarquer les petits coups d'œil étonnés qu'ils échangeaient souvent, et cela lui faisait plaisir. Les Skandars jonglaient dans une autre partie de la cour, répétant le numéro qu'ils allaient faire pendant la parade, un numéro prodigieux dans lequel entraient des couteaux, des faucilles et des torches enflammées. De temps en temps, Valentin jetait un coup d'œil dans leur direction, s'émerveillant de ce que les créatures à quatre bras réussissaient à faire. Mais la plupart du temps, il se concentrait sur son propre entraînement.

Ainsi s'écoula le Terdi. Le Quatredi, ils commencèrent à lui enseigner comment jongler avec des massues à la place des balles. C'était un véritable défi, car même si les principes restaient dans l'ensemble les mêmes, les massues étaient plus grosses et plus difficiles à manier, et Valentin était obligé de les lancer plus haut de manière à avoir le temps d'effectuer ses réceptions. Il commença avec une seule massue, la faisant passer d'une main à l'autre. Carabella lui expliqua comment il fallait la tenir, comment la recevoir et comment la lancer, et il fit ce qu'elle lui disait, se tordant le pouce de temps à autre mais maîtrisant rapidement la technique.

— Maintenant, dit-elle, prends deux balles dans la main gauche et la massue dans la droite.

Et il commença à lancer, embarrassé au début par la différence de masse et de rotation des objets, mais cela ne dura guère, et il passa ensuite à deux massues dans la main droite et une balle dans la gauche. Et à la fin de l'après-midi, il travaillait avec trois massues, les poignets douloureux et les yeux crispés par la tension, mais continuant malgré tout, ne voulant pas et, presque, ne pouvant pas s'arrêter.

Ce soir-là, il demanda :

— Quand vais-je apprendre à lancer les massues avec un autre jongleur ?

— Plus tard, répondit Carabella en souriant. Après la parade, pendant que nous voyagerons vers l'est en traversant les villages.

— Je pourrais le faire maintenant, dit-il.

— Pas à temps pour la parade. Tu as fait merveille, mais il y a des limites à ce que tu peux maîtriser en trois jours. S'il nous fallait jongler avec un novice, nous serions obligés de redescendre à ton niveau et le Coronal n'y prendrait pas grand plaisir.

Il reconnut le bien-fondé de ce qu'elle disait, mais il n'en attendait pas moins avec impatience le moment où il participerait avec les autres jongleurs à des échanges de massues, de poignards ou de torches en tant que membre d'une entité unique composée de plusieurs êtres évoluant en parfaite coordination.

Il tomba cette nuit-là une lourde pluie inhabituelle pour le climat subtropical de Pidruid en été où de rapides averses étaient de règle, et le Cindi matin, le sol de la cour était spongieux et il était difficile de garder son aplomb, mais le ciel était dégagé et le soleil était chaud et brillant.

Shanamir, qui avait sillonné la ville pendant les journées où Valentin s'entraînait, annonça que les préparatifs pour la grande parade étaient bien avancés.

— Il y a des rubans, des banderoles et des drapeaux partout, dit-il en restant à distance respectueuse de Valentin qui commençait son échauffement matinal avec ses trois massues. Et les bannières aux armes du Coronal... tout le trajet en est pavoisé, depuis la porte de Falkynkip jusqu'à la porte du Dragon, et au-delà de la porte du Dragon, et tout le long du front de mer, d'après ce qu'on m'a dit, des kilomètres et des kilomètres de décorations, il y a même du drap d'or et de la peinture verte sur la chaussée. Il paraît que le coût total se monte à des milliers de royaux.

— Qui paie ? demanda Valentin.

— Eh bien, les gens de Pidruid, répondit Shanamir, surpris. Qui d'autre pourrait payer ? Les habitants de Ni-moya ? Ceux de Velathys ?

— A mon avis, il faudrait laisser le Coronal payer lui-même pour son festival.

— Et quel argent serait-ce, sinon celui des impôts de la planète entière ? Et pourquoi des villes d'Alhanroel devraient-elles payer pour des festivals qui se tiennent à Zimroel ? De plus, c'est un honneur de recevoir le Coronal ! Pidruid paie de gaieté de cœur. Dis-moi, Valentin, comment réussis-tu à lancer une massue et à en attraper une autre en même temps avec la même main ?

— C'est le lancer qui est effectué avant, ami. Juste un peu plus tôt. Regarde très attentivement.

— Mais c'est ce que je fais. Je n'arrive toujours pas à comprendre.

— Quand nous aurons le temps, après en avoir terminé avec la parade, je t'expliquerai comment ça marche.

— Où allons-nous après Pidruid?

— Je ne sais pas. Carabella m'a dit que nous partions vers l'est. Nous irons partout où il y aura une foire ou un carnaval ou un festival qui acceptera d'engager des jongleurs.

— Est-ce que je deviendrai un jongleur aussi, Valentin?

— Si tu le veux vraiment. Je croyais que tu voulais prendre la mer.

— Je veux juste voyager, dit Shanamir. Pas obligatoirement par mer. Tant que je n'ai pas à retourner à Falkynkip. Dix-huit heures par jour dans l'écurie à étriller des montures... oh, non, très peu pour moi, plus jamais ça! Tu sais, la nuit où j'ai quitté la maison, j'ai rêvé que j'avais appris à voler. C'était un rêve de la Dame, Valentin, je l'ai su tout de suite, et le vol signifiait que j'irais partout où j'espérais aller. Quand tu as dit à Zalzan Kavol qu'il fallait qu'il m'emmène aussi s'il voulait t'avoir, j'ai tremblé. J'ai cru que j'allais... que j'allais... je me suis senti tout...

Il se ressaisit.

— Valentin, je veux devenir un jongleur aussi bon que toi.

— Je ne suis pas très bon. Je ne suis qu'un débutant.

Mais s'enhardissant, Valentin commença à faire décrire à ses massues des arcs plus rapides et plus bas, comme s'il voulait épater Shanamir.

— Je n'arrive pas à croire que tu n'as commencé à apprendre que Secondi.

— Sleet et Carabella sont d'excellents instructeurs.

— Quand même, je n'ai jamais vu quelqu'un apprendre quelque chose aussi vite, reprit Shanamir. Tu dois avoir un cerveau extraordinaire. Je parierais que tu étais quelqu'un d'important avant de devenir un vagabond. Tu as l'air tellement gai, tellement... simple, et pourtant... et pourtant...

— Des profondeurs cachées, dit Valentin avec complaisance, essayant de lancer une massue de derrière son dos et lui faisant heurter violemment son coude gauche avec un craquement inquiétant.

Les trois massues tombèrent sur le sol mouillé, et Valentin grimaça de douleur et se frotta le coude.

— Un maître jongleur, dit-il. Tu vois ? Ordinairement, il faut des semaines d'entraînement pour apprendre à se frapper le coude comme ça.

— Tu l'as fait exprès pour changer de sujet, dit Shanamir d'un ton plus qu'à demi sérieux.

8

Le matin du Steldi, le jour de la parade, le jour du Coronal, le premier jour du grand festival de Pidruid, Valentin dormait, roulé en boule, s'abandonnant à un rêve paisible de vertes collines à la végétation luxuriante et d'étangs limpides émaillés de jaunes anémones, quand il fut réveillé par des doigts qui lui chatouillaient les côtes. Il s'assit, clignant des yeux et marmonnant. Il faisait encore nuit et l'aube était loin. Carabella était penchée sur lui : il sentit la grâce féline qui émanait d'elle, il entendit son rire clair, il retrouva l'odeur suave de sa peau.

— Pourquoi si tôt ? demanda-t-il.

— Pour avoir une bonne place au passage du Coronal. Dépêche-toi ! Tout le monde est déjà levé.

Il se leva péniblement. Ses poignets étaient un peu douloureux d'avoir trop jonglé avec les massues, et il tendit les bras en laissant pendre ses mains. Carabella sourit, les prit dans les siennes et leva les yeux vers lui.

— Tu vas jongler merveilleusement aujourd'hui, dit-elle d'une voix douce.

— J'espère.

— Cela ne fait aucun doute, Valentin. Tout ce que tu entreprends, tu le réussis suprêmement bien. C'est le genre d'homme que tu es.

— Parce que tu sais quel genre d'homme je suis?

— Bien sûr que je le sais. Je me demande même si je ne le sais pas mieux que toi. Valentin, parviens-tu à distinguer la veille du sommeil?

— Je ne te suis pas, fit-il en fronçant les sourcils.

— Il y a des fois où je pense que c'est du pareil au même pour toi, que tu vis un rêve ou que tu rêves une vie. A vrai dire, ce n'est pas moi qui ai pensé cela. C'est Sleet. Tu le fascines, et Sleet ne se laisse pas aisément fasciner. Il est allé partout, il a vu beaucoup de choses, il connaît la vie, et pourtant il parle constamment de toi, il essaie de te comprendre, de lire dans ton esprit.

— Je ne me rendais pas compte que j'étais si intéressant. Personnellement, je me trouve ennuyeux.

— Ce n'est pas l'avis des autres, répliqua-t-elle, les yeux étincelants. Viens, maintenant. Habille-toi, déjeune, et en route pour la parade. Ce matin, nous regardons passer le Coronal, cet après-midi, nous jouons, et ce soir... ce soir...

— Oui? Ce soir?

— Ce soir, nous faisons la fête! s'écria-t-elle, et elle s'écarta de lui en bondissant vers la porte.

Dans la brume matinale la troupe des jongleurs se dirigea vers la place dont Zalzan Kavol s'était assuré pour eux sur le passage de la grande procession. Le point de départ de l'itinéraire du Coronal était la Place Dorée, où il était logé; de là, il se dirigeait vers l'est en suivant un boulevard qui décrivait une large courbe jusqu'à une des portes secondaires de la cité et rejoi-gnait la grande route par laquelle Valentin et Shanamir étaient entrés dans Pidruid, celle qui était bordée par une double rangée de palmiers de feu en fleur. Puis il rentrait dans la ville par la porte de Falkynkip et la traversait en suivant l'Avenue de la Mer, passant sous l'arc des Rêves et ressortant par la porte du Dragon pour atteindre le front de mer, au bord de la baie, où une tribune d'honneur avait été élevée dans le principal stade de Pidruid. Ainsi la parade avait une double nature : d'abord le Coronal passait devant le peuple, puis le peuple devant le Coronal. C'était un événement qui allait durer toute la journée et se prolonger bien avant dans la nuit, probablement jusqu'à l'aube du Soldi. Comme les jongleurs participaient au divertissement royal, il leur fallait trouver une place quelque part du côté du front de mer; faute de quoi il leur serait impossible de traverser la cité congestionnée et d'arriver au stade à temps pour présenter leur propre numéro. Zalzan Kavol avait réussi à leur dénicher une place de choix à proximité immédiate de l'arc des Rêves, mais cela impliquait qu'il leur faudrait passer la plus grande partie de la journée à attendre que le défilé arrive à leur hauteur. Cette attente était irrémédiable. A pied, ils coupèrent en diagonale en prenant par les petites rues et finirent par déboucher en bas de l'Avenue de la Mer. Comme Shanamir l'avait rapporté, la ville était décorée à profusion et regorgeait d'ornements, avec des banderoles et des drapeaux pendant à chaque bâtiment et au moindre luminaire. Le revêtement de la route avait lui-même été fraîchement peint aux couleurs du Coronal, un vert vif et brillant bordé de bandes dorées.

Malgré l'heure matinale les spectateurs se pressaient déjà le long du parcours et il n'y avait plus de place libre. Mais ils firent rapidement de la place lorsque les jongleurs Skandars apparurent et que Zalzan Kavol montra sa liasse de billets. Les habitants de Majipoor étaient, en règle générale, plutôt courtois et accommodants. En outre, rares étaient ceux qui se sentaient disposés à débattre une question de priorité avec six Skandars revêches.

Et puis ce fut l'attente. La matinée était déjà chaude et la chaleur augmentait rapidement, et Valentin n'avait rien d'autre à faire que de rester debout à attendre, laissant son regard aller de la rue vide à la pierre noire, polie et surchargée d'ornements de l'arc des Rêves, Carabella collée contre son côté gauche et Shanamir pressé contre le droit. Le temps, ce matin-là, s'écoulait avec une lenteur extrême. Les sujets de discussion se tarirent rapidement. Il y eut un moment de diversion quand Valentin distingua au milieu du murmure de conversations qui s'élevait des rangées de spectateurs derrière lui une voix qui prononçait cette phrase étonnante :

— ... comprends pas à quoi riment tous ces vivats. Je n'ai pas la moindre confiance en lui.

Valentin tendit l'oreille. Un couple de spectateurs — des Ghayrogs, à en juger par les inflexions molles de leurs voix — étaient en train de parler du nouveau Coronal, et en termes peu flatteurs.

— ... promulgue trop de décrets, si tu veux mon avis. Il réglemente ceci, il réglemente cela, il fourre son nez partout. On n'a pas besoin de ça !

— Il veut montrer qu'il se donne à sa tâche, répondit l'autre d'un ton conciliant.

— Pas besoin de ça ! Pas besoin de ça ! Tout allait pour le mieux sous lord Voriax, et sous lord Malibor avant lui, et on se passait fort bien de toutes ces tracasseries. Cela trahit son manque d'assurance, si tu veux mon avis.

— Tais-toi ! Ce n'est pas une manière de parler, surtout aujourd'hui.

— A mon point de vue, ce jeunot n'est pas encore totalement persuadé d'être le Coronal, alors il fait en sorte que cela n'échappe à personne. Si tu veux mon avis.

— Non, je ne veux pas ton avis, répondit l'autre d'une voix où perçait l'inquiétude.

— Tiens, autre chose encore. Tous ces gardiens impériaux qui grouillent d'un seul coup. Où veut-il en venir ? Il met sur pied sa propre police à l'échelle de la planète ? Ils espionnent pour le Coronal, c'est bien ça ? Et pour quoi faire ? Qu'est-ce qu'il trame ?

— S'il trame quelque chose, tu seras le premier à te retrouver derrière les barreaux. Vas-tu te taire maintenant ?

— Je ne pense pas à mal, reprit le premier Ghayrog. Regarde ! Je porte la bannière à la constellation comme tout le monde ! Suis-je loyal ou non ? Mais je n'aime pas la tournure que prennent les choses. C'est le droit de tout citoyen de se préoccuper de la situation du royaume, non ? Si les choses ne sont pas à notre convenance, nous devons le dire bien haut. Ainsi le veut notre tradition. Si nous tolérons maintenant de petits abus, qui sait où il en sera arrivé dans cinq ans ?

Voilà qui est intéressant, se dit Valentin. Ainsi, malgré toute cette agitation et ces acclamations frénétiques, le nouveau Coronal ne jouissait pas de l'adoration et de l'admiration universelles. Combien d'autres individus, se demanda-t-il, feignent l'enthousiasme par crainte ou par intérêt dans cette foule ?

Les Ghayrogs se turent. Valentin continua à prêter l'oreille pour surprendre d'autres conversations, mais il n'entendit plus rien d'intéressant. La matinée continuait à se traîner. Il tourna son attention vers l'arc des Rêves et l'étudia jusqu'à ce que tous les détails se fussent gravés dans sa mémoire, les images sculptées des anciennes Puissances de Majipoor, des héros d'un passé ténébreux, des généraux des premières Guerres des Métamorphes, des Coronals qui avaient été les prédécesseurs du légendaire lord Stiamot lui-même, des Pontifes des temps les plus reculés, des Dames de l'Ile donnant leur gracieuse bénédiction. L'arc, lui avait dit

Shanamir, était le plus ancien monument survivant sur Majipoor et le plus sacré; vieux de neuf mille ans, il était taillé dans des blocs de marbre noir de Velathyntu résistant à toutes les intempéries. Celui qui passait dessous s'assurait la protection de la Dame et un mois de rêves utiles.

Les rumeurs de l'avance du Coronal apportaient un peu d'animation à cette morne matinée. Le Coronal, disait-on, avait quitté la Place Dorée; il venait de rentrer dans la ville par la porte de Falkynkip; il avait fait une halte pour distribuer de pleines poignées de pièces de cinq couronnes dans les quartiers de la ville initialement habités par des Vroons et des Hjorts; il s'était arrêté pour calmer les vagissements d'un enfant nouveau-né; il avait fait une station pour se recueillir devant le tombeau de lord Voriax, son défunt frère; il avait à midi trouvé la chaleur trop accablante et se reposait pendant quelques heures; il avait fait ceci, il avait fait cela, et autre chose encore. Le Coronal, le Coronal, le Coronal! Ce jour-là, le Coronal polarisait l'attention générale. Valentin réfléchit au genre de vie que ce devait être, faire constamment cette sorte de grand circuit, s'exhiber, ville après ville, dans un éternel défilé, sourire, agiter la main, jeter des pièces de monnaie, prendre part à cet interminable spectacle tapageur, manifester dans sa personne physique l'incarnation du pouvoir et du gouvernement, accepter partout l'hommage et supporter toute cette bruyante excitation populaire et malgré tout, réussir encore à tenir les rênes du gouvernement. Mais y avait-il vraiment des rênes à tenir? Le système était si ancien qu'il fonctionnait probablement de lui-même. Un Pontife âgé et dont la tradition exigeait qu'il vécût en reclus, terré dans un mystérieux Labyrinthe quelque part au centre d'Alhanroel, d'où il promulguait les décrets qui régissaient le monde, et son fils adoptif et héritier, le Coronal, détenteur du pouvoir exécutif et gouvernant comme un premier ministre du haut du Mont du Château, sauf lorsqu'il accomplissait des voyages de cérémonie comme celui-ci — l'un et l'autre étaient-ils indispensables autrement qu'en tant que symboles de majesté ? C'était un monde riant, paisible et gai, se dit Valentin, même s'il était hors de doute qu'il devait exister quelque part un mauvais côté, sinon pourquoi un Roi des Rêves aurait-il surgi pour faire pièce à l'autorité de la douce Dame ? Ces dirigeants, cet apparat constitutionnel, ce luxe et ce tumulte... non, tout cela n'avait aucune raison d'être, se dit Valentin, ce n'était qu'une survivance d'une époque lointaine où la nécessité s'en était peut-être fait sentir. Qu'est-ce qui importait maintenant ? Vivre le quotidien, respirer le bon air, boire et manger, bien dormir. Tout le reste n'était que sottises.

— Le Coronal arrive ! hurla quelqu'un.

Ce même cri s'était élevé dix fois pendant la dernière heure, et toujours pas de Coronal en vue. Mais cette fois, à peu près à midi, il semblait qu'il approchait réellement.

Le bruit des acclamations le précédait, un grondement lointain semblable au déferlement de la mer et se propageant comme une vague le long du parcours. Alors qu'il s'amplifiait, des hérauts chevauchant de fringantes montures apparurent sur la route. Ils arrivaient presque au galop et quelques coups de trompette s'élevaient encore malgré les lèvres qui devaient être endolories et fatiguées après tout ce temps. Et puis, montés sur un flotteur rapide, plusieurs centaines de membres de la garde personnelle du Coronal, un groupe soigneusement sélectionné, hommes et femmes, humains et non-humains, la fine fleur de Majipoor, au garde-à-vous sur leur véhicule, l'air très digne et légèrement ridicule, estima Valentin.

Puis le char du Coronal apparut à son tour.

C'était aussi un flotteur qui se déplaçait à environ un

mètre au-dessus du sol et avançait rapidement de manière quelque peu irréelle. Chamarré d'une profusion d'étoffes chatoyantes et de ce qui devait être des fourrures d'animaux rares découpées en forme d'écussons blancs et épais, il avait une apparence de majesté et de somptuosité appropriée. Sur le char, une demi-douzaine de hauts dignitaires de la cité de Pidruid et de toute la province, des maires et des ducs en costume d'apparat et, au milieu d'eux, monté sur une plate-forme surélevée de bois écarlate et étendant les bras en un geste empreint de bienveillance vers la double haie de spectateurs bordant la chaussée, se tenait lord Valentin le Coronal, la seconde Puissance de Majipoor et, puisque le Pontife, son père adoptif et impérial, s'était retranché du monde et ne paraissait jamais en public, sans doute l'incarnation la plus authentique de l'autorité qu'il soit possible de contempler sur toute la planète.

« Valentin ! » La clameur s'éleva. « Valentin ! Lord Valentin ! »

Valentin observa son royal homonyme avec le même soin qu'il avait mis un peu plus tôt à étudier les inscriptions figurant sur l'antique et noir arc des Rêves. Le Coronal était un personnage imposant, d'une taille au-dessus de la moyenne, solidement bâti, les épaules larges et les bras longs et musculeux. Il avait un teint olivâtre, des cheveux bruns coupés de manière à tomber juste au-dessous des oreilles et le menton orné d'une barbe noire courte et drue.

Enveloppé dans le tumulte des acclamations, lord Valentin se tournait gracieusement d'un côté puis de l'autre, remerciant d'un signe de tête, inclinant légèrement le buste, les bras levés et les mains ouvertes. Le flotteur passa rapidement devant l'endroit où se tenaient Valentin et les jongleurs, et durant ce bref intervalle, le Coronal se tourna vers eux, si bien que, pendant un instant électrique, les regards de Valentin et de lord Valentin se croisèrent. Il s'établit entre eux une sorte de contact; une étincelle franchit la distance qui les séparait. Le sourire du Coronal était resplendissant, ses yeux sombres étincelaient, de son costume d'apparat même semblaient émaner une vie, une énergie, une volonté, et Valentin resta pétrifié, saisi par la magie du pouvoir impérial. Pendant un instant, il comprit la crainte révérencielle qu'éprouvaient Shanamir et toute cette foule en sachant que leur prince était parmi eux. Lord Valentin n'était qu'un homme, certes, il éprouvait le besoin de vider sa vessie et de se remplir la panse, il dormait la nuit et bâillait le matin en se levant comme le commun des mortels, il avait souillé ses couches lorsqu'il était bébé et il radoterait et somnolerait quand il serait vieux, et pourtant, et pourtant, il évoluait dans des milieux sacrés, il résidait au sommet du Mont du Château, il était le fils de la Dame de l'Ile du Sommeil et avait été choisi comme fils adoptif par le Pontife Tyeveras comme son frère, feu lord Voriax, l'avait été avant lui; il avait passé la plus grande partie de sa vie à naviguer dans les eaux du pouvoir, on lui avait confié le gouvernement de tout ce monde colossal et de sa multitude grouillante. Cela change un homme de mener une telle existence, se dit Valentin, cela distingue, cela confère une aura et une singularité. Et au moment où le char du Coronal passait en flottant devant lui, Valentin reçut l'impact de cette aura et se sentit rempli d'humilité.

Puis tout fut terminé, le char était passé, l'instant s'était enfui et lord Valentin s'éloignait, mais le Coronal continuait à sourire, à étendre les bras, à hocher gracieusement la tête, à gratifier tel ou tel spectateur d'un regard flamboyant, mais Valentin ne ressentait plus la fascination de la grâce et du pouvoir. Au lieu de cela, il se sentait confusément souillé et dupé, sans bien savoir pourquoi.

— Partons vite, grogna Zalzan Kavol. Il est temps de nous rendre au stade maintenant.

Cela au moins était simple. Hormis quelques rares individus cloués dans leur lit ou sous les verrous, l'ensemble de la population de Pidruid s'était massé sur le parcours du défilé. Les petites rues étaient désertes. En un quart d'heure, les jongleurs atteignirent le front de mer et, dix minutes plus tard, ils arrivaient en vue de l'immense stade construit au bord de la baie. Une foule avait déjà commencé à s'y assembler. Les gens étaient tassés par milliers sur les appontements pour essayer d'entrevoir une seconde fois le Coronal à son arrivée.

Les Skandars fendirent brutalement la foule, entraînant Valentin, Sleet et Carabella dans leur sillage. Les artistes avaient reçu pour consigne de se présenter au point de rassemblement situé à l'arrière du stade, une vaste esplanade face à la mer où régnait déjà une sorte de folie, avec des centaines d'artistes en costume qui se bousculaient pour prendre leur place. Il y avait des gladiateurs géants de Kwill qui faisaient paraître frêles les Skandars eux-mêmes, des troupes d'acrobates se grimpant impatiemment sur les épaules, un corps de ballet totalement nu, trois orchestres dont les exécutants accordaient des instruments inconnus qui discordaient bizarrement, des dresseurs tirant des laisses auxquelles étaient attachés des animaux d'une taille et d'une férocité incroyables, et toutes sortes de phénomènes — un homme qui pesait quatre cent cinquante kilos, une femme mesurant plus de trois mètres et flexible comme une tige de bambou noir, un Vroon bicéphale, des Lii qui étaient des triplés, rattachés l'un à l'autre à la hauteur de la taille par un cordon hideux de chair bleu-gris, un être au visage en lame de couteau et dont le bas du corps ressemblait à une roue — et d'autres, si nombreux que Valentin était tout étourdi par le spectacle, les bruits et les odeurs de cette assemblée de monstres.

Des employés portant l'écharpe municipale s'agitaient frénétiquement en essayant de former avec les artistes un cortège ordonné. Il existait, à vrai dire, une sorte d'ordre de marche. Zalzan Kavol se fit identifier par un des employés et reçut en réponse un numéro qui indiquait la position de sa troupe dans la file. Mais il leur incomba alors de découvrir leurs voisins dans cette file, et ce ne fut pas chose facile car tout le monde se déplaçait constamment et trouver les numéros était comme essayer d'attacher des plaques d'identité aux vagues de la mer.

Les jongleurs finirent par trouver leur place, tassés au plus profond de la foule entre un groupe d'acrobates et l'un des orchestres. Après cela, il n'était plus question d'aller et venir et, une fois de plus, il leur fallut rester à la même place pendant des heures. Pendant cette longue attente, on offrit des rafraîchissements aux artistes; des serveurs circulaient parmi eux et leur proposaient gracieusement des brochettes de viande et des gobelets de vin vert ou doré. Mais l'air était lourd et chaud, et les exhalaisons de tant de corps entassés de tant de races et aux métabolismes si différents faisaient presque défaillir Valentin. Dans une heure, se dit-il, je serai en train de jongler devant le Coronal. Comme cela paraît étrange! Il sentait la présence de Carabella tout près de lui, enjouée et pleine d'entrain, toujours souriante, dotée d'une indomptable énergie.

— Fasse le Divin que nous n'ayons jamais à recommencer cela, murmura-t-elle.

Enfin, il se fit un grand mouvement, loin devant eux, près de la grille du stade, comme si on avait ouvert une vanne et que des courants commençaient à entraîner les premiers artistes à l'intérieur du stade. Valentin se dressa sur la pointe des pieds mais il ne parvenait pas à avoir une idée claire de ce qui se passait. Il s'écoula encore près d'une heure avant que le mouvement ne commence à se propager jusqu'à l'endroit où se trouvaient les jongleurs. La file se mit alors à avancer régulièrement.

Des bruits variés leur parvenaient de l'intérieur du stade : de la musique, des cris d'animaux, des rires, des applaudissements. L'orchestre qui précédait la troupe de Zalzan Kavol était maintenant prêt à entrer — une vingtaine d'exécutants de trois races portant des instruments fantastiques que Valentin n'avait jamais vus, des cuivres formant des volutes compliquées, d'étranges tambours asymétriques, des petites flûtes à cinq tubes et autres instruments aussi étonnants, tous d'une délicatesse surprenante. Mais quand l'orchestre s'ébranla en attaquant un morceau, les sons qu'ils produisirent étaient loin d'être aussi délicats. Quand le dernier des musiciens se fut engouffré entre les hautes grilles du stade, un majordome zélé s'avança d'un air important pour en interdire l'accès aux jongleurs.

— Zalzan Kavol et sa troupe, annonça le majordome.

— C'est nous, répondit Zalzan Kavol.

— Vous attendrez le signal. Puis vous entrerez et vous suivrez ces musiciens en vous formant en cortège et vous ferez le tour du stade de gauche à droite. Ne commencez pas à jongler avant d'avoir dépassé le grand drapeau vert portant l'emblème du Coronal. En arrivant à la hauteur du pavillon du Coronal, vous vous arrêterez pour vous incliner devant lui, puis vous resterez à cette place pendant soixante secondes pour présenter votre numéro avant de reprendre votre marche. Quand vous atteindrez la grille opposée, quittez immédiatement le stade. Votre cachet vous sera versé en partant. Tout est bien clair ?

— Parfaitement, répondit Zalzan Kavol.

Le Skandar se tourna vers sa troupe. Il n'avait jusqu'alors fait montre que de brusquerie et de rudesse, mais soudain il révéla une autre facette de son caractère. Tendant trois de ses bras vers ses frères, il leur étreignit les mains et quelque chose qui ressemblait presque à un sourire de tendresse apparut sur son visage dur. Puis le Skandar donna l'accolade à Sleet d'abord, à Carabella ensuite, puis il attira Valentin vers lui et lui dit avec toute la douceur dont un Skandar était capable :

— Vous avez appris vite et vous manifestez une maîtrise précoce. Au début, vous n'étiez pour nous qu'un expédient, mais maintenant je suis heureux que vous soyez des nôtres.

— Merci, répondit Valentin d'un ton solennel.

— Les jongleurs ! aboya le majordome.

— Ce n'est pas tous les jours que nous jonglons devant une des Puissances de Majipoor, reprit Zalzan Kavol. Nous allons donner le meilleur de nous-mêmes.

Il fit un geste de la main et la troupe s'engagea entre les lourdes grilles.

Sleet et Carabella ouvraient la marche en jonglant avec cinq poignards qu'ils échangeaient en leur faisant décrire des figures qui variaient constamment; puis, à quelque distance, Valentin avançait seul, jonglant avec ses trois massues, montrant une application farouche susceptible de faire oublier la simplicité de sa tâche et, derrière lui, venaient les six frères Skandars tirant le meilleur parti de leurs vingt-quatre bras pour remplir l'air d'une invraisemblable collection d'objets volants. Shanamir, comme une sorte d'écuyer, fermait la marche, mais sans jongler, faisant seulement office de signe de ponctuation humain.

Carabella débordait d'exubérance et de vitalité; elle sautait en l'air, claquant les talons et battant des mains, sans jamais pourtant sauter un temps, tandis que Sleet, à ses côtés, vif comme l'éclair, trapu, dynamique, déployait une inépuisable énergie en saisissant d'un geste preste les couteaux en l'air et en les relançant à sa partenaire. Et Sleet, d'ordinaire si sombre et si peu démonstratif, se permit même d'effectuer un rapide et invraisemblable saut périlleux, profitant de la faible pesanteur de Majipoor qui laissait les couteaux en l'air pendant la fraction de seconde nécessaire.

Ils continuèrent leur marche autour du stade, réglant leur rythme sur les stridences et les flonflons de l'orchestre qui les précédait. La foule immense, déjà repue de nouveautés, réagissait à peine, mais cela importait peu : les jongleurs se donnaient à leur art et non à ces visages baignés de sueur et à peine visibles dans les gradins éloignés.

La veille, Valentin avait imaginé de corser un peu son exercice et il s'était entraîné en secret. Les autres n'en savaient rien car ce genre de chose était risqué pour un novice, et comme il se produisait devant le Prince, ce n'était peut-être pas le moment le plus indiqué pour prendre un tel risque... et pourtant, se dit-il, n'était-ce pas en réalité l'occasion rêvée pour donner toute sa mesure ?

Il prit donc deux des massues dans la main droite et les jeta en l'air et, ce faisant, il entendit Zalzan Kavol pousser un « Oh ! » de surprise, mais il n'avait pas le temps de se préoccuper de cela, car les deux massues étaient déjà en train de redescendre et il envoya celle qu'il tenait dans la main gauche entre les deux autres en la faisant tourner sur elle-même. Il cueillit adroitement, une dans chaque main, les deux massues qui descendaient, relança en l'air celle qu'il tenait dans la main droite et attrapa la troisième au moment où elle retombait. Puis il retrouva avec un indicible soulagement sa cascade familière de massues et suivit Carabella et Sleet sur le pourtour du gigantesque stade sans jeter un regard ni à droite ni à gauche.

Des orchestres, des acrobates, des danseurs, des montreurs d'animaux, des jongleurs, devant et derrière lui, des milliers de visages anonymes sur les gradins, les tribunes des dignitaires ornées de rubans... Valentin n'eut qu'une perception subliminale de tout cela. Lancer, lancer, lancer et réception, lancer et réception, lancer et réception, les mêmes gestes répétés inlassablement jusqu'à ce que, du coin de l'œil, il aperçoive les éclatantes draperies vert et or flanquant le pavillon royal. Il se tourna de manière à faire face au Coronal. Ce fut un moment difficile, car il lui fallait maintenant partager son attention. Tout en continuant à lancer les massues, il cherchait lord Valentin du regard. Il le découvrit au centre du pavillon. Valentin aspirait ardemment à une nouvelle décharge d'énergie, à un nouveau contact fugace avec les yeux de feu du Coronal. Il lançait avec une précision d'automate, chaque massue s'élevant à la hauteur qui lui était impartie et décrivant un arc en l'air pour retomber entre le pouce et les doigts de Valentin. Tout en exécutant ces gestes, Valentin scrutait le visage du Coronal, mais il n'y eut pas, cette fois, de décharge électrique, car le Prince était distrait, il ne voyait même pas le jongleur. Son regard vide où se lisait l'ennui s'était fixé quelque part de l'autre côté du stade sur un autre numéro, peut-être quelque dompteur de fauves, peut-être les danseuses du corps de ballet dans le plus simple appareil, peut-être rien du tout. Valentin persévéra, comptant une à une les soixante secondes que devait durer son hommage, et vers la fin de cette minute, il lui sembla que le regard du Coronal s'était effectivement porté dans sa direction pendant une fraction de seconde, mais vraiment pas plus.

Puis Valentin se remit en route. Carabella et Sleet approchaient déjà de la sortie. Valentin exécuta un demi-tour et adressa un sourire radieux aux Skandars qui avaient repris leur marche dans un tourbillon de haches, de torches enflammées, de faucilles, de marteaux et de fruits, ajoutant objet après objet à la multitude de ceux qu'ils faisaient tournoyer au-dessus d'eux. Valentin jongla devant eux pendant quelques instants avant de poursuivre sa ronde solitaire autour du stade.

Il sortit par la grille opposée. Au moment où il retrouvait le monde extérieur, il rassembla ses massues et les tint à la main. Pour la seconde fois, dès qu'il se retrouva hors de la présence du Coronal, Valentin eut une sensation de désenchantement, de lassitude, de vide, comme si lord Valentin, au lieu d'émettre de l'énergie, se nourrissait de celle des autres, comme s'il donnait seulement l'illusion d'être doté d'une aura resplendissante, alors que dès que l'on s'éloignait de lui, il ne restait plus que le sentiment d'avoir perdu quelque chose. D'autre part, la représentation était terminée; l'heure de gloire de Valentin était passée et personne, apparemment, ne lui avait prêté la moindre attention.

Personne, sauf Zalzan Kavol qui avait l'air buté et irrité.

— Qui vous a appris ce lancer de deux massues? demanda-t-il dès qu'il eut franchi la grille.

— Personne, répondit Valentin. C'est moi qui l'ai inventé.

— Et si vous aviez laissé tomber vos massues là-bas?

— Les ai-je laissé tomber?

— Ce n'était pas l'endroit pour faire de l'épate.

Puis il s'adoucit quelque peu.

— Mais je dois reconnaître que vous vous en êtes bien sorti.

Il reçut d'un second majordome une bourse remplie de pièces de monnaie qu'il versa dans ses deux mains extérieures et compta rapidement. Il en empocha la plupart mais en lança une à chacun de ses frères et en remit une par personne à Carabella et Sleet, puis, après avoir réfléchi quelques secondes, il en donna également à Valentin et à Shanamir.

Valentin vit que Shanamir et lui avaient reçu chacun une demi-couronne et les autres une couronne par personne. Aucune importance. Tant qu'il entendrait quelques couronnes tinter dans sa bourse, il ferait peu de cas de l'argent. La gratification, même si elle était maigre, était inattendue. Il allait la dépenser avec joie cette nuit en vin fort et en poisson épicé.

Le long après-midi touchait à sa fin. La brume qui s'élevait de la mer commençait à obscurcir Pidruid. Les bruits du cirque résonnaient encore dans l'enceinte du stade. Valentin se dit que le pauvre Coronal allait devoir y rester bien avant dans la nuit.

Carabella le tiraillait par la manche.

— Viens maintenant, souffla-t-elle d'un ton pressant. Le travail est fini ! Maintenant, allons faire la fête !

9

Elle s'élança dans la foule en courant, et Valentin, après un instant d'indécision, la suivit. Ses trois massues, attachées par une corde enroulée autour de la taille, battaient contre ses cuisses pendant qu'il courait. Il crut l'avoir perdue, mais il la retrouva dans la foule, courant de sa longue foulée élastique, se retournant pour lui sourire d'un air mutin, lui faisant signe d'avancer. Valentin la rattrapa sur les grandes marches planes qui descendaient jusqu'à la baie. Des péniches, sur lesquelles des bûchers avaient été élevés, avaient été remorquées dans le port tout proche et déjà, bien que la nuit fût à peine tombée, on en avait enflammé quelques-uns qui brûlaient en répandant une lueur verte sans presque dégager de fumée.

Pendant la journée, toute la ville avait été convertie en un gigantesque terrain de jeux. Des baraques foraines avaient poussé comme des champignons après une pluie estivale. Des fêtards bizarrement attifés se pavanaient le long des quais. Partout régnait une excitation fiévreuse et on entendait de la musique et des rires. A mesure que l'obscurité devenait plus profonde, de nouveaux feux commençaient à flamboyer et la baie se transformait en un océan de lumière colorée. Soudain, à l'est, s'éleva une sorte de feu d'artifice, une éblouissante fusée volante qui monta très haut dans le ciel avant d'éclater en parcelles incandescentes qui retombèrent jusqu'au faîte des plus hauts édifices de Pidruid.

Une frénésie s'était emparée de Carabella et elle commençait à gagner Valentin. La main dans la main, ils galopaient à travers la ville, de baraque foraine en baraque foraine, dépensant leur argent en jeux comme on sème des cailloux. La plupart de ces baraques foraines abritaient des jeux d'adresse, qui consistaient à renverser des poupées à l'aide de balles ou à détruire le fragile équilibre de constructions soigneusement agencées. Carabella, avec la sûreté du coup d'œil et de la main de la jongleuse, gagnait presque à tous coups et Valentin, bien qu'un peu moins adroit, remportait également nombre de lots. A certaines baraques on gagnait des gobelets de vin, à d'autres des morceaux de viande, à d'autres encore de ridicules petits animaux empaillés ou des banderoles portant l'emblème du Coronal dont ils ne s'embarrassaient pas. Mais ils mangeaient toute la viande et engloutissaient tout le vin et devenaient de plus en plus rouges et déchaînés au fil des heures.

— Viens ! cria Carabella.

Et ils entrèrent dans une danse exécutée par des Vroons, des Ghayrogs et des Hjorts avinés, une ronde ponctuée de cabrioles, et qui semblait n'obéir à aucune règle. Pendant de longues minutes, ils dansèrent avec les étrangers. Quand un Hjort en cuir grenu enlaça Carabella, elle lui rendit son étreinte, le serrant si fort que ses doigts minces s'enfoncèrent profondément dans la bouffissure des chairs, et quand une Ghayrog femelle aux boucles flexueuses et aux innombrables seins ballottants se pressa contre Valentin, il accepta son baiser et le lui rendit avec un enthousiasme dont il ne se serait pas cru capable.

Puis ils continuèrent jusqu'à un théâtre à ciel ouvert où des marionnettes anguleuses agitées de mouvements saccadés et stylisés interprétaient une œuvre dramàtique. Puis ils entrèrent dans une arène où, moyennant quelques pesants, ils purent observer les évolutions de dragons de mer nageant en cercles menaçants dans un bassin miroitant. De là, ils se rendirent dans un jardin botanique qui contenait des plantes animées originaires de la côte méridionale d'Alhanroel, des végétaux visqueux et tentaculaires et de hautes colonnes gélatineuses et frémissantes dotées d'yeux surprenants à leur sommet. « Le repas dans une demi-heure ! » cria le gardien. Mais Carabella ne voulut pas attendre et, Valentin à sa remorque, elle s'enfonça dans l'obscurité grandissante.

De nouveaux feux d'artifice explosèrent, beaucoup plus frappants maintenant sur le fond assombri du ciel. Il y eut une triple constellation qui se transforma en une image de lord Valentin emplissant la moitié de la voûte céleste, puis de fulgurantes fusées vertes, rouges et bleues prirent la forme du Labyrinthe avant de composer, par un nouvel avatar, la face rechignée du vieux Pontife Tyeveras. Et, après quelques instants nécessaires pour laisser aux couleurs le temps de se dissiper, une nouvelle explosion envoya à travers le firmament un trait de feu qui donna naissance au visage bien-aimé de la reine mère, la douce Dame de l'Ile du Sommeil, qui se pencha sur Pidruid avec un sourire débordant d'amour. Sa vue émut si profondément Valentin qu'il manqua de se laisser tomber à genoux et de fondre en larmes, une réaction aussi mystérieuse qu'étonnante. Mais il n'y avait pas de place dans la foule pour se permettre cela. Il continua à trembler pendant quelques secondes. L'image de la Dame s'estompa avant d'être engloutie par la nuit. Valentin prit la main de Carabella dans la sienne et la serra très fort.

— Il me faut encore du vin, souffla-t-il.

— Attends. Il en reste un autre.

C'était vrai. Une autre fusée, une autre explosion de couleurs, agressives cette fois, du jaune et du rouge, et un autre visage à la mâchoire lourde et à l'œil sombre se dessina, celui de la quatrième des Puissances de Majipoor, le personnage le plus inquiétant et le plus ambigu de la hiérarchie, Simonan Barjazid, le Roi des Rêves. Le silence s'abattit sur la foule, car personne ne portait le Roi des Rêves dans son cœur mais personne ne se risquait non plus à méconnaître son pouvoir, de crainte d'attirer sur soi le malheur et d'encourir un terrible châtiment.

Puis ils se mirent en quête de vin. La main de Valentin tremblait et il vida rapidement deux gobelets pendant que Carabella le regardait avec une certaine inquiétude. Les doigts de Valentin jouaient avec les os de son poignet, mais elle s'abstint de toute question et ne toucha presque pas à son verre de vin.

La porte suivante qui s'ouvrit devant eux fut celle d'un musée de cire en forme de labyrinthe miniature, si bien qu'après y avoir pénétré en tâtonnant, il n'était plus question de revenir sur leurs pas, et ils donnèrent leurs pièces de trois pesants à un gardien au teint cireux et avancèrent. De l'obscurité émergeaient les héros du royaume, des personnages de cire adroitement reproduits, se déplaçant, allant même jusqu'à s'exprimer dans des parlers archaïques. Un grand guerrier se présenta comme lord Stiamot, le conquérant des Métamorphes, puis ils se trouvèrent en présence de la légendaire lady Thiin, sa mère, la Dame-combattante qui avait organisé en personne la défense de l'Ile du Sommeil lorsqu'elle avait été assiégée par les aborigènes. Un autre s'approcha, qui prétendait être Dvorn, le premier Pontife, une figure d'une époque presque aussi lointaine de celle de Stiamot que celle de Stiamot l'était de l'époque actuelle. A ses côtés, se trouvait Dinitak Barjazid, le premier Roi des Rêves, un personnage beaucoup moins ancien. En s'enfonçant un peu plus dans le labyrinthe, Carabella et Valentin rencontrèrent une légion de Puissances du passé, un assortiment soigneusement sélectionné de Pontifes, de Dames et de Coronals, les grands souverains que furent Confalume, Prestimion et Dekkeret, et le Pontife Arioc à la curieuse renommée, et pour finir, gardant la sortie, un homme au teint coloré, serré dans des vêtements noirs, une quarantaine d'années, les cheveux bruns, les yeux sombres, souriant. Il n'avait nul besoin de se présenter, car il s'agissait de lord Voriax, le défunt Coronal, le frère de lord Valentin, fauché deux ans auparavant dans la fleur de son règne, mort dans un stupide accident de chasse après avoir détenu le pouvoir pendant seulement huit ans. Le personnage en cire s'inclina, tendit les mains et s'exclama : « Pleurez sur mon sort, mes frères et mes sœurs, car j'étais au faîte des honneurs et j'ai péri avant mon heure. Ma chute fut d'autant plus dure que je suis tombé de plus haut. Je m'appelais lord Voriax, et méditez longtemps sur mon sort. »

— Quel endroit sinistre, fit Carabella en frissonnant, et quelle sinistre conclusion ! Partons d'ici !

Une fois de plus, elle l'entraîna dans une course à perdre haleine à travers des salles de jeu, des arcades et de grandes tentes éclairées a giorno, devant des buffets et des lieux de plaisir, sans jamais s'arrêter nulle part, voletant de place en place comme des oiseaux. Finalement, après avoir tourné un coin de rue, ils se retrouvèrent plongés dans l'obscurité, ayant franchi la limite de la zone des plaisirs. Ils distinguaient encore derrière eux les bruits de plus en plus étouffés de la liesse populaire et la lumière crue qui allait déclinant à mesure qu'ils avançaient. Soudain ils furent environnés de fragrances de fleurs et du silence des arbres. Ils étaient dans un jardin, un parc.

— Viens, murmura Carabella en le prenant par la main.

Ils débouchèrent dans une clairière baignée de clair de lune au-dessus de laquelle les branches des arbres s'entrelaçaient pour former une charmille à la trame serrée. Le bras de Valentin entoura sans effort la taille fine et musclée de Carabella. La douce chaleur du jour n'avait pu franchir le barrage de branches enchevêtrées et, du sol, s'élevait le doux arôme de fleurs énormes aux feuilles charnues, plus larges que la tête d'un Skandar. Ils avaient l'impression d'être à des milliers de kilomètres du festival et de toute cette folle excitation.

— Voilà l'endroit où nous allons nous installer, annonça Carabella.

D'un geste exagérément chevaleresque, il étendit son manteau par terre, et elle l'attira au sol et se glissa vivement entre ses bras. Leur retraite était bordée de deux hauts buissons touffus hérissés de branches gris-vert fines comme des baguettes. Un ruisseau courait non loin d'eux et une lumière ténue filtrait à travers les branchages.

Sur la hanche de Carabella était attachée une minuscule harpe de poche d'une facture remarquable. Elle la leva, pinça quelques cordes en guise de prélude et commença à chanter d'une voix claire et pure :

> *Mon amour blond comme les blés*
> *Est aussi tendre que la nuit,*
> *A la douceur d'un fruit volé,*
> *Et nul n'est plus aimant que lui.*
> *Ni les richesses de la terre,*
> *Les trésors du Mont du Château,*
> *Ni tous les joyaux de la mer*
> *N'égalent mon amour si beau.*

— Comme c'est joli, murmura Valentin. Et ta voix... ta voix est si belle...

— Tu sais chanter? demanda-t-elle.

— Euh!... Oui, je suppose.

— Chante pour moi, maintenant, dit-elle en lui tendant la harpe. Une de tes chansons préférées.

Il retourna le petit instrument dans sa main, le considéra d'un air perplexe et déclara au bout d'un moment :

— Je ne connais pas de chansons.

— Pas de chansons? Pas de chansons? Allons, tu dois bien en connaître quelques-unes!

— On dirait qu'elles me sont sorties de l'esprit.

Carabella reprit sa harpe en souriant.

— Alors, je vais t'en apprendre quelques-unes, dit-elle. Mais pas maintenant, je ne crois pas.

— Non. Pas maintenant.

Leurs lèvres se joignirent. Carabella ronronnait et gloussait de plaisir et son étreinte se faisait de plus en plus forte. Au fur et à mesure que les yeux de Valentin s'accoutumaient à l'obscurité, il la voyait plus distinctement, le petit visage pointu, les yeux brillants d'espièglerie, la broussaille de ses cheveux bruns. Ses narines palpitaient d'impatience. Pendant un instant, Valentin eut envie de se dérober à ce qui allait inéluctablement se produire, comme s'il craignait obscurément qu'une sorte de pacte fût sur le point d'être scellé, mais il balaya rapidement ces craintes. Ce soir, c'était la fête et il la désirait, comme elle le désirait. Les mains de Valentin glissèrent en bas du dos, revinrent devant en suivant la cage thoracique dont les côtes affleuraient sous la peau. Il évoqua l'image qu'il avait d'elle lorsqu'il l'avait vue nue sous le purificateur : rien que de l'os et du muscle, guère de chair sauf sur les cuisses et les fesses. En un instant, elle fut de nouveau nue, et lui aussi. Il vit qu'elle tremblait, mais ce n'était pas de froid, pas par cette nuit douce et embaumée dans cette alcôve secrète. Une véhémence étrange et presque effrayante semblait s'être emparée d'elle. Il caressa ses bras, son visage, ses épaules musclées, les petits globes de ses seins aux mamelons durcis. Il promena la main sur la peau satinée de l'intérieur des cuisses. La respiration de Carabella s'accéléra et elle attira Valentin contre elle.

Leurs corps avaient tout de suite trouvé la bonne cadence, comme s'ils avaient été amants depuis des mois et avaient eu une longue habitude l'un de l'autre. Elle avait enroulé ses jambes minces et vigoureuses autour de la taille de Valentin et ils commencèrent à rouler l'un sur l'autre jusqu'au moment où ils approchèrent du bord du ruisseau et sentirent la fraîcheur des gouttelettes d'eau sur leurs corps baignés de sueur. Ils éclatèrent de rire et repartirent en roulant en sens inverse. Ils s'arrêtèrent cette fois contre un des buissons gris-vert et Carabella le plaqua contre elle, supportant tout son poids sans difficulté.

— Maintenant! cria-t-elle, et il l'entendit haleter et gémir, et sentit ses doigts s'enfoncer profondément dans sa chair.

Un spasme furieux la secoua et, au même instant, il s'abandonna totalement aux forces qui explosaient en lui. Après quoi il resta étendu, reprenant sa respiration, à demi étourdi entre les bras de Carabella, attentif au battement sourd de son propre cœur.

— Nous allons dormir ici, murmura-t-elle. Personne ne viendra nous déranger cette nuit.

Elle lui caressa le front, écarta de ses yeux les soyeux cheveux blonds et les remit en place en les lissant. Elle lui embrassa délicatement le bout du nez. Elle était détendue, d'humeur folâtre et câline. Sa sombre fureur érotique l'avait abandonnée, probablement consumée dans le brasier de la passion. Mais Valentin, de son côté, se sentait secoué, hébété, interdit. Bien sûr, il y avait eu cette violente extase. Mais pendant ce bref instant de plaisir, il avait eu la vision fugitive d'un royaume mystérieux dépourvu de couleur, de forme et de substance, et il était resté en équilibre précaire à la lisière de cet inconnu avant de retomber dans le monde de la réalité.

Il était incapable de parler. Rien de ce qu'il aurait pu dire ne lui semblait adéquat. Il ne s'attendait pas à être aussi désorienté par l'acte d'amour. Carabella était de toute évidence consciente de cette inquiétude, car elle ne disait rien et se contentait de le tenir, de le bercer lentement, de serrer sa tête contre sa poitrine, de chantonner doucement à son oreille.

Dans la chaleur de la nuit, il glissa petit à petit dans le sommeil.

Quand les images du rêve commencèrent à défiler, elles étaient dures et terrifiantes.

Il fut transporté une nouvelle fois dans cette plaine pourpre et morne qui lui était devenue familière. Du ciel pourpre, les mêmes faces moqueuses le reluquaient, mais cette fois il n'était pas seul. Devant lui se dressait une forme au visage sombre et à la présence oppressante que Valentin reconnut comme son frère, bien que la lumière éblouissante du soleil ambré l'empêchât de distinguer avec précision les traits de l'autre homme. Et le rêve se déroulait sur un fond de musique lugubre, la mélopée funèbre et grave de la musique intérieure annonciatrice d'un rêve périlleux, d'un rêve menaçant, d'un rêve de mort.

Les deux hommes étaient engagés dans un âpre combat singulier dont un seul sortirait vivant.

— Frère! cria Valentin d'une voix vibrante d'horreur. Non!

Il s'agita, se débattit et remonta à la surface du sommeil où il resta quelques instants en suspens. Mais toute son éducation était trop profondément ancrée en lui. On ne fuyait pas les rêves, on ne s'y dérobait point, aussi effroyables fussent-ils. On s'y plongeait totalement et on acceptait leurs conseils. Dans les rêves, on se trouvait aux prises avec l'inexplicable, et l'éviter à ce moment-là impliquait un inévitable affrontement et une inéluctable défaite dans l'état de veille.

Valentin s'enfonça délibérément de nouveau, franchissant la frontière qui sépare la veille du sommeil, et il sentit de nouveau tout autour de lui la présence hostile de son ennemi, de son frère.

Ils étaient tous deux armés, mais la lutte était inégale. Alors que l'arme de Valentin était une fragile rapière, son frère maniait un sabre massif. Valentin déployait toute son adresse et son agilité pour tenter de franchir la garde de son adversaire. Impossible. A grands coups de sabre puissants l'autre parait toutes ses bottes, le repoussant inexorablement sur le sol crevassé.

Des vautours décrivaient des cercles au-dessus de leurs têtes. Une musique funèbre semblait tomber du ciel en sifflant. Il allait bientôt y avoir une effusion de sang et une vie allait retourner à la Source.

Valentin reculait pied à pied et il savait qu'un ravin s'ouvrait juste derrière lui et que bientôt toute retraite allait lui être coupée. Son bras était endolori, sa vue se brouillait de fatigue, il avait un goût de sable dans la bouche et sentait ses ultimes forces décliner. En arrière... en arrière...

— Frère! cria-t-il avec angoisse. Au nom du Divin...

Sa supplication ne lui valut qu'un rire méprisant et une cruelle obscénité. Valentin vit le sabre descendre sur lui en décrivant un grand arc de cercle et il porta une botte. Il fut ébranlé par un choc terrible qui lui engourdit tout le corps au moment où les deux lames s'entrechoquèrent et où son épée effilée fut brisée net près de la garde. Au même instant, il trébucha sur une racine qui dépassait du sable et tomba lourdement, atterrissant sur des plantes rampantes aux tiges épineuses. L'homme gigantesque se dressait au-dessus de lui, occultant le soleil, emplissant tout le ciel. Le timbre de la musique funèbre prit une intensité aiguë. Les vautours battirent des ailes et fondirent sur leur proie.

Valentin gémissait et tremblait dans son sommeil. Il se retourna et se nicha contre Carabella pour prendre un peu de sa chaleur alors que le froid horrible de ce rêve de mort l'enveloppait. Il eût été si facile de se réveiller maintenant, d'échapper à l'horreur et à la violence de ces images et de se réfugier en lieu sûr en regagnant les franges de la conscience. Mais il n'en était pas question. Obéissant à sa rigoureuse discipline, il se plongea de nouveau dans le cauchemar. La silhouette gigantesque ricana. Le sabre s'éleva. Le monde tanguait et s'effritait sous le corps étendu de Valentin. Il recommanda son âme à la Dame et attendit le coup de grâce.

Mais le coup qui arriva était faible et maladroit et le sabre de son frère s'enfonça profondément dans le sable avec un absurde son mat. La texture et l'essence du rêve se trouvèrent soudain modifiées, car Valentin cessa d'entendre la plaintive et sifflante musique funèbre et il s'aperçut qu'il y avait un complet renversement de la situation et que des courants d'énergie nouvelle et inattendue affluaient en lui. Il se leva d'un bond. Son frère jurait en tirant sur le sabre pour l'arracher du sol, mais Valentin le brisa d'un coup de pied dédaigneux.

Il engagea le combat à mains nues.

C'était maintenant à Valentin d'être maître de la situation et c'était son frère qui tremblait en battant en retraite sous une grêle de coups, ployant les genoux pendant que Valentin continuait à le frapper, gémissant comme un animal blessé, secouant sa tête ensanglantée, recevant la correction sans esquisser un geste de défense, murmurant seulement : « Frère... frère... » pendant que Valentin continuait à le frapper à terre.

Il cessa de bouger et Valentin resta debout près de lui, triomphant.

En priant pour que l'aube soit déjà arrivée, Valentin sortit du sommeil.

Il faisait encore nuit. Il cligna des yeux et frissonna en serrant ses bras contre ses côtes. Des images violentes et délirantes, fragmentées mais vivaces, se bousculaient dans son esprit fiévreux.

Carabella l'observait pensivement.

— Tu vas bien? demanda-t-elle.

— J'ai rêvé.

— Tu as crié trois fois. J'ai cru que tu allais te réveiller. Le rêve était fort?

— Oui.

— Et maintenant?

— Je suis perturbé. Perplexe.

— Tu me racontes ton rêve?

C'était une demande intime. Mais n'étaient-ils pas amants, après tout? Ne s'étaient-ils pas enfoncés ensemble dans le monde du sommeil, partenaires dans la quête nocturne?

— J'ai rêvé que je me battais avec mon frère, fit-il d'une voix rauque. Que nous avions un duel à l'épée dans un désert aride et brûlant, qu'il était sur le point de me tuer, mais qu'au dernier moment je m'étais relevé en retrouvant une vigueur nouvelle et... et... et que je l'avais battu à mort à coups de poing.

Les yeux de Carabella luisaient dans l'obscurité comme ceux d'un petit animal; elle l'observait avec l'œil méfiant et perçant d'un drôle.

— Tu as toujours des rêves aussi féroces? demanda-t-elle au bout de quelques instants.

— Je ne crois pas. Mais...

— Oui?

— Ce n'est pas seulement la violence, Carabella. Je n'ai pas de frère!

Elle se mit à rire.

— T'imagines-tu que les rêves correspondent exactement à la réalité? Valentin, Valentin, où as-tu été
élevé? Les rêves contiennent une vérité beaucoup plus
profonde que la réalité que nous percevons. Ce frère
dans ton rêve peut être tout le monde ou personne :
Zalzan Kavol, Sleet, ton père, lord Valentin, le Pontife
Tyeveras, Shanamir ou même moi. Tu sais bien qu'à
moins qu'ils ne soient porteurs de messages spécifi-
ques, les rêves transforment tout.

— Je sais, oui. Mais qu'est-ce que cela signifie, Carabella ? Se battre en duel avec son frère... être tué, ou
presque, par lui... et le tuer à la place...

— Tu veux que j'interprète ton rêve pour toi?
demanda-t-elle, surprise.

— Pour moi, cela n'a pas d'autre signification que la
terreur et le mystère.

— Tu as eu très peur, c'est vrai. Tu étais trempé de
sueur et tu n'arrêtais pas de crier. Mais les rêves pénibles sont les plus révélateurs, Valentin. A toi de l'interpréter toi-même.

— Mon frère... je n'ai pas de frère...

— Je t'ai dit que cela n'avait pas d'importance.

— Me suis-je battu contre moi-même, alors? Je ne
comprends pas. Je n'ai pas d'ennemis, Carabella.

— Ton père, suggéra-t-elle.

Il réfléchit. Son père? Il essaya de donner un visage
à l'homme armé du sabre, mais tout était trop obscur.

— Je ne me souviens pas de lui, dit-il.

— Il est mort quand tu n'étais qu'un enfant?

— Je crois.

Valentin secoua la tête qui commençait à lui élancer.

— Je ne me souviens pas. Je vois un gros homme...
avec une barbe noire et des yeux sombres...

— Comment s'appelait-il? Quand est-il mort?

Valentin secoua de nouveau la tête.

Carabella se pencha vers lui. Elle prit ses deux mains
dans les siennes et demanda doucement :

— Valentin, où es-tu né?

— Dans l'Est.

— Oui, tu me l'as déjà dit. Mais où? Dans quelle ville, dans quelle province?

— Ni-moya? fit-il d'un ton vague.

— C'est une question ou une affirmation?

— Ni-moya, répéta-t-il. Une grande maison, un jardin, près du coude d'une rivière. Oui, je m'y revois. Je nage dans la rivière, je chasse dans la forêt ducale. Suis-je en train de rêver tout cela?

— Qu'en penses-tu?

— J'ai l'impression... que c'est quelque chose que j'ai lu. Comme une histoire qu'on m'aurait racontée.

— Comment s'appelle ta mère?

Il se préparait à répondre, mais lorsqu'il ouvrit la bouche, aucun son n'en sortit.

— Elle est morte jeune aussi?

— Galiara, dit Valentin sans conviction. Oui, c'était cela. Galiara.

— C'est un joli nom. Dis-moi à qui elle ressemblait.

— Elle avait... elle avait...

Il hésita.

— Des cheveux dorés, comme moi. Une peau douce et lisse. Ses yeux... sa voix était... c'est tellement difficile, Carabella!

— Tu trembles.

— Oui.

— Viens. Près de moi.

Encore une fois elle l'attira contre elle. Elle était beaucoup plus petite que lui, et pourtant elle paraissait beaucoup plus forte en cet instant et le rapprochement de leurs corps procurait un réconfort à Valentin.

— Tu ne te souviens de rien, n'est-ce pas, Valentin? demanda-t-elle doucement.

— Non. Pas vraiment.

— Ni de l'endroit où tu es né, ni d'où tu viens, ni à quoi ressemblaient tes parents, ni même où tu étais la semaine dernière. C'est bien cela? Tes rêves ne peuvent pas te guider parce que tu ne sais pas à quoi ils se rapportent.

Elle enfonça les mains dans la tignasse blonde; ses doigts palpaient délicatement mais fermement le cuir chevelu.

— Que fais-tu? demanda-t-il.

— Je regarde si tu n'as pas été blessé. Un coup sur la tête peut faire perdre la mémoire, tu sais.

— Tu trouves quelque chose?

— Non. Non, il n'y a rien. Pas de cicatrice, pas de bosse. Mais cela ne veut rien dire. Cela a pu t'arriver, il y a un ou deux mois. Je regarderai encore quand le soleil sera levé.

— J'aime bien sentir tes mains sur moi, Carabella.

— J'aime bien te toucher.

Il était allongé immobile contre elle. Il se sentait profondément troublé par la conversation qu'ils venaient d'avoir. Il se rendait compte que les autres, tous les autres, avaient d'abondants souvenirs de leur enfance et de leur adolescence, qu'ils connaissaient les noms de leurs parents et qu'ils étaient sûrs de l'endroit où ils étaient nés, alors que lui n'avait rien d'autre que cette couche d'idées nébuleuses, cette brume ténue de souvenirs incertains qui recouvrait un grand vide, et il avait été conscient de l'existence de ce vide mais avait préféré ne pas se pencher dessus. Mais Carabella l'avait contraint à regarder la situation en face. Il se demanda pourquoi il était différent des autres. Pourquoi ses souvenirs étaient-ils dépourvus de substance? Avait-il vraiment reçu un coup sur la tête comme elle le suggérait? Ou bien était-ce seulement parce que son esprit était obscurci, parce qu'il lui manquait la capacité de conserver l'empreinte de l'expérience, parce qu'il avait erré pendant des années à la surface de Majipoor, effaçant de sa mémoire le souvenir de la veille à chaque aube nouvelle?

Ils ne se rendormirent ni l'un ni l'autre cette nuit-là. A l'approche du matin, ils refirent l'amour en silence, avec une sorte de détermination ardente bien éloignée de leur accouplement joyeux de la nuit. Puis ils se levèrent, toujours sans parler, et allèrent se baigner dans l'eau glacée du petit ruisseau avant de retraverser la ville pour regagner l'auberge. Ils croisèrent quelques fêtards aux yeux striés de rouge titubant encore dans les rues pendant que le disque brillant du soleil se levait sur Pidruid.

10

Sur les instances de Carabella, Valentin se confia à Sleet, et lui raconta son rêve et la conversation qui avait suivi. Le petit jongleur aux cheveux blancs l'écouta d'un air pensif, sans jamais l'interrompre, le visage de plus en plus grave.

— Tu devrais demander conseil à un interprète des rêves, dit-il quand Valentin eut terminé. C'est un message trop puissant pour que tu n'en tiennes pas compte.

— Alors tu crois que c'est un message?

— C'est possible, répondit Sleet.

— Du Roi des Rêves?

Sleet tendit les mains et contempla le bout de ses doigts.

— Peut-être. Tu vas devoir attendre et faire très attention. Les messages du Roi ne sont jamais simples.

— Il peut aussi bien venir de la Dame, intervint Carabella. Il ne faut pas se laisser abuser par la violence qu'il contenait. La Dame peut envoyer des rêves violents quand le besoin s'en fait sentir.

— Et certains rêves ne viennent ni de la Dame ni du

Roi, répliqua Sleet avec un sourire. Ils proviennent des profondeurs de notre inconscient. Comment le savoir sans aide ? Valentin, va voir un interprète des rêves.

— Crois-tu qu'un interprète des rêves m'aiderait à retrouver la mémoire ?

— Un interprète des rêves ou un sorcier, oui. Si les rêves ne t'aident pas à retrouver ton passé, rien ne le fera.

— De plus, reprit Carabella, un rêve aussi fort ne peut rester sans analyse. Il faut penser à ta responsabilité. Si un rêve te commande quelque chose et si tu choisis de ne pas suivre cette ligne de conduite...

Elle haussa les épaules.

— C'est ton âme qui en répondra, et vite. Trouve un interprète, Valentin.

— J'avais espéré, dit Valentin en s'adressant à Sleet, que tu t'y connaissais dans ce domaine.

— Je ne suis qu'un jongleur. Trouve un interprète.

— Peux-tu m'en recommander un à Pidruid ?

— Nous allons bientôt quitter Pidruid. Attends que nous nous soyons éloignés de la ville de quelques jours de route. A ce moment-là, tu auras des rêves plus riches à proposer à l'interprète.

— Je me demande si c'est un message, dit Valentin. Et si c'est le Roi qui l'a envoyé. Qu'aurait à faire le Roi des Rêves avec un vagabond comme moi ? Cela me paraît à peine concevable. Avec vingt milliards d'âmes sur Majipoor, comment le Roi pourrait-il trouver le temps de s'intéresser à d'autres que les gens les plus importants ?

— A Suvrael, répondit Sleet, il y a dans le palais du Roi des Rêves d'énormes machines qui explorent le monde entier et qui, toutes les nuits, envoient des messages dans les cerveaux de millions de gens. Qui sait comment ces millions de gens sont choisis ? On nous apprend une chose quand nous sommes enfants, et je sais que c'est la vérité : une fois au moins avant de quitter ce monde, nous sentirons le Roi des Rêves entrer en contact avec notre esprit, chacun d'entre nous. Je sais que cela m'est arrivé.

— Toi?

— Plus d'une fois.

Sleet porta la main à ses cheveux rudes et plats.

— T'imagines-tu que je suis né avec les cheveux blancs? Une nuit, je dormais dans un hamac dans la jungle, près de Narabal. Je n'étais pas encore jongleur à l'époque, et le Roi des Rêves m'a rendu visite dans mon sommeil et il a donné des directives à mon âme, et quand je me suis réveillé, mes cheveux étaient devenus comme ça. J'avais vingt-trois ans.

— Des directives? demanda Valentin. Quel genre de directives?

— Des directives qui font blanchir les cheveux d'un homme entre le coucher et le lever du soleil, répondit Sleet.

Visiblement, il ne tenait pas à en dire plus. Il se leva et regarda le ciel matinal comme pour s'assurer de la hauteur du soleil.

— Je crois que nous avons assez discuté pour l'instant, ami. Nous avons encore des couronnes à gagner pendant ce festival. Veux-tu apprendre quelques tours nouveaux avant que Zalzan Kavol ne nous envoie au travail?

Valentin acquiesça de la tête. Sleet alla chercher les balles et les massues. Ils sortirent dans la cour.

— Regarde, dit Sleet, et il se plaça juste derrière Carabella.

Elle tenait deux balles dans la main droite et lui une dans la gauche. Ils passèrent leurs bras libres l'un autour de l'autre.

— C'est de la double jonglerie, dit Sleet. C'est simple, même pour les débutants, mais cela fait énormément d'effet.

Carabella lança, Sleet lança et attrapa, et immédiatement ils trouvèrent le rythme, faisant aller et venir les balles sans effort, une entité dotée de quatre jambes, de deux cerveaux et deux bras qui jonglaient. Effectivement, cela paraît difficile, se dit Valentin.

— Envoie-nous les massues maintenant! lui cria Sleet.

A mesure que Valentin, d'un coup sec du poignet, lui envoyait les massues dans la main droite, Carabella les joignait aux balles jusqu'à ce que balles et massues volent d'elle à Sleet et de Sleet à elle en une cascade étourdissante. Les quelques tentatives que Valentin avait effectuées sans témoins lui avaient enseigné à quel point il était difficile de manier autant d'objets. Jongler avec cinq balles serait à sa portée dans quelques semaines, il l'espérait, tout au moins; avec quatre massues, cela pourrait également être bientôt possible; mais en manier trois de chaque en même temps, sans parler de la coordination qu'exigeait cette double jonglerie, était un exploit qui le stupéfiait et le remplissait d'admiration. Il eut l'étrange sensation qu'il s'y mêlait une pointe de jalousie, car il voyait devant lui le corps de Sleet pressé contre celui de Carabella, formant avec elle un organisme unique, alors que quelques heures auparavant ils étaient allongés l'un contre l'autre au bord de ce ruisseau dans le parc de Pidruid.

— Essaie, lui dit Sleet.

Il s'écarta et Carabella se plaça devant Valentin et passa le bras autour de lui. Ils ne travaillèrent qu'avec trois balles. Au début, l'appréciation de la hauteur et de la force de ses lancers posa des problèmes à Valentin et il envoyait parfois la balle hors de portée de Carabella, mais en dix minutes, il avait acquis le tour de main et, au bout d'un quart d'heure, ils travaillaient ensemble avec la même aisance que s'ils avaient répété l'exercice pendant des années. Sleet l'encourageait en applaudissant chaleureusement.

Un des Skandars apparut, qui n'était pas Zalzan

Kavol mais son frère Erfon qui, même pour un Skandar, était froid et sec.

— Vous êtes prêts ? demanda-t-il d'un ton rogue.

La troupe se produisait, cet après-midi-là, au domicile de l'un des puissants marchands de Pidruid qui offrait un spectacle en l'honneur d'un duc de la province. Carabella et Valentin exécutèrent leur nouveau numéro de double jonglerie, les Skandars firent une éblouissante démonstration à l'aide de plats, de gobelets de cristal et de casseroles, puis on fit avancer Sleet pour jongler les yeux bandés.

— Est-ce possible ? demanda Valentin, impressionné.

— Regarde ! lui répondit Carabella.

Valentin regarda, mais il fut l'un des rares à le faire, car c'était le lendemain de la grande soirée de folie collective et les hobereaux qui avaient commandé le spectacle étaient las, blasés et somnolents et ne prêtaient nulle attention au talent déployé par les musiciens, les acrobates et les jongleurs qu'ils avaient engagés. Sleet s'avança, portant trois massues, et se planta devant eux, l'air confiant et résolu. Il resta un moment la tête légèrement penchée sur le côté, comme s'il écoutait le vent qui souffle entre les mondes puis, après avoir pris une longue inspiration, il commença à lancer.

— Dames et seigneurs de Pidruid, vous avez devant vous vingt ans de pratique ! rugit Zalzan Kavol. L'ouïe la plus fine est nécessaire pour accomplir cela ! Il perçoit le frémissement des massues dans l'atmosphère pendant qu'elles passent d'une main à l'autre !

Valentin se demanda comment même l'ouïe la plus fine pouvait percevoir quoi que ce fût avec le brouhaha de la conversation, le cliquetis de vaisselle et les déclarations ronflantes de Zalzan Kavol, mais Sleet ne commettait aucune erreur. Il était évident que l'exercice était difficile, même pour lui ; d'habitude il jonglait avec la régularité d'une machine et ne connaissait pas la fatigue, mais cette fois ses mains remuaient par à-coups, saisissant en toute hâte une massue tournoyante qui allait lui échapper, en happant avec une vivacité désespérée une autre qui retombait trop loin. Malgré cela, c'était une merveille de jonglerie. C'était comme si Sleet avait dans la tête une carte sur laquelle figurait la position de chacune des massues en mouvement et il tendait la main à l'endroit où il s'attendait à en trouver une et il la trouvait à cet endroit précis ou à proximité immédiate. Il réussit dix, quinze, vingt échanges des massues, puis il les rassembla toutes trois sur sa poitrine, se débarrassa de son bandeau et salua en s'inclinant profondément. Il y eut quelques maigres applaudissements. Carabella s'approcha de lui et l'étreignit. Valentin lui donna une tape amicale sur l'épaule et la troupe quitta la scène.

Dans la pièce qui faisait office de loge, Sleet tremblait encore sous l'effet de la tension et des gouttes de sueur perlaient sur son front. Il buvait du vin de feu à grandes lampées comme si c'était de l'eau.

— M'ont-ils prêté attention ? demanda-t-il à Carabella. Ont-ils seulement remarqué ?

— Quelques-uns, répondit-elle d'un ton conciliant.

— Les porcs ! Les blaves ! éructa Sleet. Ils ne sont même pas capables de marcher d'un bout à l'autre de la pièce, et ils restent assis à discutailler pendant... pendant qu'un artiste...

Jusqu'alors, Valentin n'avait jamais vu Sleet montrer de l'humeur. Décidément, jongler les yeux bandés n'était pas bon pour les nerfs. Il prit Sleet, toujours livide, par les épaules et se pencha vers lui.

— Ce qui importe, dit-il avec gravité, c'est le talent dont tu as fait preuve, et non le comportement du public. Tu étais parfait.

— Pas tout à fait, répondit Sleet, l'air maussade. Le synchronisme...

— Parfait, insista Valentin. Tout était parfaitement maîtrisé. Tu étais majestueux. Comment peux-tu te préoccuper de la réaction de commerçants ivres ? Est-ce pour le bien de leur âme ou pour le tien que tu excelles dans ton art ?

Sleet esquissa un timide sourire.

— Jongler les yeux bandés t'oblige à puiser au plus profond de ton être.

— Je n'aime pas te voir souffrir ainsi, mon ami.

— Cela passera. Je me sens déjà un peu mieux.

— C'est toi-même qui t'infliges cette souffrance, dit Valentin. Tu n'aurais jamais dû te laisser outrager de la sorte. Je te le répète, tu étais parfait, et c'est la seule chose qui compte.

Il se tourna vers Shanamir.

— Va dans la cuisine et demande si nous pouvons avoir du pain et de la viande. Sleet a travaillé trop dur. Il a besoin de reprendre des forces et le vin de feu n'est pas suffisant.

Sleet ne paraissait plus furieux et tendu, mais seulement fatigué. Il tendit une main.

— Tu as du cœur, Valentin. Et tu es doux et gai.

— Ta douleur m'a fait mal.

— La prochaine fois, je rentrerai mieux ma colère, dit Sleet. Et puis tu as raison, Valentin, c'est pour nous-mêmes que nous jonglons. *Ils* ne jouent qu'un rôle secondaire. Je n'aurais pas dû l'oublier.

A deux autres reprises à Pidruid, Valentin vit Sleet jongler les yeux bandés, à deux autres reprises, il le vit sortir de scène avec raideur et dignité, vidé de toute son énergie. Mais Valentin se rendit compte que la fatigue de Sleet n'avait rien à voir avec l'attention que lui prêtaient les spectateurs. Ce qu'il faisait était effroyablement difficile, c'était tout, et le petit homme payait son talent au prix fort. Quand Sleet souffrait, Valentin faisait tout son possible pour lui insuffler du réconfort et des forces neuves. Valentin prenait grand plaisir à rendre service à Sleet de cette manière.

A deux reprises aussi Valentin fit de mauvais rêves. Une nuit, le Pontife lui apparut et le convoqua dans le Labyrinthe, et il y pénétra, descendant les innombrables corridors et les passages dédaléens, et l'image de Tyeveras, le vieillard étique, flottait devant lui comme un feu follet et l'entraînait vers le centre du Labyrinthe. Ils atteignirent enfin le cœur de l'inextricable dédale, et soudain le Pontife disparut et Valentin se retrouva seul, baignant dans une froide lumière verte, ne rencontrant que le vide sous ses pieds dans une interminable chute vers le centre de Majipoor. Une autre nuit, ce fut le Coronal, parcourant Pidruid sur son char, qui lui fit signe d'approcher et l'invita à jouer aux dés. Ils se répartirent les jetons et jetèrent les dés, et Valentin s'aperçut qu'ils étaient en train de jouer avec un paquet de phalanges blanchies, et quand il demanda à qui appartenaient les os, lord Valentin éclata de rire et tira sur la brosse raide et noire de sa barbe, puis il fixa sur lui son regard dur et étincelant et répondit : « Regarde tes mains », et Valentin regarda, et ses mains n'avaient plus de doigts, ses poignets se terminaient par des moignons roses.

Valentin fit de nouveau partager ses rêves à Carabella et à Sleet. Mais ils refusèrent toute interprétation et réitérèrent seulement leur conseil de s'adresser à quelque prêtresse du sommeil quand ils auraient quitté Pidruid. Leur départ était devenu imminent. Le festival s'achevait; les vaisseaux du Coronal ne mouillaient plus dans le port; les routes étaient encombrées par une multitude d'habitants de la province qui quittaient la capitale pour rentrer chez eux. Zalzan Kavol donna pour instructions à sa troupe de faire dans la matinée tout ce qu'ils avaient à faire à Pidruid car ils prendraient la route dans l'après-midi.

La nouvelle laissa Shanamir étrangement calme et

abattu. Valentin remarqua l'humeur chagrine du garçon.

— Je croyais que cela te ferait plaisir de prendre la route. Tu trouves la ville trop excitante pour partir ?

— Je suis prêt à partir n'importe quand, répondit Shanamir en secouant la tête.

— Alors, qu'y a-t-il ?

— La nuit dernière, j'ai rêvé de mon père et de mes frères.

— Tu as déjà le mal du pays, fit Valentin en souriant, et tu n'as pas encore quitté la province.

— Ce n'est pas le mal du pays, répliqua Shanamir d'une voix triste. Ils étaient attachés et allongés sur la route, et moi je conduisais un attelage de montures, et ils m'appelaient au secours, et je ne me suis pas arrêté et les montures ont piétiné leurs corps ligotés. Il n'est pas nécessaire d'aller voir un interprète des rêves pour comprendre un rêve comme celui-là.

— Tu te sens donc coupable d'abandonner ta famille ?

— Coupable ? Oui. Et l'*argent* ! fit Shanamir.

Sa voix avait pris une intonation mordante comme s'il était un homme essayant d'expliquer quelque chose à un enfant à l'esprit obtus. Il tapota sa taille.

— L'argent, Valentin, qu'en fais-tu ? J'ai là-dedans quelque cent soixante royaux, provenant de la vente de mes animaux, l'as-tu oublié ? Une fortune ! De quoi nourrir ma famille pendant toute l'année et une partie de l'année prochaine ! Leur avenir dépend de mon retour sans encombre à Falkynkip avec l'argent.

— Et ton intention était de ne pas le leur donner ?

— J'ai été engagé par Zalzan Kavol. Que va-t-il se passer s'il part dans une autre direction ? Si je rapporte l'argent à la maison, je ne vous retrouverai peut-être jamais si vous vagabondez sur Zimroel. Et si je pars avec les jongleurs, je vole l'argent de mon père, l'argent qu'il attend et dont il a besoin. Tu vois ?

— Il y a une solution toute simple, dit Valentin. A quelle distance se trouve Falkynkip d'ici?

— Deux jours en allant vite, trois sans se presser.

— C'est tout près. Je suis sûr que l'itinéraire de Zalzan Kavol n'a pas encore été tracé. Je vais aller lui parler sur-le-champ. Pour lui, une ville en vaut une autre. Je vais le persuader de prendre la route de Falkynkip en sortant d'ici. Quand nous arriverons à proximité du ranch de ton père, tu t'esquiveras pendant la nuit, tu remettras tranquillement l'argent à un de tes frères et tu viendras discrètement nous rejoindre avant l'aube. Ainsi personne ne pourra te blâmer et tu seras libre de poursuivre ta route.

Shanamir ouvrit de grands yeux.

— Tu crois que tu pourras arracher une faveur à ce Skandar? Comment vas-tu faire?

— Je peux toujours essayer.

— Il va te jeter par terre de rage si tu lui demandes quelque chose. Il ne supporte pas plus que l'on contrarie ses projets que tu n'accepterais qu'un troupeau de blaves décide de la manière dont tu dois conduire tes affaires.

— Laisse-moi lui parler, reprit Valentin, et nous verrons bien. J'ai des raisons de penser que Zalzan Kavol n'est pas aussi dur au fond de lui-même qu'il aimerait nous le faire croire. Où est-il?

— Il s'occupe de sa roulotte, il la prépare pour le voyage. Sais-tu où elle se trouve?

— Oui, je sais, répondit Valentin. Vers le front de mer.

Les jongleurs voyageaient de ville en ville dans une belle roulotte qui était garée à quelques pâtés de maisons de l'auberge car elle était trop large pour emprunter les petites rues. C'était un véhicule imposant et coûteux, d'aspect noble et majestueux, une œuvre remarquable réalisée par des artisans de l'une des provinces de l'intérieur. La carcasse de la roulotte était composée de longs chevrons de bois léger et flexible débités en larges planches arquées collées avec de la glu incolore et parfumée et attachées par de souples brins d'osier provenant des marais du Sud. Sur cette élégante armature, on avait tendu une couche de peaux de sticks tannées et assemblées à l'aide de gros crins jaunes venant du corps même des hideuses créatures.

En approchant de la roulotte, Valentin découvrit Erfon Kavol et un autre des Skandars, Gibor Haern, en train de graisser avec application les traits du véhicule, alors que de l'intérieur de la roulotte provenaient des hurlements de rage, si tonitruants et si violents qu'elle donnait l'impression de tanguer.

— Où est votre frère ? demanda Valentin.

Gibor Haern désigna la roulotte d'un signe de tête peu engageant.

— Ce n'est pas le bon moment pour le déranger.

— J'ai à lui parler.

— Il est occupé, dit Erfon Kavol, avec ce voleur de petit sorcier que nous payons pour nous guider à travers les provinces, et qui voudrait quitter notre service à Pidruid juste au moment où nous nous préparons à partir. Entrez, si vous voulez, mais vous le regretterez.

Les vociférations qui s'élevaient de la roulotte devenaient de plus en plus fortes. Soudain la porte du véhicule s'ouvrit à la volée et un être minuscule en jaillit, un vieux Vroon au visage parcheminé, pas plus grand qu'un jouet, qu'une poupée, une petite créature légère comme une plume, aux membres tentaculaires et visqueux, à la peau d'une couleur verdâtre passée et aux immenses yeux dorés que la peur faisait briller. Une tache jaune pâle, qui pouvait être du sang, couvrait la joue anguleuse du Vroon tout près du bec qui lui tenait lieu de bouche.

Zalzan Kavol apparut immédiatement après, sa stature terrifiante s'encadrant dans la porte, la fourrure hérissée de fureur, ses énormes mains semblables à des paniers brassant l'air en moulinets impuissants.

— Attrapez-le! cria-t-il à ses frères. Ne le laissez pas s'enfuir!

Erfon Kavol et Gibor Haern se levèrent pesamment et formèrent un mur hirsute qui coupait la retraite du Vroon. Le petit être pris au piège, paniqué, s'arrêta, fit demi-tour et alla se jeter aux genoux de Valentin.

— Seigneur, murmura le Vroon en s'agrippant à lui, protégez-moi! Il est fou et il me tuerait sous l'effet de la colère!

— Retiens-le là-bas, Valentin, dit Zalzan Kavol.

Le Skandar s'approcha. Valentin fit au petit Vroon tremblant un bouclier de son corps et, hardiment, il fit face à Zalzan Kavol.

— Contrôlez votre colère, voulez-vous. Si vous tuez ce Vroon, nous resterons à jamais coincés à Pidruid.

— Je n'ai pas l'intention de le tuer, gronda Zalzan Kavol. Je n'ai aucune envie de passer des années à recevoir des messages effroyables.

— Il n'a pas l'intention de me tuer, intervint le Vroon d'une voix chevrotante, seulement de me balancer contre un mur de toutes ses forces.

— Pourquoi cette querelle? demanda Valentin. Peut-être puis-je servir de médiateur.

— Cette dispute ne vous concerne pas, fit Zalzan Kavol d'un air menaçant. Otez-vous de mon chemin, Valentin.

— Il vaudrait peut-être mieux attendre que votre colère retombe.

Les yeux de Zalzan Kavol lancèrent des éclairs. Il avança et s'arrêta à un mètre de Valentin qui put sentir les effluves de colère émanant du corps velu du Skandar. Zalzan Kavol bouillait toujours de rage. Il pourrait bien se faire, se dit Valentin, qu'il nous balance tous les deux contre le mur. Erfon Kavol et Gibor Haern regardaient la scène de côté. Peut-être n'avaient-ils jusqu'alors jamais vu quelqu'un défier leur frère. Il y eut un long moment de silence. Les mains de Zalzan Kavol étaient agitées de frémissements convulsifs, mais il resta où il était.

Finalement, il reprit la parole.

— Ce Vroon est le magicien Autifon Deliamber, dit-il. Je l'ai engagé pour me guider dans les terres et pour me protéger contre les supercheries des Métamorphes. Il vient de passer à Pidruid toute une semaine de vacances à mes frais. Et maintenant que le moment est venu de partir, il vient me demander de trouver un autre guide et m'annoncer que cela ne l'intéresse plus de voyager de village en village. Est-ce ainsi que tu conçois la manière dont on respecte un contrat, sorcier ?

— Je suis vieux et las, répondit le Vroon, et ma magie n'est plus ce qu'elle était, et parfois, j'ai l'impression de commencer à oublier la route. Mais si vous le désirez toujours, je vous accompagnerai comme convenu, Zalzan Kavol.

Le Skandar parut stupéfait.

— *Quoi ?*

— J'ai changé d'avis, reprit Autifon Deliamber d'un ton légèrement narquois en lâchant les jambes de Valentin et en se montrant à Zalzan Kavol.

Le Vroon se déroula et déplia ses nombreux bras mous à l'aspect caoutchouteux, comme s'il en déchargeait une insupportable tension. Puis il leva hardiment les yeux vers l'énorme Skandar et déclara :

— Je respecterai mon contrat.

— Pendant une heure et demie, dit Zalzan Kavol, l'air abasourdi, sans tenir aucun compte de mes prières, ni même de mes menaces, vous m'avez répété que vous vouliez rester à Pidruid, ce qui m'a mis dans une telle rage que j'étais prêt à vous écrabouiller, pour mon malheur aussi bien que pour le vôtre, car un sorcier mort n'est plus bon à grand-chose et le Roi des Rêves

110

m'aurait fait subir d'horribles tourments si j'avais fait cela, et pendant tout ce temps vous vous êtes obstiné, et pendant tout ce temps vous avez dénoncé notre contrat et vous m'avez dit de m'adresser ailleurs pour trouver un guide. Et maintenant, d'une seconde à l'autre, vous vous rétractez.

— Oui.

— Auriez-vous la bonté de me dire pourquoi ?

— Je n'ai aucune raison, répondit le Vroon, sinon, peut-être, que ce jeune homme me plaît, que j'admire son courage et sa bonté et la chaleur de son âme, et puisqu'il part avec vous, je repartirai avec vous, par égard pour lui et pour nulle autre raison. Cela satisfait-il votre curiosité, Zalzan Kavol ?

Le Skandar grondait et postillonnait d'exaspération et il gesticulait violemment avec sa paire de mains extérieures comme s'il essayait de les dégager de l'enchevêtrement d'un roncier. Pendant un instant, il parut sur le point d'éclater en une nouvelle flambée de rage incontrôlable et donna l'impression de ne se maîtriser qu'au prix d'un effort désespéré.

— Hors de ma vue, sorcier, avant que je ne te jette contre un mur de toute façon ! rugit-il finalement. Et que le Divin vous ait en sa sainte garde si vous n'êtes pas ici cet après-midi pour prendre la route avec nous !

— A la deuxième heure après-midi, fit Autifon Deliamber d'un ton courtois. Je serai ponctuel, Zalzan Kavol.

Puis, se tournant vers Valentin, il ajouta :

— J'ai une dette envers vous, et je l'acquitterai plus tôt que vous ne pensez.

Sur ces mots, le Vroon s'éclipsa rapidement.

— C'était de la folie de votre part, reprit Zalzan Kavol après un moment, de vous entremettre dans notre querelle. Il aurait pu y avoir de la violence, Valentin.

— Je sais.

— Et si je vous avais blessés tous les deux ?

— J'ai eu le sentiment que vous étiez capable de retenir votre colère. J'avais raison, non ?

Zalzan Kavol le gratifia de la grimace qui était pour un Skandar l'équivalent d'un sourire.

— J'ai retenu ma colère, c'est vrai, mais seulement parce que j'étais tellement ébahi par votre insolence que ma propre surprise m'a arrêté. Quelques minutes de plus... ou bien si Deliamber avait continué à contre-carrer mes projets...

— Mais il a accepté d'honorer le contrat, fit remarquer Valentin.

— C'est exact. Et je suppose que, dans ces conditions, j'ai, moi aussi, une dette envers vous. Engager un nouveau guide aurait pu nous retarder de plusieurs jours. Je vous remercie, Valentin, fit Zalzan Kavol avec une grâce pataude.

— Y a-t-il vraiment une dette entre nous ?

Le Skandar se raidit soudain.

— Que voulez-vous dire ?

— J'ai besoin que vous me fassiez une petite faveur. Si je vous ai rendu un service, puis-je vous demander maintenant de reconnaître ce service ?

— Allez-y, fit Zalzan Kavol d'un ton glacial.

Valentin fit une longue inspiration.

— Shanamir est de Falkynkip. Avant qu'il ne prenne la route avec nous, il a une mission à accomplir là-bas. Un point d'honneur familial.

— Eh bien, qu'il aille à Falkynkip, alors, et qu'il nous rejoigne où que nous soyons.

— Il craint de ne pas pouvoir nous retrouver s'il se sépare de nous.

— Que demandez-vous, Valentin ?

— Que nous tracions notre itinéraire de manière à passer à quelques heures de route de la maison du garçon.

Zalzan Kavol regardait Valentin d'un œil noir.

— Mon guide prétend que mon contrat est sans valeur, dit-il d'un ton sinistre, puis un apprenti jongleur se met en travers de ma route, puis on me demande d'organiser ma tournée en fonction de l'honneur de la famille d'un palefrenier. La journée commence à être pénible, Valentin.

— Si rien d'urgent ne vous appelle ailleurs, reprit Valentin avec espoir, Falkynkip n'est qu'à deux ou trois jours de voyage au nord-est. Et le garçon...

— Assez! cria Zalzan Kavol. Nous prendrons la route de Falkynkip. Et après cela, plus de faveurs. Laissez-moi maintenant. Erfon! Haern! La roulotte est-elle prête pour la route?

11

L'intérieur de la roulotte de Zalzan Kavol était aussi splendide que l'extérieur. Le plancher était fait de lattes sombres et luisantes de bois de noctiflore, soigneusement cirées et chevillées avec un art consommé. A l'arrière, dans le compartiment réservé aux passagers, de gracieux chapelets de graines séchées et des glands de soie étaient suspendus au plafond voûté et les murs étaient tendus de fourrures à motifs de rosaces et de bandes de tissu arachnéen. Il y avait de la place pour cinq ou six personnes de la taille d'un Skandar, bien que le compartiment ne fût pas vraiment spacieux. Au centre de la roulotte, il y avait un espace réservé aux effets personnels, malles et colis, et aux accessoires des jongleurs, tout le barda de la troupe, et à l'avant, sur une plate-forme surélevée et découverte, se trouvait le siège du conducteur, assez large pour que deux Skandars ou trois humains puissent y tenir de front.

Aussi vaste et princière que fût la roulotte, un véhicule digne d'un duc ou même d'un Coronal, elle était extrêmement légère, suffisamment légère pour flotter sur une colonne d'air chaud produite par des rotors magnétiques placés dans ses entrailles. Aussi longtemps que Majipoor tournerait sur son axe, les rotors en feraient autant, et quand les rotors tournaient, la roulotte flottait à quelque trente centimètres au-dessus du sol et pouvait aisément être tirée par un attelage de montures harnachées.

En fin de matinée, ils terminèrent le chargement de la roulotte et se rendirent à l'auberge pour déjeuner. Valentin fut surpris de voir Vinorkis, le Hjort à la peau pigmentée d'orange, apparaître à cet instant et prendre un siège à côté de Zalzan Kavol. Le Skandar martela la table du poing pour attirer l'attention et se mit à hurler :

— Je vous présente notre nouvel administrateur ! Voici Vinorkis, qui me secondera pour trouver des engagements, pour prendre soin de notre matériel et pour remplir les innombrables tâches qui m'incombent actuellement !

— Oh, non ! murmura Carabella entre ses dents, il a engagé un Hjort. Et c'est cet être bizarre qui ne nous a pas quittés des yeux de toute la semaine !

Vinorkis leur adressa son hideux sourire de Hjort, découvrant une triple rangée de cartilages élastiques, et parcourut la table de ses gros yeux protubérants.

— Ainsi, vous étiez sérieux quand vous parliez de vous joindre à nous, dit Valentin. J'ai cru que ce n'était qu'une plaisanterie quand vous m'avez dit que vous jongliez avec les chiffres.

— Il est bien connu que les Hjorts ne plaisantent jamais, répondit le Hjort avec gravité avant d'éclater d'un rire énorme.

— Mais que devient votre commerce de peaux de haigus ?

— J'ai vendu tout mon stock au marché, dit le Hjort.

Et puis j'ai pensé à vous, ne sachant pas où vous seriez le lendemain et vous en moquant éperdument. Je vous ai admiré. Je vous ai envié. Et je me suis demandé : vas-tu passer le reste de ta vie à colporter des peaux de haigus, Vinorkis, ou bien vas-tu essayer autre chose ? Pourquoi pas une existence vagabonde ? Alors j'ai proposé mes services à Zalzan Kavol quand j'ai appris par hasard qu'il avait besoin d'un assistant. Et me voici !

— Et vous voici, reprit Carabella d'une manière acerbe. Soyez le bienvenu !

Après un solide repas, ils se préparèrent à partir. Shanamir alla chercher les quatre montures de Zalzan Kavol dans l'écurie, parlant doucement aux animaux pour les calmer pendant que les Skandars les harnachaient. Zalzan Kavol prit les rênes ; son frère Heitrag s'assit près de lui, avec Autifon Deliamber tassé sur le côté. Shanamir les accompagnait en chevauchant sa propre monture. Valentin grimpa dans le douillet et luxueux compartiment des passagers en compagnie de Carabella, de Vinorkis, de Sleet et des quatre autres Skandars. Il y eut maints changements de position avant que tout le monde soit confortablement installé.

« Hue ! » cria Zalzan Kavol, et la roulotte s'ébranla, traversa la ville, sortit par la porte de Falkynkip et prit la direction de l'est en suivant la grande voie par laquelle Valentin était entré dans Pidruid une semaine plus tôt, jour pour jour.

La chaleur estivale écrasait la plaine côtière et l'air était lourd et humide. Déjà les resplendissantes fleurs des palmiers de feu commençaient à se flétrir et à se faner, et la route était jonchée de pétales, comme après une chute de neige cramoisie. La roulotte avait plusieurs fenêtres — des feuilles de peau de stick, minces et résistantes, de la meilleure qualité, parfaitement transparentes — et, dans un silence empreint d'une étrange gravité, Valentin regardait Pidruid s'estomper et disparaître dans le lointain, cette grande cité de onze millions d'âmes où il avait jonglé devant le Coronal, goûté des alcools forts et des nourritures épicées et passé une nuit de festival dans les bras de la brune Carabella.

Et maintenant la route s'ouvrait devant eux. Qui savait ce que leur réservait le voyage, qui savait quelles aventures ils allaient vivre ?

Il n'avait aucun dessein particulier et était prêt à accueillir toutes les propositions. Il brûlait seulement de jongler de nouveau, de réaliser de nouvelles prouesses techniques, de dépasser le stade de l'apprentissage et se joindre à Sleet et Carabella dans leurs numéros les plus difficiles, voire de jongler avec les Skandars eux-mêmes. Pourtant Sleet l'avait bien prévenu : seul un maître de l'art pouvait se hasarder à jongler avec eux, car leur double paire de bras leur conférait un avantage décisif et aucun humain ne pouvait espérer rivaliser avec eux. Mais Valentin avait vu Sleet et Carabella lancer avec les Skandars et, peut-être, le moment venu, pourrait-il en faire autant. Que pouvait-il demander de plus que de devenir un maître digne de jongler avec Zalzan Kavol et ses frères ?

— Tu as l'air si heureux d'un seul coup, Valentin, dit Carabella.

— C'est vrai ?

— Comme le soleil. Tu es radieux. Il y a une lumière qui ruisselle de toi.

— Ce sont mes cheveux blonds, dit-il pour se montrer complaisant. Ils te donnent cette illusion.

— Non. Non. Tu as souri tout à coup...

Il frotta une main contre les siennes.

— Je pensais à la route qui s'ouvrait devant nous. Une vie saine et libre. Parcourir Zimroel d'un bout à l'autre, nous arrêter pour jouer, apprendre de nouveaux exercices. Je veux devenir le meilleur jongleur humain de Majipoor !

— Tu as une bonne chance, fit Sleet. Tu as des dons énormes. Il ne te manque plus que l'entraînement.

— Pour cela, je compte sur Carabella et sur toi.

— Et pendant que tu pensais à la jonglerie, reprit paisiblement Carabella, moi, je pensais à toi, Valentin.

— Moi aussi, je pensais à toi, souffla-t-il, confus. Mais j'avais honte de le dire à voix haute.

La roulotte avait atteint la route en lacet de la falaise qui montait jusqu'au vaste plateau. Elle s'élevait lentement. A certains endroits elle formait des angles si aigus que la roulotte pouvait à peine prendre le virage, mais Zalzan Kavol était aussi brillant conducteur que jongleur et il réussit à prendre tous les lacets sans encombre. Ils atteignirent bientôt le sommet de la falaise. En contrebas, la ville de Pidruid ressemblait à une carte d'elle-même, aplatie et ramassée, enserrant les échancrures de la côte. A cette hauteur l'air était plus sec mais guère plus frais et, en cette fin d'après-midi, le soleil dardait des rayons de feu et il n'y avait aucun moyen d'échapper à cette chaleur desséchante avant qu'il ne commence à se coucher.

Ils firent halte pour la nuit dans un village poussiéreux du plateau, sur la route de Falkynkip. Pendant la nuit, Valentin, couché sur une paillasse rugueuse, fit de nouveau un rêve anxieux. Une fois de plus il évoluait au milieu des Puissances de Majipoor. Dans un vaste hall dallé de pierre où se répercutait l'écho, le Pontife trônait à une extrémité et le Coronal à l'autre. Percé dans le plafond, un œil de lumière terrifiant, semblable à un petit soleil, projetait un impitoyable éclat blanc. Valentin était porteur d'un message de la Dame de l'Ile, mais il ne savait pas s'il devait le remettre au Pontife ou au Coronal, et dès qu'il se dirigeait vers l'une des Puissances, elle se retirait à l'infini à son approche. Toute la nuit se passa en aller et retour épuisants sur le sol glacé et glissant, à tendre des mains suppliantes vers

117

l'une ou l'autre des Puissances qui, à chaque fois, s'évanouissaient.

La nuit suivante, dans une ville des faubourgs de Falkynkip, il rêva encore du Pontife et du Coronal. Ce fut un rêve nébuleux, et Valentin n'en eut pas d'autres souvenirs que de vagues impressions de personnages majestueux et effrayants, d'assemblées énormes et pompeuses et d'une impossibilité de communiquer. Il s'éveilla avec un sentiment de malaise profond et douloureux. Il recevait de toute évidence des rêves de la plus haute importance, mais il était impuissant à les interpréter.

— Les Puissances t'obsèdent et refusent de te laisser en repos, lui dit Carabella, le matin venu. On dirait que tu es uni à elles par des liens indissolubles. Ce n'est pas naturel de rêver si fréquemment de personnages aussi importants. Je suis sûre qu'il s'agit de messages.

— Dans la chaleur de la journée, fit Valentin en hochant la tête, je m'imagine sentir les mains froides du Roi des Rêves qui me pressent les tempes. Et quand je ferme les yeux, je sens ses doigts s'insinuer dans mon âme.

Carabella lui jeta un regard rempli d'inquiétude.

— Es-tu sûr que ces messages proviennent du Roi des Rêves?

— Non, je ne peux pas en être sûr. Mais je pense...

— Peut-être la Dame...

— La Dame envoie des rêves plus cléments, plus doux, enfin je crois, reprit Valentin. Je crains fort qu'il ne s'agisse de messages du Roi. Mais que me veut-il? Quel crime ai-je commis?

— Valentin, va voir un interprète des rêves à Falkynkip, comme tu l'as promis, fit-elle, le visage sombre.

— Oui, je vais en chercher un.

— Puis-je faire une recommandation? demanda Autifon Deliamber, se joignant inopinément à la conversation.

118

Valentin n'avait pas vu approcher le petit Vroon rabougri. Il baissa sur lui un regard étonné.

— Pardon, fit le petit magicien d'un ton désinvolte. Je me suis trouvé à entendre votre conversation. Vous pensez être troublé par des messages?

— Je ne vois pas ce que cela pourrait être d'autre.

— En êtes-vous certain?

— Je ne peux être certain de rien. Pas même de mon nom, ni du vôtre, ni du jour de la semaine.

— Les messages sont rarement ambigus. Quand le Roi ou la Dame s'adressent à nous, nous le savons sans l'ombre d'un doute, dit Deliamber.

— J'ai l'esprit embrumé en ce moment, fit Valentin en secouant la tête. Je n'ai plus aucune certitude. Mais ces rêves me tourmentent et il me faut trouver des réponses, même si j'ai de la peine à formuler les questions.

Le Vroon se pencha pour prendre la main de Valentin avec un de ses délicats tentacules aux ramifications embrouillées.

— Faites-moi confiance. Votre esprit est peut-être brumeux, mais pas le mien, et je vous vois très distinctement. Mon nom est Deliamber, le vôtre est Valentin, et nous sommes aujourd'hui le cinquième jour de la neuvième semaine d'été, et à Falkynkip, vous trouverez l'interprète des rêves Tisana, qui est mon amie et mon alliée et qui vous aidera à trouver votre voie. Allez la voir et donnez-lui mes salutations et toute mon affection. Le temps est venu pour vous de commencer à vous remettre du malheur qui vous est arrivé.

— Un malheur? Un malheur? Quel malheur?

— Allez consulter Tisana, répéta le Vroon d'une voix ferme.

Valentin se mit à la recherche de Zalzan Kavol qu'il trouva en conversation avec quelqu'un du village. Quand le Skandar eut terminé, il se tourna vers Valentin qui lui dit :

— Je demande la permission de passer la nuit de demain à Falkynkip à l'écart de la troupe.

— C'est aussi une question d'honneur familial? demanda Zalzan Kavol d'un ton sarcastique.

— C'est une affaire personnelle. Puis-je?

Le Skandar fit un impressionnant haussement de ses quatre épaules.

— Il y a quelque chose d'étrange chez vous, quelque chose qui m'embarrasse. Mais faites comme vous l'entendez. De toute façon, nous jouons demain à Falkynkip, à la foire. Dormez où vous voulez, mais soyez prêt à partir à la première heure Soldi matin, vu?

12

Falkynkip n'était en aucune manière comparable à l'immense et tentaculaire Pidruid, mais elle était pourtant loin d'être sans importance, chef-lieu et métropole d'une vaste région d'élevage. Près de huit cent mille personnes vivaient dans Falkynkip et ses faubourgs, et cinq fois plus dans la campagne alentour. Mais Valentin remarqua que le rythme de vie était bien différent de celui de Pidruid. Peut-être était-ce en partie dû à sa situation sur ce plateau aride et brûlant plutôt que le long de la côte au climat humide et tempéré, mais ici les gens se déplaçaient d'un pas mesuré et sans nulle hâte apparente.

Shanamir fut invisible pendant la journée de Steldi. Il s'était, à vrai dire, esquivé dès la nuit précédente pour rejoindre la ferme de son père, à quelques heures de marche au nord de la ville où, d'après ce qu'il déclara à Valentin le lendemain matin, il avait laissé l'argent rapporté de Pidruid et un message dans lequel il expliquait qu'il partait courir le monde pour chercher l'aventure et la sagesse, et il s'était débrouillé pour repartir sans que l'on s'en aperçoive. Mais il ne supposait pas que son père allait accepter de gaieté de cœur de renoncer à un aide aussi capable et utile et, craignant que les gardes municipaux ne se lancent à sa recherche, Shanamir proposa de passer le reste de son séjour à Falkynkip caché dans la roulotte. Valentin expliqua la situation à Zalzan Kavol qui donna son accord avec sa mauvaise grâce habituelle.

Cet après-midi-là, les jongleurs arrivèrent à la foire en défilant. Carabella et Sleet ouvraient la marche, lui battant un tambour et elle agitant un tambourin en chantant :

Qui peut nous accorder une couronne, un pesant ?
Approchez, bonnes gens, veuillez vous installer,
Et vous serez remplis d'un fol étonnement.
Approchez, approchez, venez nous voir jongler !

Qui peut nous accorder un mètre, un kilomètre ?
Approchez, bonnes gens, et regardez-nous faire,
Souriez en voyant bols, tasses et assiettes
Tournoyer et danser tout là-haut dans les airs !

Qui peut nous accorder une heure ou même un jour ?
Donnez une piécette, prenez juste un moment,
Et tous vos lourds soucis partiront pour toujours !
Nous apportons la joie et l'émerveillement.

Mais la joie et l'émerveillement étaient bien loin de l'esprit de Valentin ce jour-là et il jongla piètrement. Il était tendu et perturbé par de trop nombreuses nuits de sommeil agité, mais il était aussi dévoré d'ambitions qui dépassaient ses capacités du moment et l'incitaient à trop présumer de lui. A deux reprises il laissa échapper des massues, mais Sleet lui avait montré comment prétendre que cela faisait partie de l'exercice et la foule semblait indulgente. Mais se le pardonner était une autre histoire. Il se dirigea avec morosité vers une buvette pendant que les Skandars occupaient le centre de la scène.

Il regarda à distance travailler les six gigantesques êtres hirsutes tissant de leurs vingt-quatre bras des motifs compliqués sans commettre la moindre faute. Chacun d'eux jonglait avec sept poignards tout en en lançant et recevant constamment d'autres et l'effet était spectaculaire. La tension montait à mesure que l'échange silencieux des armes effilées se prolongeait. Les placides bourgeois de Falkynkip étaient tenus sous le charme.

En observant les Skandars, Valentin regretta d'autant plus sa médiocre prestation. Depuis Pidruid il avait brûlé de se retrouver devant un public — les mains lui démangeaient de sentir le contact des masses et des balles — et quand ce moment était finalement arrivé, il s'était montré maladroit. Aucune importance. Il y aurait d'autres marchés, d'autres foires. Année après année, la troupe allait parcourir tout le continent de Zimroel, et il brillerait, il éblouirait le public; ils réclameraient à grands cris Valentin le jongleur, ils multiplieraient les rappels, jusqu'à ce que Zalzan Kavol lui-même en fasse une jaunisse. Le prince des jongleurs, oui, leur monarque, le Coronal des saltimbanques! Pourquoi pas? Il avait un don. Valentin se prit à sourire. Son humeur maussade se dissipait. Etait-ce l'effet du vin ou sa bonne humeur naturelle qui reprenait le dessus? Après tout, cela ne faisait qu'une semaine qu'il avait commencé à pratiquer son art, et il avait brûlé les étapes. Qui pouvait prédire quels sommets il atteindrait après un ou deux ans de pratique?

Il s'aperçut qu'Autifon Deliamber était arrivé à ses côtés.

— On peut trouver Tisana dans la rue des Porteurs

d'eau, dit le minuscule sorcier. Elle vous attend très bientôt.

— Alors, vous lui avez parlé de moi ?

— Non, répondit Deliamber.

— Mais elle m'attend. Ah ! ah ! c'est de la sorcellerie.

— Quelque chose comme ça, fit le Vroon avec une contorsion des membres qui devait tenir lieu de haussement d'épaules. Allez-y vite.

Valentin acquiesça de la tête. Il releva les yeux. Les Skandars avaient terminé, et Sleet et Carabella faisaient une démonstration de double jonglerie. Comme leurs gestes à tous deux étaient élégants. Quel calme, quelle confiance et quelle vivacité. Et qu'elle était belle. Carabella et Valentin ne s'étaient plus aimés depuis la nuit du festival, bien qu'ils eussent parfois dormi côte à côte. Cela faisait une semaine maintenant et il s'était senti éloigné et détaché d'elle bien qu'elle ne lui eût apporté que chaleur et réconfort. C'était à cause de ces rêves qui l'épuisaient et distrayaient son attention. Alors, en route pour la demeure de Tisana et puis, demain, peut-être, une nouvelle étreinte avec Carabella...

— La rue des Porteurs d'eau, dit-il à Deliamber. Très bien. Y aura-t-il une plaque pour indiquer la maison ?

— Vous demanderez, répondit Deliamber.

Au moment où Valentin se mettait en route, le Hjort Vinorkis surgit de derrière la roulotte et demanda :

— Alors, comme ça, vous allez passer la nuit en ville ?

— J'ai une course à faire, répondit Valentin.

— Vous voulez de la compagnie ? demanda le Hjort en éclatant de son rire vulgaire et bruyant. Nous pourrions faire ensemble la tournée des tavernes, hein ? Ça ne me déplairait pas de passer quelques heures loin de toute cette jonglerie.

— C'est le genre de chose que l'on ne peut faire que seul, dit Valentin avec gêne.

Vinorkis l'observa quelques instants.

— Pas trop bien disposé à mon égard, hein ?

— Je vous en prie. C'est exactement comme je vous l'ai dit : c'est quelque chose que je dois faire tout seul. Croyez-moi, il n'est pas question pour moi de faire la tournée des tavernes ce soir.

Le Hjort haussa les épaules.

— D'accord. Faites comme vous l'entendez, moi ça m'est égal. Je voulais simplement vous aider à vous amuser un peu... vous montrer la ville, vous emmener dans quelques-uns de mes endroits préférés...

— Une autre fois, fit vivement Valentin.

Il prit à grands pas la direction de la ville.

La rue des Porteurs d'eau fut assez facile à trouver — la ville était ordonnée et n'avait rien du labyrinthe médiéval de Pidruid, et aux principaux carrefours, des plans clairs et détaillés de la ville étaient affichés — mais trouver la demeure de l'interprète des rêves Tisana lui prit beaucoup plus de temps, car la rue était longue et les gens auxquels il demandait son chemin se contentaient de montrer par-dessus leur épaule la direction du nord. Il suivit cette direction et, à la tombée du soir, il arriva devant une petite maison grise dans un quartier résidentiel bien éloigné de la place du marché. Sur la porte d'entrée rongée par les intempéries deux des symboles des Puissances étaient représentés, les éclairs entrecroisés du Roi des Rêves et le triangle dans le triangle qui était l'emblème de la Dame de l'Ile du Sommeil.

Tisana était une robuste femme d'âge mûr, au corps massif, à la taille très au-dessus de la moyenne, au visage large et lourd, et au regard froid et pénétrant. Son épaisse chevelure brune, striée de mèches blanches, était dénouée et retombait sur ses épaules. Ses bras nus, émergeant d'une chemise de coton gris, étaient lourds et puissants bien qu'un peu de chair flasque ballottât à chaque mouvement. Une impression de force et de sagesse émanait d'elle.

Elle salua Valentin en l'appelant par son nom et l'invita à se mettre à son aise.

— Je vous apporte, comme vous devez déjà le savoir, les salutations et toute l'affection d'Autifon Deliamber, dit-il.

L'interprète des rêves hocha la tête avec gravité.

— Oui, il est déjà entré en contact avec moi. La canaille ! Malgré ses tours pendables, j'ai plaisir à recevoir son affection. Vous lui transmettrez la même chose de ma part.

Elle se déplaçait dans la petite pièce obscure, tirant des tentures, allumant trois grosses bougies rouges et de l'encens. Le mobilier était épars, composé seulement d'un tapis de haute laine dans les tons gris et noir, d'une vénérable table en bois sur laquelle se dressaient les bougies et d'une armoire antique. En se livrant à ses préparatifs, elle reprit :

— Cela fait près de quarante ans que je connais Deliamber, le croiriez-vous ? Nous nous sommes rencontrés pour la première fois au tout début du règne de Tyeveras, à l'occasion d'un festival à Piliplok, pour la venue du nouveau Coronal, lord Malibor, celui qui s'est noyé en chassant le dragon de mer. Le petit Vroon était déjà perspicace à cette époque. Nous étions dans la rue en train d'acclamer lord Malibor quand Deliamber nous a dit : « Il mourra avant le Pontife, vous savez », du ton dont il aurait prédit que le vent du sud, en se levant, allait apporter la pluie. C'était une chose horrible à dire et je le lui ai fait remarquer. Mais cela ne l'a pas dérangé. C'est une drôle d'histoire quand le Coronal meurt le premier et quand le Pontife continue à vivre. Quel âge peut maintenant avoir Tyeveras, à votre avis ? Cent ans ? Cent vingt ?

— Je n'en ai pas la moindre idée, répondit Valentin.

— Il est vieux, très vieux. Il est resté longtemps

Coronal avant d'entrer dans le Labyrinthe. Et il vit maintenant le règne de son troisième Coronal, vous imaginez cela ? Je me demande s'il survivra également à lord Valentin.

Ses yeux se posèrent sur Valentin.

— Je suppose que Deliamber sait cela aussi. Voulez-vous boire le vin avec moi maintenant ?

— Oui, répondit Valentin que ces manières carrées et cette familiarité mettaient mal à l'aise, ainsi que la sensation qu'elle lui donnait d'en savoir beaucoup plus que lui-même sur son propre compte.

Tisana sortit un pichet en grès sculpté et servit deux généreuses rasades. Ce n'était pas le vin de feu de Pidruid, mais un breuvage plus sombre et plus épais qu'adoucissait un léger goût de menthe poivrée et de gingembre et d'autres ingrédients plus mystérieux. Il but une petite gorgée, puis une autre, et après la seconde, elle lui dit d'un ton détaché :

— Il contient la drogue, vous savez.

— La drogue ?

— Pour interpréter les rêves.

— Ah ! Oui, naturellement.

Embarrassé par son ignorance, Valentin fronça les sourcils et baissa les yeux sur son gobelet. Le vin était rouge foncé, presque pourpre, et sa surface lui renvoyait sa propre image déformée à la lueur des bougies. Quelle est la marche à suivre ? se demanda-t-il. Etait-il supposé lui raconter tout de suite ses récents rêves ? Il valait mieux attendre. Il but péniblement son verre à petites gorgées et la vieille femme lui versa immédiatement une nouvelle rasade, remplissant jusqu'au bord le sien qu'elle avait à peine touché.

— Cela fait longtemps que vous avez fait interpréter vos rêves pour la dernière fois ? demanda-t-elle.

— Très longtemps, je le crains.

— C'est évident. C'est maintenant que vous me versez mes honoraires. Vous allez trouver le prix plus élevé que ce dont vous vous souvenez.

Valentin chercha sa bourse.

— Cela fait si longtemps...

— ... que vous ne vous en souvenez pas. Je demande dix couronnes maintenant. Il y a de nouvelles taxes et autres tracasseries. Du temps de lord Voriax, c'était cinq couronnes, et quand j'ai commencé à interpréter les rêves, sous le règne de lord Malibor, je demandais deux couronnes ou deux couronnes et demie. Est-ce une trop grosse dépense pour vous ?

C'était la somme qu'en sus du vivre et du couvert Zalzan Kavol lui versait par semaine. Mais il était arrivé à Pidruid avec la bourse bien garnie — sans savoir ni comment ni pourquoi —, près de soixante royaux, et il lui en restait la majeure partie. Il tendit un royal à l'interprète des songes, et elle laissa négligemment tomber la pièce dans une coupe de porcelaine verte qui se trouvait sur la table. Il se mit à bâiller. Elle l'observait attentivement. Il but encore ; elle en fit autant et remplit de nouveau les verres ; l'esprit de Valentin commençait à s'obscurcir. Bien qu'il fût encore tôt, il n'allait pas tarder à se laisser gagner par le sommeil.

— Venez sur le tapis des songes, maintenant, dit-elle en soufflant deux des trois bougies.

Elle retira sa chemise et se trouva nue devant lui.

C'était totalement inattendu. L'interprétation des rêves impliquait-elle une forme de contact sexuel ? Avec cette vieille femme ? Bien qu'elle n'ait plus l'air si vieille maintenant. Son corps paraissait avoir vingt ans de moins que son visage. Ce n'était certes pas un corps de jeune fille, mais la chair était encore ferme, plantureuse mais sans rides, les seins lourds et les cuisses fortes et lisses. Valentin se dit que ces interprètes étaient peut-être des sortes de prostituées sacrées. Elle lui fit signe de se déshabiller et il se débarrassa de ses vêtements. Ils s'allongèrent côte à côte dans la semi-obscurité sur l'épais tapis de laine, et elle le prit dans ses bras, mais il n'y avait rien d'érotique dans cette étreinte, plus maternelle qu'autre chose, où il fut totalement englouti. Il se détendit. Sa tête reposait sur la poitrine chaude et douce, et il lui était difficile de rester éveillé. Ses narines étaient pleines de l'odeur de Tisana, un arôme qui n'était pas sans rappeler les conifères noueux et sans âge qui poussent sur les hauts pics septentrionaux, juste en dessous de la ligne des neiges, un parfum vif, âcre et piquant.

— Le seul langage que l'on parle au royaume des rêves est celui de la vérité, lui dit-elle d'une voix douce. Soyez sans crainte quand nous nous embarquerons ensemble.

Valentin ferma les yeux.

De hauts pics, oui, juste en dessous de la ligne des neiges. Un vent vif balayait les flancs escarpés de la montagne, mais il n'avait pas du tout froid, bien que ses pieds fussent nus sur le sol sec et rocailleux. Une piste s'ouvrait devant lui, un sentier abrupt sur lequel de larges dalles grises avaient été posées pour former un gigantesque escalier qui menait dans une vallée noyée dans la brume; sans marquer la moindre hésitation, Valentin commença à descendre. Il comprit que ces images n'étaient pas encore celles de son rêve, que ce n'était que le prélude, que son errance nocturne ne faisait que commencer et qu'il n'était encore qu'au seuil du sommeil. Mais en descendant, il croisa d'autres gens qui faisaient l'ascension, des personnages que les dernières nuits lui avaient rendus familiers, le Pontife Tyeveras à la peau parcheminée et au visage flétri gravissant péniblement les marches d'un pas faible et tremblant; et lord Valentin le Coronal, montant à grandes foulées assurées; et feu lord Voriax flottant au-dessus des marches avec sérénité; et lord Stiamot, le grand Coronal-conquérant, surgi d'un passé vieux de huit mille ans et brandissant un lourd sceptre autour de la pointe duquel tourbillonnaient furieusement des boules de feu; et n'était-ce pas le Pontife Arioc qui, six mille ans auparavant, s'était retiré du Labyrinthe et, proclamant qu'il était une femme, était devenu Dame de l'Ile du Sommeil? Et là, n'était-ce pas lord Confalume, ce grand souverain, et lord Prestimion, son successeur tout aussi célèbre, sous les longs règnes desquels Majipoor avait atteint l'apogée de sa richesse et de sa puissance? Puis il croisa Zalzan Kavol, portant le magicien Deliamber sur le dos, et Carabella, nue, grimpant en courant les degrés de pierre sans donner l'impression de peiner; et Vinorkis, la bouche ouverte et roulant de gros yeux; et Sleet qui montait en jonglant avec des boules de feu; et Shanamir, et un Lii vendant des saucisses qui grésillaient encore, et la bénigne Dame de l'Ile au regard si doux; et le vieux Pontife encore une fois, et le Coronal, et un groupe de musiciens; et vingt Hjorts portant le Roi des Rêves, le vieux et redoutable Simonan Barjazid, dans une litière dorée. La brume s'était épaissie, l'air était plus humide et le souffle de Valentin était devenu court et saccadé, comme si, au lieu de descendre des hauteurs, il n'avait cessé de grimper, peinant affreusement pour dépasser la ligne des conifères, jusqu'aux plaques dénudées de granit, nu-pieds sur les brûlantes coulées de neige, enveloppé dans des couches de nuages gris qui dissimulaient la totalité de Majipoor à son regard. Les cieux s'étaient remplis d'une musique noble et austère, appropriée au couronnement d'un Coronal. Et, de fait, une douzaine de serviteurs courbant l'échine étaient en train de le revêtir de la robe de cérémonie et plaçaient sur sa tête la couronne royale, mais il secoua légèrement la tête, les congédia d'un geste et, de ses propres mains, il enleva la couronne et la tendit à son frère au sabre menaçant, se débarrassa de sa splendide robe et la mit en lambeaux qu'il distribua aux pauvres qui les utilisèrent comme bandages pour leurs pieds, et la nouvelle se répandit dans toutes les provinces de Majipoor qu'il s'était démis de sa haute charge et avait abdiqué toute autorité, et une fois de plus, il se retrouva sur les degrés de pierre, descendant la piste de la montagne, à la recherche de cette vallée noyée dans les brumes qui s'étendait dans l'inaccessible au-delà.

« Mais pourquoi descends-tu ? » lui demanda Carabella en lui bloquant le passage, et il fut incapable de fournir une réponse à cette question, si bien que lorsque le petit Deliamber pointa le doigt vers le sommet, il eut un haussement d'épaules résigné et entreprit une nouvelle ascension à travers des champs d'éclatantes fleurs rouges et bleues, à travers une étendue couverte d'herbe dorée et ponctuée de cèdres verts et altiers. Il s'aperçut que ce n'était point une montagne ordinaire qu'il avait gravie, puis descendue, puis gravie de nouveau, mais qu'il s'agissait du Mont du Château, qui lançait orgueilleusement ses cinquante kilomètres de hauteur à l'assaut des cieux, et que son but était cette ahurissante construction en perpétuel développement qui le couronnait, l'endroit où résidait le Coronal, le château que l'on appelait le Château de lord Valentin mais qui, peu de temps auparavant, avait été le Château de lord Voriax, et avant cela, le Château de lord Malibor, et qui avait porté bien d'autres noms, les noms de tous les puissants princes qui avaient régné du haut du Mont, chacun marquant de son empreinte le château qui se développait et lui donnant son nom pendant qu'il y vivait, tout cela depuis lord Stiamot, le conquérant des Métamorphes, le premier à établir sa résidence sur le Mont du Château, et à y bâtir le modeste donjon à partir duquel tout le reste s'était développé. Je reconquerrai le Château, se dit Valentin, et j'y établirai ma résidence.

Mais que signifiait ceci ? Des ouvriers par milliers, en train de démanteler l'énorme édifice ! Le travail de démolition était déjà bien avancé et toutes les ailes étaient démontées pierre par pierre, les voûtes et les arcs-boutants que lord Voriax avait fait construire, et la grande salle des trophées de lord Malibor, et l'immense bibliothèque que Tyeveras avait ajoutée à l'époque où il était Coronal, et bien d'autres encore, toutes ces salles maintenant réduites à des piles de briques groupées en petits tas bien propres sur les versants du Mont du Château. Et les ouvriers se dirigeaient vers l'intérieur de l'édifice, vers la serre de lord Confalume et la salle d'armes de lord Dekkeret et la cave voûtée de lord Prestimion qui abritait les archives, et ils démolissaient chacun de ces endroits brique par brique, comme une nuée de sauterelles s'abattant sur un champ à l'époque de la fenaison.

« Attendez ! cria Valentin. Inutile de faire ça ! Je suis de retour, je vais reprendre ma robe et ma couronne ! » Mais le travail de destruction se poursuivait, et c'était comme si le château était fait de sable que le flux venait balayer, et une petite voix disait : « Trop tard, trop tard, il est beaucoup trop tard », et le beffroi de lord Arioc avait disparu, et les remparts de lord Thimin avaient disparu, et l'observatoire de lord Kinniken avait disparu avec tout le matériel d'observations astronomiques, et le Mont du Château lui-même tremblait et oscillait à cause du démantèlement du château qui détruisait son équilibre, et les ouvriers couraient maintenant frénétiquement, les mains chargées de briques, à la recherche d'une surface plane où ils pourraient les empiler, et d'effrayantes ténèbres éternelles s'installaient et de funestes étoiles grossissaient en se distordant dans le ciel et la machinerie qui empêchait la froide atmosphère de l'espace de régner au sommet du Mont du Château cessait de fonctionner, laissant s'envoler vers la lune l'air chaud et doux, et des sanglots s'élevaient des profondeurs de la planète et Valentin, debout au milieu de ces scènes de désolation et de chaos, tendait désespérément vers le ciel ses mains ouvertes.

Lorsqu'il reprit conscience, la lumière du matin le fit ciller et il se mit sur son séant, les idées confuses, se demandant dans quelle auberge il était et ce qu'il avait fait la nuit d'avant, car il était nu sur un épais tapis de laine, dans une pièce chaude et inconnue où allait et venait une vieille femme en train d'infuser du thé, peut-être...

Oui, cela lui revenait. C'était l'interprète des rêves Tisana, et il était à Falkynkip, dans la rue des Porteurs d'eau.

Sa nudité le gênait. Il se leva et s'habilla en hâte.

— Tenez, buvez ceci, lui dit Tisana. Je vais préparer un petit déjeuner, maintenant que vous êtes enfin réveillé.

Il jeta un regard circonspect à la tasse qu'elle lui tendait.

— C'est du thé, dit-elle. Rien que du thé. L'heure de rêver est passée depuis longtemps.

Valentin le but à petites gorgées pendant qu'elle s'affairait dans la minuscule cuisine. Son esprit était engourdi, comme si, ayant sombré dans l'inconscience à force de faire la fête, il lui fallait maintenant payer la note. Et il savait qu'il avait fait des rêves étranges, pendant toute la nuit, mais pourtant, il ne ressentait en aucune manière le malaise moral qu'il avait connu au réveil tous les jours précédents, mais seulement cet engourdissement, ce calme étrange au centre de son être, qui était presque un vide. Etait-ce le but de la visite à une interprète des rêves ? Il comprenait si peu de chose. Il était comme un enfant égaré dans un monde trop vaste et trop compliqué.

Ils déjeunèrent en silence. Tisana semblait observer Valentin par-dessus la table avec la plus grande attention. La veille au soir, elle avait beaucoup bavardé avant que la drogue ne commence à faire son effet, mais maintenant elle paraissait préoccupée, songeuse et renfermée, comme si elle avait eu besoin de se distancer de lui pour se préparer à interpréter son rêve.

Finalement, elle débarrassa la table et lui demanda :

— Comment vous sentez-vous ?

— Calme intérieurement.

— Bien. Bien. C'est important. C'est de l'argent gaspillé si l'on sort l'esprit agité de chez une interprète des rêves. Mais je n'avais aucune crainte. Vous avez un caractère bien trempé.

— Vraiment ?

— Beaucoup mieux que vous ne le soupçonnez. Des revers qui anéantiraient n'importe qui ne vous atteignent pas. Vous minimisez les désastres et ne vous souciez pas le moins du monde des dangers.

— Vous parlez d'une manière très générale, dit Valentin.

— Je suis un oracle, et les oracles ne sont jamais très explicites, répliqua-t-elle d'un ton désinvolte.

— Mes rêves sont-ils des messages ? Pouvez-vous au moins me dire cela ?

Elle resta pensive pendant quelques instants.

— Je n'en suis pas sûre.

— Mais vous les avez partagés ! N'êtes-vous pas capable de dire immédiatement si un rêve est envoyé par la Dame ou le Roi ?

— Calmez-vous, calmez-vous, ce n'est pas si simple, fit-elle en agitant la main d'un geste apaisant. Vos rêves ne sont pas envoyés par la Dame, cela je le sais.

— Alors, si ce sont des messages, c'est le Roi qui les envoie.

— C'est là où je suis dans l'incertitude. D'une certaine manière, j'y retrouve des émanations du Roi, mais ce ne sont pas celles des messages. Je sais que vous trouvez cela difficile à pénétrer. Moi aussi. Je crois fermement que le Roi des Rêves observe vos faits et gestes, mais je n'ai pas l'impression qu'il s'introduit dans votre sommeil. Cela me déroute totalement.

— Vous n'avez jamais été en présence de quelque chose de semblable ?

L'interprète des Rêves secoua la tête en signe de dénégation.

— Jamais.

— Alors, c'est cela l'interprétation de mes songes ? Quelques mystères supplémentaires et des questions sans réponses ?

— Je n'ai pas encore fait l'interprétation, répondit Tisana.

— Excusez mon impatience.

— Vous n'avez pas à vous excuser. Allez, donnez-moi vos mains, et je vais vous donner mon interprétation.

Elle se pencha vers lui par-dessus la table, lui prit les mains et les serra dans les siennes et, après un long silence, elle dit :

— Vous êtes tombé d'une position élevée et vous devez maintenant entreprendre de la regagner.

— Une position élevée ? fit-il en souriant.

— La plus haute.

— Sur Majipoor, c'est le sommet du Mont du Château, dit-il d'un ton léger. Est-ce *là* que vous voudriez que je remonte ?

— C'est là, oui.

— C'est une pénible ascension que vous me préparez. Je pourrais passer le reste de ma vie à essayer d'atteindre le sommet.

— Quoi qu'il en soit, lord Valentin, cette ascension vous attend, et ce n'est pas moi qui vous la prépare.

Il hoqueta de surprise en l'entendant lui donner le titre royal, puis il éclata de rire devant l'énormité et le mauvais goût de la plaisanterie.

— Lord Valentin ! Lord Valentin ? Non, vous me faites beaucoup trop d'honneur, madame Tisana. Pas *lord*

Valentin. Valentin tout court, Valentin le jongleur, le nouveau venu dans la troupe de Zalzan Kavol le Skandar.

Le regard de Tisana restait fixé sur Valentin. D'une voix paisible, elle reprit :

— Mille pardons. Je ne voulais pas vous offenser.

— Comment cela pourrait-il m'offenser ? Mais, de grâce, pas de titre royal pour moi. Ma vie de jongleur est bien assez royale comme cela, même si mes rêves me transportent parfois en illustre compagnie.

Elle le regardait toujours sans ciller.

— Voulez-vous reprendre un peu de thé ? demanda-t-elle.

— J'ai promis au Skandar d'être prêt à partir ce matin à la première heure et je vais bientôt devoir m'en aller. Que me réserve encore la prophétie ?

— J'ai terminé, répondit Tisana.

Valentin n'avait pas prévu cela. Il s'attendait à une analyse, une exégèse, des conseils. Et tout ce qu'il avait tiré d'elle avait été...

— Je suis tombé et je dois reconquérir ma haute position. C'est tout ce que vous me dites pour un royal ?

— Tout ne cesse d'augmenter à notre époque, répondit-elle sans aigreur. Vous ressentez cela comme une escroquerie ?

— Pas du tout. Cela m'a été fort utile, d'une certaine manière.

— Vous dites cela par politesse, mais vous ne le pensez pas. En tout cas, vous en avez reçu ici pour votre argent. Tout s'éclairera avec le temps.

Elle se leva et Valentin en fit autant. Une impression de force et de confiance se dégageait d'elle.

— Je vous souhaite un bon voyage, dit-elle, et une heureuse ascension.

13

Autifon Deliamber fut le premier à l'accueillir quand il revint de chez l'interprète des rêves. Dans la sérénité de l'aube, le petit Vroon s'entraînait près de la roulotte à une sorte de jonglerie avec des fragments miroitants d'une substance cristalline. Mais c'était beaucoup plus de la magie que de la jonglerie, car Deliamber faisait seulement semblant de lancer et de recevoir et, en vérité, il déplaçait les éclats brillants par la seule force de son esprit. Il se tenait debout sous l'étincelante cascade et les éclats chatoyants décrivaient un cercle au-dessus de lui, comme une couronne de lumière brillante et restaient en l'air sans que Deliamber les touche.

Pendant que Valentin approchait, Deliamber donna un petit coup sec de l'extrémité de ses tentacules et les éclats cristallins se regroupèrent instantanément pour former un petit bloc compact que Deliamber saisit adroitement. Il le tendit à Valentin.

— Ce sont des fragments d'un temple de la cité Ghayrog de Dulorn qui est à quelques jours de voyage à l'est d'ici. C'est un endroit d'une beauté absolument magique. Y êtes-vous déjà allé ?

Les énigmes de cette nuit pesaient encore lourdement sur l'esprit de Valentin et il ne se sentait pas d'humeur à apprécier les élans poétiques de Deliamber si tôt le matin.

— Je ne m'en souviens pas, fit-il en haussant les épaules.

— Si vous y étiez allé, vous vous en souviendriez. Une ville de lumière, une ville de poésie de glace !

Le bec du Vroon claqua; il ébaucha un sourire vroonesque.

— Mais il est possible que vous ne vous en souveniez

pas. Oui, c'est bien possible. Vous avez oublié tant de choses. Mais vous y retournerez bientôt.

— Y retourner ? Je n'y suis jamais allé.

— Si vous y êtes déjà allé une fois, vous y retournerez quand nous y arriverons. Sinon, non. Quoi qu'il en soit, Dulorn est notre prochaine étape, d'après notre bien-aimé Skandar.

Les yeux malicieux de Deliamber scrutaient ceux de Valentin.

— Je vois que vous avez énormément appris chez Tisana.

— Laissez-moi tranquille, Deliamber.

— Elle est merveilleuse, n'est-ce pas ?

Valentin essaya de forcer le passage.

— Je n'ai rien appris, fit-il sèchement. J'ai perdu une soirée.

— Oh, non, non, non ! Le temps n'est jamais perdu. Donnez-moi votre main, Valentin.

Les tentacules rêches et élastiques du Vroon s'enroulèrent autour des doigts réticents de Valentin.

— Sachez ceci, et sachez-le bien, fit le Vroon d'une voix solennelle, *on ne perd jamais son temps*. Où que nous allions, quoi que nous fassions, chaque chose est un aspect de l'éducation. Même lorsque nous ne saisissons pas tout de suite la leçon.

— Au moment où je partais, Tisana m'a dit approximativement la même chose, murmura Valentin, l'air renfrogné. Je crois que vous êtes de mèche tous les deux. Mais qu'ai-je appris ? J'ai une nouvelle fois rêvé de Coronals et de Pontifes. J'ai monté et descendu des pistes de montagne. L'interprète des rêves a fait une plaisanterie aussi lourde qu'idiote sur mon nom. J'ai gaspillé un royal que j'aurais mieux fait de dépenser à boire et à faire la fête. Non, je n'ai pas obtenu le moindre résultat.

Il essaya de dégager sa main de l'étreinte de Deliamber, mais le Vroon le retenait avec une force surprenante. Valentin eut une sensation étrange, comme si un accord de musique funèbre se propageait dans son cerveau, et quelque part sous la surface de sa conscience, une image miroita en jetant un éclair, comme un dragon de mer remuant avant de s'enfoncer dans les profondeurs océaniques, mais il fut incapable de la percevoir clairement; la signification profonde lui échappa. C'était aussi bien ainsi. Il craignait de savoir ce qui remuait là-dessous. Une angoisse obscure et incompréhensible envahit son âme. Pendant un instant, il lui sembla que le dragon qui s'agitait dans les profondeurs de son être remontait, nageait vers la surface à travers les ténèbres de ses souvenirs confus, jusqu'au champ de la conscience. Cela l'effraya. Quelque connaissance inquiétante et terrifiante était retenue au fond de lui-même et menaçait maintenant de rompre ses chaînes. Il résista. Il lutta. Il vit le petit Deliamber le fixer avec une intensité insoutenable, comme s'il essayait de lui communiquer la force dont il avait besoin pour accepter cette inquiétante révélation, mais Valentin s'y refusait. Il dégagea sa main d'un geste brusque et violent, et se dirigea en titubant et en trébuchant vers la roulotte des Skandars. Son cœur battait la chamade et il percevait les pulsations à ses tempes. Il se sentait faible et avait la tête qui tournait. Après quelques pas mal assurés, il se retourna et lança d'une voix furieuse :

— Que m'avez-vous fait ?

— Je vous ai simplement pris la main.

— Et vous m'avez infligé une souffrance atroce !

— Je vous ai peut-être permis d'avoir accès à votre propre souffrance, répondit calmement Deliamber. Mais rien de plus. Vous portez en vous votre propre souffrance. Vous ne l'avez pas encore ressentie. Mais elle est en train de se réveiller au plus profond de votre être, Valentin. Il n'y a pas moyen de l'en empêcher.

— J'ai bien l'intention de l'en empêcher.

— Vous n'avez pas le choix. Il vous faudra écouter ces voix intérieures. La lutte est déjà engagée.

Valentin secoua sa tête douloureuse.

— Je ne veux ni souffrance ni lutte. Toute cette dernière semaine, j'ai été un homme heureux.

— Etes-vous heureux quand vous rêvez ?

— Ces rêves vont bientôt passer. Ils doivent être des messages destinés à quelqu'un d'autre.

— Le croyez-vous vraiment, Valentin ?

Valentin garda le silence. Après quelques instants, il reprit :

— Je ne demande qu'une chose, c'est qu'on me laisse devenir ce que je veux devenir.

— C'est-à-dire ?

— Un jongleur ambulant. Un homme libre. Pourquoi me tourmentez-vous ainsi, Deliamber ?

— Ce serait avec grand plaisir que je vous verrais devenir jongleur, répondit le Vroon d'une voix douce. Je ne veux pas vous faire de peine. Mais ce que l'on désire a souvent peu de rapport avec ce qui est inscrit en regard de notre nom sur le grand parchemin de la destinée.

— Je serai un maître jongleur, reprit Valentin, rien de plus que cela, et rien de moins.

— Je vous le souhaite, répliqua courtoisement Deliamber avant de tourner les talons.

Valentin fit une lente et profonde expiration. Tout son corps était raide et tendu. Il s'accroupit et baissa la tête, étendit d'abord les bras puis les jambes, essayant de se débarrasser de ces nœuds qui avaient inexplicablement envahi tout son corps. Petit à petit, il parvint à relâcher ses muscles, mais une sensation de gêne persistait et la tension refusait de disparaître. Ces rêves torturants, ces dragons de mer qui se tortillaient dans son âme, ces présages, ces funestes auspices...

Carabella sortit de la roulotte et se pencha sur lui

pendant qu'il effectuait ses mouvements de décontraction.

— Laisse-moi t'aider, fit-elle en s'accroupissant près de lui.

Elle le poussa en avant jusqu'à ce qu'il fût étendu de tout son long, et les doigts nerveux s'enfoncèrent dans les muscles contractés de la nuque et du dos. Il se détendit quelque peu grâce aux soins de la jeune femme, mais il restait préoccupé et d'humeur sombre.

— L'interprétation ne t'a pas aidé? demanda-t-elle doucement.

— Non.

— Tu veux en parler?

— Je préférerais ne pas en parler.

— Comme tu veux, dit-elle.

Mais elle attendait, les yeux vifs et brillants de chaleur et de compassion.

— J'ai à peine compris ce que m'a raconté cette femme, dit-il. Et ce que j'ai compris, je ne peux l'accepter. Mais je ne veux pas parler de cela.

— Quand tu le voudras, Valentin, je serai là. Quand tu ressentiras le besoin de t'ouvrir à quelqu'un...

— Pas maintenant. Peut-être jamais.

Il la sentait tendue vers lui, anxieuse de soulager son âme comme elle avait réduit la tension de son corps. Il sentait son amour couler vers lui. Valentin hésitait, en proie à une lutte intérieure. Il commença d'une voix hésitante :

— Les choses que l'interprète des rêves m'a dites...

— Oui.

Non. Parler de ces choses était leur conférer une réalité, et elles étaient dénuées de réalité, elles n'étaient que des absurdités, des visions floues et ridicules.

— ... n'étaient que des bêtises, enchaîna Valentin. Ce qu'elle m'a dit ne mérite pas que l'on en parle.

Il lut de la réprobation dans le regard de Carabella et détourna les yeux.

— Peux-tu admettre cela ? demanda-t-il d'un ton brusque. C'était une vieille folle et elle m'a raconté un tas d'idioties, et je ne veux pas en parler, ni à toi ni à personne d'autre. C'était *mon* interprétation. Je n'ai pas à en faire part à quiconque. Je...

Il vit le visage bouleversé de Carabella. Encore un instant, et il allait se mettre à bafouiller. D'un ton entièrement différent, il reprit :

— Va me chercher les balles, Carabella.

— Maintenant ?

— Tout de suite.

— Mais...

— Je veux que tu m'apprennes l'échange entre jongleurs, la manière dont il faut se passer les balles. S'il te plaît.

— Mais nous devons partir dans une demi-heure !

— Je t'en prie, dit-il d'un ton insistant.

Elle acquiesça d'un signe de tête et monta en courant les marches de la roulotte. Elle revint quelques instants plus tard avec les balles. Ils s'éloignèrent et trouvèrent un endroit dégagé où ils avaient suffisamment de place. Les sourcils froncés, Carabella lui lança trois balles.

— Qu'est-ce qui ne va pas ? demanda-t-il.

— Ce n'est jamais une bonne idée de s'initier à de nouvelles techniques quand on n'a pas l'esprit en repos.

— Cela me calmera peut-être, fit-il. Essayons.

— Comme tu veux.

Pour s'échauffer, elle commença à jongler avec les trois balles qu'elle avait. Valentin l'imita, mais ses mains étaient froides, ses doigts ne lui obéissaient pas, il avait de la peine à effectuer les exercices les plus simples et fit tomber plusieurs fois les balles. Carabella ne soufflait mot. Elle continuait à jongler pendant qu'il ratait cascade après cascade. Il commença à s'énerver. Elle ne lui avait pas répété que ce n'était pas le bon moment pour se livrer à des essais, mais son silence, son attitude et même sa posture l'affirmaient avec plus de force que les mots. Valentin essayait désespérément de marquer la cadence. « Vous êtes tombé d'une position élevée — il entendit la voix de l'interprète des rêves — et vous devez maintenant entreprendre de la regagner. » Il se mordit les lèvres. Comment pouvait-il se concentrer avec toutes ces choses qui venaient s'insinuer dans son esprit ? La main et l'œil, se dit-il, la main et l'œil, oublie tout le reste. La main et l'œil. « Quoi qu'il en soit, lord Valentin, cette ascension vous attend, et ce n'est pas moi qui vous la prépare. » Non, non, non. Non. Ses mains tremblaient. Ses doigts étaient des barres de glace. Il fit un faux mouvement et les balles s'éparpillèrent en tombant.

— S'il te plaît, Valentin, dit Carabella d'une voix douce.

— Va chercher les massues.

— Mais ce sera encore pire. Veux-tu te casser un doigt ?

— Les massues, répéta-t-il.

Elle ramassa les balles en haussant les épaules et pénétra dans la roulotte. Sleet en sortit, bâilla, salua Valentin d'un petit signe de tête. La matinée commençait. L'un des Skandars apparut et rampa sous la roulotte pour ajuster quelque chose. Carabella en sortit, portant six massues. Derrière elle venait Shanamir qui adressa un bref salut à Valentin avant d'aller nourrir les montures. Valentin prit les massues. Conscient du regard froid de Sleet qui pesait sur lui, il prit la position du jongleur, lança une massue en l'air et rata la réception. Personne ne dit mot. Valentin essaya une seconde fois. Il réussit enfin à jongler avec ses trois massues, mais pas plus de trente secondes. Elles dégringolèrent et l'une atterrit fâcheusement sur son pied. Valentin aperçut Autifon Deliamber qui observait la scène à distance. Il ramassa de nouveau les massues pendant que Carabella, face à lui, jonglait patiemment avec les trois siennes en s'appliquant à l'ignorer. Valentin lança les massues, commença à les faire tournoyer, en laissa tomber une, recommença, en laissa tomber deux, s'entêta, fit une faute à la réception et se démit le pouce gauche.

Il essaya de faire comme s'il ne s'était rien passé. Il ramassa encore une fois les massues, mais cette fois Sleet s'approcha et prit Valentin par les deux poignets.

— Pas maintenant, dit-il. Donne-moi les massues.

— Je veux m'entraîner.

— La jonglerie n'est pas une thérapeutique. Tu as l'esprit perturbé et cela détruit ton synchronisme. Si tu continues ainsi, tu risques de perdre le sens de la cadence et il te faudra des semaines pour te corriger.

Valentin essaya de se dégager, mais Sleet le retint avec une force inattendue. Carabella, impassible, continuait à jongler à quelques mètres d'eux. Après quelques instants, Valentin céda. Avec un haussement d'épaules, il remit les massues à Sleet qui les rassembla dans sa main et les rapporta dans la roulotte. Quelques secondes plus tard, Zalzan Kavol en sortit, utilisant plusieurs de ses mains pour gratter méticuleusement le devant et le derrière de sa toison, comme s'il cherchait des puces, et hurla :

— Tout le monde rentre. En route !

14

Ils partirent vers l'est sur la route qui menait à la cité Ghayrog de Dulorn, traversant une luxuriante et paisible région agricole, verte et fertile sous le soleil estival. Comme la majeure partie de Majipoor, c'était une contrée à forte densité de population, mais une planification intelligente l'avait découpée en vastes zones agricoles bordées de villes animées et tout en longueur, et ainsi s'écoula la journée, une heure de fermes et une heure de ville, une heure de fermes, une heure de ville. Dans la vallée de Dulorn, ces basses terres étendues et en pente douce, le climat était particulièrement propice à l'agriculture, car la vallée s'ouvrait à son extrémité septentrionale aux orages polaires qui noyaient constamment le nord de Majipoor et la chaleur subtropicale était tempérée par des précipitations modérées et régulières. Le sol produisait toute l'année; c'était maintenant la saison de la récolte des tubercules jaunes de stajja, à partir desquels on fabriquait un pain, et de la plantation d'arbres fruitiers tels que le niyk et le glein.

La beauté du paysage vint éclairer le morne horizon de Valentin. Progressivement et sans difficulté, il cessa de penser à des choses qui n'en valaient pas la peine et se laissa aller à jouir de l'interminable cortège de merveilles qu'offrait la planète de Majipoor. Les minces troncs noirs des niyks plantés selon des figures géométriques rigoureuses et compliquées se détachaient sur l'horizon. Des groupes de fermiers, hjorts et humains, en tenue de campagne, se déplaçaient comme des armées d'envahisseurs dans les champs de stajja, ramassant les lourds tubercules; tantôt la roulotte traversait en glissant paisiblement une région de lacs et de cours d'eau, tantôt elle parcourait des plaines unies et herbues d'où s'élevaient de curieux blocs de granit blanc en forme de dent.

A midi, ils pénétrèrent dans un endroit d'une étrange et particulière beauté. C'était une des nombreuses réserves naturelles. Sur la grille d'entrée, un panneau émettant une lueur verte annonçait :

RÉSERVE D'ARBRES-VESSIE

Ici se trouve une remarquable étendue vierge d'arbres-vessie de Dulorn. Ces arbres fabriquent des gaz plus légers que l'air qui font flotter leurs branches supérieures. Lorsqu'ils approchent de leur plein développement, leurs troncs et leurs racines commencent à s'atrophier et cette altération morbide les rend presque entièrement dépendants de l'atmosphère pour leur nourriture. Occasionnellement, à un âge très avancé, un sujet peut se détacher totalement du sol et dériver jusqu'à une autre colonie très éloignée. On trouve des arbres-vessie aussi bien sur Zimroel que sur Alhanroel mais l'espèce tend à se raréfier. Cette plantation est protégée pour le peuple de Majipoor par décret royal du 12e Pont. Confalume et du Cor. lord Prestimion.

Les jongleurs suivirent silencieusement à pied pendant quelques minutes la piste de la forêt sans rien remarquer d'inhabituel. Puis Carabella, qui ouvrait la marche, s'engagea dans un boqueteau touffu d'arbustes bleu-noir et poussa soudain un cri de surprise.

Valentin se précipita à sa hauteur. Statufiée, elle contemplait les merveilles qui l'environnaient.

Des arbres-vessie poussaient partout, à tous les stades de leur développement. Les plus jeunes, gùere plus hauts que Deliamber ou Carabella, étaient de curieux arbrisseaux à l'aspect disgracieux dont les branches épaisses et renflées, d'une teinte argentée très particulière, poussaient à des angles surprenants sur les troncs trapus et vigoureux. Mais sur les arbres de cinq ou six mètres de haut, les troncs avaient commencé à s'amincir et les branches à se gonfler, si bien que le branchage semblait avoir un équilibre fragile et précaire. Les troncs des arbres encore plus vieux s'étaient recroquevillés pour se réduire à l'épaisseur d'une corde rugueuse par laquelle les ramures flottantes des arbres étaient retenues au sol. Tout là-haut elles s'agitaient, mues par un doux zéphyr, leurs branches turgides et dépourvues de feuilles gonflées comme des baudruches. Lorsqu'elles arrivaient à maturité, les jeunes branches argentées devenaient diaphanes, si bien que les arbres ressemblaient à des constructions de verre brillant dans les rayons du soleil à travers lesquels elles dansaient et oscillaient. Zalzan Kavol lui-même semblait remué par l'étrangeté et la beauté des arbres. Le Skandar s'approcha de l'un des plus grands dont les branches brillantes et boursouflées flottaient très haut et, précautionneusement, presque respectueusement, il entoura de ses doigts la mince et rigide tige. Valentin se dit que le Skandar avait peut-être l'intention de briser la tige et de faire décoller l'arbre-vessie comme un étincelant cerf-volant, mais en réalité, le Skandar semblait seulement vouloir s'assurer de la finesse de la tige et, après un moment, il s'éloigna en marmottant.

Ils se promenèrent longtemps au milieu des arbres-vessie, examinant les plus petits, observant les différents stades du développement, le rétrécissement progressif des troncs et le gonflement des branches. Les arbres étaient dépourvus de feuilles et on ne voyait aucune fleur; il était difficile de croire qu'il s'agissait de végétaux, tellement ils paraissaient vitreux. C'était un lieu enchanteur. Valentin ne parvenait pas à s'expliquer son humeur chagrine de la matinée. Comment pouvait-on broyer du noir et se faire du mauvais sang sur une planète qui regorgeait de merveilles?

— Tiens, cria Carabella. Attrape!

Elle avait senti son changement d'humeur et était allée chercher les balles dans la roulotte. Elle luï en lança trois et il commença à exécuter sans difficulté les exercices de base, et elle en fit de même au milieu de la clairière entourée d'arbres-vessie brillants.

Carabella lui faisait face, à un ou deux mètres de lui. Ils jonglèrent séparément pendant trois ou quatre minutes puis en vinrent à lancer à la même cadence.

Maintenant, ils jonglaient ensemble, se réfléchissant l'un l'autre comme des miroirs, et Valentin sentait un calme plus profond s'installer en lui à chaque cycle de lancers : il était bien d'aplomb, concentré, en rythme. Les arbres-vessie, tremblant légèrement dans le vent, réfractaient les rayons du soleil et l'éblouissaient. Tout était paisible et silencieux.

— Quand je te le dirai, fit Carabella d'une voix calme, lance la balle de ta main droite vers ma main gauche, très précisément à la hauteur où tu la lancerais si tu la faisais passer d'une de tes mains à l'autre. Un... deux... trois... quatre... cinq... *passe!*

Et au mot « passe », il lui lança la balle en lui faisant décrire un arc tendu, et elle fit de même. Il réussit de justesse à attraper la balle qui arrivait et à l'incorporer à sa propre cascade, puis il compta jusqu'à ce que le moment soit venu de faire une nouvelle passe. Droite... gauche... droite... gauche... *passe...*

Ce fut dur au début, l'exercice le plus difficile qu'il ait jamais fait, mais pourtant il y arrivait, il le faisait sans commettre d'erreur et, après les premières passes, il n'y avait plus la moindre gaucherie dans ses gestes et ses échanges avec Carabella s'enchaînaient sans à-coups comme s'il avait effectué cet exercice avec elle pendant des mois. Il savait que c'était extraordinaire, que personne n'était supposé maîtriser du premier coup des figures aussi compliquées mais, comme il avait appris à le faire, il gagna rapidement le centre de son être, prit position dans un lieu où rien d'autre n'existait que sa main, son œil et les balles en mouvement, et l'échec devenait non seulement impossible mais inconcevable.

— Hé! cria Sleet. Par ici maintenant!

Lui aussi s'était mis à jongler. Valentin fut provisoirement dérouté par cet accroissement de sa tâche, mais il se contraignit à conserver son automatisme, à lancer quand le moment lui semblait venu, à recevoir les balles qui lui arrivaient et à faire constamment passer celles qui lui restaient d'une main à l'autre. Si bien que lorsque Carabella et Sleet commencèrent à échanger des balles, il réussit à poursuivre l'exercice en recevant les balles de Sleet au lieu de Carabella. « Un... deux... un... deux... » comptait Sleet qui s'était placé entre Valentin et Carabella et avait pris la direction des opérations, distribuant les balles d'abord à l'un puis à l'autre à une cadence qui resta constante pendant un long moment avant de s'accélérer irrésistiblement et de dépasser de très loin les capacités de Valentin. Soudain il y eut des douzaines de balles dans l'air, ou tout au moins c'est ce qu'il lui sembla, et il essaya désespérément de toutes les saisir mais elles lui échappèrent toutes et il se laissa tomber en riant sur le gazon tiède et moelleux.

— Il y a quand même des limites à ton adresse, hein ? fit Sleet avec gaieté. Parfait ! Parfait ! Je commençais à me demander si tu étais mortel.

— Bien assez mortel comme cela, répliqua Valentin en riant.

— Le déjeuner est prêt ! cria Deliamber.

Il trônait devant une marmite de ragoût suspendue à un trépied au-dessus d'un globe incandescent. Les Skandars, qui s'étaient entraînés de leur côté dans une autre partie de la plantation, apparurent, surgissant du sol comme par magie, et se jetèrent avec une déplaisante voracité sur la nourriture. Vinorkis aussi fut prompt à remplir son assiette. Carabella et Valentin furent servis les derniers, mais il ne s'en souciait guère. Il transpirait, une bonne sueur due à une dépense physique bien employée, son cœur battait et sa peau le picotait. Sa longue nuit de rêves troublants lui semblait bien éloignée, quelque chose qu'il avait laissé derrière lui à Falkynkip.

Tout l'après-midi la roulotte se dirigea à toute allure vers l'est. Ils étaient maintenant en plein cœur du pays ghayrog, dans une région habitée presque exclusivement par cette race à la peau luisante et à l'aspect reptilien. Quand la nuit tomba, la troupe était encore à une demi-journée de Dulorn, la capitale de la province, où Zalzan Kavol leur avait trouvé un engagement. Deliamber annonça qu'une auberge de campagne se trouvait à peu de distance et ils poursuivirent leur route jusqu'à ce qu'ils y arrivent.

— Tu partageras mon lit, dit Carabella à Valentin.

Dans le couloir qui menait à leur chambre, ils croisèrent Deliamber qui s'arrêta un instant pour leur effleurer les mains du bout de ses tentacules et murmura :

— Dormez bien.

— Dormez bien, répéta automatiquement Carabella.

Mais Valentin ne prononça pas la formule traditionnelle, car le contact de la chair du magicien Vroon avec la sienne avait réveillé le dragon qui sommeillait dans son âme, le laissant grave et inquiet comme il l'avait été avant le miracle de la plantation d'arbres-vessie. C'était comme si Deliamber s'était érigé en ennemi attitré de la tranquillité de Valentin, faisant sourdre en lui des craintes et des appréhensions inexprimables contre lesquelles il était sans défense.

— Viens, grommela Valentin d'une voix rauque en s'adressant à Carabella.

— Tu as l'air bien pressé, fit-elle en éclatant d'un rire argentin qui mourut sur ses lèvres dès qu'elle remarqua l'expression de son visage. Valentin, qu'as-tu ? Que se passe-t-il ?

— Rien.

— Rien ?

— J'ai peut-être le droit d'avoir des états d'âme, comme cela arrive parfois à tous les humains, non ?

— Quand ton visage change ainsi, c'est comme une ombre qui passe devant le soleil. Et c'est tellement soudain...

— Il y a quelque chose chez Deliamber, dit Valentin, qui me gêne et m'inquiète. Quand il m'a touché...

— Deliamber est inoffensif. Il est plein de malice, comme tous les magiciens, les Vroons en particulier, et surtout les petits. C'est souvent le cas chez les gens très petits. Mais tu n'as rien à craindre de Deliamber.

— Tu crois vraiment?

Il ferma la porte et Carabella se jeta dans ses bras.

— Vraiment, répondit-elle. Tu n'as rien à craindre de personne, Valentin. Tous ceux qui te voient t'aiment aussitôt. Il n'y a pas un seul individu sur la planète qui te veuille du mal.

— Cela fait du bien d'entendre cela, dit-il en se laissant attirer sur le lit.

Il la serra dans ses bras et, de ses lèvres, frôla légèrement les siennes, puis il l'embrassa avec plus de force et leurs corps s'enlacèrent. Il n'avait pas fait l'amour avec elle depuis plus d'une semaine et il avait attendu cet instant avec une joie et une impatience extrêmes. Mais l'incident du couloir avait fait retomber en lui tout désir, l'avait laissé gourd et détaché, et cela le désorientait et le déprimait. Carabella n'avait pu éviter de sentir cette froideur en lui, mais elle avait de toute évidence choisi de ne pas en tenir compte, car il sentait son corps ferme et souple chercher le sien avec ferveur et passion. Il se força d'abord à répondre puis, au bout d'une minute, il n'eut plus à se forcer et manifesta presque autant d'ardeur qu'elle, mais il continuait à voir de l'extérieur ses propres sensations et il resta simple spectateur pendant qu'ils firent l'amour. Ce fut rapidement terminé et, une fois que la lumière fut éteinte, la clarté lunaire entrant par leur fenêtre jeta sur leurs visages une lueur dure et froide.

— Dors bien, murmura Carabella.

— Dors bien, répondit-il.

Elle s'endormit presque immédiatement. Il la tint dans ses bras, serrant tout contre lui le petit corps tiède et mince, n'ayant lui-même aucune envie de dormir. Au bout d'un moment, il s'écarta d'elle et prit sa position préférée pour chercher le sommeil, allongé sur le dos, les bras croisés sur la poitrine, mais il ne venait toujours pas et il n'avait que de brefs assoupissements sans rêves. Pour se distraire, il compta des blaves, il s'imagina accomplissant avec Sleet et Carabella des prodiges de jonglerie, il essaya de relâcher chaque muscle de son corps l'un après l'autre. Rien n'y fit. Tout éveillé, il prit appui sur un coude et contempla Carabella, si belle dans le clair de lune.

Elle rêvait. Un muscle de sa joue se contractait; les globes de ses yeux roulaient sous ses paupières; sa poitrine se soulevait et retombait à un rythme précipité; elle porta les doigts à ses lèvres, murmura d'une voix sourde des paroles inintelligibles et remonta ses genoux sur sa poitrine. Son corps mince et nu était si beau que Valentin voulut tendre la main vers elle, caresser ses cuisses tièdes, effleurer de ses lèvres les mamelons durcis, mais il se retint, car c'était un impardonnable manque d'égards et de savoir-vivre d'interrompre un rêveur. Alors il se contenta de la regarder, de l'aimer à distance et de savourer son désir qui s'était ranimé.

Carabella poussa un cri de terreur.

Ses yeux s'ouvrirent, mais elle ne vit rien — le signe d'un message. Tout son corps fut parcouru d'un frisson. Elle se mit à trembler et se tourna vers lui, plongée dans le sommeil et dans son rêve. Il la serra contre lui pendant qu'elle geignait et gémissait, lui apportant aide et réconfort, et la force de ses bras pour la protéger des affres qui l'assaillaient, et finalement la fureur de son rêve s'apaisa et elle se détendit contre sa poitrine, flasque, baignée de sueur. Elle resta immobile pendant quelques instants et Valentin crut qu'elle s'était paisiblement endormie. Mais non. Même si elle restait immobile, elle était éveillée, comme si elle contemplait son rêve, y faisait bravement face, essayant de le faire remonter jusqu'au champ de la conscience. Soudain elle se redressa, hoqueta et se couvrit la bouche de la main. Elle avait les yeux hagards et vitreux.

— Monseigneur ! murmura-t-elle.

Elle s'éloigna de lui, rampant à travers le lit à la manière d'un crabe, un bras replié sur ses seins, se protégeant le visage de l'autre. Ses lèvres tremblaient. Valentin tendit la main vers elle, mais elle s'écarta avec un geste horrifié et se jeta sur le plancher de bois rugueux où elle se recroquevilla sur elle-même comme pour essayer de dissimuler sa nudité.

— Carabella ? fit-il, l'air abasourdi.

Elle leva les yeux vers lui.

— Seigneur... seigneur... de grâce... laissez-moi, seigneur...

Elle se prosterna de nouveau, formant de ses deux mains aux doigts écartés le symbole de la constellation, ce geste d'hommage que l'on ne faisait que lorsque l'on était en présence du Coronal.

15

Se demandant si ce n'était pas lui plutôt qu'elle qui avait rêvé et si ce rêve ne durait pas encore, Valentin se leva, trouva une robe pour Carabella et enfila un de ses propres vêtements. Elle était encore prosternée loin de lui, pétrifiée et épouvantée. Lorsqu'il s'approcha d'elle pour essayer de la réconforter, elle se recula en se repliant un peu plus sur elle-même.

— Qu'y a-t-il ? demanda Valentin. Que s'est-il passé, Carabella ?

— J'ai rêvé... j'ai rêvé que vous étiez...

La voix lui manqua.

— Si réel, si terrible...

— Raconte-moi. Je vais interpréter ton rêve pour toi, si je le puis.

— Il n'a pas besoin d'interprétation. Il parle de lui-même.

Elle fit de nouveau le signe de la constellation.

— J'ai rêvé, commença-t-elle d'une voix froide, basse et blanche, que vous étiez le véritable Coronal lord Valentin, que vous aviez été dépossédé de votre pouvoir et de vos souvenirs, placé dans le corps d'un autre homme et remis en liberté près de Pidruid pour mener une vie errante et oisive pendant qu'un autre régnait à votre place.

Valentin se sentait au bord d'un insondable abîme et le sol se dérobait sous ses pieds.

— Etait-ce un message? demanda-t-il.

— Oui, c'était un message. J'ignore s'il provenait de la Dame ou du Roi, mais ce n'était pas un rêve qui m'appartenait, c'était quelque chose plaqué de l'extérieur sur mon esprit. Je vous ai vu, seigneur...

— Arrête de m'appeler comme cela.

— ... au sommet du Mont du Château, et votre visage était le visage de l'autre lord Valentin, le brun, celui devant qui nous avons jonglé, puis vous êtes descendu du Mont du Château pour entreprendre le Grand Périple à travers tout le pays, et pendant que vous étiez dans le Sud, à Til-omon, ma propre ville natale, on vous a drogué, on s'est emparé de vous dans votre sommeil, on vous a transposé dans ce corps et on s'est débarrassé de vous, et personne ne s'est aperçu que vous aviez été dépossédé par ensorcellement de votre pouvoir royal. Et je vous ai touché, seigneur, et j'ai partagé votre couche, et je me suis permis mille familiarités avec vous. Comment pourrez-vous jamais me pardonner, seigneur?

— Carabella?

Elle se recroquevilla en tremblant.

— Lève la tête, Carabella. Regarde-moi.

Elle secoua la tête en signe de refus. Il s'agenouilla devant elle et posa la main sur son menton. Elle frissonna comme s'il lui avait jeté de l'acide. Tous ses muscles étaient contractés. Il la prit de nouveau par le menton.

— Lève la tête, dit-il doucement. Regarde-moi.

Elle leva les yeux vers lui, lentement, craintivement, comme on peut regarder le soleil, de peur d'être aveuglé.

— Je suis Valentin le jongleur, dit-il, et rien d'autre.

— Non, seigneur.

— Le Coronal est brun, et j'ai les cheveux dorés.

— Je vous en prie, seigneur, laissez-moi. Vous me faites peur.

— Tu as peur d'un jongleur errant ?

— Ce n'est pas ce que vous êtes qui me fait peur. La personne que vous êtes actuellement est un ami dont je suis tombée amoureuse. C'est ce que vous avez été, seigneur. Vous vous êtes tenu aux côtés du Pontife et vous avez bu le vin royal. Vous avez marché dans les plus hautes salles du Mont du Château. Vous avez détenu le pouvoir suprême. Mon rêve était vrai, seigneur, il était aussi limpide et réel que tout ce que j'ai jamais vu de mes yeux. C'était un message, sans aucun doute, sans contredit. Et vous êtes le véritable Coronal, et j'ai touché votre corps et vous avez touché le mien, et c'est un sacrilège pour une femme ordinaire comme moi d'avoir approché de si près un Coronal. Et je serai punie de mort pour l'avoir commis.

— Si j'ai jamais été Coronal, ma douce, reprit Valentin en souriant, ce fut dans un autre corps, et il n'y a rien de sacré dans celui que tu as embrassé cette nuit. Mais je n'ai jamais été Coronal.

Elle le regarda droit dans les yeux et c'est d'une voix un peu plus assurée qu'elle reprit :

— Vous n'avez aucun souvenir de votre vie avant Pidruid. Vous étiez incapable de me dire le nom de votre père et quand vous m'avez raconté votre enfance à Ni-moya, vous-même n'en avez pas cru le premier mot, et vous avez choisi par hasard un nom pour votre mère. N'est-ce pas la vérité ?

Valentin acquiesça de la tête.

— Et Shanamir m'a dit que vous aviez beaucoup d'argent dans votre bourse mais que vous n'aviez aucune idée de sa valeur, et que vous aviez voulu payer une saucisse avec une pièce de cinquante royaux. C'est vrai ?

Il hocha de nouveau la tête.

— Comme si, peut-être, vous aviez passé toute votre vie à la cour et que vous n'aviez aucune notion de l'argent. Vous savez si peu de chose, Valentin ! Il faut tout vous apprendre... comme à un enfant.

— Je n'ai plus de mémoire, c'est vrai. Mais ce n'est pas pour cela que je suis Coronal.

— Et votre manière de jongler, si naturellement, comme si vous possédiez tous les dons... votre démarche, votre prestance, le rayonnement qui émane de vous, le sentiment que vous donnez à tout le monde que vous êtes né pour exercer le pouvoir...

— J'ai vraiment tout cela ?

— Nous n'avons guère parlé d'autre chose depuis que vous vous êtes joint à nous. Que vous deviez être un prince déchu, un duc en exil, peut-être. Mais après mon rêve... il n'y a plus aucun doute, seigneur...

Son visage était blême de tension. Pendant un moment, elle avait réussi à surmonter cette crainte mêlée de respect qu'elle éprouvait devant lui, mais cela n'avait duré qu'un moment et elle recommença à trembler. Mais cette crainte était contagieuse, semblait-il, car Valentin à son tour commença à sentir la peur s'emparer de lui et le froid le gagner. Y avait-il quelque chose de vrai dans tout cela ? Avait-il été sacré Coronal,

avait-il serré la main de Tyeveras au cœur de son Labyrinthe et au sommet du Mont du Château ?

Il entendit la voix de l'interprète des rêves Tisana qui
lui disait : « Vous êtes tombé d'une position élevée, et
vous devez maintenant entreprendre de la regagner. »
Impossible. Impensable. « Quoi qu'il en soit, lord
Valentin, cette ascension vous attend, et ce n'est pas
moi qui vous la prépare. » Inimaginable. Impossible. Et
pourtant, il y avait ses rêves, ce frère qui voulait le tuer
et que lui-même avait fini par tuer, ces Coronals et ces
Pontifes qui évoluaient au tréfonds de son âme, et tout
le reste. Cela pouvait-il se faire ? Impossible. Impossible.

— Il ne faut pas avoir peur de moi, Carabella, dit-il.

Elle frissonna. Il tendit la main vers elle et elle se
déroba en gémissant :

— Non ! Ne me touchez pas ! Monseigneur...

— Même si je fus naguère Coronal, fit-il tendrement
— comme cela me semble bizarre et absurde à entendre —, même si c'est vrai, Carabella, je ne suis plus
Coronal. Le corps dans lequel je vis n'a pas reçu l'onc-
tion et ce qui s'est passé entre nous n'est pas un sacrilège. Je suis Valentin le jongleur maintenant, quel que
soit celui que j'aie pu être dans une vie antérieure.

— Vous ne comprenez pas, seigneur.

— Je comprends qu'un Coronal est un homme
comme un autre, à la seule différence qu'il a plus de
responsabilités que les autres, mais il n'y a rien de
surhumain chez lui, et rien à craindre de lui, hormis
son pouvoir, et je n'ai rien de cela. Si cela a jamais été
le cas.

— Non, répliqua-t-elle, un Coronal est touché par la
grâce, et elle ne l'abandonne jamais.

— N'importe qui peut devenir Coronal, à condition
de recevoir l'éducation adéquate et d'avoir la tournure
d'esprit voulue. Nul n'est prédestiné à le devenir. Les

156

Coronals sont venus de toutes les régions de Majipoor, de toutes les couches sociales.

— Seigneur, vous ne comprenez pas. Avoir été Coronal signifie être touché par la grâce. Vous avez gouverné, vous avez vécu sur le Mont du Château, vous avez été adopté dans la lignée de lord Stiamot, de lord Dekkeret et de lord Prestimion, vous êtes le frère de lord Voriax, vous êtes *le fils de la Dame de l'Ile.* Et vous me demandez de vous considérer comme un simple mortel ? Et vous me demandez de ne pas avoir peur de vous ?

Atterré, il fixait Carabella.

Il se souvint de ce qui lui avait traversé l'esprit quand, debout dans les rues de Pidruid, il avait regardé passer lord Valentin le Coronal dans le grand défilé, quand il avait ressenti la fascination de la grâce et du pouvoir, et compris qu'être Coronal signifiait devenir un être d'exception, un personnage entouré d'une aura, celui qui règne sur vingt milliards de sujets, qui porte en lui les énergies additionnées des souverains célèbres qui l'ont précédé depuis des milliers d'années, qui est destiné à prendre un jour possession du Labyrinthe et à exercer la charge de Pontife. Aussi incompréhensible que tout cela lui fût, cela commençait à pénétrer en lui et le laissait confondu et accablé. Mais c'était absurde. Avoir peur de lui-même ? Se prosterner avec révérence devant sa propre majesté imaginaire ? Il était Valentin le jongleur et rien d'autre !

Carabella sanglotait. Encore un moment et elle allait devenir hystérique. Le Vroon, sans nul doute, devait avoir une potion calmante qui la soulagerait.

— Attends, dit Valentin. Je reviens dans un instant. Je vais demander à Deliamber quelque chose pour te calmer.

Il sortit de la chambre comme une flèche et s'engagea dans le couloir en se demandant dans quelle chambre dormait le magicien. Toutes les portes étaient fermées. Il allait se résoudre à frapper au hasard à une porte, en espérant ne pas tomber sur Zalzan Kavol, quand une voix sèche s'éleva de l'obscurité, quelque part au-dessous de son bras.

— On a de la peine à trouver le sommeil?

— Deliamber?

— Ici. Juste à côté de vous.

Valentin scruta l'ombre en plissant les yeux et distingua le Vroon, les tentacules croisés, assis par terre dans une sorte de posture de méditation. Deliamber se leva.

— Je pensais que vous risquiez de vous mettre bientôt à ma recherche, dit-il.

— Carabella a reçu un message. Elle a besoin d'une potion pour apaiser son esprit. Avez-vous quelque chose qui puisse faire l'affaire?

— Je n'ai pas de potion, non. Mais un attouchement, oui... c'est possible. Venez.

Le petit Vroon se coula le long du couloir et dans la chambre que Valentin partageait avec Carabella. Elle n'avait pas bougé et était encore misérablement recroquevillée près du lit, vêtue de sa robe enfilée à la hâte. Deliamber se dirigea immédiatement vers elle et entoura délicatement ses épaules de ses tentacules flexibles. Elle relâcha tous ses muscles tendus et s'effondra d'un coup, comme désossée. Le bruit de sa respiration profonde résonnait étrangement dans la chambre. Au bout d'un moment, elle releva la tête, calmée, mais avec encore quelque chose d'hébété et de figé dans le regard.

Elle tendit le bras vers Valentin et dit :

— J'ai rêvé qu'il était... qu'il avait été...

Elle hésitait à poursuivre.

— Je sais, fit Deliamber.

— Ce n'est pas vrai, dit Valentin d'une voix sourde. Je ne suis qu'un jongleur.

158

— Vous n'êtes qu'un jongleur *maintenant*, reprit doucement Deliamber.

— Vous aussi, vous croyez ces bêtises.

— C'était évident dès le début. Quand vous vous êtes interposé entre le Skandar et moi. C'est le fait d'un roi, me suis-je dit, et j'ai lu dans votre âme...

— Comment ?

— Une des ficelles du métier. J'ai lu dans votre âme et j'ai vu ce que l'on vous avait fait...

— Mais ce genre de chose est impossible ! protesta Valentin. Arracher l'âme d'un homme de son corps et la mettre dans le corps d'un autre et mettre l'âme d'un autre dans son...

— Impossible ? Non, répliqua Deliamber, je ne crois pas. On raconte à Suvrael que des essais dans cette science sont effectués à la cour du Roi des Rêves. Cela fait plusieurs années maintenant que filtrent des rumeurs d'étranges expériences.

Valentin contemplait le bout de ses doigts d'un air maussade.

— Il n'est pas possible de réaliser cela.

— C'était aussi mon avis, les premières fois où j'en ai entendu parler. Puis je me suis penché sur la question. Il y a de nombreuses pratiques magiques presque aussi impressionnantes dont je détiens les secrets, et je ne suis qu'un magicien de second plan. Les germes de cette discipline existent depuis longtemps. Peut-être quelque sorcier suvraelien a-t-il enfin trouvé un moyen de provoquer son épanouissement. Si j'étais à votre place, Valentin, je ne rejetterais pas cette possibilité.

— Un échange de corps ? fit Valentin, l'air égaré. Ce n'est pas mon vrai corps ? Mais à qui serait-il, alors ?

— Qui sait ? Un malheureux, victime d'un accident, noyé peut-être ou étouffé par un morceau de viande, ou ayant imprudemment absorbé un champignon vénéneux. Sa mort, quelle qu'en soit la cause, laissant son corps pratiquement intact. Dans l'heure suivant la mort, on transporte le corps dans un endroit tenu secret pour transplanter l'âme du Coronal dans l'enveloppe vide, puis un autre homme, renonçant à jamais à sa propre apparence, prend rapidement possession du crâne vacant du Coronal, conservant peut-être une bonne partie de la mémoire et de l'esprit du Coronal en sus des siens, ce qui lui permet de poursuivre la mascarade en gouvernant comme s'il était le véritable monarque...

— Je ne peux pas accepter cela, fit Valentin avec entêtement.

— Quoi qu'il en soit, poursuivit Deliamber, quand j'ai lu dans votre âme, j'ai tout vu exactement comme je viens de vous le décrire. Et j'ai ressenti un grand désarroi — dans ma profession il est rare de rencontrer un Coronal ou de découvrir une imposture aussi énorme —, et il m'a fallu un certain temps pour reprendre mes esprits, et je me suis demandé s'il n'était pas plus sage d'oublier ce que j'avais vu, et pendant un moment je l'ai sérieusement envisagé. Mais j'ai vite compris que je ne pourrais pas le faire, que je serais fouaillé jusqu'à la fin de mes jours par des rêves monstrueux si je taisais ce que je savais. Je me suis dit que sur cette planète, il y avait beaucoup de choses à réparer et que, si le Divin me l'accordait, j'allais participer à cette tâche. Et cela vient de commencer.

— Mais il n'y a rien de vrai là-dedans.

— Admettons, pour le seul plaisir de la discussion, qu'il y ait quelque chose de vrai, insista Deliamber. Imaginons qu'ils se soient emparés de vous à Til-omon, qu'ils vous aient dépouillé de votre enveloppe physique et qu'ils aient placé un usurpateur sur le trône. Supposons que ce soit le cas. Que feriez-vous alors ?

— Rien du tout.

— Vraiment ?

— Rien, répéta Valentin avec force. Que soit Coronal celui qui *veut* être Coronal. Je crois que le pouvoir est une maladie et que gouverner est une folie réservée aux insensés. J'ai peut-être résidé naguère sur le Mont du Château, admettons, mais je n'y suis plus maintenant, et rien dans ma nature ne me pousse à y retourner. Je suis un jongleur, un bon jongleur en progrès constants, et un homme heureux. Le Coronal est-il heureux, lui ? Et le Pontife ? Si l'on m'a évincé du pouvoir, je considère cela comme une chance. Je n'ai nulle envie de reprendre le fardeau des responsabilités.

— C'est ce à quoi vous étiez destiné.

— Destiné ? Destiné ? répéta Valentin en riant. Autant dire que j'étais destiné à être Coronal pendant une brève période puis à être remplacé par quelqu'un de plus qualifié que moi. Il faut être fou pour vouloir gouverner, Deliamber, et je suis sain d'esprit. Le pouvoir est une charge et une corvée. Je ne l'accepterai pas.

— Mais si, vous l'accepterez, reprit Deliamber. Vous avez été victime de manipulations et vous n'êtes plus vous-même. Mais lorsqu'on a été Coronal, on le reste à jamais. Vous guérirez et vous redeviendrez ce que vous étiez, lord Valentin.

— N'utilisez pas ce titre !

— Il vous reviendra, dit Deliamber.

Valentin écarta la suggestion d'un haussement d'épaules furieux. Il tourna la tête vers Carabella : elle s'était endormie par terre, la tête appuyée contre le lit. Il la souleva précautionneusement et l'allongea sous le couvre-lit. Puis, se tournant vers Deliamber, il lui dit :

— Il se fait tard et nous avons passé beaucoup de temps à des bêtises ce soir. Toute cette pénible discussion m'a donné d'affreux maux de tête. Faites-moi ce que vous lui avez fait, sorcier, et apportez-moi le sommeil, et ne me parlez plus de ces responsabilités qui n'ont jamais été miennes et ne le seront jamais. Nous avons un spectacle demain, et je veux être frais et dispos.

— Très bien. Couchez-vous.

Valentin s'allongea près de Carabella. Le Vroon le toucha légèrement d'abord, puis avec plus de force, et Valentin sentit son esprit commencer à s'obscurcir. Le sommeil l'enveloppa rapidement, comme une épaisse nappe blanche de brouillard s'avançant sur l'océan au crépuscule. Bien. Très bien. Et il perdit conscience avec plaisir.

Cette nuit-là, il rêva, et son rêve baignait dans une lumière vive et crue, indiscutablement caractéristique d'un message, et les images avaient une acuité au-delà de toute imagination.

Il se vit traversant la terrible plaine pourpre qu'il avait si souvent parcourue dans ses songes récents. Mais cette fois il savait sans discussion où se trouvait la plaine : ce n'était pas une création de l'imagination, c'était le lointain continent de Suvrael qui s'étendait sans protection sous le feu impitoyable du soleil et ces fissures dans la terre étaient les stigmates de l'été par lesquels avait été aspiré le peu d'humidité que le sol contenait. De hideuses plantes vrillées et flasques, aux feuilles gonflées et grisâtres, gisaient sur le sol et d'innombrables choses hérissées d'épines et aux nœuds curieusement anguleux poussaient très haut. Valentin marchait rapidement malgré la chaleur, le vent impitoyablement mordant et la sécheresse à fendiller la peau. Il était en retard, on l'attendait au palais du Roi des Rêves où il avait été engagé pour jongler.

Le palais se dressait maintenant devant lui, sinistre, plongé dans l'ombre, tout en tourelles crénelées et en portiques déchiquetés, une bâtisse aussi repoussante et hérissée de piquants que les plantes du désert. Elle semblait tenir beaucoup plus de la prison que du palais, tout au moins par son aspect extérieur, mais à l'intérieur tout était différent, frais et luxueux, avec des fontaines dans les cours, des tentures de velours et un parfum de fleurs flottant dans l'air. Des serviteurs s'inclinèrent devant lui et lui montrèrent le chemin d'une grande chambre où ils le dépouillèrent de ses vêtements couverts d'une croûte de sable, le baignèrent, le séchèrent dans des serviettes légères comme la plume, lui offrirent des sorbets, un vin glacé d'une teinte argentée et des morceaux d'une viande savoureuse et inconnue avant de le mener dans la grande salle du trône aux hautes voûtes où le Roi des Rêves siégeait en grand apparat.

De loin, Valentin le vit sur son trône : Simonan Barjazid, la Puissance maléfique et déconcertante qui, de son territoire désert et balayé par les vents, envoyait sur toute la surface de Majipoor ses messages chargés d'une lourde signification. Il était solidement bâti, le visage glabre, mafflu, les yeux enfoncés et cernés, et portait autour de sa tête aux cheveux ras le diadème en or, l'instrument de sa puissance, l'amplificateur de pensée conçu mille ans auparavant par un Barjazid. A la gauche de Simonan était assis son fils Cristoph, bien en chair comme son père, et à sa droite son fils Minax, l'héritier, maigre, la mine rébarbative, le teint foncé, le visage en lame de couteau, comme s'il avait été aiguisé par les vents du désert.

Le Roi des Rêves, d'un geste désinvolte de la main, ordonna à Valentin de commencer.

Il jonglait avec des poignards, dix ou quinze, des stylets brillants qui pouvaient lui traverser le bras de part en part s'il les recevait mal, mais il les maniait avec une grande facilité, jonglant comme seul Sleet pouvait le faire, ou peut-être Zalzan Kavol, une démonstration pleine de virtuosité. Valentin, bien d'aplomb sur ses jambes, ne donnait que d'imperceptibles coups de poignet et les couteaux prenaient leur envol en jetant des éclairs éblouissants, décrivaient un arc très haut dans l'air et retombaient exactement à l'endroit où les doigts les attendaient, et à mesure de leurs montées et de leurs descentes, l'arc qu'ils décrivaient changeait de forme, n'était plus une simple cascade, mais devenait une constellation, l'emblème du Coronal, les pointes dirigées vers l'extérieur pendant qu'ils étaient en l'air, mais soudain, alors que Valentin approchait de l'apothéose, les poignards s'immobilisèrent en plein vol, planant juste au-dessus de ses doigts impatients et refusant de descendre.

Et de derrière le trône surgit un homme à l'aspect menaçant et au regard farouche, Dominin Barjazid, le troisième fils du Roi des Rêves. Il se dirigea à grands pas vers Valentin et d'un geste méprisant cueillit la constellation de poignards et les glissa dans la ceinture de sa robe.

— Vous êtes un excellent jongleur, lord Valentin, fit le Roi des Rêves avec un sourire moqueur. Vous avez enfin trouvé une occupation qui vous convient.

— Je suis Coronal de Majipoor, répliqua Valentin.

— Vous étiez. Vous étiez. Vous êtes un vagabond, maintenant, et incapable de devenir autre chose.

— Un fainéant, dit Minax Barjazid.

— Un lâche, dit Cristoph Barjazid.

Et il ajouta :

— Un oisif.

— Qui se dérobe à son devoir, déclara Dominin Barjazid.

— Vous êtes déchu de votre rang, dit le Roi des Rêves. Vous êtes démis de vos fonctions. Partez. Allez jongler, Valentin le jongleur. Partez, saltimbanque. Partez, vagabond.

— Je suis Coronal de Majipoor, répéta Valentin d'une voix ferme.

— Plus maintenant, dit le Roi des Rêves.

Il porta les mains au diadème qui lui ceignait le front et Valentin vacilla et trembla comme si le sol s'était ouvert sous lui, puis il trébucha et tomba, et quand il releva les yeux, il vit que Dominin Barjazid avait revêtu le pourpoint vert et la robe d'hermine du Coronal et que son apparence s'était transformée, si bien que son visage était le visage de lord Valentin et que son corps était le corps de lord Valentin, et avec les poignards qu'il avait pris à Valentin il avait composé la couronne du Coronal dont son père Simonan Barjazid lui ceignait la tête.

— Vous voyez? cria le Roi des Rêves. Le pouvoir revient à ceux qui en sont dignes! Partez, jongleur! Partez!

Et Valentin s'enfuit dans le désert pourpre, et il vit les tourbillons de sable venant du sud qui se précipitaient vers lui, et il essaya de leur échapper, mais la tempête l'environnait de toutes parts. Il hurla : « Je suis lord Valentin le Coronal! » mais sa voix se perdit dans le vent et il sentit le sable sous ses dents. Il hurla de nouveau : « C'est une trahison, c'est une usurpation de pouvoir! » et son cri fut emporté par le vent. Il se retourna vers le palais du Roi des Rêves, mais il n'était plus visible, et il fut accablé par la sensation écrasante d'une perte éternelle.

Il se réveilla.

Carabella était paisiblement allongée à ses côtés. Les premières lueurs pâles de l'aube pénétraient dans la chambre. Bien que son rêve ait été monstrueux, un message du plus sinistre augure, il se sentait parfaitement calme. Pendant des jours, il avait essayé de nier la vérité, mais il n'était plus possible maintenant de la rejeter, aussi étrange et fantastique qu'elle parût. Il était naguère Coronal de Majipoor dans un autre corps, et on l'avait dépouillé de ce corps et de son identité. Etait-ce possible? On pouvait difficilement écarter un rêve aussi pressant ou refuser d'en tenir compte. Il fouilla jusqu'au plus profond de lui pour essayer de ressusciter des souvenirs du pouvoir, des cérémonies sur le Mont du Château, des fragments de la pompe royale, la saveur des responsabilités, mais en vain. Il ne retrouvait absolument rien. Il était jongleur, rien d'autre qu'un jongleur, et il ne retrouvait pas le moindre lambeau de son passé avant Pidruid. C'était comme s'il avait vu le jour au bord de cette falaise, quelques instants avant de rencontrer le pâtre Shanamir, comme s'il était né là-bas avec de l'argent dans sa bourse, une gourde de bon vin rouge accrochée à la hanche et quelques souvenirs diffus et factices dans la tête.

Et si c'était vrai ? S'il était vraiment Coronal ?

Eh bien, dans ce cas, il lui faudrait aller de l'avant dans l'intérêt de toute la planète, renverser le tyran et reconquérir sa position légitime. C'était une obligation de conscience à laquelle il lui faudrait satisfaire. Mais l'idée était absurde et lui desséchait la gorge, lui faisait battre le cœur et l'amenait au bord de la panique. Renverser cet homme brun qui détenait le pouvoir, qui avait traversé Pidruid en grande pompe ? Comment ce projet pouvait-il être réalisable ? Et, sans parler de le détrôner, comment seulement s'approcher d'un Coronal ? Que cela ait — peut-être — été fait une fois n'impliquait pas pour autant que cela pouvait être réalisé de nouveau, surtout par un jongleur itinérant, un jeune homme insouciant qui ne ressentait pas l'irrésistible besoin de s'atteler à une tâche impossible. De plus, Valentin voyait en lui si peu d'aptitude à gouverner. S'il avait réellement été Coronal, il avait dû avoir des années de formation sur le Mont du Château, un long apprentissage des manières et des usages de la cour; mais il ne lui restait plus la moindre trace de tout cela. Comment pouvait-il prétendre être un monarque sans avoir aucune des compétences d'un monarque ?

Et pourtant... et pourtant...

Il tourna la tête vers Carabella. Elle était éveillée; elle avait les yeux ouverts; elle l'observait en silence. Il la sentait encore pleine de déférence, mais la terreur l'avait quittée.

— Qu'allez-vous faire, seigneur ? demanda-t-elle.

— Appelle-moi Valentin, une fois pour toutes.

— Si vous me l'ordonnez.

— Je te l'ordonne.

— Alors, Valentin... dis-moi, que vas-tu faire?

— Poursuivre le voyage avec les Skandars, répondit-il. Continuer à jongler. Posséder cet art à fond. Surveiller mes rêves de près. Attendre mon heure en essayant de comprendre. Que puis-je faire d'autre, Carabella?

Il posa légèrement la main sur la sienne, elle eut un mouvement de recul instantané, mais se détendit aussitôt et vint placer son autre main sur celle de Valentin.

— Que puis-je faire d'autre, Carabella? répéta-t-il en souriant.

DEUXIÈME PARTIE

LE LIVRE
DES MÉTAMORPHES

1

La cité Ghayrog de Dulorn était une merveille archi-tecturale, une ville d'une éclatante beauté de glace qui s'étendait sur trois cents kilomètres au cœur de l'im-mense vallée de Dulorn. Bien qu'elle couvrît une vaste superficie, elle était surtout remarquable par son déve-loppement en hauteur : de grandes tours brillantes, aux formes hardies, mais dont les matériaux étaient sévère-ment limités en nombre, qui s'élevaient en cônes obli-ques du sol tendre et riche en gypse. Le seul matériau autorisé à Dulorn était la pierre originaire de la région, un calcaire léger, à indice de réfraction élevé, qui scin-tillait comme le cristal, voire comme le diamant. Les habitants de Dulorn avaient façonné dans ce matériau leurs hautes constructions terminées en pointe et les avaient agrémentées de parapets et de balcons, d'énor-mes arcs-boutants flamboyants, de corniches en encor-bellement, de stalactites et stalagmites aux facettes chatoyantes, de passerelles semblables à de la dentelle jetées très haut au-dessus des rues, de colonnades, de dômes, de pendentifs et de pagodes. La troupe des jon-gleurs de Zalzan Kavol, qui approchait de la ville en venant de l'ouest, y arriva presque exactement à midi, à l'heure où le soleil brillait à la verticale et où des flammes blanches paraissaient danser le long des murs des tours titanesques. Valentin en eut le souffle coupé d'émerveillement. Quelle ville immense ! Quelle débauche de lumière et de beauté architecturale !

Dulorn comptait quatorze millions d'habitants, ce qui en faisait une des plus grandes villes de Majipoor, bien qu'en aucun cas la plus peuplée. Valentin avait entendu dire que sur le continent d'Alhanroel une ville de cette taille n'avait rien d'exceptionnel, et que même ici, sur le continent beaucoup plus agreste de Zimroel, nombreuses étaient celles qui l'égalaient ou la surpassaient. Mais il se dit que nulle autre ville ne devait égaler sa beauté. Dulorn tenait à la fois du feu et de la glace. Ses flèches resplendissantes attiraient l'attention avec insistance, comme une musique légère et irrésistible, comme les accents éclatants d'un orgue puissant déchirant les ténèbres de l'espace.

— Pas d'auberge de campagne pour nous ce soir ! cria Carabella d'une voix joyeuse. Nous aurons un hôtel, avec des draps fins et des oreillers moelleux !

— Tu crois que Zalzan Kavol se montrera aussi généreux ? demanda Valentin.

— Généreux ? fit Carabella en riant. Il n'a pas le choix. Dulorn n'a que des hôtels luxueux. Si nous passons la nuit ici, nous dormirons dans la rue ou nous dormirons comme des princes. Il n'y a pas de solution intermédiaire.

— Comme des princes, répéta Valentin. Dormir comme des princes. Pourquoi pas ?

Il lui avait fait jurer, le matin avant de quitter l'auberge, de ne souffler mot à personne des événements de la nuit précédente, ni à Sleet, ni à aucun des Skandars, ni même, si jamais elle éprouvait le besoin d'en consulter un, à un interprète des rêves. Il avait exigé d'elle de prêter serment au nom de la Dame, du Pontife et du Coronal de garder le silence. Il lui avait en outre ordonné de continuer à se conduire vis-à-vis de lui comme s'il avait toujours été et devait rester jusqu'à la fin de ses jours Valentin le jongleur itinérant. En lui arrachant ce serment, Valentin avait parlé avec une force et une noblesse dignes d'un Coronal, si bien que la pauvre Carabella, agenouillée et tremblante, avait de nouveau eu aussi peur de lui que s'il avait porté la couronne royale. Il avait mauvaise conscience à ce propos, car il était loin d'être convaincu que les rêves étranges de la nuit précédente devaient être pris au pied de la lettre. Mais il n'était pourtant pas question de les ignorer purement et simplement et il lui fallait donc prendre des précautions, garder le secret et user d'artifice. Toutes ces manœuvres produisaient sur lui un effet bizarre. Il fit également jurer à Autifon Deliamber de garder le silence, tout en se demandant dans quelle mesure il pouvait faire confiance à un Vroon et à un sorcier, mais il semblait y avoir des accents de sincérité dans la voix de Deliamber pendant qu'il promettait de mériter sa confiance.

— Et qui d'autre est au courant ? demanda Deliamber.

— Seulement Carabella. Et elle est liée par le même serment.

— Vous n'avez rien dit au Hjort ?

— A Vinorkis ? Pas un seul mot. Pourquoi me demandez-vous ça ?

— Il vous observe avec beaucoup trop d'attention, répondit le Vroon. Il pose trop de questions. Je n'ai guère de sympathie pour lui.

— Ce n'est pas difficile de ne pas aimer les Hjorts, répliqua Valentin en haussant les épaules. Mais que craignez-vous de lui ?

— Il protège trop bien son esprit. Il a une aura maléfique. Gardez vos distances avec lui, Valentin, sinon il risque de vous créer des ennuis.

Les jongleurs entrèrent dans la cité et suivirent de larges avenues éblouissantes pour se rendre à leur hôtel, guidés par Deliamber qui semblait avoir un plan du moindre recoin de Majipoor gravé dans la tête. La roulotte s'arrêta devant une tour d'une hauteur remarquable et d'une impressionnante audace architecturale, avec des minarets, des voûtes en ogive et de brillantes fenêtres octogonales. En descendant de la roulotte, Valentin demeura saisi d'étonnement, clignant les yeux, bouche bée.

— On dirait que vous venez de recevoir un coup sur la tête, fit Zalzan Kavol d'un ton bourru. Vous n'aviez jamais vu Dulorn?

Valentin fit un geste évasif. Sa mémoire poreuse ne lui restituait rien de Dulorn, mais quiconque avait vu une fois cette ville ne pouvait l'oublier.

Cela semblait appeler un commentaire.

— Existe-t-il quelque chose de plus grandiose sur Majipoor? demanda-t-il simplement.

— Oui, répondit le gigantesque Skandar. Une soupière de bouillon chaud. Un gobelet de bon vin. Une pièce de viande rôtie à la broche. On ne se nourrit pas de belle architecture. Le Mont du Château tout entier ne vaut pas un étron desséché pour un homme affamé.

Zalzan Kavol eut un reniflement d'autosatisfaction et, soulevant ses bagages, pénétra dans l'hôtel d'un pas décidé.

Stupéfait, Valentin cria derrière lui :

— Mais je ne parlais que de la beauté des villes!

Thelkar, habituellement le plus taciturne des Skandars, dit en s'adressant à Valentin :

— Zalzan Kavol admire Dulorn beaucoup plus que vous le croiriez. Mais il ne le reconnaîtra jamais.

— La seule ville pour laquelle il ait une admiration ouverte, intervint à son tour Gibor Haern, est Piliplok, celle où nous sommes nés. Cela lui paraîtrait déloyal de

172

dire un seul mot en faveur de n'importe quelle autre ville.

— Chut! s'écria Erfon Kavol. Le voilà!

Leur frère aîné venait de réapparaître à la porte de l'hôtel.

— Alors? tonna Zalzan Kavol. Pourquoi restez-vous plantés là? Répétition dans trente minutes!

Ses yeux jaunes flamboyaient comme ceux de quelque bête féroce. Il gronda, serra les quatre poings d'un air menaçant et disparut de nouveau.

Quel étrange patron, se dit Valentin. Il soupçonnait que sous ce pelage hirsute, dans les profondeurs, se trouvait un être plein de courtoisie, voire — qui pouvait le dire? — de gentillesse. Mais Zalzan Kavol cultivait avec assiduité le côté bourru de son caractère.

Les jongleurs avaient été engagés pour se produire au Cirque Perpétuel de Dulorn où des festivités municipales se déroulaient à chaque heure du jour et tous les jours de l'année. Les Ghayrogs, qui formaient l'essentiel de la population de la ville et de la province environnante, ne dormaient pas la nuit, mais pendant toute une saison, deux ou trois mois d'affilée, surtout en hiver, et quand ils ne dormaient pas, ils avaient un insatiable désir de divertissements. D'après Deliamber, ils payaient bien et il n'y avait jamais assez d'artistes itinérants dans cette partie de Majipoor pour satisfaire leurs besoins.

Quand la troupe fut rassemblée pour la séance d'entraînement de l'après-midi, Zalzan Kavol annonça que leur représentation de la nuit était programmée entre la quatrième et la sixième heure après minuit. Valentin fut loin de s'en réjouir. Car cette nuit-là, il attendait avec une impatience particulière les conseils que pourraient lui apporter ses rêves, après les importantes révélations de la nuit précédente. Mais quelles chances avait-il d'avoir des rêves fructueux s'il passait la plupart des heures fertiles de la nuit sur une scène?

— Nous pouvons dormir avant, proposa Carabella. Les rêves surviennent à n'importe quelle heure. A moins que tu n'aies pris rendez-vous pour un message.

C'était une remarque bien malicieuse pour quelqu'un qui avait tremblé de peur devant lui si peu de temps auparavant. Il sourit pour lui montrer qu'il ne lui en tenait pas rigueur — il sentait son manque de confiance en elle poindre sous la moquerie — et répondit :

— Je risque de ne pas dormir du tout, en sachant que je dois me lever si tôt.

— Demande à Deliamber de te faire un attouchement comme hier soir, suggéra-t-elle.

— Je préfère ne rien devoir à personne pour m'endormir, dit-il.

C'est ce qu'il fit, après un pénible après-midi d'entraînement et un dîner réconfortant de viande séchée et de vin bleu glacé à l'hôtel. Il avait pris une chambre pour lui seul et avant de se glisser dans les draps — des draps frais et doux, comme l'avait dit Carabella — il se recommanda à la Dame de l'Ile et pria pour qu'elle lui envoie un message, ce qui était permis et fréquemment demandé, bien que rarement efficace. C'était l'aide de la Dame maintenant dont il éprouvait le plus grand besoin. S'il était en réalité un Coronal déchu, alors elle était sa mère selon la chair aussi bien que sa mère spirituelle et elle pourrait lui confirmer son identité et le diriger dans sa quête.

Pendant qu'il se laissait gagner par le sommeil, il essaya de se représenter la Dame et son Ile, de l'atteindre en franchissant en pensée les milliers de kilomètres qui les séparaient, d'établir par-dessus cette immensité une sorte de liaison qui leur permette d'entrer en contact. Mais il était handicapé par toutes les lacunes de sa mémoire. Il était vraisemblable que chaque adulte de Majipoor connaissait les traits de la Dame et la topographie de l'Ile aussi bien que le visage de sa propre mère et les faubourgs de sa ville, mais l'esprit diminué de Valentin lui fournissait surtout des vides qu'il lui fallait combler grâce à son imagination et en s'en remettant au hasard. A quoi ressemblait son image pendant le feu d'artifice à Pidruid? Un visage rond et souriant, une chevelure longue et épaisse. Très bien. Et le reste? Supposons qu'elle ait les cheveux bruns et brillants, bruns comme ceux de ses fils lord Valentin et feu lord Voriax. Les yeux sont bruns, chauds et vifs, les lèvres pleines; elle a de petites fossettes et de charmantes pattes d'oie aux coins des yeux. C'est une femme robuste, au port majestueux, et elle se promène dans un jardin rempli d'une végétation luxuriante et florifère, de tanigales jaunes, de camélias et d'eldirons et de thwales pourpres, toute la richesse d'une vie tropicale. Elle s'arrête pour cueillir une fleur et l'enfonce dans ses cheveux, puis elle reprend sa marche en suivant une allée de dalles de marbre blanc qui serpente entre les buissons. Puis elle débouche sur un vaste patio de pierre creusé dans la colline sur laquelle elle réside, baissant les yeux sur la suite de terrasses en gradins descendant en larges courbes jusqu'à la mer. Et elle regarde vers l'ouest, vers le lointain continent de Zimroel, elle ferme les yeux, elle pense à son fils disparu, errant, exilé dans la cité des Ghayrogs, elle rassemble ses forces et elle envoie de doux messages d'espoir et de courage à destination du proscrit de Dulorn...

Valentin s'enfonça dans un profond sommeil.

Et, de fait, il eut la visite de la Dame pendant qu'il rêvait. Ce ne fut pas sur le flanc de la colline, près de son jardin, qu'il la rencontra, mais dans une ville morte au milieu d'un désert, un lieu en ruine aux piliers de grès rongés par les intempéries et aux autels fracassés. Ils arrivèrent à la rencontre l'un de l'autre en venant des côtés opposés d'un forum délabré sous un clair de lune spectral. Mais le visage de la Dame était voilé et elle détournait la tête; il la reconnut à ses lourdes boucles brunes et au parfum de la fleur d'eldiron aux pétales soyeux qu'elle portait derrière l'oreille, et il sut qu'il était en présence de la Dame de l'Ile, mais il avait besoin de son sourire pour réchauffer son âme dans ce lieu de désolation, il avait besoin du réconfort de ses doux yeux, et il ne voyait que le voile, les épaules et le profil de cette tête qui se dérobait. « Mère? fit-il d'une voix mal assurée. Mère, c'est Valentin! Vous ne me reconnaissez pas? Regardez-moi, mère! »

Elle passa en flottant près de lui, tel un spectre, et disparut entre deux colonnes brisées décorées de scènes des hauts faits des grands Coronals.

« Mère! » cria-t-il.

Le rêve était terminé. Valentin tenta de la faire revenir, mais en vain. Il s'éveilla et scruta l'obscurité, revoyant la forme voilée et cherchant une signification. Elle ne l'avait pas reconnu. Etait-il si profondément transformé que même sa propre mère n'arrivait pas à savoir qui était dissimulé dans ce corps? Ou bien n'avait-il jamais été son fils, si bien qu'il n'y avait aucune raison pour qu'elle le reconnût? Ces questions restaient sans réponse. Si l'âme du brun lord Valentin était enchâssée dans le corps du blond Valentin, la Dame de l'Ile de son rêve n'en avait rien montré et il n'en savait pas plus qu'au moment où il avait fermé les yeux.

Que de vaines chimères, se dit-il, que d'idées fumeuses, que de folies!

Il se laissa de nouveau gagner par le sommeil.

Et presque aussitôt, à ce qu'il lui sembla, une main se posa sur son épaule et le secoua jusqu'à ce qu'il reprenne conscience à regret. C'était Carabella.

— Il est deux heures après minuit, lui dit-elle. Zalzan Kavol veut que nous soyons tous en bas dans la roulotte dans une demi-heure. As-tu fait un rêve?

— Rien de concluant. Et toi?

— Je suis restée éveillée, répondit-elle. Cela m'a paru plus sûr. Il y a des nuits où l'on préfère ne pas rêver.

Pendant qu'il commençait à s'habiller, elle demanda timidement :

— Est-ce que je partagerai encore ta chambre, Valentin ?

— Tu aimerais ?

— J'ai juré de continuer à agir avec toi comme je le faisais avant... avant de savoir. Oh, Valentin, j'ai eu si peur ! Mais oui. Oui, soyons de nouveau compagnons, et même amants. Demain soir !

— Et si je suis le Coronal ?

— Je t'en prie, ne pose pas de telles questions.

— Et si c'est vrai ?

— Tu m'as ordonné de t'appeler Valentin et de te considérer comme Valentin. Et cela, je le ferai, si tu le veux bien.

— Crois-tu que je sois Coronal ?

— Oui, murmura-t-elle.

— Cela ne t'effraie plus ?

— Un peu. Juste un peu. Tu me parais encore humain.

— Bien.

— J'ai eu toute la journée pour me faire à cette idée. Et j'ai prêté serment. Je dois penser à toi en tant que Valentin. Je l'ai juré sur les Puissances.

Elle lui adressa une grimace espiègle.

— J'ai juré sur le Coronal d'agir comme si tu n'étais pas Coronal et je dois respecter mon serment, et donc te traiter avec désinvolture, t'appeler Valentin, ne manifester aucune crainte devant toi et me conduire comme si rien n'avait changé. Donc je peux partager ton lit demain soir ?

— Oui.

— Je t'aime, Valentin.

Il l'attira doucement vers lui.

— Je te remercie d'avoir réussi à surmonter ta peur. Je t'aime, Carabella.

— Zalzan Kavol sera furieux si nous sommes en retard, dit-elle.

2

Le Cirque Perpétuel était une construction radicalement différente de l'architecture caractéristique de Dulorn. C'était un édifice cylindrique géant, plat et sans le moindre ornement. Parfaitement circulaire, il ne faisait pas plus de vingt-cinq mètres de haut et était isolé sur un énorme terrain vague situé dans un quartier périphérique à l'est de la ville. A l'intérieur, un vaste espace central constituait une scène impressionnante et, tout autour, couraient les gradins en rangées superposées qui s'élevaient en cercles concentriques jusqu'au plafond.

L'endroit pouvait contenir des milliers, voire des centaines de milliers de spectateurs. Valentin s'aperçut avec stupéfaction qu'il était presque rempli, à cette heure qui pour lui était le milieu de la nuit. Il lui était difficile de porter son regard vers le public car les feux de la scène l'éblouissaient, mais il distinguait toutefois une multitude de spectateurs assis ou vautrés dans leur siège. Presque tous étaient des Ghayrogs, même si de temps à autre il apercevait un Hjort, un Vroon ou un humain. Aucune région de Majipoor n'était entièrement peuplée par une race unique — d'anciens décrets gouvernementaux remontant à l'époque des fortes concentrations de population non humaine interdisaient de tels rassemblements ailleurs que sur le territoire de la réserve des Métamorphes — mais les Ghayrogs avaient l'esprit de clan particulièrement développé

178

et avaient tendance à se regrouper à Dulorn et autour de la ville dans les limites fixées par la loi. Bien que mammifères, ils présentaient certains traits reptiliens qui n'étaient guère appréciés de la plupart des autres races : une langue agile, rouge et fourchue, une peau grisâtre et squameuse, à la consistance élastique et à l'aspect luisant, des yeux verts et froids qui ne cillaient jamais. Leurs cheveux, qui évoquaient Méduse, étaient composés de tresses noires se tordant en tous sens de manière inquiétante et leur odeur, à la fois douce et âcre, était loin de flatter les narines des non-Ghayrogs.

Valentin suivit la troupe sur la scène avec résignation. Il était désorienté par l'heure et, bien qu'il ait eu suffisamment de sommeil, c'était sans enthousiasme qu'il était debout à cette heure indue. Une fois de plus, il se sentait écrasé par le poids d'un rêve pénible. Pourquoi la Dame l'avait-elle rejeté, pourquoi était-il impuissant à entrer en contact avec elle ? A l'époque où il était simplement Valentin le jongleur, tout était de peu de conséquence pour lui, chaque journée suivait son cours et il n'avait pas à se préoccuper de grands desseins, seulement d'améliorer d'un jour à l'autre son adresse et la sûreté de son coup d'œil. Mais après ces révélations troublantes et ambiguës, il était tenu d'envisager des buts et sa destinée à longue échéance, et de réfléchir à la voie qu'il lui fallait suivre. Tout cela lui déplaisait fort. Il se sentait déjà plein de nostalgie pour le bon vieux temps de Pidruid, où il errait, heureux et désœuvré, à travers la ville grouillante.

Mais les exigences de son art chassèrent rapidement ces idées noires. Il n'avait pas le temps, sous le feu éblouissant des projecteurs, de penser à autre chose qu'à sa tâche. La scène était immense et de nombreuses attractions s'y déroulaient en même temps. Des magiciens vroons faisaient un exercice avec des lumières colorées flottant dans l'air et des volutes de fumée verte et rouge; derrière eux, un montreur d'animaux faisait se dresser sur leur queue une douzaine de gros serpents. Un groupe de danseurs grotesquement filiformes, aux corps enduits d'une matière brillante, effectuaient d'austères jetés. Plusieurs petits orchestres, très éloignés les uns des autres et composés d'instruments à vent, interprétaient des morceaux de la musique légère et aiguë dont raffolaient les Ghayrogs. Il y avait un acrobate qui se tenait en équilibre sur un doigt, une funambule sur sa corde raide, un homme qui faisait de la lévitation, un trio de souffleurs en train de confectionner autour d'eux une cage en verre, un avaleur d'anguilles, une escouade de clowns déchaînés et bien d'autres encore qui sortaient du champ visuel de Valentin. Le public, affalé et vautré sur les gradins dans la semi-obscurité, n'avait aucun effort à faire pour pouvoir tout regarder, car Valentin s'aperçut que la scène géante se déplaçait lentement, effectuant un léger mouvement de rotation sur un axe invisible, et en une ou deux heures elle faisait un tour complet, présentant ainsi à tour de rôle chaque groupe d'artistes à l'ensemble des spectateurs.

— Toute la scène flotte sur une nappe de mercure, lui souffla Sleet. On pourrait acheter trois provinces avec la valeur du métal.

Comme le regard des spectateurs était sollicité de toutes parts, les jongleurs devaient recourir à leurs effets les plus impressionnants, ce qui impliquait l'exclusion presque totale du novice Valentin, abandonné à des exercices solitaires avec ses massues et utilisé occasionnellement pour envoyer torches et poignards aux autres. Carabella dansait sur un globe d'argent de soixante centimètres de diamètre qui roulait en décrivant des cercles irréguliers au fil de ses mouvements, et elle jonglait avec cinq sphères brillantes qui émettaient une lumière verte. Sleet était juché sur des échasses et se trouvait ainsi plus haut que les Skandars, silhouette minuscule dominant tout le monde, faisant calmement passer d'une main à l'autre trois énormes œufs de moleeka, rouge moucheté de noir, achetés le soir même au marché. Si un œuf lui échappait d'une telle hauteur, sa chute ne passerait certainement pas inaperçue et l'humiliation serait terrible, mais depuis que Valentin connaissait Sleet, il ne l'avait jamais rien vu laisser tomber, et il ne laissa pas tomber d'œuf cette nuit-là encore. Les six Skandars, pour leur part, s'étaient disposés en étoile et, se tournant le dos, ils jonglaient avec des torches enflammées. Avec une coordination parfaite chacun d'eux lançait une torche en arrière pardessus son épaule extérieure en direction de son frère placé à la branche opposée de l'étoile. Les échanges étaient effectués avec une ahurissante précision, les trajectoires des torches volantes étaient calculées à la perfection de manière à former de superbes traits de feu entrecroisés et pas un poil de la fourrure d'un seul Skandar ne fut roussi pendant tout le temps où ils saisirent en l'air d'un geste désinvolte les torches enflammées que leur envoyaient leurs partenaires invisibles.

Et ils tournaient sur la scène, jonglant par périodes d'une demi-heure, avec cinq minutes pour se détendre dans la fosse centrale, juste au-dessous de la scène, où étaient rassemblés des centaines d'autres artistes faisant une pause. Valentin aspirait à faire quelque chose de plus passionnant que ses petits exercices élémentaires, mais Zalzan Kavol le lui avait interdit. Il n'était pas encore prêt, lui avait dit le Skandar, même s'il se comportait remarquablement bien pour un novice.

Le matin arriva avant que la troupe puisse quitter la scène. Le paiement était effectué à l'heure et la reconduction de l'engagement était déterminée par des appareils de mesure de la réaction des spectateurs fixés sous les sièges et contrôlés par des Ghayrogs impassibles assis dans une cabine dans la fosse même. Certains artistes ne restaient sur scène que quelques minutes avant d'être chassés par l'indifférence ou le mépris général, mais Zalzan Kavol et sa troupe, à qui l'on avait assuré deux heures de spectacle, restèrent quatre heures sur scène. Ils y seraient même restés une cinquième si Zalzan Kavol n'en avait été dissuadé par ses frères qui s'attroupèrent autour de lui pour une brève et violente discussion.

— Sa cupidité, dit calmement Carabella, le conduira à se mettre dans des situations impossibles. Combien de temps s'imagine-t-il que les gens peuvent lancer ces torches avant que quelqu'un ne fasse une bourde ? Même les Skandars finissent par se fatiguer.

— Pas Zalzan Kavol, à ce qu'on dirait, répliqua Valentin.

— Peut-être que *lui* est une machine à jongler, oui, mais ses frères ont des limites. Le synchronisme de Rovorn commence à laisser à désirer. Je suis contente qu'ils aient eu le courage de s'opposer à lui.

Elle sourit.

— Et je commençais à être bien fatiguée aussi.

Les jongleurs eurent un tel succès ce soir-là qu'ils furent engagés pour quatre jours supplémentaires. Zalzan Kavol était aux anges — les Ghayrogs versaient de gros cachets à leurs artistes — et il accorda une prime générale de cinq couronnes.

Tout cela est fort bien, se dit Valentin. Mais il n'avait aucune envie de s'installer indéfiniment chez les Ghayrogs. Après le second jour, il commença à bouillir d'impatience.

— Vous aimeriez reprendre la route, lui dit Deliamber. C'est une affirmation, pas une question.

Valentin acquiesça de la tête.

— Je commence à distinguer la forme de la route qui s'ouvre devant moi.

— La route de l'Ile ?

— Pourquoi vous donnez-vous la peine de parler avec les gens, demanda Valentin d'un ton détaché, si vous êtes capable de lire jusqu'au fond de leurs pensées ?

— Cette fois, je n'ai pas eu besoin de lire dans votre âme. Votre prochain mouvement est bien évident.

— Aller voir la Dame, oui. Qui d'autre peut me dire franchement qui je suis ?

— Vous avez encore des doutes ? demanda Deliamber.

— Je n'ai aucune autre preuve que les rêves.

— Qui expriment des vérités profondes.

— C'est vrai, répondit Valentin, mais les rêves peuvent être des paraboles, les rêves peuvent être des métaphores, les rêves peuvent être des visions. C'est de la folie de les prendre au sens littéral, sans confirmation. Et la Dame peut m'apporter cette confirmation, tout au moins je l'espère. A quelle distance se trouve l'Ile, magicien ?

Pendant quelques secondes, Deliamber ferma ses grands yeux dorés.

— A des milliers de kilomètres, répondit-il. Nous avons couvert environ un cinquième de la distance à travers Zimroel. Il vous faut suivre la direction de l'est en passant par Khyntor ou Velathys, contourner le territoire des Métamorphes et peut-être descendre la rivière en bateau en passant par Ni-moya jusqu'à Piliplok d'où les bateaux de pèlerins partent pour l'Ile.

— Combien de temps cela prendra-t-il ?

— Pour atteindre Piliplok ? A la vitesse où nous allons actuellement, à peu près cinquante ans. En se déplaçant avec ces jongleurs, en s'arrêtant ici et là, une semaine à chaque fois...

— Et si j'abandonnais la troupe et poursuivais ma route tout seul ?

— Six mois, peut-être. La descente de la rivière est rapide. La traversée des terres prend beaucoup plus de temps. Si nous avions des vaisseaux spatiaux comme ils en ont sur d'autres mondes, cela prendrait un ou deux jours pour se rendre à Piliplok, mais, naturellement, nous nous passons sur Majipoor de bien des appareils dont les autres disposent.

— Six mois ? fit Valentin en grimaçant. Et quel serait le prix pour louer un véhicule et un guide ?

— Environ vingt royaux. Il vous faudra jongler pendant bien longtemps pour rassembler cette somme.

— Et en arrivant à Piliplok, demanda Valentin, que faut-il faire ?

— Payer le passage jusqu'à l'Ile. La traversée dure quelques semaines. Quand on atteint l'Ile, on s'installe sur la terrasse inférieure et on commence l'ascension.

— L'ascension ?

— Des séances de prières, de purification et d'initiation. On gravit les terrasses une à une jusqu'à ce que l'on atteigne la Terrasse de l'Adoration qui est le seuil du Temple Intérieur. Vous ne savez rien de tout cela ?

— Vous savez bien, Deliamber, que l'on m'a trafiqué le cerveau.

— Naturellement.

— Et alors, au Temple Intérieur ?

— A ce moment-là, on est devenu un initié. On est un acolyte au service de la Dame et pour obtenir une audience, il faut s'astreindre à des rites et attendre le rêve de convocation.

— Et combien de temps demande l'ensemble de ce processus ? demanda Valentin d'une voix inquiète, les terrasses, les initiations, le service en tant qu'acolyte, le rêve de convocation ?

— Cela varie. Cinq ans parfois. Dix. Ou bien on n'y arrive jamais. La Dame n'a pas de temps à consacrer à chacun des pèlerins.

— Il n'y a pas de manière plus directe d'obtenir une audience ?

Deliamber émit le toussotement gras qui lui tenait lieu de rire.

— Laquelle ? Frapper à la porte du Temple, clamer

que vous êtes son fils et qu'il y a eu substitution d'enfant, exiger d'être reçu?

— Pourquoi pas?

— Parce que, répondit le Vroon, les terrasses extérieures de l'Ile sont conçues comme des tamis pour éviter que ce genre de chose ne se produise. Il n'y a aucune voie de communication directe avec la Dame, et c'est une volonté délibérée. Cela risque de vous prendre des années.

— Je trouverai un moyen.

Valentin regarda bien en face le petit sorcier.

— Si j'étais sur l'Ile, je pourrais peut-être atteindre son esprit. Je pourrais l'appeler, je pourrais la persuader de me convoquer. Peut-être.

— Peut-être.

— Avec votre aide, je pourrais réussir.

— C'est bien ce que je craignais, fit sèchement Deliamber.

— Vous avez un don pour envoyer des messages. A défaut de la Dame elle-même, nous pourrions atteindre les gens de son entourage. Petit à petit, en nous rapprochant d'elle, en abrégeant l'interminable processus des terrasses...

— Oui, c'est peut-être possible, répondit Deliamber. Mais croyez-vous vraiment que j'aie l'intention d'entreprendre le pèlerinage avec vous?

Valentin regarda le Vroon en silence pendant un long moment.

— J'en suis persuadé, dit-il finalement. Vous faites semblant de marquer de la réticence, mais vous êtes à l'origine de tous les motifs qui me poussent à me rendre sur l'Ile. Avec vous à mes côtés. N'ai-je pas raison? Alors, Deliamber? Vous êtes plus impatient que moi de m'y voir arriver.

— Ah! fit le sorcier. Nous y sommes!

— Ai-je raison?

— Si vous vous décidez à aller dans l'Ile, Valentin, je serai à vos côtés. Mais êtes-vous décidé?

— Parfois.

— Les résolutions intermittentes manquent d'efficacité, dit Deliamber.

— Des milliers de kilomètres. Des années d'attente. La peine et l'adversité. Pourquoi ai-je envie d'entreprendre cela, Deliamber?

— Parce que vous êtes Coronal et que vous devez reprendre votre trône.

— La première partie est peut-être vraie, même si j'en doute fortement. La seconde appelle des objections.

— Vous préférez vivre sous le règne d'un usurpateur? demanda Deliamber d'un air cauteleux.

— Que représentent le Coronal et son règne pour moi? Il vit de l'autre côté de la planète sur le Mont du Château, et je suis un jongleur itinérant.

Valentin étendit les doigts et les regarda comme s'il n'avait jamais vu sa main jusqu'alors.

— Je m'épargnerais bien des efforts en restant avec Zalzan Kavol et en laissant l'autre, quelle que soit son identité, conserver son trône. Supposons qu'il soit un usurpateur sage et juste. Quel serait l'intérêt de Majipoor si je prends toute cette peine uniquement pour me mettre à sa place? Oh! Deliamber, Deliamber, est-ce un roi qui s'exprime ainsi? Qu'est devenue ma soif de pouvoir? Comment ai-je jamais pu être un prince quand je me moque si manifestement de ce qui s'est passé?

— Nous avons déjà parlé de cela. On a altéré votre esprit comme on a changé votre corps, monseigneur.

— Qu'importe! Ma nature royale, si jamais elle fut mienne, a totalement disparu de moi. Cette soif de pouvoir...

— C'est la seconde fois que vous utilisez cette expression, l'interrompit Deliamber. Le désir du pouvoir n'a rien à voir là-dedans. Un vrai roi n'aspire pas au pouvoir; c'est la responsabilité qui aspire à s'emparer de lui, à le posséder. Ce Coronal est nouveau, il a fait peu de chose jusqu'à présent, hormis le Grand Périple, et déjà le peuple murmure contre ses premiers décrets. Et vous me demandez s'il est sage et juste? Comment un usurpateur pourrait-il être juste? C'est un criminel, Valentin, et il règne déjà avec la conscience coupable d'un criminel et, à mesure que le temps passera, ces craintes qui commencent à ronger ses rêves empoisonneront sa vie et il deviendra un tyran. Comment pouvez-vous en douter? Il éloignera quiconque représentera une menace pour lui... il n'hésitera pas à tuer, s'il en est besoin. Le poison qui court dans ses veines s'attaquera à la vie de la planète tout entière et gagnera chaque citoyen. Et vous, assis ici à contempler vos doigts, ne sentez-vous pas le poids de votre responsabilité? Comment pouvez-vous parler de *vous épargner bien des efforts*? Comme si cela n'avait guère d'importance de savoir qui est le roi. Cela a une grande importance, monseigneur, et vous avez été choisi et éduqué dans ce but, ce n'est pas une loterie. Ou bien vous imaginez-vous que n'importe qui peut devenir Coronal?

— Oui. Par un caprice du sort.

— C'était peut-être vrai il y a neuf mille ans, répondit Deliamber en ricanant. Il y a une dynastie, monseigneur.

— Une dynastie adoptive?

— Exactement. Depuis le règne de lord Arioc, et peut-être même avant, les Coronals ont été choisis au sein d'un petit nombre de familles, pas plus d'une centaine de clans, qui tous résident sur le Mont du Château et participent étroitement au gouvernement. L'éducation du nouveau Coronal est déjà commencée, même si lui-même et quelques rares conseillers sont les seuls à le savoir, et on a déjà dû aussi lui choisir deux ou trois suppléants. Mais maintenant la lignée est interrompue, un intrus s'y est immiscé. Il ne peut rien en sortir de bon.

— Et si l'usurpateur est tout simplement l'héritier présomptif qui en a eu assez d'attendre ?

— Non, répliqua Deliamber. C'est inconcevable. Personne jugé digne d'être Coronal ne renverserait un prince légalement intronisé. De plus, pourquoi cette tromperie qui consiste à prétendre être lord Valentin, s'il est quelqu'un d'autre ?

— Je vous l'accorde.

— Accordez-moi aussi ceci : l'homme qui est actuellement au sommet du Mont du Château n'a ni droit ni qualité pour y être, et il faut l'en déloger, et vous êtes le seul qui puissiez le faire.

— Vous exigez beaucoup de moi, soupira Valentin.

— C'est l'histoire qui exige beaucoup, dit Deliamber. L'histoire a demandé aux êtres intelligents, sur des milliers de mondes et depuis des milliers d'années, de choisir entre l'ordre et l'anarchie, entre la création et la destruction, entre la raison et la déraison. Et les forces de l'ordre, de la création et de la raison se sont toujours concentrées sur un dirigeant unique, un roi, si vous voulez, un président, un chef d'Etat, un grand ministre, un généralissime, utilisez le mot que vous préférez, un monarque sous un nom ou sous un autre. Ici, il s'agit du Coronal, ou plus exactement c'est le Pontife, lui-même ancien Coronal, qui gouverne par la voix du Coronal, et il est important, monseigneur, il est fort important de savoir qui doit devenir Coronal et qui ne le doit pas.

— Oui, fit Valentin. Peut-être.

— Vous allez osciller longtemps entre *oui* et *peut-être*, monseigneur, dit Deliamber. Mais *oui* finira par l'emporter. Et vous ferez le pèlerinage à l'Ile du Sommeil et, avec la bénédiction de la Dame, vous marcherez sur le Mont du Château, et vous reprendrez votre place légitime.

— Toutes ces choses me remplissent de terreur. Si j'ai jamais été habilité à gouverner, si j'ai jamais reçu l'éducation pour cela, on m'a arraché toutes ces choses de l'esprit.

— La terreur disparaîtra. Votre esprit retrouvera son intégralité avec le temps.

— Le temps passe, et nous restons ici, à Dulorn, pour distraire les Ghayrogs.

— Plus pour longtemps, répondit Deliamber. Nous allons prendre la direction de l'est, monseigneur. Ayez foi en l'avenir.

Il y avait quelque chose de contagieux dans l'assurance de Deliamber. Les hésitations et l'incertitude de Valentin s'étaient envolées... pour l'instant. Mais quand le Vroon l'eut quitté, Valentin se trouva confronté aux dures réalités. Pouvait-il simplement louer deux montures et prendre la route de Piliplok le lendemain en compagnie de Deliamber ? Et que deviendrait Carabella qui avait soudain pris une grande importance à ses yeux ? Devrait-il l'abandonner ici à Dulorn ? Et Shanamir ? Le garçon était attaché à Valentin et non aux Skandars. Il ne pouvait ni ne voulait l'abandonner. Il y avait aussi le coût du voyage pour quatre personnes à travers la presque totalité de Zimroel, la nourriture, le logement, le transport, puis il y aurait le pèlerinage jusqu'à l'Ile, sans parler des dépenses à faire sur l'Ile pendant qu'il combinerait un plan pour trouver accès auprès de la Dame. Autifon Deliamber avait estimé que cela pourrait lui coûter vingt royaux pour voyager seul jusqu'à Piliplok. Le coût pour quatre personnes, ou pour cinq si l'on ajoutait Sleet, bien que Valentin ne sût absolument pas si Sleet accepterait de les accompagner, pourrait donc s'élever à cent royaux ou plus, peut-être même cent cinquante, jusqu'à la terrasse inférieure de l'Ile. Il tria l'argent dans sa bourse. Sur la somme qu'il avait eue sur lui lorsqu'il s'était retrouvé aux portes de Pidruid, il lui restait un peu plus de soixante royaux, auxquels il fallait ajouter un ou deux royaux qu'il avait gagnés avec la troupe. Ce n'était pas suffisant, c'était loin d'être suffisant. Carabella, il le savait, n'avait presque pas d'argent; Shanamir avait accompli son devoir en rendant à sa famille les cent soixante royaux qu'il avait tirés de la vente de ses montures; et Deliamber, s'il avait eu de la fortune, ne serait pas, à son âge, en train de se traîner par monts et par vaux à la solde d'une troupe de Skandars mal dégrossis.

Alors, que faire? Rien d'autre qu'attendre, mûrir des projets et espérer que Zalzan Kavol avait l'intention de se diriger approximativement vers l'est. Et puis économiser ses couronnes et attendre son heure jusqu'à ce que le moment soit venu d'aller voir la Dame.

3

Quelques jours après leur départ de Dulorn, alors que leurs bourses étaient bien rebondies grâce aux généreux cachets des Ghayrogs, Valentin prit Zalzan Kavol à part pour lui demander dans quelle direction ils poursuivraient leur voyage. C'était une douce journée de l'été finissant et à l'endroit où ils avaient établi leur campement pour déjeuner, le long du versant est de la vallée, tout était enveloppé dans une brume violette, un épais nuage bas et collant qui tirait sa délicate couleur lavande de pigments flottant dans l'air, car il y avait des dépôts de sable de skuvva un peu au nord de l'endroit où ils se trouvaient et les vents soufflaient en permanence sur les sédiments.

Ce temps rendait Zalzan Kavol mal à l'aise et irritable. Sa fourrure grise, colorée par les gouttelettes de brume, s'agglutinait en touffes comiques et il la frottait pour essayer de lui rendre son aspect habituel. Valentin comprit que le moment n'était certainement pas bien choisi pour avoir un entretien, mais il était trop tard, le sujet était déjà sur le tapis.

— Lequel de nous deux est le chef de cette troupe, Valentin ? demanda Zalzan Kavol d'une voix caverneuse.

— C'est vous, sans discussion.

— Alors pourquoi essayez-vous de m'imposer vos vues ?

— Moi ?

— A Pidruid, poursuivit le Skandar, vous m'avez demandé de nous rapprocher de Falkynkip pour l'honneur de la famille de notre pâtre et palefrenier, et je vous rappelle que pour commencer vous m'avez forcé à engager ce jeune pâtre, bien qu'il ne soit pas jongleur et jamais ne le sera. J'ai cédé sur ces différents points. Je ne sais pas pourquoi. Il faut aussi mentionner votre intervention dans ma querelle avec le Vroon...

— Mon intervention a eu du bon, fit remarquer Valentin, comme vous l'avez vous-même reconnu sur le moment.

— C'est exact. Mais je ne suis pas habitué à ce que l'on intervienne dans mes affaires. Comprenez-vous que je suis le maître absolu de cette troupe ?

— Personne ne met cela en doute, fit Valentin en haussant légèrement les épaules.

— Mais le comprenez-vous ? Mes frères le comprennent, eux. Ils savent qu'un corps ne peut avoir qu'une seule tête — à moins qu'il ne s'agisse d'un corps de Su-Suheris, et nous ne parlons pas de cela —, et ici la tête, c'est moi, c'est de mon esprit que viennent les projets et les instructions, et de lui seul.

Zalzan Kavol esquissa un sourire.

— Est-ce de la tyrannie ? Non. C'est tout simplement

de l'efficacité. La démocratie ne peut exister chez les jongleurs, Valentin. Un esprit et un seul conçoit les figures, sinon c'est le chaos. Maintenant, que voulez-vous de moi?

— Seulement savoir dans quelle direction nous allons.

— Pourquoi? demanda Zalzan Kavol en réprimant avec peine sa colère. Vous êtes à notre service. Vous allez où nous allons. Votre curiosité est hors de propos.

— Je n'ai pas cette impression. Certaines directions me sont plus utiles que d'autres.

— Utiles? A vous? Vous avez des projets? Vous m'avez dit que vous n'aviez pas de projets!

— J'en ai maintenant.

— Et quels sont-ils?

Valentin prit une longue inspiration.

— Mon but est de faire le pèlerinage à l'Ile et de devenir un adorateur de la Dame. Comme les bateaux des pèlerins partent de Piliplok, et que tout le continent de Zimroel nous sépare de Piliplok, il me serait précieux de savoir si votre intention est de prendre une autre direction, disons de descendre vers Velathys, ou peut-être de repartir vers Til-omon ou Narabal, au lieu de...

— Considérez que vous n'êtes plus à mon service, lança Zalzan Kavol d'une voix glaciale.

— *Quoi?* s'exclama Valentin, stupéfait.

— C'est terminé. Mon frère Erfon vous remettra dix couronnes à titre d'indemnité. Je veux que vous soyez parti dans l'heure.

Valentin sentit le sang lui affluer au visage.

— C'est tout à fait inattendu! J'ai simplement demandé...

— Vous avez simplement demandé. Et à Pidruid, vous avez simplement demandé, et à Falkynkip, vous avez simplement demandé, et la semaine prochaine à Mazadone vous demanderez simplement. Vous perturbez ma tranquillité, Valentin, et cela vous empêche de vous épanouir en tant que jongleur. En outre, vous êtes déloyal.

— Déloyal ? Envers quoi ? Envers qui ?

— Vous vous engagez avec nous, mais vous avez l'intention cachée de vous servir de nous comme le moyen d'atteindre Piliplok. Vous êtes de mauvaise foi. J'appelle cela de la trahison.

— Quand je me suis engagé avec vous, je n'avais rien d'autre en vue que de voyager avec votre troupe partout où vous alliez. Mais les choses ont changé et maintenant j'ai une raison de faire le pèlerinage.

— Pourquoi avez-vous laissé les choses changer ? Qu'en est-il de votre sens du devoir à l'égard de vos employeurs et de vos professeurs ?

— Me suis-je engagé avec vous pour la vie ? demanda Valentin. Est-ce trahir que découvrir que l'on a un but plus important que la représentation du lendemain ?

— C'est cette dispersion de votre énergie, dit Zalzan Kavol, qui m'incite à me débarrasser de vous. Je veux qu'à toute heure du jour vous ne pensiez qu'à jongler, et non aux dates de départ des bateaux de pèlerins sur le quai de Shkunibor.

— Mais il n'y a pas dispersion d'énergie. Quand je jongle, je jongle. Et je quitterai la troupe quand nous approcherons de Piliplok. Mais d'ici là...

— Assez ! rugit Zalzan Kavol. Pliez bagage ! Allez-vous-en ! Gagnez rapidement Piliplok, embarquez-vous pour l'Ile et adieu. Je n'ai plus besoin de vous.

Le Skandar avait l'air parfaitement sérieux. La face renfrognée dans la brume violette, aplatissant sa fourrure humide, Zalzan Kavol pivota lourdement sur ses talons et s'éloigna. L'énervement et la consternation faisaient trembler Valentin. Il demeurait tout pantois à l'idée de devoir partir maintenant, de voyager seul jusqu'à Piliplok. En outre, il se sentait membre à part entière de cette troupe, beaucoup plus qu'il ne l'avait jamais soupçonné, membre d'une équipe bien soudée, et ne s'en séparerait pas de gaieté de cœur. Tout au moins pas maintenant, pas déjà, alors qu'il pouvait rester avec Carabella et Sleet, et même avec les Skandars qu'il respectait sans avoir d'affinités avec eux, et continuer à améliorer son adresse tout en faisant route vers l'est et l'étrange destinée que semblait lui promettre Deliamber.

— Attendez! cria Valentin. Que faites-vous de la loi?

Zalzan Kavol lui lança un regard furibond par-dessus l'épaule.

— Quelle loi?

— La loi qui exige que vous employiez trois jongleurs humains, dit Valentin.

— J'engagerai le jeune pâtre à votre place, répliqua Zalzan Kavol, et je lui apprendrai les rudiments du métier.

Et il s'éloigna à grands pas.

Valentin était hébété de stupeur. Sa conversation avec Zalzan Kavol avait eu lieu dans un bosquet d'arbustes et de petites plantes aux feuilles dorées qui, de toute évidence, étaient psychosensitives, car il remarqua qu'elles avaient replié leurs folioles fragiles pendant la querelle et qu'elles étaient recroquevillées et noircies à trois mètres à la ronde. Il en toucha une. Elle était cassante et privée de vie comme après le passage d'un incendie de forêt. Il se sentait tout piteux d'avoir été à l'origine d'une telle destruction.

— Que s'est-il passé? demanda Shanamir qui apparut soudain et regarda avec stupéfaction le feuillage à l'aspect calciné. J'ai entendu des hurlements. Le Skandar...

— M'a viré, répondit Valentin d'un air absent, parce que je lui ai demandé dans quelle direction nous nous dirigions, parce que je lui ai avoué qu'en fin de compte j'avais l'intention d'entreprendre le pèlerinage à l'Ile et que je me demandais si notre itinéraire convenait à mes projets.

Shanamir en resta béat d'étonnement.

— Tu fais le pèlerinage? Première nouvelle!

— C'est une décision toute récente.

— Eh bien, alors, s'exclama le garçon, nous allons le faire ensemble, non? Viens, nous allons faire nos bagages, emprunter deux montures à ces Skandars et nous mettre en route immédiatement!

— Tu parles sérieusement?

— Naturellement!

— Il y a des milliers de kilomètres jusqu'à Piliplok. Toi et moi, seuls, sans personne pour nous guider, et...

— Pourquoi pas? demanda Shanamir. Ecoute-moi. Nous allons avec nos montures jusqu'à Khyntor, puis nous prenons un bateau jusqu'à Ni-moya, de là nous descendons le Zimr jusqu'à la côte et à Piliplok nous embarquons sur un bateau de pèlerins. Et puis... qu'est-ce qui ne va pas, Valentin?

— Je fais partie de la troupe. Ils sont en train de m'enseigner leur art. Je... je...

Les mots lui manquaient dans son désarroi. Etait-il un apprenti jongleur ou un Coronal en exil? Son destin était-il de courir les routes avec des Skandars hirsutes — avec Carabella et Sleet, aussi — ou bien lui incombait-il de gagner l'Ile le plus rapidement possible, et de là, de s'élancer avec l'aide de la Dame vers le Mont du Château? Cette incertitude le laissait dans une profonde confusion.

— Le coût du voyage? demanda Shanamir. C'est cela qui t'ennuie? Tu avais plus de cinquante royaux à Pidruid. Il doit t'en rester. J'ai quelques couronnes de mon côté. Si nous manquons d'argent, tu pourras toujours jongler sur le bateau, et je pourrai étriller des montures, j'espère, et...

— Où comptez-vous aller? demanda Carabella, surgissant brusquement de la forêt. Et qu'est-il arrivé à ces sensitives ? Quelque chose ne va pas ?

Valentin lui fit brièvement part de son entretien avec Zalzan Kavol.

Elle l'écouta en silence, une main posée sur ses lèvres ; quand il eut terminé, elle fila brusquement, sans un mot, dans la direction que le Skandar avait prise.

— Carabella ? cria Valentin.

Mais elle avait déjà disparu.

— Allons-y, dit Shanamir. Nous pouvons être partis d'ici dans une demi-heure et à la tombée de la nuit nous serons à des kilomètres. Tiens, occupe-toi de nos bagages, et moi je vais chercher deux montures et je les emmène à travers la forêt, en bas de la pente, près du petit lac devant lequel nous sommes passés en arrivant. Tu me retrouveras en bas, près du bosquet de palmistes.

Shanamir agita les mains en signe d'impatience.

— Dépêche-toi ! Il faut que j'aille chercher les montures pendant que les Skandars ne sont pas aux alentours, et ils peuvent revenir d'une minute à l'autre !

Shanamir s'enfonça dans la forêt. Valentin était statufié. Partir maintenant, si rapidement, avec si peu de temps pour se préparer à ce bouleversement ? Et Carabella ? Pas même un au revoir ? Et Deliamber ? Et Sleet ? Il se dirigea vers la roulotte pour rassembler ses maigres possessions, s'arrêta, arracha d'un geste hésitant les feuilles mortes des pauvres plantes sensitives, comme si en les émondant, il pouvait faire naître instantanément une nouvelle pousse. Il se força petit à petit à voir le bon côté de la situation. Après tout, c'était peut-être un bien. S'il restait avec les jongleurs, cela retarderait de plusieurs mois, voire de plusieurs années, le moment de faire face à la réalité, auquel, de toute façon, il ne pourrait échapper. Et Carabella, si la tournure que commençaient à prendre les événements se confirmait, ne pouvait avoir aucun rôle à jouer dans

196

ce futur. Ainsi donc, il lui incombait de vaincre son émotion et sa détresse et de reprendre la route en direction de Piliplok et des bateaux de pèlerins. Allez, se dit-il, remue-toi, ramasse tes affaires! Shanamir t'attend près des palmistes avec les montures. Mais il était incapable de bouger.

Et soudain Carabella arriva en bondissant vers lui, l'air rayonnant.

— Tout est arrangé, dit-elle. J'ai demandé à Deliamber de s'occuper de lui. Un attouchement par-ci par-là, un frôlement avec l'extrémité d'un tentacule... enfin, ses pratiques habituelles. Il a changé d'avis. Ou plutôt, nous l'avons changé pour lui.

Valentin fut surpris par l'intensité du soulagement qu'il éprouva.

— Alors je peux rester?

— Si tu vas le voir pour lui demander pardon.

— Pardon de quoi?

— Cela n'a aucune importance, fit Carabella en souriant. Il a pris la mouche, le Divin seul sait pourquoi! Sa fourrure était trempée. Son nez était gelé. Va savoir pourquoi? C'est un Skandar, Valentin, il a ses propres critères de ce qui se fait et de ce qui ne se fait pas. Il n'est pas supposé penser de la même manière que les humains. Tu l'as mis en colère et il t'a renvoyé. Demande-lui poliment de te reprendre, et il le fera. Vas-y tout de suite. Vas-y.

— Mais... mais...

— Mais quoi? Vas-tu te draper dans ta dignité, maintenant? Veux-tu qu'il te reprenne dans la troupe ou non?

— Bien sûr que je le veux.

— Alors vas-y, répéta Carabella.

Elle le prit par les bras et le tira légèrement pour le faire bouger de l'endroit où il restait, l'air gauche et hésitant. Mais, ce faisant, il dut lui venir à l'esprit à qui appartenait le bras qu'elle était en train de tirer, car elle hoqueta, le lâcha et s'écarta de lui, hésitant visiblement à se prosterner et à faire le symbole de la constellation.

— Je t'en prie, fit-elle doucement, je t'en prie, va le voir, Valentin. Avant qu'il ne change encore d'avis. Si tu quittes la troupe, je serai obligée de la quitter aussi, et je ne veux pas. Vas-y. Je t'en prie.

— D'accord, répondit Valentin.

Elle le conduisit sur le sol spongieux et humide de brume jusqu'à la roulotte. Zalzan Kavol, la mine maussade, était assis sur les marches, enveloppé dans la chaleur moite de la brume violette. Valentin s'approcha de lui et déclara sans hésiter :

— Je n'avais aucunement l'intention de vous mettre en colère. Je vous demande pardon.

Zalzan Kavol émit un grondement sourd, presque à la limite de l'audible.

— Vous êtes insupportable, dit le Skandar. Je me demande pourquoi j'accepte de vous pardonner. Dorénavant, vous ne me parlerez que lorsque je vous aurai adressé la parole le premier. Compris ?

— Compris, oui.

— Vous ne tenterez plus d'infléchir la route que nous suivons.

— D'accord, dit Valentin.

— Si vous m'irritez de nouveau, il sera mis fin à votre engagement sans indemnité, et vous aurez dix minutes pour disparaître de ma vue, quel que soit l'endroit où nous nous trouverons, même si nous campons au beau milieu d'une réserve de Métamorphes à la nuit tombante, vous comprenez ?

— Je comprends, dit Valentin.

Il attendit, se demandant si on allait lui commander de s'incliner, de baiser les doigts velus du Skandar, de se prosterner à ses pieds. Carabella, debout à côté de lui, semblait retenir sa respiration, comme si elle s'attendait à quelque explosion devant le spectacle d'une

Puissance de Majipoor demandant pardon à un jongleur skandar itinérant.

Zalzan Kavol regardait Valentin de l'œil méprisant dont il eût examiné un poisson froid d'une fraîcheur douteuse dans une sauce congelée qu'on lui aurait présenté pour son dîner. D'un ton acerbe, il reprit :

— Je ne suis pas tenu de fournir à mes employés des renseignements qui ne les concernent pas; je vous dirai cependant que Piliplok est ma ville natale, que j'y retourne de temps en temps, et que mon intention est d'y arriver tôt ou tard. Le temps que cela prendra dépendra des engagements que je pourrai trouver entre ici et là-bas, mais sachez que notre route se dirige approximativement vers l'est, même si parfois il nous faudra nous écarter légèrement de cette direction, car nous devons aussi gagner notre vie. J'espère que cela vous satisfait. Quand nous atteindrons Piliplok, vous pourrez vous séparer de la troupe si votre intention est toujours d'entreprendre le pèlerinage, mais si vous décidez d'autres membres de la troupe que le petit pâtre à vous accompagner dans ce voyage, j'y ferai opposition par les voies légales et je vous poursuivrai en justice. Compris ?

— Compris, acquiesça Valentin tout en se demandant si sur ce point il se conduirait de manière très honorable vis-à-vis du Skandar.

— Pour terminer, poursuivit Zalzan Kavol, je vous demande de vous souvenir que vous êtes payé un bon nombre de couronnes par semaine, plus le vivre et le couvert et des primes, pour jongler dans notre troupe. Si je m'aperçois que vous avez l'esprit occupé à des pensées ayant trait à ce pèlerinage, à la Dame ou à ses servantes, ou à quoi que ce soit d'autre que de lancer des objets en l'air et de les rattraper d'une manière tant soit peu théâtrale, je mets fin à votre engagement. Ces derniers jours, vous m'avez déjà paru sujet à des sautes d'humeur, Valentin. Changez d'attitude. J'ai besoin de trois humains pour cette troupe, mais pas nécessairement des trois que j'ai actuellement. Compris?

— Compris, fit Valentin.

— Vous pouvez disposer.

Pendant qu'ils s'éloignaient, Carabella lui demanda :

— Cela a dû être affreusement désagréable pour toi, non?

— Cela a dû être particulièrement agréable pour Zalzan Kavol.

— Ce n'est qu'un animal velu!

— Non, répliqua Valentin avec gravité. C'est un être sensible qui jouit des mêmes droits civils que nous. Il a seulement l'apparence d'un animal.

Valentin se mit à rire, et après quelques instants, Carabella l'imita, assez nerveusement.

— Lorsqu'on a affaire à des gens très ombrageux sur le chapitre de l'honneur et de la fierté, reprit-il, je pense qu'il est de loin préférable de se montrer accommodant, surtout quand ils mesurent deux mètres cinquante et qu'ils vous procurent votre gagne-pain. Pour l'instant, j'ai beaucoup plus besoin de Zalzan Kavol qu'il n'a besoin de moi.

— Et le pèlerinage? demanda-t-elle. Tu as vraiment l'intention de l'entreprendre? Quand as-tu décidé cela?

— A Dulorn. Après une conversation avec Deliamber. Il y a des questions à propos de moi-même auxquelles je dois trouver des réponses, et si quelqu'un peut m'aider à les trouver, c'est la Dame de l'Ile. Donc je vais aller la voir, ou du moins essayer. Mais tout cela est dans un avenir bien éloigné, et j'ai juré à Zalzan Kavol de ne pas penser à ces choses.

Il prit la main de la jeune fille dans la sienne.

— Je te remercie, Carabella, d'avoir arrangé les choses entre Zalzan Kavol et moi. Je n'étais absolument pas prêt à être renvoyé si vite. Ni à te perdre si peu de temps après t'avoir trouvée.

— Pourquoi crois-tu que tu m'aurais perdue, si le Skandar avait insisté pour que tu partes?

— Je te remercie pour cela aussi, fit-il en souriant. Et maintenant il faut que je descende jusqu'au bosquet de palmistes pour dire à Shanamir de rapporter les montures qu'il avait volées pour notre départ.

4

Au cours des jours qui suivirent, le paysage devint d'une beauté irréelle, et Valentin eut lieu de se réjouir un peu plus de n'avoir pas poursuivi sa route en la seule compagnie de Shanamir.

La région qui s'étendait entre Dulorn et la prochaine grande ville, Mazadone, était relativement peu peuplée. D'après Deliamber, une bonne partie de la contrée était une réserve naturelle royale. Cela tracassait Zalzan Kavol, car des jongleurs ne trouveraient certainement pas d'engagement dans une réserve naturelle, pas plus d'ailleurs que dans une zone agricole basse et marécageuse, occupée surtout par des rizières et des plantations de graines de lusavender. Mais il n'y avait pas d'autre choix que suivre la route principale à travers la forêt, car rien de plus prometteur ne se trouvait ni au nord ni au sud. Et ils avançaient, accompagnés la plupart du temps par le crachin et l'humidité, traversant une région de villages et de fermes, ponctuée de bouquets denses de palmistes au tronc trapu dont les fruits lourds et blancs poussaient directement sur l'écorce. Mais alors qu'ils approchaient de la Réserve Naturelle de Mazadone, les palmistes laissèrent la place à d'épais buissons de fougères chanteuses, aux frondes jaunes, d'aspect vitreux, qui émettaient des sons perçants et discordants dès qu'on approchait d'elles, d'affreuses vibrations aiguës, des cris et des stridulations, de déplaisants grincements et d'aigres crissements. Tout cela eût été tout à fait supportable — Valentin estimait même que le chant dissonant des fougères n'était pas dénué d'un certain charme rauque — si les buissons de fougères n'avaient été remplis d'ennuyeuses bestioles beaucoup plus désagréables que les plantes, de petits rongeurs aux ailes dentelées appelés dhiims, qui s'envolaient des buissons où elles avaient élu domicile à chaque fois que la proximité de la roulotte déclenchait le chant des fougères. Les dhiims avaient à peu près la longueur et la largeur d'un auriculaire et le corps couvert d'une belle fourrure dorée. Ils surgissaient en telles quantités que le ciel en était obscurci, et pullulaient impudemment autour de la roulotte, se hasardant parfois à pincer avec leurs incisives minuscules mais efficaces. Devant, sur le siège du conducteur, les Skandars à l'épaisse toison ne leur prêtaient guère d'attention, se contentant de les écarter d'un revers de la main quand ils se rassemblaient trop près d'eux, mais les montures, habituellement impassibles, en souffraient et ruèrent dans les brancards à plusieurs reprises. Shanamir, envoyé à l'avant pour calmer les animaux, fut victime d'une demi-douzaine de morsures douloureuses, et lorsqu'il réintégra en toute hâte la roulotte, il laissa entrer avec lui un bon nombre de dhiims. Sleet eut une violente morsure sur la joue, près de l'œil gauche, et Valentin, harcelé en même temps par des douzaines de créatures furieuses, fut mordu aux deux bras. Carabella détruisait méthodiquement les dhiims à l'aide d'un stylet utilisé dans un exercice de jonglerie, les embrochant avec une détermination farouche et une grande adresse, mais il fallut attendre une éprouvante demi-heure avant que le dernier d'entre eux n'eût été tué.

Après avoir traversé le territoire des fougères chanteuses et des dhiims, les voyageurs abordèrent une région au paysage surprenant, une vaste étendue de prairies au milieu desquelles s'élevaient des centaines d'aiguilles de granit noir, larges seulement de deux ou trois mètres et hautes d'environ vingt-cinq, des obélisques naturels, vestiges de quelque prodigieux bouleversement géologique. Pour Valentin, c'était une région d'une beauté délicate; pour Zalzan Kavol, ce n'était qu'un nouvel endroit à traverser le plus rapidement possible, sur la route du prochain festival où les jongleurs pourraient se produire; mais pour Autifon Deliamber, cela paraissait être encore autre chose, un endroit pouvant receler une menace. Le Vroon se pencha en avant et, pendant un long moment, observa les obélisques avec la plus grande attention.

— Arrêtez! cria-t-il finalement à Zalzan Kavol.
— Que se passe-t-il?
— Je veux vérifier quelque chose. Laissez-moi sortir.

Zalzan Kavol poussa un grognement d'impatience et tira sur les rênes. Deliamber s'extirpa de la roulotte, avança de sa démarche souple de Vroon en direction des curieuses formations rocheuses et disparut au milieu d'elles, se montrant de temps en temps pendant qu'il se déplaçait en zigzag d'une aiguille à l'autre.

Quand il revint, Deliamber avait l'air sombre et soucieux.

— Regardez là-bas, fit-il en tendant le doigt. Arrivez-vous à distinguer tout là-haut les lianes qui sont tendues entre cette aiguille et l'autre, et de celle-ci à celle-là, et qui continuent jusqu'à cette autre? Et les petits animaux qui rampent sur les lianes?

Valentin arrivait péniblement à discerner un réseau de lignes rouges, luisantes et ténues, qui couraient d'une aiguille à l'autre, à une quinzaine de mètres au-dessus du sol. Et, effectivement, une demi-douzaine de sveltes créatures simiesques se déplaçaient d'un obélisque à l'autre comme des acrobates, se balançant avec aisance à l'aide de leurs pieds et de leurs mains.

— On dirait des lianes à glu, fit Zalzan Kavol d'un ton perplexe.

— C'est bien cela, dit Deliamber.

— Mais pourquoi ne restent-ils pas collés ? Que sont ces animaux, d'ailleurs ?

— Des frères de la forêt, répondit Deliamber. Vous en avez entendu parler ?

— Non, allez-y.

— Ils peuvent être dangereux. C'est une espèce sauvage, originaire du centre de Zimroel et qui, habituellement, ne se hasarde pas si loin à l'ouest. On sait que les Métamorphes les chassent pour les manger, ou pour le plaisir, je ne sais plus très bien. Ils sont doués d'intelligence, bien qu'à un degré assez bas, un peu plus que les chiens ou les droles, moins que les gens civilisés. Ils adorent l'arbre-dwikka; ils ont une sorte de structure tribale; ils savent envoyer des flèches empoisonnées et peuvent s'attaquer aux voyageurs. Leur sueur contient une enzyme qui les immunise contre l'adhérence des lianes à glu qu'ils emploient à divers usages.

— S'ils nous importunent, déclara Zalzan Kavol, nous les détruirons. En avant !

Après avoir dépassé la zone des obélisques, ils ne virent plus trace des frères de la forêt ce jour-là. Mais le lendemain, Deliamber aperçut de nouveaux rubans de lianes à glu joignant les cimes des arbres, et le surlendemain, les voyageurs, maintenant engagés bien avant dans la réserve naturelle, découvrirent un groupe d'arbres d'une taille véritablement colossale qui, affirma le magicien vroon, étaient des dwikkas, les arbres sacrés des frères de la forêt.

— Cela explique leur présence si loin du territoire des Métamorphes, dit Deliamber. Il doit s'agir d'une troupe migratrice venue si loin à l'ouest pour célébrer leur culte dans cette forêt.

Les dwikkas étaient des arbres imposants. Il y en avait cinq, très écartés les uns des autres dans des champs où rien d'autre ne croissait. Leurs troncs, couverts d'une écorce rouge vif qui poussait en plaques distinctes séparées par de profondes fissures, avaient un diamètre supérieur à la longueur de la roulotte de Zalzan Kavol. Et bien qu'ils ne fussent pas particulièrement hauts, pas plus d'une trentaine de mètres, leurs branches puissantes, chacune de l'épaisseur du tronc d'un arbre ordinaire, s'étendaient à une telle distance qu'une troupe nombreuse aurait pu s'abriter sous le gigantesque dais de feuillage d'un dwikka. Des tiges aussi grosses que la cuisse d'un Skandar portaient les feuilles, d'énormes choses noires et rigides, de la taille d'une maison, qui retombaient lourdement en jetant une ombre impénétrable. Et à chaque branche étaient suspendus deux ou trois fruits jaunâtres et éléphantesques, des globes irréguliers et bosselés de quatre ou cinq mètres de large. L'un d'eux était, semblait-il, tombé depuis peu de temps de l'arbre le plus proche — peut-être un jour où la pluie avait amolli le sol, car son poids avait creusé un cratère peu profond dans lequel il reposait, fendu, montrant de grosses graines noires dans la masse de la pulpe écarlate.

Valentin comprenait que ces arbres puissent être des divinités pour les frères de la forêt. Ils étaient des monarques du règne végétal, imposants, majestueux. Il se sentait lui-même disposé à s'agenouiller devant eux.

— Le fruit est savoureux, dit Deliamber. Il est, à vrai dire, exaltant pour le métabolisme humain et quelques autres.

— Pour les Skandars ? demanda Zalzan Kavol.

— Pour les Skandars, oui.

— Nous allons essayer, fit Zalzan Kavol en riant. Erfon ! Thelkar ! Allez nous chercher des morceaux de fruit !

— Les frères de la forêt enfouissent leurs talismans devant chaque arbre, fit Deliamber avec nervosité. Ils sont passés ici récemment et peuvent revenir, et s'ils nous trouvent en train de profaner leur lieu du culte, ils attaqueront et leurs flèches peuvent tuer.

— Sleet, Carabella, montez la garde sur la gauche. Valentin, Shanamir, Vinorkis, venez par ici. Donnez l'alerte dès que vous voyez un seul de ces petits singes.

Zalzan Kavol fit signe à ses frères.

— Allez ramasser le fruit, ordonna-t-il. Haern, toi et moi défendrons notre position d'ici. Sorcier, vous restez avec nous.

Zalzan Kavol décrocha deux lanceurs d'énergie d'un râtelier d'armes et en donna un à son frère Haern.

Deliamber soupirait et marmonnait pour manifester sa désapprobation.

— Ils se déplacent comme des fantômes. Ils surgissent de nulle part...

— Assez! dit Zalzan Kavol.

Valentin prit son poste de guet cinquante mètres devant la roulotte et commença à scruter la forêt sombre et mystérieuse au-delà du dernier dwikka. Il s'attendait à voir une flèche mortelle voler vers lui d'une seconde à l'autre. C'était une sensation fort déplaisante. Erfon Kavol et Thelkar, portant entre eux deux un grand panier en osier, se dirigèrent vers le fruit tombé, s'arrêtant tous les trois ou quatre pas pour regarder dans toutes les directions. Quand ils l'atteignirent, ils commencèrent à le contourner précautionneusement.

— Que va-t-il se passer si une bande de singes est assise en ce moment même derrière ce machin? demanda Shanamir. En train de festoyer, par exemple? Supposons que Thelkar trébuche sur eux et...

Un hurlement terrifiant et un épouvantable mugissement, comme seul un taureau bidlak furieux d'être interrompu pendant l'accouplement aurait pu en pousser, s'éleva de derrière le fruit du dwikka. Erfon Kavol, l'air pris de panique, réapparut en galopant et se précipita à toute allure vers la roulotte, suivi quelques secondes plus tard par un Thelkar tout aussi hagard.

— Sagouins! hurla une voix féroce. Porcs et fils de porcs! Vous auriez voulu violer une femme en train de déjeuner! Je vais vous apprendre à violer, moi! Je vais vous arranger pour que vous ne puissiez plus jamais violer personne! Défendez-vous, monstres poilus! Alors, où êtes-vous passés?

Et de derrière le fruit du dwikka surgit la plus grande femme de race humaine qu'il ait jamais été donné à Valentin de voir, une créature si gigantesque qu'elle était en parfaite harmonie avec les arbres qui l'environnaient. Elle mesurait au moins deux mètres dix et cette montagne de chair reposait sur deux jambes massives semblables à des piliers. Elle était vêtue d'une chemise ajustée et d'un pantalon de cuir gris, et sa chemise était ouverte presque jusqu'à la taille, découvrant les deux énormes globes ballants de ses seins gros comme la tête d'un homme. Une folle tignasse de boucles orangées surmontait des yeux étincelants d'un bleu très pâle. Elle portait un sabre à vibrations d'une longueur imposante qu'elle faisait tournoyer avec une telle force que Valentin, à trente mètres d'elle, sentait le déplacement d'air. Elle avait les joues et la poitrine barbouillées du jus écarlate du fruit du dwikka.

Elle se précipita à grandes enjambées vers la roulotte, criant au viol et réclamant vengeance.

— Que se passe-t-il? demanda Zalzan Kavol qui, pour la première fois depuis que Valentin le connaissait, semblait pris de court.

Il jeta un regard noir en direction de ses frères.

— Que lui avez-vous fait?

— On ne l'a même pas touchée, répondit Erfon Kavol. Nous étions là-bas derrière, à l'affût des frères de la forêt, et Thelkar est tombé sur elle à l'improviste, il a trébuché et il lui a pris le bras pour se retenir...

— Tu m'as dit que vous ne l'aviez même pas touchée, aboya Zalzan Kavol.

— Pas *touchée* dans ce sens-là. C'était un accident, il a trébuché.

— Faites quelque chose, jeta Zalzan Kavol à Deliamber, car la géante arrivait presque à leur hauteur.

Le Vroon, la mine pâle et chagrine, s'avança d'un pas devant la roulotte et éleva plusieurs tentacules en direction de l'apparition qui se dressait devant lui, presque aussi haute qu'un Skandar.

— Du calme, fit Deliamber d'un ton très doux à la géante qui s'avançait. Nous ne vous voulons aucun mal.

Tout en parlant, il gesticulait avec une résolution pleine d'inconscience et lui jetait un charme apaisant qui se manifestait sous la forme d'une faible lueur bleutée dansant devant lui. L'énorme femme parut y être sensible, car elle ralentit son allure et réussit à s'arrêter à un ou deux mètres de la roulotte. Elle resta immobile, agitant d'un air morose son sabre à vibrations. Après quelques instants, elle ramena sa chemise vers l'avant et la referma maladroitement. Foudroyant les Skandars du regard, elle désigna Erfon et Thelkar et dit d'une voix tonnante :

— Qu'avaient-ils l'intention de me faire, ces deux-là ?

— Ils étaient simplement partis ramasser des morceaux du fruit du dwikka, répondit Deliamber. Vous voyez le panier qu'ils avaient emporté.

— Nous ne pouvions pas soupçonner que vous étiez là-bas, murmura Thelkar. Nous avons fait le tour du fruit pour vérifier qu'il n'y avait pas de frères de la forêt cachés derrière, c'est tout.

— Et vous êtes tombé sur moi en gros balourd que vous êtes et vous m'auriez violée si je n'avais pas été armée, hein ?

— J'ai perdu l'équilibre, insista Thelkar. Je n'avais aucune intention de vous agresser. J'étais sur mes gardes contre les frères de la forêt, et quand, à la place, j'ai découvert quelqu'un de votre taille...

— Quoi ? Des insultes maintenant !

Thelkar prit une longue inspiration.

— C'est-à-dire... c'était tellement inattendu quand je... quand vous...

— Nous ne pouvions pas nous douter... intervint Erfon Kavol.

Valentin, qui avait suivi toute la scène avec un amusement croissant, s'approcha et prit la parole :

— S'ils avaient eu l'intention de vous violer, croyez-vous qu'ils auraient tenté de le faire devant un public aussi fourni ? Nous sommes de la même race. Nous ne l'aurions jamais toléré.

Il désigna Carabella d'un signe de tête.

— A sa manière, cette femme est aussi ardente que vous, madame. Soyez assurée que si ces Skandars avaient tenté de vous causer le moindre tort, elle les en aurait empêchés à elle seule. C'est un simple malentendu, rien d'autre. Posez votre arme, vous ne courez aucun danger parmi nous.

La géante parut quelque peu calmée par la courtoisie et le charme du discours de Valentin. Elle abaissa lentement son sabre à vibrations et le rengaina.

— Qui êtes-vous ? grogna-t-elle. Pourquoi tout ce cortège ?

— Je m'appelle Valentin et nous sommes des jongleurs itinérants, et ce Skandar est Zalzan Kavol, le maître de notre troupe.

— Je m'appelle Lisamon Hultin, répondit la géante, et je loue mes services comme garde du corps et guerrière, même si cela se fait rare maintenant.

— Nous perdons du temps, intervint Zalzan Kavol, et devrions avoir repris notre route, à condition, bien entendu, d'être entièrement pardonnés d'avoir troublé votre repos.

Lisamon Hultin hocha la tête d'un geste brusque.

— Oui, c'est cela, reprenez votre route. Mais vous savez que vous traversez un territoire dangereux?

— Les frères de la forêt? demanda Valentin.

— Ils sont partout. Les bois en sont remplis, un peu plus loin.

— Et pourtant vous n'avez pas peur d'eux? demanda Deliamber.

— Je parle leur langage, répondit Lisamon Hultin. J'ai négocié un traité privé avec eux. Croyez-vous que sinon j'oserais jouer des mâchoires avec un fruit du dwikka? Je suis peut-être un peu forte, mais pas lourde à ce point, petit sorcier.

Puis, se tournant vers Zalzan Kavol, elle demanda :

— Où allez-vous?

— A Mazadone, répondit le Skandar.

— A Mazadone? Il y a du travail pour vous à Mazadone?

— C'est ce que nous verrons sur place.

— Il n'y a rien pour vous là-bas. J'en reviens. Le duc vient de mourir et un deuil de trois semaines a été décrété dans toute la province. A moins qu'on n'engage des jongleurs pour des funérailles?

Le visage de Zalzan Kavol se rembrunit.

— Pas de travail à Mazadone? Pas de travail dans toute la province? Mais il nous faut subvenir à nos frais! Nous n'avons déjà rien gagné depuis Dulorn! Comment allons-nous faire?

. Lisamon Hultin cracha un morceau de pulpe du fruit du dwikka.

— Ce n'est pas mon problème, dit-elle. De toute façon, vous ne pouvez pas atteindre Mazadone.

— Quoi?

— A cause des frères de la forêt. Ils ont bloqué la route à quelques kilomètres d'ici. Ils demandent aux voyageurs de leur payer tribut ou quelque chose d'aussi absurde. Ils ne vous laisseront pas passer. Vous aurez

de la chance si vous ne vous faites pas cribler de flèches.

— On verra bien s'ils ne nous laissent pas passer !
s'écria Zalzan Kavol.

— Ils ne vous laisseront pas passer sans moi, fit la
guerrière en haussant les épaules.

— Sans vous ?

— Je vous l'ai déjà dit, je parle leur langage. Je peux
acheter votre passage, en palabrant un peu. Etes-vous
intéressés ? Cinq royaux devraient faire l'affaire.

— Quel usage les frères de la forêt font-ils de l'argent ? demanda Zalzan Kavol.

— Oh ! ce n'est pas pour eux, fit-elle d'un ton désinvolte. Cinq royaux pour moi. Je leur offrirai autre
chose en échange. D'accord ?

— C'est absurde ! Cinq royaux, c'est une véritable
fortune !

— Je ne marchande pas. L'honneur de notre corporation l'interdit. Bonne chance pour la route.

Elle gratifia Thelkar et Erfon d'un regard glacial.

— Si vous le désirez, vous pouvez prendre un peu du
fruit du dwikka avant de partir. Mais faites en sorte de
ne pas être en train d'en manger quand vous rencontre-
rez les frères de la forêt !

Elle fit demi-tour avec une lourde dignité et se dirigea vers l'énorme fruit tombé sous l'arbre. Tirant son
sabre, elle en découpa trois larges tranches qu'elle
poussa d'un geste méprisant vers les deux Skandars
qui les glissèrent d'un air gêné dans le panier en osier.

— Tout le monde dans la roulotte ! cria Zalzan
Kavol. La route est longue jusqu'à Mazadone.

— Vous n'irez pas bien loin aujourd'hui, dit Lisamon Hultin, en accompagnant ses paroles d'un grand
rire de dérision. Vous serez vite de retour ici... si vous
survivez !

5

Les flèches empoisonnées des frères de la forêt préoccupèrent Valentin pendant les premiers kilomètres. Cette mort horrible et soudaine ne lui disait rien du tout. La forêt était profonde et mystérieuse, avec une végétation primitive, des fougères aux sporanges argentés, des prèles vitreuses de quatre mètres de haut et des groupes d'énormes champignons pâles troués de cratères bruns. Dans un cadre aussi inquiétant, tout pouvait arriver, et cela risquait bien d'être le cas.

Mais le jus du fruit du dwikka était un puissant tranquillisant. Vinorkis découpa une des énormes tranches et fit passer des petits cubes à tout le monde. La pulpe, à la saveur très douce et à la consistance granuleuse, se dissolvait rapidement sur la langue et les alcaloïdes qu'elle contenait passaient dans le sang et montaient à la tête, plus vite que le vin le plus fort. Valentin se sentit gagné par une douce chaleur euphorique. Il se laissa aller en arrière dans le compartiment des passagers, un bras passé autour de Carabella, l'autre autour de Shanamir. A l'avant, Zalzan Kavol était évidemment plus détendu lui aussi, car il accéléra l'allure de la roulotte, la lançant à une vitesse folle peu en rapport avec sa prudence habituelle. Même Sleet, si peu communicatif en général, se coupa une nouvelle tranche de fruit du dwikka en entonnant une chanson paillarde :

> *Lord Barhold arriva sur la grève*
> *Avec couronne, chaîne et seau*
> *Pour forcer la main du vieux Gornup*
> *Et lui faire manger son...*

La roulotte s'arrêta brusquement, si brusquement que Sleet fut projeté en avant et faillit tomber sur les genoux de Valentin et qu'une tranche humide de fruit du dwikka vint s'écraser sur la figure de Valentin. Il s'essuya le visage en riant et en clignant les yeux. Quand il put voir de nouveau, il s'aperçut que tout le monde était rassemblé à l'avant de la roulotte, regardant entre les épaules des Skandars assis sur le siège du conducteur.

— Que se passe-t-il? demanda Valentin.

— Des lianes à glu, répondit Vinorkis, l'air parfaitement calme. Elles bloquent la route. La géante disait vrai.

Aucun doute. Les lianes collantes et résistantes avaient été tendues en diagonale entre les fougères de manière à former une chaîne à la fois souple et robuste, large et épaisse. La forêt qui flanquait la route était absolument impénétrable à cet endroit. La roulotte n'avait aucune possibilité d'avancer.

— Est-ce difficile à couper? demanda Valentin.

— Nous pourrions y arriver en dix minutes avec nos lanceurs d'énergie, répondit Zalzan Kavol. Mais regardez là-bas.

— Les frères de la forêt, murmura Carabella.

Ils grouillaient partout dans la forêt, accrochés à tous les arbres, mais ne s'approchaient pas de la roulotte à moins de trente mètres. Vus de près, ils ressemblaient moins à des singes qu'à des sauvages d'une espèce intelligente. C'étaient de petits êtres nus, à la peau lisse gris bleuté et aux membres grêles. Leurs têtes glabres étaient longues et étroites, le front plat et fuyant, le cou frêle et allongé. Ils avaient la poitrine creuse et le squelette décharné. Tous, mâles et femelles, portaient une sarbacane attachée sur la hanche. Ils montraient la roulotte du doigt en babillant entre eux et en émettant de petits cris aigus et des sifflements.

— Qu'allons-nous faire? demanda Zalzan Kavol à Deliamber.

— Je pense qu'il faudrait engager la guerrière à notre service.

— Jamais!

— Dans ce cas, reprit le Vroon, préparons-nous à nous installer dans la roulotte jusqu'à la fin de nos jours, à moins de faire demi-tour vers Dulorn et de trouver une autre route.

— Nous pourrions parlementer avec eux, proposa le Skandar. Sortez, sorcier. Parlez-leur en langage des songes, en langage des singes, en langage vroon, essayez tout ce qui pourrait marcher. Expliquez-leur que des affaires urgentes nous appellent à Mazadone, que nous devons jongler aux funérailles du duc et qu'ils seront sévèrement châtiés s'ils nous retardent.

— Allez leur expliquer *vous-même*, répondit calmement Deliamber à Zalzan Kavol.

— Moi?

— Le premier d'entre nous qui sortira de la roulotte risque d'être criblé de flèches. Je préfère vous laisser cet honneur. Peut-être seront-ils intimidés par votre grande taille et vous salueront-ils comme leur roi. Mais rien n'est moins sûr.

— Vous refusez? s'écria Zalzan Kavol, les yeux étincelants.

— Un sorcier mort, reprit Deliamber, ne vous guidera pas très loin sur cette planète. Je connais un peu ces créatures. Leurs réactions sont imprévisibles et elles sont très dangereuses. Choisissez un autre messager, Zalzan Kavol. Notre contrat ne stipule pas que je doive risquer ma vie pour vous.

Zalzan Kavol émit un grognement de mécontentement, mais il n'insista pas.

Ils restèrent assis en silence devant l'obstacle pendant de longues minutes. Les frères de la forêt commencèrent à descendre de leurs arbres mais restèrent à une distance considérable de la roulotte. Quelques-uns commencèrent à danser et à exécuter des cabrioles sur la route et bientôt une sorte de mélopée atonale, heurtée, discordante, s'éleva, semblable au bourdonnement d'énormes insectes.

— Il suffirait d'utiliser le lanceur d'énergie pour les disperser, fit Erfon Kavol. Cela ne nous prendrait pas longtemps pour réduire en cendres les lianes à glu. Et alors...

— Et alors ils nous suivraient à travers la forêt, en nous lançant leurs flèches dès que nous passerions la tête dehors, répliqua Zalzan Kavol. Non. Ils sont peut-être des milliers autour de nous. Ils nous voient et nous ne les voyons pas. Nous n'avons aucune chance de gagner en utilisant la force contre eux.

L'air morose, le gros Skandar avala le reste du fruit du dwikka. Puis il grommela d'un ton amer :

— Mazadone est encore à plusieurs jours de route, et cette femme nous a dit que de toute façon il n'y avait pas de travail pour nous là-bas. Il nous faudra donc continuer jusqu'à Borgax, ou peut-être même Thagobar, c'est bien cela, Deliamber ? Nous ne gagnerons pas notre prochaine couronne avant plusieurs semaines. Et nous sommes assis ici, pris au piège au milieu de la forêt par de petits singes armés de flèches empoisonnées. Valentin ?

— Oui, répondit Valentin, surpris.

— Je veux que vous vous glissiez dehors en passant par l'arrière de la roulotte et que vous alliez retrouver cette guerrière. Proposez-lui trois royaux pour nous sortir de là.

— Etes-vous sérieux ? demanda Valentin.

— Non, je vais y aller à sa place ! s'écria Carabella en poussant un petit cri.

— Que signifie cela ? demanda Zalzan Kavol avec irritation.

— Valentin est... il est... il se perd facilement, il devient vite distrait, il... il ne pourra peut-être pas la retrouver...

— Vous dites des bêtises, fit Zalzan Kavol en agitant les mains en signe d'impatience. La route est droite. Valentin est rapide et résistant. Et c'est une mission dangereuse. Vous nous êtes trop précieuse pour courir ce risque, Carabella. C'est Valentin qui doit y aller.

— Ne le fais pas, souffla Shanamir.

Valentin hésitait. L'idée ne lui souriait guère de quitter la relative sécurité de la roulotte pour se promener seul et à pied dans une forêt infestée de créatures mortelles. Mais il fallait bien que quelqu'un le fasse, et ce ne pouvait être l'un des lourds et lents Skandars ni le Hjort aux pieds plats. Aux yeux de Zalzan Kavol, il était le membre de la troupe le plus facile à sacrifier. C'était peut-être vrai. Peut-être lui-même le ressentait-il ainsi.

— La guerrière nous a dit que son prix était de cinq royaux, dit-il à Zalzan Kavol.

— Proposez-lui-en trois.

— Et si elle refuse? Elle a dit que son honneur lui interdisait tout marchandage.

— Trois, répéta le Skandar. Cinq royaux, c'est une fortune. Trois est un prix suffisamment déraisonnable.

— Vous voulez que je fasse des kilomètres en courant dans une forêt dangereuse pour proposer à quelqu'un un prix insuffisant pour une tâche qui doit impérativement être accomplie?

— Vous refusez?

— Je vous fais simplement observer que c'est de la folie. S'il me faut risquer ma vie, je dois au moins avoir l'espoir de réussir. Donnez-moi cinq royaux pour elle.

— Ramenez-la ici, dit le Skandar, et je négocierai avec elle.

— Ramenez-la vous-même, répliqua Valentin.

Zalzan Kavol se tut. Carabella, pâle et tendue, secouait la tête. Sleet conseillait du regard à Valentin de rester sur ses positions. Shanamir, cramoisi et tremblant, semblait prêt à laisser exploser sa colère. Valentin se demanda si cette fois il n'avait pas poussé trop loin le Skandar qui s'échauffait toujours facilement.

La fourrure de Zalzan Kavol frémissait comme si des spasmes de rage contractaient ses muscles puissants. Il paraissait se contenir au prix d'un énorme effort. Il ne faisait aucun doute que la récente manifestation d'indépendance de Valentin l'avait rendu enragé. Mais dans les yeux du Skandar brillait une lueur rusée comme s'il mettait en balance l'impact du défi public de Valentin et le besoin qu'il avait de lui pour remplir cette mission. Peut-être était-il même en train de se demander si la prodigalité n'était pas de mise dans cette affaire.

Après un long silence tendu, Zalzan Kavol laissa échapper un long soupir et, le visage fermé, fouilla dans sa bourse et compta lentement les cinq pièces brillantes de un royal.

— Tenez, grommela-t-il. Et dépêchez-vous.

— J'irai aussi vite que possible.

— Si la perspective de la course vous paraît trop pénible, dit Zalzan Kavol, sortez par-devant et demandez aux frères de la forêt la permission de dételer une de nos montures pour faire la route plus confortablement. Mais quelle que soit la solution que vous choisissez, faites vite.

— Je vais courir, répondit Valentin en commençant à ouvrir la fenêtre arrière.

Il sentait des démangeaisons d'anticipation entre les omoplates, à l'endroit où une flèche allait se ficher dès l'instant où il serait dehors. Mais il n'y eut pas de flèche et très vite il se retrouva sur la route, courant d'une foulée légère et aisée. La forêt qui, vue de l'intérieur de la roulotte, paraissait tellement sinistre, l'était beaucoup moins maintenant. La végétation, peu familière, n'était pas vraiment inquiétante, pas même les énormes champignons troués de cratères, et les fougères n'étaient rien de moins qu'élégantes avec leurs sporanges argentés miroitant dans le soleil de l'après-midi.

Ses longues jambes se déplaçaient à un rythme régulier et son cœur fonctionnait sans se plaindre. La course était délassante, presque hypnotique, aussi apaisante pour lui que la jonglerie.

Il courut longtemps, sans prêter attention ni au temps ni à la distance, jusqu'à ce qu'il lui parût être allé suffisamment loin. Mais comment aurait-il pu passer en courant devant quelque chose d'aussi voyant que cinq dwikkas sans les remarquer? S'était-il étourdiment trompé à un embranchement dans la forêt et avait-il perdu son chemin? Cela paraissait peu probable. Il continua donc tout simplement à courir jusqu'à ce que finalement il aperçoive les arbres monstrueux, avec l'énorme fruit tombé au pied du plus proche.

Il n'y avait aucune trace de la géante. Il cria son nom, il alla regarder derrière le fruit du dwikka, il fit le tour de la plantation. Personne. Accablé, il envisagea de reprendre sa course en se lançant à sa poursuite, jusqu'à mi-chemin de Dulorn s'il le fallait. Maintenant qu'il s'était arrêté, les effets de la course commençaient à se faire sentir : les muscles de ses mollets et de ses cuisses protestaient et son cœur lui martelait la poitrine de manière fort désagréable. Il ne se sentait nulle envie de recommencer à courir tout de suite.

Mais soudain il aperçut une monture attachée à un piquet, à quelques centaines de mètres en arrière de la plantation de dwikkas — un animal d'une taille très au-dessus de la moyenne, à la croupe énorme et aux pattes massives, capable de supporter le poids de Lisamon Hultin. Il s'en approcha et, regardant un peu plus loin, aperçut un sentier grossièrement tracé qui menait à un cours d'eau.

Le sol descendait en pente raide et se terminait en une falaise déchiquetée. Valentin passa la tête par-dessus le bord. Un ruisseau arrivait de la forêt à cet endroit et cascadait le long de la falaise pour tomber dans un bassin rocheux à une douzaine de mètres en contrebas; et en bordure de l'eau, s'exposant au soleil après un bain, il découvrit Lisamon Hultin. Elle était allongée sur le ventre, son sabre à vibrations à ses côtés. Valentin contempla avec une crainte mêlée de respect ses larges épaules musculeuses, ses bras puissants, les poteaux massifs de ses jambes, les larges globes de ses fesses agrémentées de fossettes.

Il l'appela.

Elle roula immédiatement sur elle-même, se dressa sur son séant et regarda autour d'elle.

— Je suis là-haut, cria-t-il.

Elle leva la tête dans sa direction et, par discrétion, il détourna les yeux. Mais elle ne fit que rire de sa pudeur. Se levant, elle tendit la main vers ses vêtements, avec simplicité et sans précipitation aucune.

— C'est vous, dit-elle. Celui qui parle si courtoisement. Valentin. Vous pouvez descendre. Je n'ai pas peur de vous.

— Je sais que vous n'aimez pas que l'on trouble votre repos, fit Valentin avec douceur, descendant précautionneusement le sentier rocheux et escarpé.

Lorsqu'il atteignit le pied de la falaise, elle avait eu le temps d'enfiler son pantalon et était en train de passer péniblement une chemise sur son imposante poitrine.

— Nous sommes arrêtés à l'endroit où la route est coupée.

— Naturellement.

— Il nous faut absolument atteindre Mazadone. Le Skandar m'a envoyé pour vous engager.

Valentin sortit les cinq royaux de Zalzan Kavol.

— Acceptez-vous de nous aider?

Elle jeta un coup d'œil aux pièces brillantes dans la main de Valentin.

— Mon prix est de sept et demi.

Valentin fit la moue.

— Mais vous nous avez dit cinq, avant.

— C'était avant.

— Le Skandar ne m'a donné que cinq royaux pour vous payer.

Elle haussa les épaules et commença à déboutonner sa chemise.

— Dans ce cas, je vais continuer mon bain de soleil. Vous pouvez rester si vous voulez, mais gardez vos distances.

— Quand le Skandar a essayé de faire baisser votre prix, reprit paisiblement Valentin, vous avez refusé de discuter, en lui disant que l'honneur de votre profession vous l'interdisait. Ma conception de l'honneur exigerait de moi que je m'en tienne à un prix, une fois que je l'ai avancé.

Elle mit les mains sur ses hanches et éclata de rire, un rire si tonitruant qu'il crut qu'il allait l'emporter. Il se sentait comme un jouet devant elle : elle pesait au moins cinquante kilos de plus que lui et le dépassait d'une bonne tête.

— Comme vous êtes brave, ou bien stupide ! s'exclama-t-elle. Je pourrais vous écraser d'un revers de main et vous êtes là à me sermonner sur des points d'honneur !

— Je ne pense pas que vous me feriez du mal.

Elle l'observa avec un intérêt nouveau.

— Peut-être pas, en effet. Mais vous prenez des risques, mon garçon. Je m'offense facilement et je fais parfois plus de dégâts que je ne l'aurais voulu, quand je perds mon contrôle.

— Quoi qu'il en soit, nous devons atteindre Mazadone, et vous êtes la seule qui puissiez intervenir auprès des frères de la forêt. Le Skandar est prêt à vous donner cinq royaux, mais pas plus.

Valentin s'agenouilla et aligna les cinq pièces brillantes sur la roche près de l'eau.

— Néanmoins, j'ai un peu d'argent à moi. Si cela peut régler le problème, je veux bien l'ajouter.

Il fouilla dans sa bourse, trouva une pièce de un

royal, puis une seconde, posa un demi-royal à côté et leva vers la géante un regard plein d'espoir.

— Cinq suffiront, dit Lisamon Hultin.

Elle ramassa les cinq pièces de Zalzan Kavol, laissa celles de Valentin et commença à gravir le sentier escarpé.

— Où est votre monture? demanda-t-elle en détachant la sienne.

— Je suis venu à pied.

— A pied? *A pied?* Vous avez couru sur toute cette distance? Quel employé dévoué vous faites! Vous paiet-il bien pour rendre de tels services et prendre de tels risques?

— Pas particulièrement.

— Non, je suppose que non. Eh bien, montez en croupe. Cet animal ne s'apercevra même pas du poids supplémentaire.

Elle enfourcha sa monture qui, bien que grande pour sa race, parut frêle et rapetissée une fois qu'elle fut montée dessus. Valentin, après avoir marqué une hésitation, s'installa derrière elle et passa les bras autour de sa taille. Malgré sa masse, elle n'avait pas de graisse et ses hanches étaient entourées de muscles puissants.

La monture quitta la plantation de dwikkas au petit galop et s'engagea sur la route. Quand ils atteignirent la roulotte, toutes les ouvertures étaient encore fermées et les frères de la forêt continuaient à danser et à babiller dans les arbres derrière le barrage.

Ils mirent pied à terre. Lisamon Hultin marcha sans manifester de crainte jusqu'à l'avant de la roulotte et cria quelque chose aux frères de la forêt d'une voix aiguë et perçante. Une réponse tout aussi criarde tomba des arbres. Elle héla de nouveau; de nouveau on lui répondit. Puis une longue et fébrile conversation s'engagea, ponctuée de nombreuses protestations et exclamations.

— Ils vont dégager la route pour vous, fit-elle en se tournant vers Valentin. Mais il faut acquitter un droit.

— Combien ?

— Pas de numéraire. Des services.

— Quels services pouvons-nous proposer aux frères de la forêt ?

— Je leur ai dit que vous étiez jongleurs et je leur ai expliqué ce dont il s'agissait. Ils vous laisseront passer si vous acceptez de jongler pour eux. Sinon, ils ont l'intention de vous tuer et de faire des jouets de vos os, mais pas aujourd'hui, car c'est un jour sacré pour eux, et ils ne tuent personne ces jours-là. Je vous conseille d'accepter, mais faites comme vous l'entendez.

Elle ajouta :

— Le poison qu'ils utilisent n'a pas une action particulièrement rapide.

6

Zalzan Kavol étouffait d'indignation — jongler pour des singes ? Jongler sans être payé ? — mais Deliamber lui fit remarquer que les frères de la forêt étaient quand même sensiblement plus haut que les singes dans l'échelle des êtres, Sleet lui signala qu'ils ne s'étaient pas entraînés de la journée et que cette démonstration leur ferait du bien, et c'est Erfon Kavol qui arracha la décision en avançant qu'il ne s'agissait pas d'une représentation gratuite puisqu'elle était échangée contre le droit de passage à travers cette partie de la forêt qui était effectivement sous le contrôle de ces créatures. Et, de toute façon, on ne leur laissait pas le choix. Ils sortirent donc avec massues, balles et faucilles, mais pas les torches, car Deliamber avait suggéré que ces dernières risquaient d'effrayer les frères de la forêt et provoquer chez eux d'imprévisibles réactions. Et ils commencèrent à jongler dans l'espace le plus dégagé qu'ils purent trouver.

Les frères de la forêt regardaient avec ravissement. Ils étaient sortis de la forêt par centaines pour se masser le long de la route et ils regardaient en mordillant leurs doigts et leurs longues queues préhensiles et échangeaient des commentaires en babillant. Les Skandars se lançaient des faucilles, des poignards, des massues et des hachettes. Valentin faisait tournoyer ses massues. Sleet et Carabella jonglaient avec leur élégance et leur distinction coutumières. Une heure s'écoula ainsi, puis une seconde, et le soleil commença à décliner dans la direction de Pidruid, et les frères de la forêt continuaient à regarder, et les jongleurs à jongler et aucun mouvement ne se faisait en direction des lianes à glu pour les détacher des arbres.

— Allons-nous jongler pour eux toute la nuit ? demanda Zalzan Kavol.

— Chut ! souffla Deliamber. Surtout ne les offensez pas. Nos vies sont entre leurs mains.

Ils profitèrent de l'occasion pour répéter de nouveaux exercices. Les Skandars mirent au point un numéro d'interception, se subtilisant les objets d'une manière tout à fait comique pour des êtres aussi lourds et brutaux. Valentin exécuta avec Sleet et Carabella un numéro d'échanges de massues. Puis Valentin et Sleet, face à face, se lancèrent rapidement des massues pendant que Carabella d'abord et Shanamir ensuite exécutaient avec une folle témérité des sauts de main entre les deux hommes. Et une troisième heure commença.

— Nous avons déjà largement donné à ces frères de la forêt pour cinq royaux de distraction, grommela Zalzan Kavol. Quand cela va-t-il se terminer ?

— Vous jonglez remarquablement, répondit Lisamon Hultin. Ils adorent votre spectacle. J'y prends plaisir aussi.

— Comme ce doit être agréable pour vous, répliqua Zalzan Kavol d'un ton acerbe.

Le crépuscule n'allait pas tarder. La venue de la nuit fut apparemment le signe d'un changement d'humeur chez les frères de la forêt, car d'un instant à l'autre, ils se désintéressèrent totalement du spectacle. Cinq d'entre eux, de qui émanaient prestance et autorité, s'avancèrent et entreprirent d'abattre la barricade constituée par les lianes à glu. Leurs petites mains aux doigts effilés maniaient avec aisance les lianes qui eussent irrémédiablement entortillé n'importe qui d'autre dans un enchevêtrement de fibres collantes. En quelques minutes, la voie fut dégagée et les frères de la forêt s'enfoncèrent en jacassant dans les profondeurs de la forêt.

— Avez-vous du vin ? demanda Lisamon Hultin, pendant que les jongleurs rassemblaient leur matériel et se préparaient à reprendre la route. Je meurs de soif après toute cette attente.

Zalzan Kavol s'apprêtait à faire une remarque sordide sur les provisions qui s'épuisaient, mais trop tard ; Carabella, en jetant un regard vif à son employeur, avait déjà sorti une gourde. La géante s'en empara, la renversa et la vida d'un seul trait. Puis elle s'essuya les lèvres avec la manche de sa chemise et éructa.

— Pas mauvais, fit-elle. Il vient de Dulorn ?

Carabella hocha la tête.

— Ces Ghayrogs savent boire, tout serpents qu'ils sont ! Vous ne trouverez rien de tel à Mazadone.

— Vous avez dit trois semaines de deuil ? demanda Zalzan Kavol.

— Au moins. Toutes les réjouissances publiques interdites. Crêpe jaune sur toutes les portes.

— De quoi est mort le duc ? demanda Sleet.

La géante haussa les épaules.

— D'aucuns prétendent que c'est un message du Roi qui l'a fait mourir de peur, d'autres disent qu'il s'est étouffé en avalant une grosse bouchée de viande mal cuite, et d'autres encore qu'il avait fait des excès avec trois de ses concubines. Quelle importance? Il est mort, c'est la seule chose qui compte, tout le reste n'est que broutilles.

— Et pas moyen de trouver du travail, fit Zalzan Kavol d'un ton lugubre.

— Non, rien jusqu'à Thagobar, et même au-delà.

— Des semaines sans cachet, marmonna le Skandar.

— C'est bien fâcheux pour vous, dit Lisamon Hultin. Mais je sais où vous pourriez recevoir un bon salaire juste après Thagobar.

— Oui, fit Zalzan Kavol. A Khyntor, je présume.

— A Khyntor? Non, il paraît que les temps sont difficiles là-bas. La récolte de clennets a été bien maigre cet été, les commerçants ont resserré le crédit et je ne pense pas qu'ils aient beaucoup d'argent à dépenser en distractions. Non, je parle d'Ilirivoyne.

— *Quoi?* s'écria Sleet, comme s'il venait d'être frappé par une flèche.

Valentin fouilla dans sa mémoire, mais en vain, et il murmura à Carabella :

— Où est-ce?

— Au sud-est de Khyntor.

— Mais au sud-est de Khyntor, c'est le territoire des Métamorphes.

— Exactement.

Les traits lourds de Zalzan Kavol s'animèrent pour la première fois depuis qu'ils s'étaient trouvés devant le barrage sur la route. Il se tourna vers la géante et demanda :

— Quel travail peut-il y avoir pour nous à Ilirivoyne?

— Les Changeformes organisent leur grand festival le mois prochain, répondit Lisamon Hultin. Il y aura des danses des moissons, toutes sortes de concours et de réjouissances. On m'a dit que parfois des troupes d'artistes venant des provinces impériales pénétraient dans la réserve et gagnaient des sommes énormes pendant le festival. Les Métamorphes font peu de cas de la monnaie impériale et se hâtent de dépenser leur argent.

— Vraiment ? fit Zalzan Kavol.

Une lueur de cupidité passa sur son visage.

— J'avais entendu dire la même chose, il y a bien longtemps. Mais il ne m'était jamais venu à l'esprit d'en vérifier l'exactitude.

— Vous la vérifierez sans moi ! s'écria soudain Sleet.

— Hein ? fit le Skandar en tournant la tête vers lui.

Sleet manifestait une tension extrême, comme s'il avait jonglé les yeux bandés tout l'après-midi. Il avait les lèvres pincées et exsangues et les yeux fixes et anormalement brillants.

— Si vous allez à Ilirivoyne, fit-il d'une voix sourde, je ne vous accompagnerai pas.

— Souvenez-vous que nous avons un contrat, dit Zalzan Kavol.

— Cela ne change rien. Rien dans notre contrat ne m'oblige à vous suivre à l'intérieur du territoire Métamorphe. La législation impériale n'y est pas appliquée et notre contrat cesse d'être en vigueur dès l'instant où nous pénétrons dans la réserve. Je n'ai aucune attirance envers les Métamorphes et je refuse de risquer ma vie dans leur province.

— Nous parlerons de cela plus tard, Sleet.

— Plus tard, ma réponse sera la même.

Zalzan Kavol laissa errer son regard sur les visages qui l'entouraient.

— Ça suffit. Nous venons de perdre des heures ici. Je vous remercie de votre aide, dit-il à Lisamon Hultin d'une voix sans chaleur.

— Je vous souhaite un fructueux voyage, répondit-elle, et elle s'enfonça dans la forêt.

Comme ils avaient perdu énormément de temps à cause du barrage, Zalzan Kavol, contrairement à ses habitudes, décida de ne pas s'arrêter pour la nuit. Valentin, épuisé par sa longue course et par les heures de jonglerie, et sentant encore son esprit enveloppé de brumes persistantes dues à l'ingestion du fruit du dwikka, s'endormit assis à l'arrière de la roulotte et ne se souvint de rien d'autre jusqu'au lendemain matin. Les derniers mots qui lui parvinrent furent le début d'une discussion passionnée sur l'opportunité de s'aventurer à l'intérieur du territoire métamorphe : Deliamber émettant la supposition que la rumeur publique avait exagéré les périls auxquels on s'exposait à Ilirivoyne, Carabella faisant observer que Zalzan Kavol serait parfaitement en droit d'engager des poursuites contre Sleet et de lui réclamer des dommages-intérêts s'il y avait rupture du contrat, et Sleet répétant avec une conviction quasi hystérique qu'il craignait les Métamorphes et qu'il refusait de les approcher à moins de mille kilomètres. Shanamir et Vinorkis exprimèrent à leur tour leur crainte des Métamorphes qui, d'après eux, étaient sinistres, sournois et dangereux.

Valentin se réveilla pour trouver sa tête confortablement blottie dans le giron de Carabella. La lumière du soleil ruisselait dans la roulotte. Ils avaient installé leur campement dans un parc vaste et agréable, avec de larges pelouses gris-bleu et des arbres de haute taille étroits et effilés. L'endroit était entouré de collines basses et très arrondies.

— Où sommes-nous ? demanda-t-il.

— Dans les faubourgs de Mazadone. Le Skandar a conduit comme un fou toute la nuit.

Carabella éclata d'un rire charmant et ajouta :

— Et toi, tu as dormi d'un sommeil de plomb.

Dehors, à quelques mètres de la roulotte, Zalzan Kavol et Sleet avaient une violente discussion. La fureur semblait grandir le petit homme aux cheveux blancs. Il marchait de long en large, frappait du poing dans la paume de sa main, vociférait, tapait du pied ; il

227

parut même à un moment sur le point de se lancer physiquement à l'assaut du Skandar qui lui, quand on connaissait sa facilité à s'emporter, semblait remarquablement calme et patient. Il restait debout, tous ses bras croisés, dominant Sleet de toute sa taille, se contentant de temps à autre d'une réponse brève et paisible à ses éclats de voix.

— Cela a suffisamment duré, dit Carabella en se tournant vers Deliamber. Pouvez-vous intervenir, magicien, avant que Sleet ne dise quelque chose d'irréparable?

Le Vroon avait l'air mélancolique.

— Sleet a une terreur irraisonnée des Métamorphes. C'est peut-être dû à ce message du Roi qu'il a reçu il y a bien longtemps à Narabal et qui lui a blanchi les cheveux en une seule nuit. Je ne sais pas. Quoi qu'il en soit, il est peut-être plus sage pour lui de se retirer de la troupe, quelles qu'en soient les conséquences.

— Mais nous avons besoin de lui!

— Et s'il pense que des choses affreuses vont lui arriver à Ilirivoyne? Pouvons-nous lui infliger de telles souffrances?

— Je peux essayer de le calmer, dit Valentin.

Il se leva pour sortir, mais au même instant, Sleet, le visage sombre et fermé, se précipita dans la roulotte. Sans un mot, le petit jongleur trapu commença à entasser ses maigres possessions dans un sac; puis il se rua dehors, toujours sous l'empire de la rage et, passant à grandes enjambées devant le Skandar immobile, il s'éloigna à une vitesse stupéfiante en direction des basses collines du Nord.

Impuissants, ils le regardaient partir. Personne ne fit un geste pour se lancer à sa poursuite avant qu'il soit presque hors de vue.

— Je vais le rattraper, dit alors Carabella. Je peux le faire changer d'avis.

Elle partit en courant en direction des collines.

Au moment où elle passait devant lui, Zalzan Kavol l'appela, mais elle n'en tint aucun compte. Le Skandar, secouant la tête, fit venir les autres occupants de la roulotte.

— Où va-t-elle? demanda-t-il.

— Essayer de ramener Sleet.

— C'est sans espoir. Sleet a choisi de quitter la troupe. Je ferai en sorte qu'il regrette sa défection. Valentin, des responsabilités plus lourdes vont désormais peser sur vous et j'augmente votre salaire de cinq couronnes par semaine. Cela vous paraît acceptable?

Valentin acquiesça de la tête. Il pensait à la présence tranquille et solide de Sleet dans la troupe et cette perte lui faisait mal.

— Deliamber, poursuivit le Skandar, j'ai décidé, comme vous pouvez vous en douter, d'aller chercher du travail pour nous chez les Métamorphes. Connaissez-vous l'itinéraire pour aller à Ilirivoyne?

— Je n'y suis jamais allé, répondit le Vroon. Mais je sais où c'est.

— Et quelle est la route la plus rapide?

— Je pense que d'ici, il faut passer par Khyntor, puis prendre la direction de l'est en suivant la rivière en bateau sur environ six cents kilomètres, et à Verf, il y a une route qui part droit au sud en s'enfonçant dans la réserve. Ce n'est pas une bonne route, mais elle est assez large pour la roulotte, du moins je le crois. Je vérifierai.

— Et combien de temps nous faudra-t-il pour atteindre Ilirivoyne?

— A peu près un mois, si rien ne nous retarde.

— Juste à temps pour le festival des Métamorphes, fit Zalzan Kavol avec jubilation. Parfait! Quel genre de retards craignez-vous?

— Les retards habituels, répondit Deliamber. Des désastres naturels, la roulotte qui tombe en panne, des troubles locaux, des agressions. Au milieu du continent, les populations sont beaucoup moins policées que le long des côtes. On ne voyage pas sans risques dans ces régions.

— Voilà qui est bien dit! rugit une voix familière. Et ce qu'il vous faut, c'est une protection!

L'imposante Lisamon Hultin venait de se mêler à eux.

Elle paraissait fraîche et détendue, pas le moins du monde comme quelqu'un qui vient de chevaucher toute une nuit, et sa monture non plus ne semblait pas particulièrement fourbue.

— Comment avez-vous fait pour arriver ici si rapidement? demanda Zalzan Kavol, l'air perplexe.

— J'ai pris des pistes de forêt. Je suis peut-être grosse, mais pas autant que votre roulotte, et je peux prendre des raccourcis. Alors, vous allez à Ilirivoyne?

— Oui, répondit le Skandar.

— Bien. Je le savais. Et je me suis lancée à votre poursuite pour vous proposer mes services. Je n'ai pas de travail, vous abordez une région dangereuse... notre association est logique. Je vous escorterai sans encombre jusqu'à Ilirivoyne, cela je vous le garantis!

— Vos exigences sont trop élevées pour nous.

— Vous vous imaginez que je reçois toujours cinq royaux pour un petit boulot comme ça? Si je vous ai pris si cher, c'est parce que vous m'aviez mise en colère, à marcher sur moi pendant que je faisais un festin solitaire. Je vous accompagne jusqu'à Ilirivoyne pour cinq autres royaux, quelle que soit la durée du voyage.

— Trois, fit sèchement Zalzan Kavol.

— La leçon n'a pas porté, je vois.

La géante cracha presque aux pieds du Skandar.

— Je ne marchande pas. Allez à Ilirivoyne sans moi et que la fortune vous soit favorable. Mais j'en doute.

Elle fit un clin d'œil à Valentin.

— Où sont passés les deux autres?

230

— Sleet a refusé d'aller à Ilirivoyne. Il est parti d'ici hors de lui il y a dix minutes.

— Je ne lui donne pas tort. Et la femme?

— Elle a couru après lui pour essayer de le convaincre de revenir. Par là.

Valentin montra du doigt le sentier qui s'enfonçait en serpentant dans les collines.

— *Par là?*

— Entre ces deux collines.

— Dans la plantation de plantes-bouche?

Il y avait de l'incrédulité dans la voix de Lisamon Hultin.

— Qu'est-ce que c'est? demanda Valentin.

— Des plantes-bouche! Ici! s'exclama Deliamber en même temps.

— Le parc leur est dédié, déclara la géante. Mais il y a des écriteaux au pied des collines. Ils ont pris ce chemin? A pied? Le Divin les protège!

— Elles peuvent bien le manger deux fois, pour ce que je m'en soucie! s'écria Zalzan Kavol d'une voix où perçait l'exaspération. Mais j'ai besoin d'elle!

— Moi aussi, dit Valentin.

Puis se tournant vers la géante, il ajouta :

— Peut-être qu'en partant tout de suite avec les montures, nous pourrions les retrouver avant qu'ils n'entrent dans la plantation de plantes-bouche.

— Votre maître prétend ne pas avoir de quoi rétribuer mes services.

— Cinq royaux, fit Zalzan Kavol. D'ici à Ilirivoyne.

— Six, répliqua-t-elle avec froideur.

— Six, d'accord. Mais ramenez-les! Ou au moins, ramenez-la.

— Oui, fit Lisamon Hultin avec une grimace de dégoût. Vous manquez de bon sens, et moi je manque de travail, alors nous sommes sans doute faits pour nous entendre. Prenez une de ces montures, dit-elle à Valentin, et suivez-moi.

— Vous voulez qu'il y aille aussi, gémit Zalzan Kavol. Il ne va plus me rester d'humains dans ma troupe !

— Je vous le ramènerai, répondit la géante. Et avec de la chance, je ramènerai les deux autres aussi.

Elle enfourcha sa monture.

— En route, dit-elle.

7

Le sentier qui partait dans les collines montait en pente douce et l'herbe bleu-gris semblait avoir la douceur du velours. Il était difficile de croire qu'un danger quelconque pouvait se dissimuler dans ce parc ravissant. Mais au moment où ils atteignaient l'endroit où le sentier commençait à devenir un peu plus pentu, Lisamon Hultin poussa un grognement et montra du doigt un piquet fiché en terre. A côté de lui, à moitié caché par l'herbe, se trouvait un écriteau renversé. Valentin distingua les mots

DANGER
INTERDICTION DE CIRCULER A PIED
AU-DELÀ DE CETTE LIMITE

écrits en grosses lettres rouges. Sleet, dans sa fureur, n'avait rien remarqué. Carabella, dans sa hâte, n'avait pas non plus vu l'écriteau, à moins qu'elle ait préféré ne pas en tenir compte.

Le sentier se mit rapidement à grimper et, tout aussi rapidement, il redescendit sur l'autre versant de la colline. L'herbe avait disparu et le paysage était devenu très boisé. Lisamon Hultin, qui chevauchait juste devant Valentin, ralentit sa monture et lui fit prendre le pas pour entrer dans un taillis humide et mystérieux où des arbres au fût mince et cannelé poussaient à intervalles espacés, s'élançant comme des tiges de haricots pour former un dais de feuillage de leurs branches étroitement entrelacées.

— Regardez, là-bas, les premières plantes-bouche, dit la géante. Quelles saletés! Si j'avais la garde de cette planète, je mettrais le feu à tout ça, mais apparemment nos Coronals ont le sentiment de la nature et ils préfèrent les conserver dans des parcs royaux. Espérons que vos amis ont eu la sagesse de rester à bonne distance d'elles!

Sur le sol dénudé de la forêt, dans les espaces dégagés entre les arbres, poussaient des plantes acaules d'une grosseur colossale. Leurs feuilles, larges d'une douzaine de centimètres et longues d'une vingtaine, aux bords dentelés et d'aspect métallique, étaient disposées en rosette. En leur centre, béait un trou profond de trente centimètres de diamètre, à moitié rempli d'un liquide verdâtre et probablement toxique à partir duquel s'élançait toute une panoplie d'organes. Valentin crut y distinguer des choses ressemblant à des lames de couteau, des sortes de mâchoires capables de se refermer violemment et d'autres choses encore qui pouvaient être de délicates fleurs partiellement engluées.

— Ce sont des plantes carnivores, dit Lisamon Hultin. Leurs vrilles couvrent le sol de la forêt, détectent la présence de petits animaux, les capturent et les transportent jusqu'à la bouche. Regardez bien!

Elle guida sa monture vers la plante-bouche la plus proche. Dès que l'animal arriva à sept ou huit mètres de la plante, une sorte de fouet vivant commença soudain à se tortiller au milieu de la couche d'humus de la forêt. Puis il s'arracha du sol pour s'enrouler avec un claquement terrifiant autour du paturon de la bête, juste au-dessus du sabot. La monture, sans se départir de sa placidité coutumière, renâcla pourtant lorsque la vrille commença à exercer une traction pour l'attirer vers la bouche béante de la plante.

La guerrière, tirant son sabre à vibrations, se pencha et sectionna la vrille qui se détendit brusquement en reculant presque jusqu'à la cavité centrale de la plante. Et au même moment, une douzaine d'autres vrilles s'élevèrent du sol, battant furieusement l'air tout autour de la plante.

— Ces plantes carnivores n'ont pas assez de force pour attirer un animal aussi lourd qu'une monture dans leur poche digestive. Mais la monture ne serait pas capable de se libérer, et elle finirait par s'affaiblir et par mourir. Et à ce moment-là, la plante pourrait l'attirer à elle. Avec une telle quantité de viande, une de ces plantes pourrait vivre un an.

Valentin frissonna. Carabella, perdue dans une forêt où grouillaient ces plantes? Sa jolie voix à jamais éteinte à cause d'un de ces répugnants végétaux? Ses mains prestes, ses yeux brillants... non. Non. Il se sentit glacé d'horreur à cette pensée.

— Comment pouvons-nous les retrouver? demanda-t-il. Il est peut-être déjà trop tard.

— Comment s'appellent-ils? demanda la géante. Criez leurs noms. Ils ne doivent pas être loin.

— *Carabella!* hurla Valentin avec une énergie désespérée. *Sleet! Carabella!*

Quelques instants plus tard, lui parvint une réponse étouffée; mais Lisamon Hultin l'avait entendue la première et elle avançait déjà dans cette direction. Valentin vit Sleet devant lui, un genou à terre, et ce genou était enfoncé profondément dans le sol de la forêt pour l'empêcher d'être attiré vers la plante-bouche par la vrille enroulée autour de son autre cheville. Accroupie derrière lui se trouvait Carabella, les bras passés autour de sa poitrine, l'étreignant dans un effort désespéré pour le retenir. Tout autour d'eux, les vrilles excitées des plantes voisines claquaient et se tordaient de frustration. Sleet tenait un couteau, avec lequel il essayait vainement de scier le puissant filament qui le retenait. L'humus était creusé de traces de glissade indiquant qu'il avait déjà été traîné sur près de deux mètres vers la bouche impatiente. Il cédait, centimètre par centimètre, dans sa lutte pour la vie.

— Aidez-nous! cria Carabella.

D'un coup de sabre, Lisamon Hultin sectionna la vrille qui retenait Sleet. Au moment où la traction cessa, il recula brusquement, bascula en arrière et il s'en fallut d'un cheveu qu'il ne fût pris à la gorge par la vrille d'une autre plante. Mais avec la grâce et l'agilité d'un acrobate, il roula sur lui-même, évitant le filament menaçant, et bondit sur ses pieds. La guerrière le prit par la taille et le hissa rapidement en croupe sur sa monture. Valentin s'approcha alors de Carabella qui, secouée et tremblante, avait trouvé un endroit sûr entre deux grappes de vrilles qui s'agitaient frénétiquement, et en fit de même.

Elle l'étreignit avec une telle force que ses côtes lui firent mal. Il se retourna vers elle et l'embrassa, la caressant doucement, prenant le lobe de son oreille entre ses lèvres. Il sentit un soulagement inouï le submerger. Il n'avait pas encore réalisé à quel point elle comptait pour lui et comme tout lui était indifférent, hormis le fait qu'elle était saine et sauve. Petit à petit, la terreur de Carabella retomba, mais il la sentait encore trembler d'horreur à l'évocation de la scène.

— Une minute de plus... souffla-t-elle, Sleet commençait à lâcher pied... je le sentais glisser vers cette plante...

Elle tressaillit.

— Comment est-elle arrivée ici?

— Elle a pris un raccourci à travers la forêt. Zalzan Kavol l'a engagée pour assurer notre protection jusqu'à Ilirivoyne.

— Elle a déjà mérité son salaire, dit Carabella.

— Suivez-moi, ordonna Lisamon Hultin.

Elle choisit soigneusement son itinéraire pour sortir de la plantation de plantes carnivores, mais malgré toutes ses précautions, sa monture fut prise deux fois par la patte et celle de Valentin une fois. A chaque fois, la géante sectionna la vrille et, en quelques minutes, ils se retrouvèrent dans la clairière et descendirent en galopant le sentier qui menait à la roulotte. Lorsqu'ils réapparurent, ils furent salués par les acclamations des Skandars.

Zalzan Kavol s'adressa à Sleet sans aménité :

— Vous avez choisi une route dangereuse pour votre départ, remarqua-t-il.

— Elle est loin d'être aussi dangereuse que celle que vous avez décidé de prendre, répliqua Sleet. Je vous prie de m'excuser. Je vais poursuivre ma route à pied jusqu'à Mazadone et essayer d'y trouver un emploi.

— Attends ! dit Valentin.

Sleet lui jeta un regard interrogateur.

— J'aimerais que nous parlions un peu. Viens faire quelques pas avec moi.

Valentin posa le bras sur l'épaule du petit homme et le tira à l'écart, l'entraînant dans une clairière herbeuse avant que Zalzan Kavol n'ait eu le temps de provoquer en lui une nouvelle flambée de colère.

Sleet était tendu, méfiant, sur ses gardes.

— Qu'y a-t-il, Valentin ?

— J'ai contribué à convaincre Zalzan Kavol d'engager la géante. S'il en avait été différemment, tu serais en train de faire les délices de la plante-bouche à l'heure qu'il est.

— Je t'en remercie.

— Ce ne sont pas seulement des remerciements que je te demande, dit Valentin. On peut considérer d'une certaine manière que tu me dois la vie.

— C'est possible.

— Alors je te demande, pour acquitter cette dette, de reprendre ta démission.

Les yeux de Sleet lancèrent des éclairs.

— Tu ne sais pas ce que tu me demandes là !

— Les Métamorphes sont des créatures étranges et antipathiques, c'est vrai. Mais Deliamber pense qu'ils ne sont pas aussi dangereux qu'on le prétend souvent. Reste avec la troupe, Sleet.

— Tu crois que c'est par caprice que je vous quitte ?

— Pas du tout. Mais ta conduite a peut-être été irrationnelle.

Sleet secoua la tête.

— J'ai reçu une nuit un message du Roi des Rêves dans lequel un Métamorphe jouait un rôle horrible. C'est le genre de message auquel on prête attention. Je n'ai aucune envie de m'approcher de l'endroit où vivent ces créatures.

— Il ne faut pas les prendre au pied de la lettre.

— C'est exact. Mais c'est souvent le cas. Valentin, le Roi m'a dit que j'aurais une femme qui me serait encore plus chère que mon art lui-même, une femme qui jonglerait avec moi comme le fait Carabella, mais beaucoup plus proche, tellement en harmonie avec moi que nous ne formerions qu'un seul être.

Des gouttes de sueur commencèrent à perler sur le visage balafré de Sleet, la voix lui manqua et il faillit s'en tenir là, mais après un moment, il reprit :

— Valentin, j'ai rêvé qu'un jour les Changeformes étaient venus pour enlever ma femme et qu'ils lui avaient substitué l'un des leurs qui avait si habilement revêtu son apparence que j'étais incapable de voir la différence. Et j'ai rêvé que ce soir-là, nous avions jonglé devant le Coronal, devant lord Malibor, qui régnait à cette époque et devait se noyer peu de temps après, et notre jonglerie avait atteint la perfection, une harmonie que je n'ai jamais retrouvée de ma vie, et le Coronal nous avait régalés de viandes savoureuses et de grands vins et nous avait donné une chambre à coucher tendue de soieries, et je l'avais prise dans mes bras et nous avions commencé à faire l'amour, mais au moment où je la prenais, elle s'était transformée sous mes yeux, et c'était un Métamorphe qui était dans mon lit, une vision d'horreur, Valentin, une peau grise et caoutchouteuse, du cartilage à la place des dents, des yeux comme des flaques d'eau sale; qui m'embrassait et me serrait contre lui. Depuis cette nuit, je n'ai plus jamais recherché le corps d'une femme, de crainte qu'il ne m'arrive quelque chose de semblable pendant l'étreinte. Je n'ai jamais raconté cette histoire à personne non plus. La perspective d'aller à Ilirivoyne m'est insupportable et je ne veux pas me trouver entouré de créatures au visage de Métamorphe et au corps de Métamorphe.

Une vague de compassion inonda le cœur de Valentin. Pendant quelques instants, il garda la main posée sur l'épaule du petit homme, comme si, par la seule force de son bras, il pouvait extirper le souvenir de l'affreux cauchemar qui lui avait dévasté l'âme. En relâchant son étreinte, Valentin dit lentement :

— Un tel rêve est véritablement horrible. Mais on nous enseigne à faire bon usage de nos rêves, et non à nous laisser anéantir par eux.

— Celui-là ne peut pas m'être d'une grande utilité, ami. Sinon pour m'avertir de me tenir à distance des Métamorphes.

— Tu le prends trop à la lettre. Et s'il s'agissait d'une allusion détournée à autre chose ? As-tu fait interpréter ce rêve, Sleet ?

— Cela ne m'a pas paru nécessaire.

— C'est toi qui m'avais poussé à aller voir un interprète quand j'avais fait des rêves étranges à Pidruid. Le Roi n'envoie jamais de messages simples, m'avais-tu dit. Ce sont les termes exacts que tu as employés.

Sleet ne put retenir un sourire ironique.

— On est toujours meilleur médecin pour autrui que pour soi-même, Valentin. De toute façon, il est trop tard pour faire interpréter un rêve vieux de quinze ans, et j'en suis prisonnier maintenant.

— Libère-toi !

— Comment ?

— Quand un enfant rêve qu'il est en train de tomber et qu'il se réveille en proie à la terreur, que lui disent ses parents ? Que des rêves dans lesquels on tombe ne doivent pas être pris au sérieux, car on ne peut pas vraiment se blesser dans les rêves ? Ou bien que l'enfant devrait se réjouir d'avoir fait ce rêve, car ce rêve est un bon rêve, qu'il est symbole de puissance et de force, que l'enfant ne tombait pas, mais qu'il volait, jusqu'à un endroit où il aurait appris quelque chose s'il n'avait permis à l'anxiété et à la peur de l'arracher au monde des songes ?

— Que l'enfant devrait se réjouir de ce rêve, répondit Sleet.

— Bien sûr. Et il en est de même pour tous les autres « mauvais rêves » : on nous apprend à ne pas avoir peur, mais à nous réjouir de la sagesse apportée par les rêves et à agir en fonction d'elle.

— C'est ce qu'on dit aux enfants, c'est vrai. Et pourtant les adultes ne s'y prennent pas toujours mieux que les enfants avec de tels rêves. Je me souviens t'avoir entendu crier et soupirer dans ton sommeil, il n'y a pas si longtemps, Valentin.

— J'essaie d'apprendre quelque chose de mes rêves, aussi inquiétants soient-ils.

— Que veux-tu de moi, Valentin ?

— Que tu nous accompagnes jusqu'à Ilirivoyne.

— Pourquoi est-ce si important pour toi ?

— Tu appartiens à cette troupe, répondit Valentin. Nous formons un tout avec toi, et sans toi cette unité est brisée.

— Les Skandars sont de merveilleux jongleurs. La

contribution des artistes humains n'a guère d'importance. Carabella et moi nous sommes joints à la troupe pour la même raison que toi, pour nous conformer à une loi ridicule. Que je sois avec vous ou non, tu recevras ta paie.

— Mais c'est toi qui m'enseignes notre art.

— Carabella peut s'en charger. Elle est aussi douée que moi et, de plus, elle est ta maîtresse et te connaît mieux que je ne le ferai jamais. Et que le Divin t'accorde, rugit Sleet d'une voix soudain terrifiante, de ne pas la laisser tomber à Ilirivoyne aux mains des Métamorphes !

— Je ne crains pas cela, répondit Valentin.

Il étendit les bras vers Sleet.

— J'aimerais que tu restes avec nous.

— *Pourquoi ?*

— Parce que je t'estime.

— Moi aussi, je t'estime, Valentin. Ce serait une souffrance affreuse pour moi d'aller où Zalzan Kavol veut que nous allions. Quelle raison impérieuse fait que tu insistes ainsi pour me faire endurer cette souffrance ?

— Cela pourrait te guérir de cette souffrance, dit Valentin, si tu vas à Ilirivoyne et si tu t'aperçois que les Métamorphes ne sont que des primitifs inoffensifs.

— Je peux vivre avec ma souffrance, répliqua Sleet. Le prix de cette guérison me paraît trop élevé.

— Nous pouvons vivre avec les blessures les plus horribles, mais pourquoi ne pas essayer de les soigner ?

— Il y a autre chose dont tu ne parles pas, Valentin.

Valentin hésita et eut une lente expiration.

— Oui, fit-il.

— De quoi s'agit-il, alors ?

— Sleet, commença Valentin d'une voix hésitante, ai-je figuré dans tes rêves depuis que nous nous sommes rencontrés à Pidruid ?

— Oui.

— De quelle manière?

— Quelle importance?

— As-tu rêvé, poursuivit Valentin, que je pouvais être quelqu'un d'exceptionnel sur Majipoor, que je pouvais être quelqu'un d'une puissance et d'une distinction que je ne peux moi-même imaginer?

— Ton maintien et ta prestance me l'ont appris dès notre première rencontre. Et aussi la facilité phénoménale avec laquelle tu t'es initié à notre art. Et le contenu de tes propres rêves que tu as partagés avec moi.

— Et qui suis-je dans ces rêves, Sleet?

— Un puissant personnage, déchu par fourberie de sa haute position. Un duc, peut-être. Un prince du royaume.

— Ou plus haut encore?

Sleet passa la langue sur ses lèvres.

— Oui. Plus haut, peut-être. Que veux-tu de moi, Valentin?

— Que tu m'accompagnes jusqu'à Ilirivoyne et au-delà.

— Cela signifie qu'il y a du vrai dans ce que j'ai rêvé?

— Cela, je ne le sais pas encore, répondit Valentin. Mais je pense qu'il y a du vrai, oui. Je sens de plus en plus qu'il doit y avoir du vrai là-dedans. Et les messages me disent qu'il y a du vrai.

— Monseigneur... murmura Sleet.

— C'est possible.

Les yeux écarquillés, Sleet commença à ployer les genoux, mais Valentin le releva en toute hâte et le força à rester debout.

— Je ne veux pas de cela, dit-il. Les autres peuvent nous voir. Je ne veux que personne n'ait le moindre soupçon. De plus, je suis encore dans le doute. Je ne veux pas que tu t'agenouilles devant moi, Sleet, ni que tu fasses le symbole de la constellation avec tes doigts, ni rien de tout cela aussi longtemps que je ne serai pas sûr de la vérité.

— Monseigneur...

— Je reste Valentin le jongleur.

— J'ai peur maintenant, monseigneur. Je viens de frôler une mort horrible aujourd'hui, mais cela me fait encore plus peur d'être ici, en train de discuter tranquillement avec vous de ces choses.

— Appelle-moi Valentin.

— Comment pourrais-je? demanda Sleet.

— Tu m'appelais Valentin il y a cinq minutes.

— Mais c'était avant.

— Il n'y a rien de changé, Sleet.

Sleet hocha vigoureusement la tête.

— Tout a changé, monseigneur.

Valentin poussa un profond soupir. Il se sentait dans la peau d'un imposteur, d'un charlatan, à manipuler ainsi Sleet, et pourtant ce n'était pas gratuit, il en éprouvait le besoin sincère.

— Si tout a changé, me suivras-tu alors si je te l'ordonne? Même jusqu'à Ilirivoyne?

— Si je le dois, répondit Sleet, l'air abasourdi.

— Il ne t'arrivera rien de ce que tu crains chez les Métamorphes. Tu sortiras de leur pays guéri de la souffrance qui t'a dévasté l'âme. Mais tu n'en crois rien, n'est-ce pas, Sleet?

— J'ai peur d'aller là-bas.

— J'ai besoin de toi à mes côtés pour ce qui m'attend, dit Valentin. Et bien que je n'aie été pour rien dans cette décision, Ilirivoyne est devenue une étape de mon voyage. Je te demande de me suivre jusque là-bas.

Sleet courba la tête.

— S'il le faut, monseigneur.

— Et je te demande, en usant de la même autorité, de m'appeler Valentin et de ne pas manifester devant les autres plus de respect que tu ne l'aurais fait hier.

— Comme vous voulez, dit Sleet.

— *Valentin.*

— Valentin, répéta Sleet avec réticence. Comme... tu veux, Valentin.

— Allez, viens.

Il ramena Sleet vers le groupe. Zalzan Kavol faisait les cent pas pour calmer son impatience. Les autres préparaient la roulotte pour le départ. Valentin s'adressa au Skandar :

— J'ai réussi à convaincre Sleet de reprendre sa démission. Il va nous accompagner jusqu'à Ilirivoyne.

Zalzan Kavol avait l'air totalement ébahi.

— Comment avez-vous réussi à faire cela ? demanda-t-il.

— Oui, intervint Vinorkis. Que lui avez-vous donc raconté ?

— Je crois que l'explication serait fastidieuse, répondit Valentin avec un charmant sourire.

8

Le rythme du voyage s'accéléra. La roulotte ne quittait pas la route de toute la journée, et parfois bien avant dans la soirée Lisamon Hultin chevauchait à leurs côtés, bien que sa monture, aussi robuste qu'elle fût, ait eu besoin de plus de repos que celles qui tiraient la roulotte, et de temps à autre elle se laissait distancer, quitte à rattraper son retard dès que l'occasion se présentait. Porter sa masse imposante n'était pas tâche facile pour un animal quel qu'il fût.

Ils traversèrent toute une province où les villes uniformes se succédaient avec monotonie, interrompues seulement par de maigres zones de culture maraîchère. La province de Mazadone était une région où les activités commerciales fournissaient un emploi à des millions d'individus, car Mazadone était la plaque tournante desservant tous les territoires du nord-ouest de Zimroel pour les marchandises en provenance de l'Est et le principal centre de transbordement par transport terrestre des marchandises de Pidruid et de Til-omon à destination de l'Est. Ils traversèrent sans s'arrêter une ribambelle de villes interchangeables et inintéressantes, Cynthion, Apoortel et Doirectine, la cité de Mazadone elle-même, Borgax et, plus loin, Thagobar, toutes vivant comme au ralenti et en sourdine pendant la période de deuil décrétée pour la mort du duc, avec des bandes d'étoffes jaunes flottant partout en signe de deuil. Que feraient ces gens, se demanda Valentin, s'il s'agissait du décès d'un Pontife ? Comment avaient-ils réagi à la disparition prématurée du Coronal lord Voriax deux ans auparavant ? Mais peut-être prenaient-ils plus au sérieux la perte de leur duc local, car c'était un personnage visible, présent et réel, alors que pour les populations de Zimroel, séparées par des milliers de kilomètres du Mont du Château et du Labyrinthe, les Puissances de Majipoor devaient être avant tout des abstractions, des figures mythiques, légendaires, immatérielles. Sur une planète aussi vaste que celle-ci, aucune autorité centrale ne pouvait gouverner avec une réelle efficacité et elle ne pouvait exercer qu'un contrôle symbolique. Valentin soupçonnait que la stabilité de Majipoor reposait en grande partie sur un contrat social par lequel les gouverneurs locaux — les ducs des provinces et les maires des municipalités — acceptaient de faire respecter et d'apporter leur soutien aux édits du gouvernement impérial, à condition d'avoir toute liberté pour faire ce qu'ils voulaient à l'intérieur de leurs propres territoires.

Comment un tel contrat peut-il rester valide, se demanda-t-il, lorsque le pouvoir n'est plus détenu par celui qui a été sacré et proclamé prince, mais par un usurpateur à qui fait défaut la grâce du Divin sur laquelle repose le si fragile édifice social?

Il se prit à penser de plus en plus fréquemment à des sujets de cet ordre pendant les paisibles, monotones et longues heures du voyage vers l'est. Le sérieux de ces réflexions le surprenait, car il s'était accoutumé à la légèreté et à la simplicité de son esprit depuis le début de son séjour à Pidruid et il sentait maintenant un enrichissement progressif et une complexité croissante de ses facultés mentales. C'était comme si les effets du sort qu'on lui avait jeté s'atténuaient et que son véritable intellect commençait à réapparaître.

A condition, bien entendu, qu'il ait été victime d'une telle pratique de magie, comme l'hypothèse qu'il était en train de former l'exigeait.

Il était encore rempli d'incertitude. Mais ses doutes se dissipaient de jour en jour.

Dans ses rêves, il se voyait maintenant souvent occupant des positions d'autorité. Une nuit, ce fut lui, et non Zalzan Kavol, qui dirigeait la troupe des jongleurs; une autre, il se vit présider, revêtu de la robe royale, un grand conseil des Métamorphes qui lui apparaissaient sous une forme spectrale, vaporeuse et inquiétante, incapables de conserver la même apparence plus d'une minute; une des nuits suivantes, il eut une vision de lui-même sur la place du marché de Thagobar, rendant la justice aux marchands de tissu et aux vendeurs de bracelets dans leurs disputes bruyantes et mesquines.

— Tu vois, lui dit Carabella, tous ces rêves évoquent la puissance et la majesté.

— La puissance? La majesté? Assis sur un tonneau dans un marché et administrant la justice à des marchands de toile et de coton?

— Dans les rêves, il y a bien des choses à déchiffrer. Ces visions sont de puissantes allégories.

Valentin sourit à cette interprétation dont il lui fallut toutefois reconnaître le caractère plausible.

Une nuit, alors qu'ils approchaient de la ville de Khyntor, il eut une vision extrêmement explicite de sa vie antérieure supposée. Il était dans une salle lambrissée des plus belles et des plus rares boiseries, des panneaux luisants de semotan et de bannikop et d'acajou sombre et chaud, et il signait des documents, assis à un bureau de palissandre bruni aux arêtes vives. Le sceau à la constellation était à sa droite; des secrétaires obséquieux s'affairaient autour de lui; l'énorme fenêtre cintrée qui lui faisait face donnait sur un gouffre béant comme si elle avait vue sur un des versants démesurés du Mont du Château. Etait-ce une création de son imagination? Ou bien était-ce un fragment fugitif de son passé enseveli qui s'était dégagé et qui, dans son sommeil, était remonté jusqu'à la surface de sa conscience? Il décrivit la salle et le bureau à Carabella et à Deliamber, en espérant qu'ils pourraient lui dire à quoi le bureau du Coronal ressemblait en réalité, mais ils n'en savaient pas plus là-dessus que sur ce que le Pontife prenait à son petit déjeuner. Le Vroon lui demanda comment il s'était vu lorsqu'il était assis au bureau de palissandre : avait-il les cheveux dorés, comme le Valentin qui partageait la roulotte des jongleurs, ou bruns, comme le Coronal qui avait accompli le Grand Périple à travers Pidruid et toutes les provinces occidentales?

— Bruns, répondit immédiatement Valentin.

Puis il fronça les sourcils.

— Est-ce bien sûr? J'étais assis au bureau, et je ne regardais pas l'homme qui y était, puisque *j'étais* cet homme. Et pourtant... et pourtant...

— Dans le monde des rêves, nous nous voyons souvent avec nos propres yeux, dit Carabella.

— J'étais peut-être à la fois blond et brun. Tantôt l'un, tantôt l'autre... ce point m'échappe. Tantôt l'un, tantôt l'autre, hein?

— Oui, fit Deliamber.

Ils avaient presque atteint Khyntor maintenant, après de trop longs jours de voyage, monotones et lassants. Khyntor, la ville principale du centre de Zimroel, se trouvait dans une région accidentée, parsemée de lacs et de hauts plateaux, et de forêts profondes, pratiquement impénétrables. L'itinéraire choisi par Deliamber traversait le faubourg sud-ouest de la ville, célèbre par les phénomènes géothermiques qu'on pouvait y admirer — de grands geysers qui jaillissaient en chuintant, un large lac exhalant des vapeurs roses et aux bouillonnements et gargouillements sinistres, et sur deux ou trois kilomètres, des crevasses grises, d'aspect caoutchouteux, d'où s'échappaient à intervalles rapprochés des fumerolles verdâtres accompagnées de bruits comiques d'éructation et, plus en profondeur, d'étranges grondements souterrains. Le ciel était chargé de gros nuages pommelés de la couleur des perles sans éclat, et bien que l'été finissant régnât encore, il y avait déjà une fraîcheur automnale dans le vent vif et piquant qui soufflait du nord.

Le Zimr, le plus grand fleuve de Zimroel, séparait le faubourg de la ville proprement dite. Quand les voyageurs y arrivèrent, la roulotte sortit soudain d'un quartier ancien aux rues étroites pour s'engager sur la vaste esplanade qui menait au pont de Khyntor, et Valentin ne put retenir une exclamation de surprise.

— Qu'y a-t-il ? demanda Carabella.

— Le fleuve... je ne m'attendais pas à ce qu'il soit aussi large !

— Tu n'as jamais vu de fleuve ?

— Il n'y a aucun cours d'eau important entre Pidruid et ici, remarqua-t-il. Et je ne me souviens clairement de rien avant Pidruid.

— Il n'y a nulle part de fleuve qui soutienne la comparaison avec le Zimr, intervint Sleet. Son étonnement n'est pas déplacé.

A droite et à gauche, aussi loin que portait la vue de

Valentin, s'étendaient les eaux sombres du Zimr. Le fleuve était si large à cet endroit qu'il ressemblait beaucoup plus à une baie. Il arrivait à peine à distinguer les sommets carrés des tours de Khyntor sur la rive opposée. Une dizaine de ponts énormes enjambaient le fleuve à cet endroit, si longs que Valentin se demanda comment il avait été possible de les construire. Celui qui s'ouvrait juste devant eux, le pont de Khyntor, faisait la largeur de quatre routes; c'était une construction dont les arches montaient et descendaient, reliant par bonds successifs les deux berges du fleuve. Un peu en aval, se trouvait un ouvrage d'une conception entièrement différente, une lourde superstructure de brique reposant sur des piles d'une hauteur étonnante, et juste en amont, il y en avait un autre qui paraissait fait de verre, tellement il brillait en jetant des feux éblouissants.

— C'est le pont du Coronal, dit Deliamber, et à notre droite, c'est le pont du Pontife, et plus loin en aval, se trouve le pont des Rêves. Ce sont tous des ouvrages anciens et célèbres.

— Mais pourquoi construire des ponts à un endroit où le fleuve est si large? demanda Valentin, tout perturbé.

— C'est un des points où les rives sont le plus rapprochées, répondit Deliamber.

Le cours du Zimr, expliqua le Vroon, était de quelque onze mille kilomètres. Il prenait sa source au nord-ouest de Dulorn, à l'extrémité de la grande vallée, et coulait en direction du sud-est en traversant tout le continent de Zimroel jusqu'à la ville côtière de Piliplok sur la Mer Intérieure. Ce fleuve agréable, navigable sur toute sa longueur, était un cours d'eau rapide et d'une largeur phénoménale, décrivant de larges méandres comme un aimable serpent. Ses rives étaient occupées par des centaines de villes opulentes et d'importants ports fluviaux dont Khyntor était le plus occidental. De l'autre côté de la ville, s'éloignant vers le nord-est et à peine visibles dans le ciel nuageux, s'élevaient les pics déchiquetés des Marches de Khyntor, neuf hautes montagnes sur les versants glacés desquelles vivaient des tribus de rudes et intrépides chasseurs. On les trouvait à Khyntor une bonne partie de l'année, troquant des peaux et du gibier contre des produits manufacturés.

Cette même nuit, Valentin rêva qu'il pénétrait dans le Labyrinthe pour conférer avec le Pontife.

Ce n'était pas un rêve vague et brumeux, mais d'une précision aiguë et presque douloureuse. Il était debout sous une lumière crue d'hiver et voyait devant lui un temple à ciel ouvert, aux murs droits et blancs, dont Deliamber lui dit qu'il s'agissait de l'entrée du Labyrinthe. Il était accompagné du Vroon et de Lisamon Hultin, ainsi que de Carabella, qui formaient autour de lui une phalange protectrice, mais quand Valentin s'engagea sur la terrasse d'ardoise nue, il se retrouva seul. Un être à la mine sinistre et rébarbative se dressait devant lui. La forme de cette créature lui était inconnue et elle n'appartenait à aucune des races non humaines installées depuis longtemps sur Majipoor — ce n'était ni un Lii ni un Ghayrog ni un Vroon ni un Skandar ni un Hjort ni un Su-Suheris, mais quelque chose de mystérieux et de déconcertant, une créature musculeuse, aux bras épais, à la peau rouge et grêlée, le crâne en forme de dôme arrondi dans lequel flamboyaient des yeux jaunes brillant d'une rage presque intolérable. Cet être humain demanda à Valentin quel était l'objet de sa demande d'audience auprès du Pontife.

— Le pont de Khyntor a grand besoin d'être réparé, répondit Valentin. C'est la tâche séculaire du Pontife de s'occuper de ce genre d'affaires.

— Croyez-vous que le Pontife daignera s'y intéresser ? demanda en riant la créature aux yeux jaunes.

— Il est de mon devoir de requérir son aide.

— Alors, passez.

Le gardien du portique lui fit signe d'avancer avec une politesse sardonique et s'écarta pour le laisser passer. Au moment où Valentin arrivait à sa hauteur, la créature émit un grondement à glacer le sang puis il claqua une porte derrière Valentin. La retraite était coupée. Devant Valentin s'ouvrait un corridor étroit et tortueux, éclairé par une lumière blanche, crue et aveuglante émanant d'une source invisible. Pendant des heures, Valentin suivit le chemin qui descendait en spirale. Puis les murs du corridor commencèrent à s'écarter et il se retrouva dans un autre temple de pierre blanche à ciel ouvert, peut-être le même que précédemment car l'être à la peau rouge et grêlée lui bloquait de nouveau le passage en grondant avec la même incommensurable rage.

— Voici le Pontife, rugit la créature.

Valentin regarda derrière elle à l'intérieur d'une salle obscurcie et vit le souverain impérial de Majipoor assis sur un trône, revêtu de robes noires et écarlates, et portant la tiare pontificale. Et le Pontife de Majipoor était un monstre doté de plusieurs bras et de plusieurs jambes, avec le visage d'un homme mais les ailes d'un dragon, et il hurlait et rugissait comme un forcené sur son trône. Un sifflement terrifiant sortait des lèvres du Pontife, et l'odeur qu'il dégageait était une affreuse puanteur, et les ailes noires battaient l'air avec violence, giflant Valentin de coups de vent froid.

— Votre Majesté, dit Valentin.

Puis il s'inclina et répéta :

— Votre Majesté.

— Votre Seigneurie, répondit le Pontife.

Puis il éclata de rire, tendit les bras vers Valentin et le tira en avant, et Valentin se retrouva sur le trône alors que le Pontife, riant comme un possédé, s'enfuyait dans un corridor violemment éclairé, battant des ailes en courant, hurlant et divaguant jusqu'à ce qu'il disparaisse.

Valentin se réveilla, trempé de sueur, dans les bras de Carabella. Sur son visage se lisait une inquiétude proche de la peur, comme si l'épouvante que Valentin venait de vivre en rêve n'avait été que trop évidente pour elle, et elle le tint serré contre elle pendant un bon moment, sans rien dire, pour lui laisser le temps de réaliser qu'il était réveillé. Tendrement, elle lui caressait les joues.

— Tu as crié trois fois, lui dit-elle.

— Il y a des fois, dit-il après avoir bu un peu de vin dans la gourde qui était près du lit, où il paraît plus épuisant de dormir que de rester éveillé. Mes rêves sont extrêmement pénibles, Carabella.

— Il y a beaucoup de choses dans ton âme qui demandent à s'exprimer.

— Elles le font avec beaucoup d'acharnement, dit Valentin avant de se nicher contre sa poitrine. Si les rêves sont la source de la sagesse, j'espère ne pas devenir plus sage d'ici le lever du jour.

9

A Khyntor, Zalzan Kavol paya le passage pour la troupe à bord d'un bateau à vapeur à destination de Ni-moya et de Piliplok. Mais ils n'allaient descendre le fleuve que sur une petite partie de son cours, jusqu'à la petite ville de Verf d'où l'on accédait au territoire métamorphe.

Valentin regrettait de devoir abandonner le vapeur à Verf, alors qu'il pouvait facilement, pour dix ou quinze royaux supplémentaires, descendre tout le fleuve jusqu'à Piliplok et embarquer pour l'Ile du Sommeil. Car, après tout, sa destination la plus urgente dans l'immédiat n'était pas la réserve des Changeformes mais l'Ile de la Dame où il pourrait peut-être trouver confirmation des visions qui le tourmentaient. Mais le moment n'était pas encore venu, pas tout à fait.

Il ne fallait pas bousculer le destin, se dit Valentin. Jusqu'alors, les choses avaient évolué sans hâte mais vers un but bien défini, même s'il n'était pas toujours parfaitement compréhensible. Il n'était plus l'oisif plein de simplicité et de joie de vivre de Pidruid, et bien qu'il ne sût pas avec certitude ce qu'il était en train de devenir, il avait le sentiment très clair d'une évolution intérieure, de frontières franchies sans retour. Il se voyait comme un acteur dans un drame aussi vaste que confus dont les scènes décisives étaient encore éloignées dans l'espace et dans le temps.

Le vapeur était un bâtiment grotesque et extravagant, mais qui n'était pas dénué d'une certaine beauté. Les long-courriers qui avaient mouillé dans le port de Pidruid avaient été conçus pour allier la grâce à la robustesse puisqu'ils avaient à effectuer des traversées de plusieurs milliers de kilomètres entre les différents ports. Alors que le vapeur, limité à la navigation fluviale, était un bateau ramassé et aux larges baux, tenant plus de la plate-forme flottante que du navire mais, comme pour compenser l'inélégance de ces formes, ses constructeurs l'avaient décoré d'une profusion d'ornements — un grand pont surélevé et surmonté d'une triple figure de proue peinte en rouge et jaune flamboyants, une énorme cour centrale qui avait presque les dimensions d'une place de village, avec des statues, des pavillons et des salons de jeux, et à la poupe, une superstructure à plusieurs niveaux pour le logement des passagers. Sous le pont se trouvaient la cargaison, la timonerie, des salles à manger et les cabines de l'équipage ainsi que la chambre des machines d'où s'élevaient deux gigantesques cheminées qui s'incurvaient le long de la coque avant de s'élancer droit vers le ciel comme les cornes d'un démon. Toute la charpente du bateau était en bois, car le métal était trop rare sur Majipoor pour des constructions aussi importantes et la pierre était en général considérée comme un matériau impropre à une utilisation maritime, et les charpentiers avaient déployé toute leur imagination pour décorer presque chaque centimètre carré de la surface, l'enjolivant de moulures, de volutes bizarres, de solives en saillies et autres fioritures.

Le vapeur semblait être un microcosme grouillant. En attendant le départ, Valentin, Deliamber et Carabella se promenèrent sur le pont où se pressaient des citoyens originaires de nombreuses régions et appartenant à toutes les races de Majipoor. Valentin vit des chasseurs descendus des montagnes de Khyntor, des Ghayrogs vêtus avec la recherche caractéristique de Dulorn, des habitants des humides provinces du Sud, tout de blanc vêtus, des voyageurs en somptueuses robes pourpres et vertes dont Carabella lui dit qu'elles étaient typiques de l'ouest d'Alhanroel, et bien d'autres encore. Les Lii omniprésents vendaient leurs sempiternelles saucisses grillées; des Hjorts zélés se pavanaient en uniforme de la compagnie de navigation, abreuvant de renseignements et d'instructions les passagers qui leur posaient des questions et bon nombre d'autres qui ne leur demandaient rien; une famille de Su-Suheris en robes vertes et diaphanes, que l'on remarquait à cause de leur invraisemblable corps bicéphale et de leur allure distante et impérieuse, tels des émissaires du monde des rêves, fendaient la foule qui s'écartait respéctueusement à leur approche. Et, cet après-midi-là, il y avait également sur le pont un petit groupe de Métamorphes.

Deliamber les vit le premier. Le petit Vroon gloussa et toucha le bras de Valentin.

— Vous les voyez? Espérons que Sleet ne les remarquera pas.

— Ce sont lesquels? demanda Valentin.

— Appuyés au bastingage. Un peu à l'écart, l'air mal à l'aise. Ils ont leur forme naturelle.

Valentin les regarda. Ils étaient cinq, deux adultes, peut-être un mâle et une femelle, et trois plus jeunes. C'étaient des êtres au corps fluet et anguleux et aux longues jambes, avec quelque chose de frêle et d'immatériel dans l'apparence. Les plus âgés étaient plus grands que lui. Ils avaient la peau d'une tèinte verdâtre. La forme de leur visage était assez proche de celle des humains, à l'exception des pommettes aux arêtes vives, des lèvres presque inexistantes et du nez réduit à un léger renflement. Les yeux, écartés et descendant vers le centre du visage, étaient taillés en amande et dépourvus de pupille. Valentin était incapable de déterminer si leur attitude traduisait de l'arrogance ou de la réserve, mais ils devaient certainement se considérer en territoire ennemi à bord de ce vapeur, ces membres de la race autochtone, ces descendants de ceux qui possédaient Majipoor avant la venue des premiers colons terriens quatorze mille ans auparavant. Valentin ne parvenait pas à détacher d'eux son regard.

— Comment s'effectue le changement de forme ? demanda-t-il.

— Leurs os ne se joignent pas comme ceux de la plupart des races, répondit Deliamber. Sous la pression musculaire, ils changent de position et adoptent une nouvelle disposition. Ils ont également dans la peau des cellules mimétiques qui leur permettent de changer de couleur et de contexture, et encore d'autres adaptations. Un adulte peut se transformer presque instantanément.

— A quoi cela leur sert-il ?

— Qui sait ? Il est plus que vraisemblable que les Métamorphes se demandent à quelles fins ont été créées dans l'univers des races incapables de changer de forme. Cela doit avoir pour eux une certaine valeur.

— Très peu, intervint Carabella avec causticité, s'ils

possédaient de tels pouvoirs et ont malgré tout vu leur monde arraché de leurs mains.

— La propriété de changer de forme n'est pas une défense suffisante, rétorqua Deliamber, quand des gens voyagent d'une étoile à une autre pour venir vous dépouiller de votre patrimoine.

Les Métamorphes fascinaient Valentin. A ses yeux, ils étaient des témoins de la longue histoire de Majipoor, des vestiges archéologiques, des survivants de l'époque où il n'y avait pas d'humains sur la planète, ni de Skandars, ni de Vroons, ni de Ghayrogs, rien que ces fragiles créatures vertes disséminées sur toute la surface d'un monde colossal. Avant l'arrivée des colons... des intrus, qui finirent par devenir les conquérants. Comme cela était loin ! Il se prit à souhaiter qu'ils effectuent une transformation pendant qu'il les regardait, peut-être se changer en Skandars ou en Lii sous ses yeux. Mais ils conservèrent leur identité.

Shanamir, l'air agité, sortit soudain de la foule. Il prit le bras de Valentin et s'écria :

— Sais-tu ce qu'il y a à bord avec nous ? J'ai entendu les débardeurs discuter. Il y a toute une famille de Change...

— Pas si fort, l'interrompit Valentin. Regarde là-bas.

Le garçon regarda et frissonna.

— Quels êtres angoissants !

— Où est Sleet ?

— Sur la passerelle, avec Zalzan Kavol. Ils essaient d'obtenir l'autorisation de jouer ce soir. S'il les voit...

— Il faudra bien, tôt ou tard, qu'il se trouve en présence de Métamorphes, murmura Valentin.

Puis, s'adressant à Deliamber, il demanda :

— Est-ce rare d'en trouver à l'extérieur de leur réserve ?

— On en trouve partout, mais jamais en grand nombre et rarement sous leur propre forme. Il pouvait y en avoir, disons, onze vivant à Pidruid, six à Falkynkip, neuf à Dulorn...

— Sous une fausse apparence ?

— Oui, sous l'apparence de Ghayrogs, de Hjorts ou d'humains, ce qui leur semble préférable selon l'endroit où ils sont.

Les Métamorphes commencèrent à quitter le pont. Ils se déplaçaient avec une grande dignité mais, contrairement aux Su-Suheris, il n'y avait rien d'impérieux dans leur démarche. Ils donnaient plutôt l'impression de souhaiter être invisibles.

— Est-ce par choix ou par obligation qu'ils restent dans leur territoire ?

— Un peu des deux, je pense. Quand lord Stiamot a achevé sa conquête, il les a obligés à quitter tout le continent d'Alhanroel. Zimroel n'était guère colonisé à l'époque, à part les comptoirs côtiers, et on leur a abandonné la majeure partie de l'intérieur. Mais ils ont préféré choisir le territoire compris entre le Zimr et les montagnes méridionales, dont l'accès pouvait être facilement contrôlé, et ils s'y sont retirés. De nos jours, la tradition veut que les Métamorphes résident tous dans ce territoire, à l'exclusion de quelques-uns vivant incognito dans les villes. Mais j'ignore totalement si cette tradition a force de loi. Il est certain qu'ils ne prêtent guère attention aux décrets émanant du Labyrinthe ou du Mont du Château.

— Si la loi impériale a si peu d'importance pour eux, ne prenons-nous pas de grands risques en nous rendant à Ilirivoyne ?

— L'époque où les Métamorphes agressaient les étrangers par simple désir de vengeance, fit Deliamber en riant, est depuis longtemps révolue, tout au moins d'après ce que l'on m'a assuré. C'est un peuple réservé et renfermé, mais ils ne nous feront pas de mal et nous avons toutes les chances de sortir intacts de leur territoire, les poches pleines de cet argent que Zalzan Kavol aime tant. Tiens, le voici qui arrive.

Le Skandar, accompagné de Sleet, approchait, l'air content de lui.

— Nous avons obtenu l'autorisation de jouer ce soir, annonça-t-il. Cinquante couronnes pour une heure de travail, juste après dîner ! Mais nous leur proposerons nos numéros les plus simples. Pourquoi nous donner du mal avant d'arriver à Ilirivoyne ?

— Non, fit Valentin. Je pense que nous devons faire de notre mieux.

Il regarda Sleet droit dans les yeux.

— Il y a un groupe de Métamorphes à bord du bateau. La rumeur de la qualité de notre spectacle pourrait ainsi précéder notre arrivée à Ilirivoyne.

— Excellent raisonnement, dit Zalzan Kavol.

Sleet était tendu et anxieux. Ses narines palpitaient, il pinçait les lèvres et se signait de la main gauche. Valentin se tourna vers lui et lui dit à voix basse :

— Maintenant commence le processus de la guérison. Jongle pour eux ce soir comme tu le ferais pour la cour du Pontife.

— Ce sont mes ennemis ! répliqua Sleet d'une voix rauque.

— Pas ceux-là. Ce ne sont pas ceux de ton rêve. Ces derniers t'ont fait tout le mal qui était en leur pouvoir, et c'était il y a bien longtemps.

— Cela me rend malade d'être sur le même bateau qu'eux.

— Il n'est plus question de débarquer maintenant, répondit Valentin. Et ils ne sont que cinq. Une petite dose... un bon entraînement pour affronter ce qui nous attend à Ilirivoyne.

— A Ilirivoyne...

— Pas moyen d'éviter Ilirivoyne, dit Valentin. Pense au serment que tu m'as fait, Sleet...

Sleet leva les yeux vers Valentin et le regarda en silence pendant un moment.

— Oui, monseigneur, souffla-t-il.

— Alors, viens. Jongle avec moi : nous avons tous les deux besoin d'entraînement. Et souviens-toi, je m'appelle Valentin !

Ils trouvèrent un endroit tranquille dans l'entrepont et commencèrent à s'exercer avec les massues. Au début, leurs rôles furent curieusement inversés, car Valentin jonglait à la perfection alors que Sleet faisait preuve d'une maladresse de débutant, laissant constamment tomber les massues et se meurtrissant les doigts à plusieurs reprises. Mais en quelques minutes, il retrouva ses automatismes. L'air se remplit de massues qu'il échangeait avec Valentin en formant des figures d'une telle complexité que Valentin, à bout de souffle et ne pouvant s'empêcher de rire, fut obligé de supplier Sleet de faire une pause et de lui demander de revenir à des exercices plus à sa portée.

Ce soir-là, pour leur représentation sur le pont supérieur — la première depuis l'exhibition impromptue donnée pour distraire les frères de la forêt —, Zalzan Kavol décida d'un programme qu'ils n'avaient jamais présenté en public. Les jongleurs se divisèrent en trois groupes de trois — Sleet, Carabella et Valentin d'un côté, Zalzan Kavol, Thelkar et Gibor Haern d'un autre et Heitrag Kavol, Rovorn et Erfon Kavol pour finir — et ils se lancèrent dans des triples échanges parfaitement synchrones, un groupe de Skandars jonglant avec des poignards, l'autre avec des torches enflammées et les humains avec des massues argentées. C'était un des plus difficiles tests de ses capacités que Valentin eût jamais passé. Toute la symétrie de l'exercice exigeait une absolue perfection. Si un seul jongleur laissait tomber un objet, tout l'effet d'ensemble était détruit. Il était le chaînon le plus fragile et, en conséquence, tout l'impact du numéro reposait sur lui.

Mais il ne fit pas tomber de massue et les applaudissements, quand les jongleurs eurent parachevé leur numéro par une série de lancers plus puissants et de réceptions désinvoltes, furent enthousiastes. Pendant qu'il saluait, Valentin remarqua la famille de Métamorphes assise à quelques rangs de lui. Il jeta un rapide coup d'œil à Sleet, qui multipliait les saluts, en s'inclinant de plus en plus profondément.

Au moment où ils quittaient la scène, Sleet lui dit :

— Je les ai vus quand nous avons commencé, et puis je n'ai plus fait attention à eux. Je n'ai plus fait attention à eux, Valentin !

Il éclata de rire.

— Ils ne ressemblaient pas le moins du monde à la créature de mon rêve.

10

La troupe dormit cette nuit-là dans une sorte de cellule humide et surpeuplée dans les entrailles du vapeur. Valentin se trouva coincé entre Shanamir et Lisamon Hultin sur le sol dur, et la proximité de la guerrière semblait lui promettre une nuit sans sommeil, car elle ronflait en produisant un assourdissant vrombissement mais, plus affolant encore que le ronflement, il était tourmenté par la crainte d'être écrasé sous le poids du corps gigantesque qui tanguait et s'agitait à côté de lui. Et, de fait, à plusieurs reprises, elle vint se plaquer contre lui, et il eut toutes les peines du monde à se dégager. Mais bientôt elle s'apaisa, et il sentit le sommeil le gagner.

Il fit un rêve dans lequel il était Coronal, le lord Valentin au teint olivâtre et à la barbe noire, maniant les sceaux du pouvoir, et puis, sans savoir comment, il se retrouva dans une cité méridionale où la chaleur humide et tropicale faisait croître des plantes grimpantes géantes et éclore des fleurs aux couleurs criardes, une ville qu'il savait être Til-omon, à l'autre extrémité de Zimroel, et il assistait à un grand festin donné en son honneur. Mais il y avait un autre hôte de marque à la table, un homme au regard sombre et à la peau rêche, qui était Dominin Barjazid, le second fils du Roi des Rêves, et Dominin Barjazid versait du vin en l'honneur du Coronal et portait des toasts en lui souhaitant longue vie et en lui prédisant un règne glorieux, un règne à mettre au rang de ceux de lord Stiamot, de lord Prestimion et de lord Confalume. Et lord Valentin buvait, et buvait encore, il prenait des couleurs et devenait de plus en plus gai, il portait des toasts à son tour, à son hôte, au maire de Til-omon et au duc de la province, à Simonan Barjazid le Roi des Rêves, au Pontife Tyeveras et à la Dame de l'Ile, sa propre mère bienaimée, et son gobelet était sans cesse rempli de vin ambré et de vin rouge, et de vin bleu du Sud, jusqu'à ce qu'il ne puisse plus boire et se retire dans sa chambre où il s'écroula immédiatement comme une masse. Pendant son sommeil, des ombres s'agitèrent autour de lui, les hommes de l'entourage de Dominin Barjazid, qui le soulevèrent et l'emportèrent, enroulé dans des draps de soie, et il ne pouvait pas leur opposer de résistance, car il lui semblait que ses bras et ses jambes ne lui obéissaient pas, comme s'il vivait en rêve cette scène d'un rêve. Et Valentin se vit allongé sur une table dans une pièce secrète, et il avait les cheveux blonds et la peau pâle et c'était Dominin Barjazid qui avait pris le masque du Coronal.

— Emmenez-le dans une ville, quelque part au nord, ordonna le faux lord Valentin, relâchez-le et laissez-le se débrouiller tout seul.

Le rêve aurait continué, mais Valentin se sentit suffoquer dans son sommeil et il reprit conscience pour découvrir Lisamon Hultin vautrée sur lui, un de ses bras musculeux lui écrasant le visage. Il se dégagea péniblement, mais après cela, il fut incapable de se rendormir.

Le lendemain matin, il ne parla à personne de son rêve : il soupçonnait que le moment était venu de commencer à garder pour lui les éléments que la nuit lui apportait, car cela commençait à friser le secret d'Etat. C'était la seconde fois qu'il rêvait avoir été dépossédé de son trône par Dominin Barjazid, et Carabella, plusieurs semaines auparavant, avait rêvé que des ennemis inconnus l'avaient drogué et dépouillé de son identité. Tous ces rêves pouvaient encore se révéler n'être rien d'autre que fantaisies et paraboles, mais Valentin avait de plus en plus tendance à en douter. Ils présentaient trop de concordances entre eux et une répétition trop fréquente de leur structure sous-jacente.

Et si c'était un Barjazid qui portait maintenant la couronne à la constellation ? Et alors ? Et alors ?

Le Valentin de Pidruid se serait contenté de hausser les épaules et de dire : « Quelle importance, un souverain en vaut un autre », mais le Valentin qui effectuait maintenant la descente du fleuve entre Khyntor et Verf voyait les choses avec moins d'insouciance. Il y avait sur ce monde un équilibre des pouvoirs, un équilibre soigneusement élaboré pendant une période s'étendant sur plusieurs millénaires, un système qui s'était développé depuis le règne de lord Stiamot, peut-être même plus tôt, à partir de la forme de gouvernement, depuis longtemps oubliée, que Majipoor avait connue lors des premiers siècles de la colonisation. Et dans ce système, un Pontife inaccessible gouvernait par le truchement d'un Coronal vigoureux et dynamique qu'il avait choisi lui-même, avec un haut fonctionnaire connu sous le nom de Roi des Rêves, dont le rôle était d'exécuter les ordres du gouvernement et de châtier ceux qui les transgressaient grâce au privilège dont il jouissait de s'introduire dans l'esprit des dormeurs, alors que la Dame de l'Ile, la mère du Coronal, exerçait une influence modératrice en distribuant amour et sagesse. Ce système était efficace, sinon il ne se serait pas perpétué pendant des milliers d'années; grâce à lui, Majipoor était une planète heureuse et prospère, sujette, il est vrai, aux faiblesses de la chair et aux caprices de la nature mais, dans l'ensemble, exempte de conflits et de souffrances. Qu'allait-il advenir, se demanda Valentin, si un Barjazid, issu du sang du Roi des Rêves, déposait un Coronal légalement intronisé et détruisait cet équilibre de droit divin? Quel tort causé à l'Etat, quel trouble de la tranquillité publique!

Et que ne pouvait-on dire d'un Coronal déchu qui choisissait d'accepter sa destinée ainsi modifiée et de ne pas défier l'usurpateur? Ne s'agissait-il pas d'une abdication et y avait-il jamais eu dans l'histoire de Majipoor abdication d'un Coronal? Ne se faisait-il pas, en agissant ainsi, complice de Dóminin Barjazid dans son renversement du régime?

Ses dernières hésitations étaient en train de s'évanouir. Lorsque les premiers indices lui étaient apparus qu'il pouvait être le véritable lord Valentin le Coronal, Valentin le jongleur avait trouvé la chose comique ou, pour le moins, bizarre. Il avait considéré cela comme une absurdité, une aberration, une farce. Mais il n'en était plus rien maintenant. La trame de ses rêves était lourde de vraisemblance. Il était hors de doute qu'une chose monstrueuse s'était produite. Mais Valentin commençait seulement à en mesurer toute la portée. Et c'était à lui qu'il incombait, sans plus de tergiversations, de rétablir l'ordre.

Mais comment? Comment jeter le gant à un Coronal en exercice? Se lancer à l'assaut du Mont du Château en costume de jongleur?

Il passa la matinée tranquillement, sans rien laisser deviner à personne de ses pensées. Il resta presque tout le temps accoudé au bastingage, regardant la rive défiler dans le lointain. L'immensité du fleuve dépassait son entendement; à certains endroits il était si large qu'on ne voyait la terre ni d'un côté ni de l'autre; à d'autres endroits, ce que Valentin avait pris pour la berge se révélait n'être que des îles, elles-mêmes d'une grande étendue, que des kilomètres d'eau séparaient de la rive du fleuve. Le courant était puissant et l'énorme vapeur se laissait entraîner rapidement vers l'est.

C'était une journée radieuse et le fleuve ondoyant miroitait sous le soleil éclatant. Dans l'après-midi, il y eut quelques gouttes de pluie tombant de nuages si denses qu'ils restaient nimbés de lumière. Mais la pluie devint rapidement plus forte et les jongleurs durent se résoudre à annuler leur seconde représentation, au grand dam de Zalzan Kavol, et à chercher un abri.

Cette nuit-là, Valentin prit soin de dormir à côté de Carabella et laissa les Skandars supporter les ronflements de Lisamon Hultin. Il attendait presque avidement de nouveaux rêves révélateurs, mais ce qu'il eut ne lui fut d'aucune utilité, l'habituel salmigondis de visions chaotiques, de rues sans nom et de visages inconnus, de lumières éclatantes et de couleurs criardes, de discussions sans queue ni tête et de conversations décousues, d'images au contour indécis, et le lendemain matin, le vapeur arriva au port de Verf, sur la rive droite du fleuve.

11

— La province des Métamorphes, dit Autifon Deliamber, s'appelle Piurifayne, d'après le nom que les Métamorphes se donnent dans leur propre langue et qui est Piurivar. Elle est limitée au nord par les quartiers excentriques de Verf, à l'ouest par la faille de Velathys, au sud par l'importante chaîne de montagnes connue sous le nom de Gonghars et à l'est par la Steiche, un gros affluent du Zimr. J'ai vu de mes propres yeux chacune de ces zones frontalières, même si je n'ai jamais vraiment pénétré dans Piurifayne. Il est d'ailleurs difficile d'y entrer, car la faille de Velathys est un véritable mur d'un kilomètre et demi de hauteur et de cinq cents kilomètres de long, les Gonghars sont battues par les tempêtes et inhospitalières, et la Steiche est une rivière impétueuse, pleine de rapides et de turbulences. La seule manière raisonnable d'y accéder est de traverser Verf et de passer par la porte de Piurifayne.

Les jongleurs, ayant quitté la morne ville commerçante de Verf aussi vite que possible, n'étaient plus qu'à quelques kilomètres au nord de cette entrée. La pluie, légère mais insistante, n'avait cessé de tomber de toute la matinée. Le paysage était dépourvu d'intérêt, un sol sablonneux où poussaient de denses bouquets d'arbres nains à l'écorce vert pâle et aux feuilles étroites et frémissantes. Il n'y avait guère de conversation dans la roulotte. Sleet paraissait plongé dans la méditation, Carabella, installée au centre du compartiment arrière, jonglait inlassablement avec trois balles rouges, les Skandars qui ne conduisaient pas la roulotte s'étaient lancés dans un jeu compliqué avec des jetons d'ivoire, Shanamir somnolait, Vinorkis écrivait son journal, Deliamber se distrayait en se livrant à de menues incantations, en allumant de minuscules bougies de nécromancie et autres pratiques de sorcellerie, et Lisamon Hultin, qui avait ajouté sa monture à l'attelage de manière à trouver dans la roulotte un abri contre la pluie, ronflait comme un dragon de mer échoué sur la grève, se réveillant de temps à autre pour vider un gobelet du médiocre vin gris qu'elle avait acheté à Verf.

Valentin était assis dans un coin, adossé à une fenêtre, et il pensait au Mont du Château. A quoi pouvait
bien ressembler une montagne de cinquante kilomètres de haut ? Une aiguille de pierre s'élançant comme
une tour colossale dans les ténèbres de l'espace ? Si la
faille de Velathys, qui ne faisait qu'un kilomètre et
demi de haut, était, comme l'avait dit Deliamber, un
mur infranchissable, quel genre de barrière pouvait
représenter une montagne plus de trente fois plus
haute ? Quelle ombre projetait le Mont du Château
quand le soleil était à l'est ? Une bande sombre cou-
vrant toute la longueur d'Alhanroel ? Et comment la
chaleur et l'air nécessaires à la vie des villes qui s'ac-
crochaient sur ses pentes étaient-ils fournis ? D'après ce
que Valentin avait entendu dire, il y avait des machines
des anciens qui fabriquaient de la chaleur et de la
lumière et répandaient un air doux, des machines mira-
culeuses de cette ère technologique oubliée, vieille déjà
de plusieurs millénaires, où les arts anciens apportés
de la Terre étaient largement pratiqués sur Majipoor.
Mais Valentin ne comprenait pas plus le fonctionne-
ment de telles machines que les forces qui actionnaient
les rouages de son cerveau pour lui indiquer que cette
jeune femme brune était Carabella et cet homme aux
cheveux blancs Sleet. Puis il se prit à penser au sommet du Mont du Château et à cette construction de
quarante mille pièces qui le couronnait, le Château de
lord Valentin actuellement, de lord Voriax peu de
temps auparavant et de lord Malibor quand il était un
petit garçon au cours de cette enfance dont il n'avait
aucun souvenir. Le Château de lord Valentin ! Un tel
endroit existait-il vraiment ou bien le Château et le
Mont n'étaient-ils qu'une fable, une fiction, une vision,
de celles qui apparaissent en rêve ? Le Château de lord
Valentin ! Il l'imagina s'étalant au faîte de la montagne
comme une couche de peinture, une tache de couleur
brillante et minuscule à l'échelle titanesque de cette

invraisemblable montagne, une tache tentaculaire coulant irrégulièrement à partir de la cime, des centaines de pièces s'étendant sur un versant et des centaines sur l'autre, un amas de salles immenses déployant des pseudopodes dans toutes les directions, une succession de cours et de galeries. Et au plus profond de l'édifice, le Coronal au faîte des honneurs, ce lord Valentin à la barbe noire, même s'il n'y était pas pour le moment, car il poursuivait son Grand Périple à travers le royaume, à Ni-moya ou dans quelque autre cité de la côte orientale à l'heure actuelle. Et moi, se dit Valentin, j'habitais naguère sur ce Mont ? Je résidais dans ce Château ? Que faisais-je quand j'étais Coronal — quels décrets, quelles nominations avais-je à signer, quelles tâches à accomplir ? Tout cela était inconcevable, et pourtant, et pourtant, il sentait la conviction s'approfondir en lui, il y avait une plénitude, une densité et de la substance dans les intangibles fragments de souvenirs qui flottaient dans son esprit. Il savait maintenant qu'il n'était pas né à Ni-moya, à un méandre du fleuve, comme les souvenirs factices plaqués sur son esprit le lui suggéraient, mais plutôt dans l'une des Cinquante Cités, tout près du sommet du Mont, presque au bord du Château lui-même, et qu'il avait été élevé au sein de la caste royale, à l'intérieur du cadre dans lequel on choisissait les princes, qu'il avait passé dans le confort une enfance et une adolescence privilégiées. Il n'avait toujours aucun souvenir de son père, qui devait avoir été un haut prince du royaume, pas plus qu'il ne parvenait à se souvenir de quoi que ce fût à propos de sa mère, si ce n'est qu'elle était brune et qu'elle avait le teint bistré, comme le sien l'avait été, et — une image surgie de nulle part remonta à la surface de sa conscience —, et un jour, elle l'avait tenu longtemps embrassé, versant quelques larmes, avant de lui annoncer que Voriax avait été choisi pour être Coronal à la place de lord Malibor qui venait de se noyer et que, dès lors, elle allait devenir la Dame et vivre sur l'Ile du Sommeil. Y avait-il une vérité là-dedans ou venait-il d'imaginer la scène à l'instant ? Il devait avoir — Valentin s'arrêta pour calculer — vingt-deux ans, très probablement, quand Voriax avait pris le pouvoir. Sa mère aurait-elle pu l'embrasser ? Le fait de devenir la Dame l'aurait-il fait pleurer ? Ou bien se serait-elle plutôt réjouie de ce qu'elle et son fils aîné aient été choisis comme Puissances de Majipoor ? Peut-être se serait-elle réjouie et aurait-elle pleuré en même temps. Valentin secoua la tête. Aurait-il de nouveau jamais accès à ces scènes intenses, à ces moments décisifs de l'histoire, ou bien devrait-il pâtir à jamais du handicap que lui avaient infligé ceux qui l'avaient dépouillé de son passé ?

Il y eut une terrifiante explosion au loin, suivie d'un long grondement sourd qui fit trembler le sol et alarma tous les occupants de la roulotte. Il se poursuivit plusieurs minutes et se réduisit progressivement à un lent battement, puis le silence revint.

— Qu'est-ce que c'était ? cria Sleet en tendant le bras vers le râtelier d'armes.

— Du calme, du calme, fit Deliamber. C'est le bruit de la Fontaine de Piurifayne. Nous approchons de la frontière.

— La Fontaine de Piurifayne ? demanda Valentin.

— Attendez, vous allez voir, lui répondit Deliamber.

La roulotte s'arrêta quelques minutes plus tard. Zalzan Kavol se retourna sur le siège du conducteur et hurla :

— Où est ce Vroon ? Sorcier, il y a un barrage juste devant nous !

— Nous sommes à la porte de Piurifayne, répondit Deliamber.

Une barrière formée de gros tronçons de bois jaune et luisant liés par une brillante corde émeraude coupait l'étroite route et, sur la gauche, se trouvait un corps de garde occupé par deux Hjorts en uniforme gris et vert du service des douanes. Ils firent sortir tout le monde de la roulotte et attendre sous la pluie, pendant qu'eux-mêmes restaient à l'abri sous un auvent.

— Votre destination ? demanda le plus corpulent des deux.

— Ilirivoyne, pour participer au festival des Métamorphes, répondit Zalzan Kavol. Nous sommes des jongleurs.

— Laissez-passer pour entrer dans la province de Piurifayne ? demanda le second Hjort.

— Il n'y a pas besoin de laissez-passer, répondit Deliamber.

— Vous parlez avec trop d'assurance, Vroon. Un décret de lord Valentin le Coronal promulgué il y a plus d'un mois interdit à tout citoyen de Majipoor de pénétrer en territoire métamorphe sans motif légitime.

— Nous avons un motif légitime, grommela Zalzan Kavol.

— Alors vous devriez avoir un laissez-passer.

— Mais nous ignorions qu'il en fallait un ! protesta le Skandar.

L'argument sembla laisser les Hjorts indifférents. Ils paraissaient prêts à tourner leur attention d'un autre côté.

Zalzan Kavol jeta un coup d'œil en direction de Vinorkis, comme s'il espérait qu'il pût exercer une quelconque influence sur ses congénères. Mais le Hjort se contenta de hausser les épaules en signe d'impuissance. Zalzan Kavol tourna alors sur Deliamber son regard furibond et lui dit :

— Cela entre dans vos attributions, sorcier, de m'informer de dispositions de ce genre.

— Même un sorcier, répondit le Vroon en haussant les épaules, ne peut se tenir au courant des modifications apportées à la loi pendant qu'il voyage dans des réserves naturelles ou autres endroits reculés.

— Mais qu'allons-nous faire maintenant ? retourner à Verf ?

La perspective parut allumer une étincelle de joie dans le regard de Sleet. L'expédition en territoire métamorphe lui serait finalement épargnée ! Mais Zalzan Kavol bouillait. La main de Lisamon Hultin glissait vers la poignée de son sabre à vibrations. Valentin se raidit en s'en apercevant.

— Les Hjorts ne sont pas toujours incorruptibles, dit-il tout bas à Zalzan Kavol.

— Excellente idée, répondit le Skandar dans un souffle.

Zalzan Kavol sortit sa bourse. L'attention des Hjorts s'aiguisa immédiatement. Valentin en conclut que c'était effectivement la bonne tactique.

— Je viens peut-être de retrouver le document nécessaire, dit Zalzan Kavol.

Sortant ostensiblement de la bourse deux pièces d'une couronne, il prit l'une des mains rugueuses et bouffies de chaque Hjort dans deux des siennes, et avec la dernière glissa une pièce dans chaque paume en leur adressant son sourire le plus avantageux. Les Hjorts échangèrent un regard, mais il était loin d'exprimer la béatitude. D'un geste méprisant, ils laissèrent tomber les pièces sur le sol boueux.

— Une couronne ? murmura Carabella, incrédule. Il voulait les acheter avec une *couronne ?*

— La corruption d'un fonctionnaire du gouvernement impérial constitue un délit, déclara d'un ton menaçant le gros Hjort. Vous êtes en état d'arrestation et vous comparaîtrez en justice à Verf. Restez dans votre véhicule en attendant que l'on vous trouve une escorte adéquate.

Zalzan Kavol prit un air outragé. Il pivota sur ses talons, tout d'un bloc, commença à dire quelque chose à Valentin, se ravisa, gesticula rageusement en direction de Deliamber, gronda entre ses dents puis s'adressa à voix basse et en langage skaṇdar à ses trois frères les plus proches de lui. Lisamon Hultin recommença à palper la poignée de son sabre. Valentin sentit le désespoir l'envahir. Dans quelques instants, il allait y avoir deux cadavres de Hjorts et les jongleurs allaient tous devenir des criminels en fuite aux lisières de Piurifayne. Cela ne risquait pas de hâter son voyage jusqu'à l'Ile du Sommeil.

— Faites vite quelque chose, souffla Valentin à Autifon Deliamber.

Mais le petit sorcier vroon avait déjà réagi. S'avançant d'un pas, il ramassa l'argent et l'offrit de nouveau aux Hjorts en leur disant :

— Je vous demande pardon, mais vous devez avoir laissé tomber ces petites pièces.

Il les lâcha dans les mains des Hjorts, laissant en même temps l'extrémité de ses tentacules s'enrouler légèrement un instant autour de leurs poignets.

Lorsqu'il les retira, le petit Hjort déclara :

— Votre visa n'est valable que pour une durée de trois semaines et il vous faudra ressortir de Piurifayne par cette porte. Les autres sorties vous sont interdites.

— Sans compter qu'elles sont très dangereuses, ajouta l'autre.

Il fit un signe et des silhouettes qu'ils n'avaient pas vues tirèrent la barrière sur le côté le long d'une tranchée, ce qui dégagea le passage pour la roulotte.

Au moment où ils montaient dans la roulotte, Zalzan Kavol s'adressa à Valentin d'une voix courroucée :

— A l'avenir, abstenez-vous de vos conseils illicites ! Et vous, Deliamber, tenez-vous au courant de la législation qui peut nous concerner. Cette affaire aurait pu énormément nous retarder et nous faire perdre beaucoup d'argent.

— Peut-être que si vous aviez essayé de les acheter avec des royaux plutôt que des couronnes, dit Carabella sans que le Skandar puisse l'entendre, les choses auraient été plus simples.

— Aucune importance, aucune importance, fit Deliamber. On nous a laissés entrer, oui ou non? Ce n'était rien qu'un petit tour de magie, et beaucoup plus économique que s'il avait fallu les soudoyer.

— Ces nouvelles lois, intervint Sleet. Il y a tant de décrets!

— C'est un nouveau Coronal, dit Lisamon Hultin. Il veut montrer son pouvoir. Ils sont tous pareils. Ils décrètent ceci, ils décrètent cela, et le vieux Pontife laisse tout passer. Vous savez que c'est à la suite d'un décret du dernier Coronal que je me suis retrouvée sans emploi?

— Comment cela? demanda Valentin.

— J'étais garde du corps d'un marchand de Mazadone qui avait très peur de ses concurrents jaloux de sa réussite. Ce lord Valentin a institué une nouvelle taxe sur les gardes du corps de toute personne n'appartenant pas à la noblesse, qui s'élevait à l'équivalent d'une année de mon salaire. Et mon employeur, que le diable l'emporte, m'a mise à la porte avec une semaine de préavis! Après deux ans de bons et loyaux services, salut Lisamon, et merci beaucoup; et prends donc une bouteille de ma meilleure eau-de-vie en guise de cadeau d'adieu!

Elle lâcha un rot retentissant.

— Un jour, je protégeais sa misérable vie, et le lendemain, j'étais devenue un luxe superflu, et tout cela grâce à lord Valentin! Oh, pauvre Voriax! Croyez-vous que son frère l'ait fait assassiner?

— Mesurez vos paroles! fit Sleet d'un ton cassant. Ce genre de chose n'existe pas sur Majipoor.

Mais elle s'obstinait dans son idée.

— Un accident de chasse, vraiment? Et son prédécesseur, le vieux Malibor, noyé alors qu'il était à la pêche? Pourquoi nos Coronals meurent-ils soudain de

manière si étrange ? Cela n'arrivait jamais avant, si ? Ils
vieillissaient et devenaient Pontifes, tous, et ils allaient
se terrer dans le Labyrinthe où ils vivaient pour ainsi
dire éternellement, alors que coup sur coup nous avons
vu Malibor servir de pâture aux dragons de mer et
Voriax recevoir dans la forêt la flèche d'un maladroit.

Elle éructa de nouveau.

— Je me demande si là-haut, sur le Mont du Château, la soif du pouvoir ne commence pas à leur monter à la tête.

— Assez, dit Sleet, que cette discussion mettait mal
à l'aise.

— Une fois qu'un nouveau Coronal est choisi, tous
les autres princes sont finis, vous savez, plus d'espoir
d'avancement pour eux. A moins, à moins, à moins que
le Coronal ne meure, car alors l'espoir renaît d'être
choisi. Quand Voriax est mort et que ce Valentin est
arrivé au pouvoir, j'ai dit...

— Taisez-vous ! hurla Sleet.

Il se dressa de toute sa hauteur, ce qui atteignait à
peine la poitrine de la guerrière, et ses yeux flamboyaient comme s'il avait eu l'intention de lui couper
les jambes à la hauteur des cuisses pour égaliser les
chances. Elle resta parfaitement détendue, mais une
nouvelle fois sa main se dirigea lentement vers son
sabre. Valentin s'interposa doucement.

— Elle ne veut pas offenser le Coronal, dit-il à Sleet,
mais elle aime bien boire et le vin lui délie la langue.

Puis, s'adressant à Lisamon Hultin :

— Pardonnez-lui, voulez-vous ? Comme vous le savez,
mon ami est extrêmement nerveux depuis que nous
sommes dans cette partie du monde.

Une seconde explosion, cinq fois plus forte et cinquante fois plus terrifiante que celle qui s'était produite une demi-heure plus tôt, mit fin à la discussion.
Les montures se cabrèrent et hennirent, la roulotte fit

une embardée, Zalzan Kavol lâcha une bordée de jurons du siège du conducteur.

— La Fontaine de Piurifayne, annonça Deliamber. Un des plus beaux spectacles de Majipoor, dont la vue vaut bien que l'on se mouille.

Valentin et Carabella s'élancèrent hors de la roulotte, suivis de près par les autres. Ils étaient arrivés à un endroit dégagé au bord de la route, où la forêt de petits arbres au tronc vert s'interrompait pour former une sorte d'amphithéâtre naturel complètement dépourvu de végétation, qui s'étendait à quelque huit cents mètres en retrait de la route. A l'autre bout de cet amphithéâtre, un geyser était en éruption, mais un geyser qui était à ceux que Valentin avait vus à Khyntor ce que le dragon de mer est à l'épinochette. Celui-ci formait une colonne d'eau écumeuse qui semblait plus haute que les plus hautes tours de Dulorn et s'élevait à cent cinquante, cent quatre-vingts mètres, ou peut-être plus, jaillissant en grondant du sol avec une force incalculable. Au sommet, à l'endroit où la colonne se brisait pour se transformer en gerbes et en filets d'eau ruisselant dans toutes les directions, une mystérieuse lumière semblait luire, qui nimbait les bords de la colonne de tout un spectre de couleurs, rose, perle, cramoisi, lavande clair et opale. L'air était brillant du poudroiement d'une poussière d'eau chaude.

Et l'éruption se poursuivait, un incroyable volume d'eau projeté dans le ciel avec une puissance incroyable. Valentin sentait tout son corps malaxé par les forces souterraines qui étaient à l'œuvre. Il regardait, terrifié et fasciné, et ce fut presque un choc pour lui lorsqu'il réalisa que le phénomène touchait à sa fin, que la colonne était en train de rapetisser, qu'elle ne s'élevait plus qu'à cent vingt mètres, puis quatre-vingts mètres, qu'elle se réduisait à un pathétique filet d'eau qui s'enfonçait dans le sol, qu'elle n'avait plus que quinze mètres de haut, plus que dix, et que finalement elle avait disparu, complètement disparu, laissant de l'air libre à l'endroit où fusait cette stupéfiante masse liquide dont les seuls vestiges étaient quelques gouttelettes d'eau chaude.

— Toutes les trente minutes, leur signala Deliamber, se produit une éruption. On prétend que depuis que les Métamorphes vivent sur Majipoor, ce geyser n'a jamais eu une seule minute de retard. C'est un endroit sacré pour eux. Voyez ? Il y a des pèlerins là-bas.

Sleet retint sa respiration et commença à se signer. Effectivement, des Métamorphes, des Changeformes, des Piurivars, au nombre d'une douzaine ou plus, s'étaient assemblés à une faible distance devant une sorte de chapelle en bordure de route. Ils regardaient les voyageurs d'une manière que Valentin ne trouva pas particulièrement amicale. Plusieurs des aborigènes du premier rang s'effacèrent derrière les autres et lorsqu'ils réapparurent, les contours de leur corps étaient étrangement flous et indistincts, mais ce n'était pas tout, ils avaient également subi des transformations. L'un avait des seins en obus pour caricaturer la poitrine de Lisamon Hultin, un autre s'était fait pousser quatre bras velus de Skandar, un autre encore avait contrefait les cheveux blancs de Sleet. Ils émettaient un curieux son grêle qui pouvait être la version métamorphe du rire, puis soudain, le groupe tout entier disparut dans la forêt.

Valentin ne relâcha pas son étreinte sur l'épaule de Sleet avant de sentir une partie de la tension se retirer du corps raide du petit jongleur.

— C'est un très bon tour qu'ils ont, dit-il d'un ton détaché, si nous pouvions faire la même chose — nous faire pousser, par exemple, des bras supplémentaires au milieu de notre numéro —, qu'en penses-tu, Sleet, cela ne te plairait pas ?

— J'aimerais être à Narabal, répondit Sleet, ou à Piliplok, ou n'importe où ailleurs, mais très loin d'ici.

— Et moi à Falkynkip, ajouta Shanamir, l'air pâle et secoué, en train de nourrir mes montures.

— Ils ne nous veulent aucun mal, reprit Valentin. Cela promet d'être une expérience intéressante, quelque chose que nous n'oublierons jamais.

Il fit un large sourire. Mais personne d'autre ne souriait autour de lui, pas même Carabella, Carabella à l'optimisme inébranlable. Jusqu'à Zalzan Kavol qui semblait étrangement mal à l'aise, comme si, tout bien considéré, il mettait en doute la nécessité de se laisser attirer par amour des royaux jusqu'au cœur du territoire métamorphe. Valentin ne se sentait pas capable, par la seule force de son optimisme, de dérider ses compagnons. Il se tourna vers Deliamber et lui demanda :

— A quelle distance sommes-nous d'Ilirivoyne ?

— La ville est droit devant nous, répondit le Vroon. A quelle distance, je n'en ai aucune idée. Nous y arriverons quand nous y arriverons.

Il n'y avait rien d'encourageant dans cette réponse.

12

Les jongleurs s'enfonçaient dans une nature primitive, intemporelle, vierge, une survivance de l'aube des temps sur cette planète de Majipoor souillée par la civilisation. Les Métamorphes s'étaient installés dans une région forestière et pluvieuse où un déluge quotidien purifiait l'air et permettait à une végétation luxuriante de croître avec exubérance. Les fréquents orages venant du nord s'engouffraient dans l'entonnoir naturel formé par la faille de Velathys et les Ghongars, et lorsque l'air humide s'élançait à l'assaut des contreforts des Ghongars, une petite pluie tombait, qui détrempait le sol meuble et spongieux. Les branches élevées des arbres de haut fût, au tronc mince, tissaient un dais de feuillage haut dans le ciel. Des feuilles sombres et effilées ondoyaient en luisant comme si la pluie leur conférait un lustre permanent. Dès que la forêt présentait une trouée, Valentin distinguait dans le lointain le manteau vert de montagnes drapées dans la brume, d'énormes épaulements ramassés, menaçants et mystérieux. La faune était rare, du moins elle ne se montrait guère : çà et là un serpent rouge et jaune rampant sur une branche, de temps à autre un oiseau vert et écarlate ou un lézard volant brun, aux ailes membraneuses, passait en un battement précipité. Ils virent une fois un bilantoon apeuré qui s'enfuit précipitamment à l'approche de la roulotte et disparut sous le couvert des arbres en faisant claquer ses petits sabots pointus et en agitant frénétiquement sa queue relevée en panache. Il était probable que des frères de la forêt étaient tapis par là, car ils virent plusieurs bouquets de dwikkas. Et nul doute que les cours d'eau grouillaient de poissons et de reptiles et qu'insectes fouisseurs et rongeurs aux formes et aux couleurs fantastiques pullulaient dans la forêt et que chacun des innombrables petits lacs contenait dans ses eaux sombres son propre monstrueux amorfibot qui remontait la nuit à la surface pour rôder en quête de la première proie passant à la portée de son corps massif au cou interminable, à la mâchoire énorme et aux petits yeux brillants. Mais aucune de ces créatures ne fut visible pendant que la roulotte filait vers le sud sur la route étroite et raboteuse qui traversait des terres incultes.

Les Piurivars eux-mêmes ne se manifestaient guère non plus — çà et là un sentier battu s'enfonçant dans la jungle, quelques frêles huttes d'osier apparaissant un peu à l'écart de la route, des pèlerins cheminant par petits groupes en direction de la chapelle de la Fontaine. Deliamber leur expliqua que c'était un peuple vivant de pêche, de chasse et de cueillette et ne s'adonnant que peu à l'agriculture. Il était fort possible que leur civilisation ait jadis été plus avancée, car on avait découvert, en particulier sur Alhanroel, les ruines de grandes villes construites en pierre et vieilles de plusieurs milliers d'années, qui pouvaient remonter à l'époque des premiers Piurivars, avant l'arrivée des vaisseaux spatiaux, même si, d'après Deliamber, certains historiens soutenaient que ces ruines étaient celles d'anciens établissements humains fondés et détruits lors de la turbulente période prépontificale, douze à treize mille ans auparavant. Quoi qu'il en fût, qu'ils aient ou non jamais eu un mode de vie plus complexe, les Métamorphes avaient préféré devenir des habitants des forêts. S'agissait-il d'une régression ou d'un progrès, Valentin eût été bien incapable de le dire.

Vers le milieu de l'après-midi, le bruit de la Fontaine de Piurifayne cessa d'être perceptible derrière eux, la forêt s'éclaircit et devint plus peuplée. Toute signalisation était absente de la route et subitement ils se trouvèrent devant un embranchement sans aucune indication de directions. Zalzan Kavol se tourna vers Deliamber pour lui demander son avis et le Vroon interrogea Lisamon Hultin du regard.

— Le diable m'emporte si j'en sais quelque chose, rugit la géante. Prenons-en une au hasard. Nous aurons une chance sur deux d'atteindre Ilirivoyne.

Mais Deliamber avait une meilleure idée. Il s'agenouilla sur le sol boueux pour faire une incantation. Il sortit de son sac deux cubes d'encens magique. Les protégeant de la pluie avec son manteau, il les alluma, et ils commencèrent à dégager une pâle fumée brune qu'il inhala tout en décrivant avec ses tentacules des arabesques compliquées.

— C'est du bluff, ricana la guerrière. Il va se contorsionner pendant quelque temps et puis il choisira une route au jugé. Une chance sur deux que ce soit celle d'Ilirivoyne.

— A gauche, annonça finalement Deliamber.

Etait-ce de la magie efficace ou un choix heureux, toujours est-il que les signes de peuplement métamorphe se multiplièrent. Il n'y avait plus de huttes solitaires et éparpillées, mais de petits groupes d'habitations en osier, huit ou dix tous les cent mètres, puis de plus en plus rapprochées. Il y avait également de plus en plus de monde qui se déplaçait à pied, surtout des enfants portant divers petits objets en bandoulière. Beaucoup s'arrêtaient au passage de la roulotte qu'ils regardaient avec des yeux ronds en la montrant du doigt et en jacassant.

Ils approchaient manifestement d'une importante agglomération. La route grouillait d'enfants et de Métamorphes adultes, et les habitations se multipliaient. Le comportement des enfants ne laissait pas d'être inquiétant. Ils semblaient s'exercer en marchant à leur don encore embryonnaire et prenaient sans cesse des formes différentes et bizarres pour la plupart : l'un s'était fait pousser des jambes comme des échasses, un autre avait des appendices tentaculaires de Vroon qui ballaient presque jusqu'au sol, un troisième avait dilaté son corps en une masse globulaire soutenue par des jambes minuscules.

— Est-ce nous qui sommes venus présenter un spectacle, demanda Sleet, ou bien eux ? Ces gens me rendent malade !

— Du calme, dit doucement Valentin.

— Je crains que certaines de leurs distractions ne soient un peu macabres, fit Carabella d'une voix sourde. Regardez.

Juste devant eux, ils virent une douzaine de grandes cages d'osier sur le bord de la route. Des équipes de porteurs, qui venaient apparemment de les déposer, se reposaient à côté des cages. De petites mains aux doigts effilés se tendaient à travers les barreaux et des queues préhensiles s'enroulaient autour d'eux. Au moment où la roulotte passait à leur hauteur, Valentin vit que les cages étaient pleines de frères de la forêt, entassés à trois ou quatre par cage, que l'on emmenait à Ilirivoyne pour... pour quoi faire ? Pour être massacrés et mangés ? Pour être martyrisés pendant le festival ? Valentin ne put s'empêcher de frissonner.

— Attendez ! s'exclama Shanamir alors que la roulotte passait devant la dernière cage. Qu'y a-t-il là-dedans ?

La dernière cage était plus grande que les autres et ne contenait pas de frères de la forêt mais un captif d'un autre genre, un être visiblement intelligent, un être singulier, de haute taille, la peau d'un bleu très foncé, des yeux pourpres d'une extraordinaire intensité et luminosité exprimant une désolation farouche, et une large fente bordée de lèvres minces en guise de bouche. Ses vêtements — un beau tissu vert — étaient déchirés, presque en lambeaux et éclaboussés de taches sombres, peut-être de sang. Il s'agrippait aux barreaux de sa cage avec une force terrible, les secouant et les tirant, et appelait les jongleurs à l'aide d'une voix rauque aux intonations étranges et totalement inconnues. La roulotte passa sans s'arrêter.

Glacé d'horreur, Valentin s'adressa à Deliamber :

— Ce n'est pas un être de Majipoor.

— Non, répondit Deliamber. Je n'ai jamais vu personne de cette race.

— J'en ai rencontré un une fois, intervint Lisamon Hultin. Un habitant d'un autre monde, originaire d'une étoile assez proche, mais dont j'ai oublié le nom.

— Mais que viendraient faire ici des habitants d'un autre monde ? demanda Carabella. Il n'y a plus guère de liaisons interstellaires maintenant et rares sont les vaisseaux spatiaux qui arrivent à Majipoor.

— Pourtant il y en a toujours, reprit Deliamber.

Nous ne sommes pas encore totalement à l'écart des couloirs de navigation spatiale, même s'il est hors de doute que nos échanges commerciaux interplanétaires sont stagnants. Et...

— Etes-vous tous complètement fous ? hurla Sleet, exaspéré. Vous voilà assis comme un groupe d'experts en train de discuter du commerce entre les mondes, alors que dans cette cage il y a un être civilisé qui nous appelle au secours et qui risque fort de finir sa vie dans une marmite et d'être mangé pendant le festival métamorphe. Et nous ne prêtons aucune attention à ses supplications et fonçons allégrement vers leur capitale !

Il poussa un cri de colère et se précipita vers l'avant du véhicule jusqu'aux Skandars qui occupaient le siège du conducteur. Valentin, redoutant un éclat, le suivit. Sleet tirait sur le manteau de Zalzan Kavol.

— Vous l'avez vu ? demanda-t-il. L'être d'un autre monde dans cette cage ?

— Et alors ? demanda Zalzan Kavol sans se retourner.

— Vous avez l'intention de ne pas tenir compte de ses cris ?

— Cela ne nous concerne pas, répondit le Skandar d'un ton détaché. Sommes-nous ici pour libérer les prisonniers d'un peuple indépendant ? Ils doivent avoir eu une bonne raison pour arrêter cet être.

— Une raison ? Bien sûr, le faire cuire pour le manger ! Et nous nous retrouverons dans la prochaine marmite. Je vous demande de faire demi-tour et d'aller libérer...

— Impossible !

— Allons au moins lui demander pourquoi on l'a enfermé dans cette cage ! Zalzan Kavol, nous sommes peut-être en train de foncer allégrement vers notre mort. Etes-vous si pressé d'atteindre Ilirivoyne que vous êtes prêt à refuser d'interroger quelqu'un qui pourrait nous renseigner sur les conditions que nous allons trouver ici et qui se trouve en si fâcheuse posture ?

— Il y a du vrai dans ce que dit Sleet, fit observer Valentin.

— Très bien ! grogna Zalzan Kavol.

Il arrêta la roulotte.

— Allez aux renseignements, Valentin. Mais faites vite.

— Je vais l'accompagner, dit Sleet.

— Restez ici. S'il pense avoir besoin d'un garde du corps, qu'il prenne la géante.

Cela paraissait raisonnable. Valentin fit signe à Lisamon Hultin de l'accompagner. Ils descendirent de la roulotte et repartirent en direction de l'endroit où ils avaient vu les cages. Immédiatement, les frères de la forêt commencèrent à pousser frénétiquement des cris perçants et à taper sur leurs barreaux. Les porteurs métamorphes — armés, Valentin le remarqua seulement à ce moment-là, de courts poignards de corne ou de bois poli d'aspect redoutable — prirent sans hâte une formation en phalange sur la route, empêchant ainsi Valentin et Lisamon Hultin de s'approcher de la grande cage. Un Métamorphe, le chef, de toute évidence, s'avança et attendit avec un calme menaçant qu'on lui pose des questions.

— Va-t-il parler notre langue ? demanda paisiblement Valentin à la géante.

— Probablement. Essayez.

— Nous sommes une troupe de jongleurs itinérants, commença Valentin d'une voix forte et claire, venus présenter notre spectacle au festival qui doit se tenir à Ilirivoyne. Sommes-nous près d'Ilirivoyne ici ?

La question parut amuser le Métamorphe qui, bien que beaucoup plus chétif que Valentin, faisait une demi-tête de plus que lui.

— Vous êtes à Ilirivoyne, répondit-il d'un air froid et distant.

Valentin s'humecta les lèvres. Les Métamorphes dégageaient une odeur fine et piquante, âcre mais pas désagréable. Leurs yeux à l'inclinaison étrange étaient terrifiants par leur manque d'expression.

— A qui devons-nous nous adresser pour demander l'autorisation de jouer à Ilirivoyne ? demanda-t-il.

— La Danipiur interroge tous les étrangers de passage à Ilirivoyne. Vous la trouverez à la Maison de ville.

L'attitude réservée et glaciale du Métamorphe était déconcertante.

— Encore une question, ajouta Valentin après quelques instants. Nous avons vu que vous retenez dans cette grande cage un être d'une race inconnue. Puis-je vous demander dans quel but ?

— Lui faire subir un châtiment.

— Un criminel ?

— Il paraît, répondit le Métamorphe, toujours distant. En quoi cela vous concerne-t-il ?

— Nous sommes des étrangers dans votre pays. Si chez vous les étrangers sont mis en cage, nous préférerons peut-être trouver un engagement ailleurs.

Un léger tressaillement d'émotion — amusement ou mépris ? — parcourut les narines et le tour de la bouche du Métamorphe.

— Pourquoi redouteriez-vous cela ? Etes-vous des criminels ?

— Certainement pas.

— Alors vous ne serez pas mis en cage. Allez présenter vos hommages à la Danipiur et si vous avez d'autres questions, posez-les-lui. Des tâches importantes m'appellent.

Valentin tourna la tête vers Lisamon Hultin qui haussa les épaules. Le Métamorphe s'éloigna. Il n'y avait rien d'autre à faire que de retourner à la roulotte.

Les porteurs soulevaient les cages et les attachaient à des perches posées sur leurs épaules. De la plus grande cage s'éleva un rugissement de colère et de désespoir.

13

Ilirivoyne n'était ni une ville ni un village, mais quelque chose d'intermédiaire, une morne concentration d'habitations en osier ou en bois léger, basses et d'aspect provisoire, disposées le long des rues inégales et non pavées qui semblaient s'étirer sur des distances considérables à l'intérieur de la forêt. L'ensemble donnait l'impression d'une installation de fortune, comme si, quelques années auparavant, l'agglomération avait pu être située ailleurs et si, dans quelques années, Ilirivoyne pouvait se trouver dans une tout autre région. Le fait qu'il s'agissait de l'époque du festival à Ilirivoyne était apparemment signalé par des sortes de bâtons fétiches fichés en terre devant presque chaque maison, des piquets polis auxquels étaient attachés des rubans de couleur et des bandes de fourrure. Dans de nombreuses rues, des estrades avaient également été dressées, qui devaient faire office de scènes, à moins, se dit Valentin avec inquiétude, qu'elles ne soient utilisées pour la célébration de rites tribaux autrement macabres.

Trouver la Maison de ville et la Danipiur ne fut pas difficile. La rue principale débouchait sur une grande place bordée sur trois côtés par de petites constructions au toit en forme de dôme, tressé et ornementé, et sur le quatrième côté par un bâtiment plus important, le premier édifice à trois niveaux qu'ils aient vu depuis leur arrivée à Ilirivoyne, avec, sur le devant, un jardin touffu d'arbrisseaux gris et blanc à tige épaisse, taillés en boule. Zalzan Kavol arrêta la roulotte sur un dégagement à proximité de la place.

— Venez avec moi, dit le Skandar à Deliamber. Nous allons voir ce que nous pouvons arranger.

Ils restèrent un long moment à l'intérieur de l'édifice

municipal. Quand ils en ressortirent, une femelle métamorphe de belle prestance et à l'allure autoritaire —
sans doute la Danipiur — les accompagnait et ils restèrent tous les trois en conversation animée dans le jardin. La Danipiur montrait quelque chose du doigt; Zalzan Kavol hochait et secouait alternativement la tête;
Autifon Deliamber, qui faisait figure de nain entre ces
deux êtres de haute taille, multipliait avec diplomatie
les gestes de conciliation. Finalement, Zalzan Kavol et
le Vroon revinrent à la roulotte. L'humeur du Skandar
semblait s'être sensiblement améliorée.

— Nous sommes arrivés juste à temps, annonça-t-il.
Le festival a déjà commencé. Demain soir a lieu une
des fêtes les plus importantes.

— Serons-nous payés ? demanda Sleet.

— Il semblerait que oui, répondit Zalzan Kavol.
Mais nous ne serons ni nourris ni logés, car il n'y a pas
d'auberge à Ilirivoyne. Il y a également certains quartiers déterminés de la ville dont l'accès nous est interdit. J'ai déjà reçu des accueils plus chaleureux dans
certains endroits, mais je suppose qu'il m'est aussi
arrivé de temps à autre d'être accueilli plus froidement.

Ils traînèrent derrière eux une ribambelle d'enfants
métamorphes graves et taciturnes pendant qu'ils
menaient la roulotte de la place à un endroit légèrement en retrait où ils pouvaient la garer. En fin
d'après-midi, ils firent une séance d'entraînement, et
bien que Lisamon Hultin eût fait de son mieux pour
éloigner les jeunes Métamorphes de la scène et les
tenir à distance, il était impossible de les empêcher de
revenir furtivement, sortant d'entre les arbres ou surgissant au milieu des buissons pour dévorer des yeux
les jongleurs. Valentin trouvait fort énervant de travailler devant eux et il n'était visiblement pas le seul, car
Sleet se montrait tendu et d'une maladresse insolite,
jusqu'à Zalzan Kavol, le maître entre les maîtres, qui
laissa tomber une massue pour la première fois depuis

que Valentin le connaissait. Le silence des enfants était troublant — ils restaient immobiles comme des statues aux yeux morts, un public distant qui vidait les jongleurs de leur énergie sans rien leur apporter en contrepartie — mais plus déconcertante encore était leur manie de se métamorphoser sans cesse, de passer d'une forme à l'autre avec la désinvolture qu'un jeune humain mettait à sucer son pouce. C'était apparemment le mimétisme qui les intéressait, car les formes qu'ils prenaient étaient des imitations grossières et à demi reconnaissables des jongleurs, comme l'avaient fait précédemment les Métamorphes plus âgés à la Fontaine de Piurifayne. Les enfants étaient incapables de conserver longtemps leurs formes — ils ne semblaient guère doués — mais dans les intervalles entre les exercices, Valentin les voyait tantôt se faire pousser des cheveux dorés pour lui-même, blancs pour Sleet ou bruns pour Carabella, tantôt se transformer en êtres velus dotés de plusieurs bras comme les Skandars, ou bien essayer d'imiter des traits ou des expressions de visages, le tout de manière déformée et peu flatteuse.

Les voyageurs passèrent la nuit entassés dans la roulotte et dormirent serrés les uns contre les autres. Ils eurent l'impression que toute la nuit la pluie tombait sans interruption. Valentin eut un sommeil haché; il s'assoupissait parfois, mais il passa le plus clair de la nuit à écouter les ronflements impétueux de Lisamon Hultin et les sons encore plus grotesques émis par les Skandars. A un moment, il dut s'endormir vraiment, car il fit un rêve, flou et incohérent, dans lequel il vit des Métamorphes accompagnant un cortège de prisonniers, des frères de la forêt et l'étranger à la peau bleue, le long de la route de la Fontaine de Piurifayne dont la haute gerbe jaillissante surplombait le monde comme une colossale montagne blanche. Et de nouveau, à l'approche du matin, il dormit profondément pendant quelque temps jusqu'à ce que Sleet le tire du sommeil en lui secouant l'épaule un peu avant l'aube.

Valentin se dressa sur son séant en se frottant les yeux.

— Qu'y a-t-il?

— Sortons. J'ai à te parler.

— Mais il fait encore nuit!

— Ça ne fait rien. Viens!

Valentin bâilla, s'étira et se leva en faisant craquer ses articulations. Sleet et lui enjambèrent précautionneusement les corps endormis de Carabella et de Shanamir, contournèrent prudemment un des Skandars et descendirent les marches de la roulotte. La pluie avait cessé, mais le petit matin était obscur et froid, et un brouillard déplaisant s'élevait du sol.

— J'ai reçu un message, dit Sleet. De la Dame, je pense.

— Quel genre?

— A propos de l'être à la peau bleue dans la cage, dont ils prétendent qu'il est un criminel et qu'il doit être puni. Dans mon rêve, il est venu me voir et m'a dit qu'il n'avait rien d'un criminel, qu'il était seulement un voyageur qui avait commis l'erreur de pénétrer dans le territoire métamorphe et qu'il avait été capturé parce que leur coutume est de sacrifier un étranger à la Fontaine de Piurifayne pendant la période du festival. Et j'ai vu comment ils procèdent. La victime, pieds et poings liés, est abandonnée dans la cuvette du geyser et, quand l'éruption se produit, elle est projetée très haut dans le ciel.

Valentin fut parcouru d'un frisson qui n'était pas dû à la brume matinale.

— J'ai rêvé quelque chose de semblable, dit-il.

— J'ai encore appris autre chose dans mon rêve, poursuivit Sleet. Que nous sommes également en danger. Peut-être pas d'être sacrifiés, mais en danger tout de même. Et que si nous portons secours à l'étranger, il nous aidera à sortir d'ici sains et saufs, mais que si nous l'abandonnons à son sort, nous ne quitterons pas vivants le pays piurivar. Tu sais que j'ai peur de ces Métamorphes, Valentin, mais ce rêve est un élément nouveau. Il m'est venu avec toute la clarté d'un message. Il ne faut pas l'ignorer en considérant qu'il s'agit d'une nouvelle folie de ce peureux de Sleet.

— Que comptes-tu faire ?

— Délivrer l'étranger.

— Et s'il était vraiment un criminel ? demanda Valentin, embarrassé. De quel droit interviendrions-nous dans une affaire qui est du ressort de la justice piurivar ?

— A cause de ce message, répondit Sleet. Ces frères de la forêt sont-ils également des criminels ? Eux aussi, je les ai vus aller à la Fontaine. Nous sommes chez des sauvages, Valentin.

— Non, pas chez des sauvages. Mais un peuple étrange dont les mœurs sont différentes de celles de Majipoor.

— Je suis résolu à libérer l'homme à la peau bleue. Si tu ne m'apportes pas ton aide, je le ferai seul.

— Maintenant ?

— Quel moment pourrait être plus opportun ? demanda Sleet. Il fait encore nuit. Tout est calme. Je vais ouvrir la cage et il se coulera sans bruit dans la jungle.

— Tu t'imagines que la cage n'est pas gardée ? Non, Sleet. Attends. Ce n'est pas raisonnable. Tu vas tous nous mettre en péril si tu agis maintenant. Laisse-moi essayer d'en apprendre plus sur ce prisonnier et de savoir pourquoi il est encagé. Et quel est le sort qu'on lui réserve. S'ils ont vraiment l'intention de le sacrifier, ce sera à un point culminant de leur festival. Nous avons le temps.

— Le message pèse sur moi maintenant, insista Sleet.

— J'ai fait un rêve un peu comme le tien.

— Mais ce n'était pas un message.

— Pas un message, non. Et pourtant cela suffit à me faire croire qu'il y a du vrai dans ton rêve. Je t'aiderai, Sleet. Mais pas maintenant. Le moment n'est pas encore venu. Nous avons le temps.

Sleet avait l'air très agité. Il était visiblement prêt à se diriger vers les cages et l'opposition de Valentin contrecarrait ses plans.

— Sleet?

— Oui?

— Ecoute-moi. Ce n'est pas encore le moment. Nous avons le temps.

Valentin regarda le jongleur droit dans les yeux. Sleet lui rendit son regard avec une égale fermeté pendant quelques instants, puis brusquement sa résolution l'abandonna et il baissa les yeux.

— Oui, monseigneur, fit-il calmement.

Pendant la journée, Valentin essaya de glaner des renseignements sur le prisonnier, mais sans grand succès. Les cages, dont onze contenaient les frères de la forêt et la douzième l'étranger, avaient été installées sur la place, en face de la Maison de ville, sur quatre rangées superposées, la cage de l'étranger couronnant le tout, très loin du sol. Des Piurivars armés de poignards les gardaient.

Valentin s'approcha, mais à peine avait-il traversé la moitié de la place qu'on lui barra le passage. Un Métamorphe lui dit :

— L'accès de cette zone vous est interdit.

Les frères de la forêt commencèrent à taper frénétiquement sur leurs barreaux. L'être à la peau bleue cria quelque chose, des mots fortement accentués que Valentin eut de la peine à comprendre. L'étranger avait-il dit : « Fuyez, idiot, avant qu'ils ne vous tuent aussi ! » ou bien était-ce simplement l'imagination surchauffée de Valentin qui lui jouait des tours ? Les gardes s'étaient disposés en un cordon serré autour des cages. Valentin retourna sur ses pas. Il essaya de demander à des enfants qui se tenaient tout près de là de lui donner l'explication de ces cages; mais ils s'enfermèrent dans un mutisme opiniâtre, le dévisageant de leur regard froid et dénué d'expression, échangeant des murmures et effectuant de petites métamorphoses partielles pour imiter ses cheveux blonds, puis soudain ils s'égaillèrent en courant comme s'ils avaient eu affaire à quelque démon.

Toute la matinée, les Métamorphes envahirent Ilirivoyne, accourant en foule de leurs agglomérations forestières écartées. Ils apportaient des décorations de toutes sortes, guirlandes, pavillons et draperies, des poteaux ornés de miroirs et de longues perches portant de mystérieuses inscriptions. Chacun semblait savoir ce qu'il avait à faire et tout le monde déployait une grande activité. Dès le lever du soleil, la pluie cessa de tomber. Valentin se demanda si c'était par des pratiques magiques que les Piurivars s'assuraient exceptionnellement une journée sèche pour leur grande fête ou s'il s'agissait d'une pure coïncidence.

Dès le milieu de l'après-midi, les festivités allaient bon train. De petits orchestres jouaient une musique lourde, vibrante et discordante, au rythme excentrique, et une foule de Métamorphes exécutaient de lents et majestueux pas de danse, se déplaçant presque comme des somnambules. Dans certaines rues, d'autres participaient à des courses, et les juges disposés tout le long du parcours se lançaient dans de vives discussions quand les concurrents passaient devant eux. Des baraques apparemment construites pendant la nuit proposaient soupes, ragoûts, boissons et viandes grillées.

Valentin se sentait dans la peau d'un intrus. Il avait envie de s'excuser auprès des Métamorphes d'être venu chez eux pendant cette période sacrée. Et pourtant, personne hormis les enfants ne paraissait leur accorder la moindre attention et, de toute évidence, les enfants les considéraient comme des curiosités amenées ici pour leur plaisir. De jeunes Métamorphes craintifs, imitant de manière fugace et approximative les traits de Deliamber, de Sleet, de Zalzan Kavol et des autres, entouraient les jongleurs sans jamais permettre à aucun d'eux de les approcher.

Zalzan Kavol avait prévu pour la fin de l'après-midi une répétition derrière la roulotte. Valentin fut un des premiers arrivés, ravi de trouver une excuse pour fuir les rues fourmillantes. Il n'y trouva que Sleet et deux Skandars.

Il eut l'impression que Zalzan Kavol l'observait d'une manière bizarre. Il y avait quelque chose de nouveau et de déconcertant dans la qualité de l'attention du Skandar. Après quelques minutes, Valentin en fut si troublé qu'il lui demanda :

— Quelque chose ne va pas ?

— Qu'est-ce qui n'irait pas ?

— Vous avez l'air tout pensif.

— Moi ? Moi ? Non, il n'y a absolument rien. Un rêve, c'est tout. J'étais en train de penser à un rêve que j'ai fait la nuit dernière.

— Vous avez rêvé du prisonnier à la peau bleue ?

— Qu'est-ce qui vous fait croire cela ? demanda Zalzan Kavol, l'air totalement déconcerté.

— J'ai rêvé de lui, et Sleet aussi.

— Mon rêve n'avait absolument rien à voir avec l'être à la peau bleue, dit Zalzan Kavol. Mais je n'ai pas la moindre envie d'en parler. C'est de la bêtise. Rien que de la bêtise.

Et Zalzan Kavol, s'éloignant, ramassa deux paires de poignards et commença à jongler, l'air agacé et préoccupé.

Valentin haussa les épaules. Il ne lui était encore jamais venu à l'esprit que les Skandars puissent avoir des rêves ni, à plus forte raison, que ces rêves puissent les tourmenter. Mais ils étaient, bien entendu, des citoyens à part entière de Majipoor et devaient en tant que tels avoir une vie onirique riche et pleine, comme tout le monde, avec des messages du Roi et de la Dame et d'épisodiques intrusions d'esprits de moindre envergure et leur moi remontant des profondeurs, tout comme les humains ou, Valentin le supposait, les Hjorts, les Vroons et les Lii. Pourtant, c'était curieux. Zalzan Kavol dissimulait si soigneusement toute émotion, il se montrait si peu désireux de laisser les autres lire ce qu'il y avait en lui, à part son âpreté au gain, son impatience et son irascibilité, que Valentin trouva étrange qu'il reconnût être préoccupé par un rêve.

Il se demanda si les Métamorphes avaient des rêves remplis de signification, s'ils recevaient des messages et tout le reste.

La répétition se déroula de manière satisfaisante. Après quoi, les jongleurs firent un dîner léger avec des fruits et des baies que Lisamon Hultin avait cueillis dans la forêt, qu'ils arrosèrent avec le reste du vin qu'ils avaient apporté de Khyntor. Des feux de joie flambaient maintenant dans de nombreuses rues d'Ilirivoyne et la musique discordante des différents orchestres créait un étrange semblant d'harmonie. Valentin avait présumé que le spectacle aurait lieu sur la place, mais non, des Métamorphes revêtus de ce qui pouvait être des costumes sacerdotaux arrivèrent à la tombée de la nuit pour les escorter jusqu'à une partie entièrement différente de la ville, un espace en ovale beaucoup plus vaste où les attendaient déjà des centaines, voire des milliers de spectateurs. Zalzan Kavol et ses frères reconnurent soigneusement le terrain, à la recherche de trous ou d'aspérités risquant de les gêner dans leurs évolutions. Habituellement, Sleet prenait part à cette opération, mais Valentin remarqua tout à coup qu'il avait disparu quelque part entre la roulotte et le lieu de la représentation. Etait-il arrivé à bout de patience et s'était-il lancé dans quelque entreprise téméraire ? Valentin était sur le point de partir à sa recherche quand le petit jongleur réapparut, la respiration légèrement précipitée, comme quelqu'un qui vient de courir.

— Je suis allé sur la place, dit-il à voix basse. Les cages sont encore empilées. Mais la plupart des gardes doivent être partis danser. J'ai pu échanger quelques mots avec le prisonnier avant d'être chassé.

— Et alors ?

— Il m'a dit qu'il devait être sacrifié à minuit à la Fontaine, exactement comme dans mon rêve. Et demain soir, ce sera notre tour.

— Quoi ?

— Je le jure sur la Dame, dit Sleet dont le regard était comme une vrille. C'est après vous avoir prêté serment d'allégeance que je suis venu ici, monseigneur. Vous m'aviez assuré que je ne courais aucun danger.

— Tes craintes me paraissaient irraisonnées.

— Et maintenant ?

— Je commence à changer d'opinion, répondit Valentin. Mais nous quitterons Ilirivoyne sains et saufs, cela je te le promets. Je parlerai à Zalzan Kavol après le spectacle, dès que j'aurai eu l'occasion d'en discuter avec Deliamber.

— Je préférerais reprendre la route le plus tôt possible.

— Ce soir, les Métamorphes sont occupés à festoyer et à faire des libations. Si nous attendons, notre départ aura de meilleures chances de passer inaperçu et les Métamorphes seront moins aptes à nous poursuivre, si telle est leur intention. En outre, t'imagines-tu que Zalzan Kavol accepterait d'annuler une représensation sur de simples rumeurs de danger ? Nous présenterons notre numéro, puis nous commencerons à nous replier. Qu'en dis-tu ?

— Je suis tout à vous, monseigneur, répondit Sleet.

14

Ce fut une représentation éblouissante, et nul ne se montra en meilleure forme que Sleet qui fit son numéro de jonglerie les yeux bandés sans commettre la moindre erreur. Les Skandars échangèrent des torches enflammées avec une vertigineuse désinvolture, Carabella exécuta mille cabrioles sur son globe roulant, Valentin jongla en dansant, en sautillant, en s'agenouillant et en courant. Les Métamorphes étaient assis autour d'eux en cercles concentriques, parlant peu, n'applaudissant jamais, les observant dans l'obscurité chargée de brume avec une concentration d'une insondable intensité.

Il était ardu de se produire devant un tel public. Pire qu'une répétition, car alors le public n'existe pas, mais là, il y avait des milliers de spectateurs qui n'apportaient rien aux jongleurs : public austère, d'une immobilité de statue, comme les enfants l'avaient été, ne manifestant ni approbation ni désapprobation, mais ce qu'il fallait bien interpréter comme de l'indifférence. Malgré cela, les jongleurs présentaient des exercices de plus en plus merveilleux et audacieux, mais pendant plus d'une heure ils ne suscitèrent aucune réaction.

Et puis, stupéfaits, ils virent les Métamorphes commencer un numéro de jonglerie à leur manière, simulant comme dans un rêve fantastique ce que les jongleurs venaient de faire devant eux.

Par groupes de deux ou trois, ils émergèrent de l'obscurité et prirent position au centre du cercle, à quelques mètres seulement des jongleurs. Ce faisant, ils changèrent rapidement de forme, si bien que six d'entre eux ressemblaient maintenant aux Skandars massifs et velus, que l'un était petit et souple, tout à fait comme Carabella, qu'un autre avait le corps trapu de

Sleet et que le dernier, grand et blond, était l'image de Valentin. Il n'y avait aucune espièglerie dans cette appropriation du corps des jongleurs. Valentin n'y vit qu'une dérision de mauvais augure et une menace explicite, et lorsqu'il regarda du côté des membres de la troupe qui ne jonglaient pas, il vit Autifon Deliamber tortillant ses tentacules avec inquiétude, Vinorkis le visage assombri et Lisamon Hultin se balançant d'un pied sur l'autre comme pour se préparer au combat.

Zalzan Kavol semblait déconcerté par la tournure que prenaient les événements.

— Continuez, ordonna-t-il avec rudesse. Nous sommes ici pour leur présenter un spectacle.

— Je pense, dit Valentin, que nous sommes ici pour les distraire, mais pas nécessairement en tant qu'artistes.

— Qu'importe, nous sommes des artistes et nous continuerons à présenter notre spectacle.

Il donna un signal et commença à échanger avec ses frères une multitude d'objets pointus et dangereux. Sleet, après un moment d'hésitation, ramassa une poignée de massues et commença à les lancer en cascade, imité bientôt par Carabella. Valentin avait les mains gelées. Il ne les sentait aucunement disposées à jongler.

A côté d'eux, les neuf Métamorphes s'étaient mis à leur tour à jongler.

Mais ce n'était qu'une jonglerie factice, une illusion de jonglerie, sans technique véritable ni adresse. Rien d'autre qu'un simulacre. Ils tenaient dans leurs mains des fruits noirs à la peau rêche, des morceaux de bois et autres objets communs, et ils se les lançaient d'une main à l'autre en une enfantine parodie de jonglerie, ratant même de temps à autre ces réceptions élémentaires et se baissant vivement pour ramasser ce qu'ils avaient laissé tomber. Ce spectacle enflamma le public beaucoup plus que ne l'avaient fait les prouesses des vrais jongleurs. Les Métamorphes émettaient une sorte de bourdonnement — était-ce leur manière d'applaudir ? —, se balançaient en cadence et frappaient des mains sur leurs genoux, et Valentin vit que certains d'entre eux se transformaient au petit bonheur, prenant curieusement des formes successives, humains, Hjorts ou Su-Suheris selon l'inspiration du moment, ou bien prenant pour modèle Carabella, Deliamber ou les Skandars. Il vit à un moment six ou sept Valentin dans les rangs les plus proches de lui.

Continuer à jongler au milieu de tant de distractions était rien de moins qu'impossible, mais les jongleurs s'opiniâtrèrent farouchement dans leurs exercices avec de médiocres résultats, laissant tomber des massues, sautant des temps, rompant des enchaînements depuis longtemps familiers. L'intensité du bourdonnement des Métamorphes s'amplifia.

— Oh, regardez, regardez ! s'écria soudain Carabella.

Elle gesticulait en direction des neuf faux jongleurs et montrait du doigt celui qui représentait Valentin.

Valentin eut un haut-le-corps.

Ce que le Métamorphe était en train de faire dépassait l'entendement et le frappa de terreur et de stupeur. Car le Métamorphe avait commencé à osciller entre deux formes. L'une était l'image de Valentin, le grand jeune homme aux cheveux dorés, aux larges épaules et aux mains fortes.

Et l'autre était l'image de lord Valentin le Coronal.

La métamorphose était presque instantanée, comme le clignotement d'une lumière. A un moment, Valentin avait son double devant les yeux, et l'instant d'après, il y avait à sa place le Coronal à la barbe noire et au regard farouche, l'incarnation de la puissance et de la majesté, qui disparaissait à son tour pour être remplacé par le simple jongleur. Le bourdonnement de la foule s'intensifia encore : le numéro lui plaisait. Valentin... Lord Valentin... Valentin... Lord Valentin...

Le regard fixé sur le Métamorphe, Valentin sentit un filet de sueur glacée descendre le long de son échine, son cuir chevelu le picoter et ses jambes flageoler. Il n'y avait pas à se tromper sur le sens de cette étrange pantomime. S'il avait jamais espéré quelque confirmation de tout ce qui avait bouillonné en lui ces dernières semaines, depuis Pidruid, il la recevait maintenant. Mais ici ? Dans cette ville au cœur de la forêt, au milieu de cette peuplade aborigène ?

Il regardait l'imitation de son propre visage.

Il regardait le visage du Coronal.

Les huit autres jongleurs bondissaient et faisaient des cabrioles en exécutant une danse cauchemardesque, levant haut les jambes et martelant le sol, les faux bras des Skandars s'agitant en l'air et frappant les côtes des faux Skandars, les faux cheveux de Sleet et de Carabella flottant dans le vent de la nuit, alors que le faux Valentin demeurait immobile, ses deux visages se succédant en alternance. Et tout à coup, ce fut terminé. Neuf Métamorphes étaient debout au centre du cercle, les bras tendus vers le public, pendant que le reste des Piurivars s'était levé et exécutait la même danse échevelée.

La représentation était finie. Dansant toujours, la foule des Métamorphes s'enfonça dans la nuit, vers les cabanes et les jeux de leur festival.

Valentin, abasourdi, se retourna lentement et vit l'étonnement peint sur les visages figés de ses compagnons. Zalzan Kavol avait la mâchoire pendante et les bras ballants. Ses frères s'étaient agglutinés derrière lui, les yeux écarquillés de surprise et de crainte. Sleet était affreusement pâle, au contraire de Carabella qui avait les joues empourprées et l'air fébrile. Valentin tendit la main vers eux. Zalzan Kavol s'avança d'une démarche chancelante, hébété, manquant de se prendre les pieds l'un dans l'autre. Le Skandar géant s'arrêta à quelques mètres de Valentin. Il cligna les yeux, passa la langue sur ses lèvres et semblait avoir toutes les peines du monde à faire fonctionner ses cordes vocales.

Lorsqu'il y parvint enfin, ce fut un ridicule filet de voix qui sortit de sa bouche :

— Monseigneur...

Zalzan Kavol d'abord puis ses cinq frères mirent maladroitement et en hésitant un genou en terre. De ses mains tremblantes, Zalzan Kavol fit le symbole de la constellation; ses frères l'imitèrent. Sleet, Carabella, Vinorkis, Deliamber, tous s'agenouillèrent à tour de rôle. Shanamir, l'air effrayé et dérouté, fixait Valentin, bouche bée. La surprise semblait le paralyser. Lentement il ploya le genou à son tour.

— Etes-vous tous devenus fous ? s'écria Lisamon Hultin.

— A genoux et rendez hommage ! lui ordonna Sleet d'une voix rauque. Vous l'avez vu comme nous, femme ! C'est le Coronal ! A genoux et rendez hommage !

— Le Coronal ? répéta-t-elle, toute confuse.

Valentin étendit les bras sur tous ses compagnons en un geste qui se voulait autant un réconfort qu'une bénédiction. Ils avaient peur de lui et de ce qui venait d'arriver. Il partageait leurs sentiments, mais sa crainte était en train de se dissiper rapidement et à sa place venaient force, conviction et confiance. Le ciel même semblait lui crier : Tu es lord Valentin, qui fut Coronal sur le Mont du Château, et le Château redeviendra tien si tu te bats pour le reconquérir. Il se sentait tout entier imprégné par le pouvoir, s'attachant à cette charge impériale, qu'il avait détenu. Et même là, dans cet arrière-pays pluvieux et reculé, dans ce village aborigène aux constructions primitives, le corps encore couvert de la sueur du jongleur, dans ses vêtements communs d'étoffe grossière, Valentin se sentait redevenu ce qu'il était naguère, et même s'il ne comprenait pas de quelle manière on avait agi sur lui pour le transformer en ce qu'il était, il ne remettait plus en question la réalité des messages qu'il avait reçus en rêve. Et c'est sans nulle honte, ni fausseté, ni sentiment de culpabilité qu'il recevait l'hommage de ses compagnons éberlués.

— Debout, dit-il doucement. Tous. Relevez-vous. Il nous faut partir d'ici. Shanamir, rassemble les montures. Zalzan Kavol, préparez la roulotte.

Puis, s'adressant à Sleet, il ajouta :

— Il faut des armes pour tout le monde. Des lanceurs d'énergie pour ceux qui savent s'en servir, des poignards de jongleurs pour les autres. Occupe-t'en.

— Monseigneur, commença Zalzan Kavol avec difficulté, il y a dans tout cela comme un parfum de rêve. Dire que pendant toutes ces semaines j'ai voyagé en compagnie du... que j'ai traité avec rudesse le... que je me suis querellé avec le...

— Plus tard, dit Valentin. Nous n'avons pas le temps de discuter de cela maintenant.

Il se tourna vers Lisamon Hultin qui paraissait en proie à un débat intérieur, remuant les lèvres, gesticulant, se donnant à elle-même des explications, essayant d'y voir clair dans tous ces événements déroutants. D'une voix forte et paisible, Valentin lui dit :

— Vous n'avez été engagée que pour nous escorter jusqu'à Ilirivoyne. J'ai besoin de vous pour nous prêter main-forte pendant notre fuite. Acceptez-vous de nous accompagner jusqu'à Ni-moya et après ?

— Ils ont fait le symbole de la constellation devant vous, fit-elle, l'air perplexe. Ils se sont tous agenouillés. Et les Métamorphes... ils...

— J'étais effectivement lord Valentin du Mont du Château. Acceptez-le. Croyez-le. Le royaume est tombé dans des mains dangereuses. Restez à mes côtés, Lisamon, pendant que je poursuis mon voyage vers l'est pour rétablir l'ordre.

Elle couvrit sa bouche de son énorme main et le regarda avec stupéfaction.

Puis elle commença à ployer le genou, mais il secoua la tête et la prit par le coude pour la relever.

— Venez, dit-il. Cela n'a pas d'importance maintenant. Partons d'ici !

Ils rassemblèrent leur matériel et s'élancèrent en courant dans l'obscurité pour rejoindre la roulotte, de l'autre côté de la ville. Shanamir et Carabella étaient déjà partis et ils couraient loin devant. Les Skandars avaient formé une lourde phalange et le sol tremblait sous leurs pas. Valentin ne les avait jamais vus se déplacer aussi vite. Il les suivait de près, accompagné de Sleet. Vinorkis, avec ses pieds plats, luttait pour ne pas se faire distancer. Lisamon Hultin fermait la marche. Elle avait délicatement cueilli Deliamber et portait le petit magicien perché dans le creux de son bras gauche. De la main droite, elle tenait son sabre sorti du fourreau.

Alors qu'ils approchaient de la roulotte, Sleet demanda à Valentin :

— Allons-nous libérer le prisonnier ?

— Oui.

Il fit un signe à Lisamon Hultin. Elle déposa Deliamber et suivit Valentin.

Sleet en tête, ils coururent vers la place. Au grand soulagement de Valentin, elle était presque vide et il n'y avait qu'une poignée de Piurivars qui montaient la garde. Les douze cages étaient encore empilées à l'extrémité opposée, quatre par terre, puis une rangée de quatre, trois au-dessus et celle qui contenait l'étranger à la peau bleue perchée tout au sommet. Avant que les gardes aient eu le temps de réagir, Lisamon Hultin avait fondu sur eux et, les prenant deux par deux, elle les projetait en l'air à travers la place.

— Ne les tuez pas ! lui cria Valentin.

Sleet, avec une agilité de singe, était en train de se

hisser sur l'empilement de cages. Il atteignit le sommet et commença à couper les épais brins d'osier qui maintenaient la cage fermée. Il les tailladait à petits coups de poignard pendant que Valentin les tenait tendus. En quelques instants, le dernier rameau fut rompu et Valentin souleva la porte.

L'étranger sortit à quatre pattes, étira ses membres ankylosés et jeta un regard interrogateur à ses sauveurs.

— Venez avec nous, dit Valentin. Notre roulotte est là-bas derrière, de l'autre côté de la place. Vous comprenez?

— Oui, je comprends, répondit l'étranger.

Il avait une voix rauque, profonde et résonnante qui détachait nettement les syllabes. Sans ajouter un mot, il se laissa glisser le long des cages des frères de la forêt jusqu'à terre où Lisamon Hultin, qui en avait fini avec les gardes métamorphes, était en train de les disposer en un petit tas bien propre.

Impulsivement, Valentin commença à couper les liens d'osier de la cage de frères de la forêt la plus proche de lui. Les petites mains agiles des créatures se tendirent à travers les barreaux et soulevèrent le loquet, et ils sortirent. Valentin passa à la cage suivante alors que Sleet était déjà descendu.

— Un instant, cria Valentin. Notre travail n'est pas tout à fait terminé.

Sleet sortit son poignard et se mit à l'œuvre. En quelques instants, toutes les cages étaient ouvertes et les frères de la forêt s'enfonçaient par douzaines dans la nuit.

Pendant qu'ils regagnaient la roulotte en courant, Sleet demanda :

— Pourquoi as-tu fait cela?

— Pourquoi pas? fit Valentin. Ils ont envie de vivre aussi.

Shanamir et les Skandars tenaient la roulotte prête à

partir, les montures étaient attelées et les rotors tournaient. Lisamon Hultin fut la dernière à monter. Elle claqua la porte derrière elle et cria à Zalzan Kavol de démarrer, ce qu'il fit immédiatement.

Mais ce fut juste à temps, car une demi-douzaine de Métamorphes apparurent et se lancèrent dans une course éperdue derrière eux en hurlant et gesticulant. Zalzan Kavol accéléra et petit à petit les poursuivants se firent distancer, et ils les perdirent de vue quand la roulotte s'engagea dans l'obscurité profonde de la jungle.

Sleet regardait derrière avec inquiétude.

— Croyez-vous qu'ils nous suivent encore ?

— Ils ne peuvent pas soutenir notre allure, répondit Lisamon Hultin. Et ils ne se déplacent qu'à pied. Nous nous en sommes sortis sains et saufs.

— Vous êtes sûre ? demanda Sleet. Et s'il existe un raccourci qui leur permette de nous rattraper ?

— Nous nous préoccuperons de cela quand le besoin s'en fera sentir, dit Carabella. La roulotte va vite.

Elle frissonna.

— Et j'espère ne pas revoir Ilirivoyne de sitôt.

Le silence tomba. La roulotte glissait rapidement de l'avant.

Valentin était assis légèrement à l'écart des autres. C'était inévitable, et pourtant cela le désolait, car il était encore plus Valentin que lord Valentin et il était à la fois étrange et désagréable de s'élever au-dessus de ses amis. Mais il n'y avait pas moyen d'échapper à cette situation. Carabella et Sleet, ayant eu connaissance dans le privé de son identité, s'en étaient accommodés chacun à sa manière; Deliamber, qui avait su la vérité avant Valentin lui-même, n'en avait jamais été effrayé outre mesure; mais les autres, quelques soupçons qu'ils aient pu avoir que Valentin était bien plus qu'un baladin sans souci, étaient frappés de stupeur par la divulgation de son rang par le biais de la grotesque pantomime des Métamorphes. Ils le dévisageaient, ils restaient sans voix, assis dans des postures pleines de raideur et sans naturel, comme s'ils avaient craint de se laisser aller en présence d'un Coronal. Mais comment devait-on se conduire en présence d'une Puissance de Majipoor ? Ils ne pouvaient tout de même pas rester assis en faisant continuellement le symbole de la constellation. D'ailleurs ce geste paraissait absurde à Valentin, écarter ridiculement les doigts et rien d'autre : le sentiment croissant qu'il avait de sa propre importance ne semblait guère encore impliquer une quelconque vanité.

L'étranger se présenta. Il se nommait Khun et venait de Kianimot, une étoile relativement proche de Majipoor. Il semblait être d'un naturel plutôt sombre et renfermé avec, au tréfonds de son être, une amertume et un désespoir très marqués, qui faisaient partie intégrante de lui-même et s'exprimaient, selon Valentin, dans la minceur des lèvres, les inflexions de la voix et surtout l'étrange intensité de son œil pourpre et hagard. Valentin reconnut qu'il était certes possible qu'il projetât ses propres notions humaines de l'expression sur cet être d'un autre monde, et il se pouvait fort bien que Khun fût, pour les habitants de Kianimot, un individu d'une jovialité et d'une affabilité peu communes. Mais Valentin en doutait.

Khun était arrivé sur Majipoor deux ans auparavant, pour un voyage d'affaires qu'il préféra ne pas préciser. Ce fut, dit-il avec amertume, la plus grosse erreur de sa vie, car au contact de Majipooriens menant joyeuse vie, il avait dilapidé sa fortune, il s'était imprudemment embarqué dans un voyage sur Zimroel, ignorant qu'il n'y avait pas sur ce continent de cosmodrome d'où il aurait pu regagner sa planète natale, et encore plus inconsidérément, il s'était aventuré en territoire piurivar, où il s'imaginait pouvoir se rattraper de ses pertes par quelque négoce avec les Métamorphes. Mais au lieu de cela, ils s'étaient emparés de lui et l'avaient jeté dans une cage, le retenant prisonnier pendant plusieurs semaines et le destinant à la Fontaine la nuit marquant l'apogée de leur festival.

— Ce qui aurait peut-être été préférable, dit-il. Un jet violent, et c'en aurait été fini de cette vie sans feu ni lieu. Je suis las de Majipoor. Si je suis destiné à mourir sur votre planète, je crois que je préfère que cela arrive bientôt.

— Excusez-nous de vous avoir délivré, fit sèchement Carabella.

— Non. Non. Je n'ai nulle intention d'être ingrat envers vous. Seulement...

Khun s'interrompit.

— J'ai eu bien des malheurs sur votre planète. Comme j'en avais eu sur Kianimot. Y a-t-il un endroit dans tout l'univers où la vie ne soit pas synonyme de souffrance ?

— Cela a vraiment été si terrible ? demanda Carabella. Nous trouvons la vie supportable ici. Le pire lui-même est supportable, si on le compare à la mort.

Elle éclata de rire.

— Etes-vous toujours aussi sinistre ?

— Si vous êtes heureux, répondit l'étranger avec un haussement d'épaules, je vous admire et vous envie. Je trouve l'existence pénible et la vie dénuée de sens. Mais ce sont de bien sombres pensées pour quelqu'un qui vient de retrouver la liberté. Je vous remercie pour votre aide. Qui êtes-vous et quelle témérité vous a poussés à Piurifayne, et où allez-vous maintenant ?

— Nous sommes des jongleurs, répondit Valentin en jetant aux autres un regard vif. Nous sommes venus dans cette province parce que nous pensions y trouver du travail. Si nous réussissons à sortir d'ici sans encombre, nous nous dirigerons vers Ni-moya et descendrons le fleuve jusqu'à Piliplok.

— Et de là ?

Valentin fit un geste vague de la main.

— Certains d'entre nous feront le pèlerinage de l'Ile du Sommeil. Vous savez ce que c'est? Et les autres... j'ignore où ils iront.

— Je dois regagner Alhanroel, dit Khun. Mon seul espoir consiste à rentrer chez moi, ce qui est impossible à partir de ce continent. A Piliplok, je trouverai peut-être un moyen pour traverser la mer. Puis-je vous accompagner jusque-là?

— Bien entendu.

— Je n'ai pas d'argent.

— Nous voyons bien, dit Valentin. Peu importe.

La roulotte filait à travers la nuit. Personne ne dormait sinon par petits sommes. Une pluie fine avait recommencé à tomber. Dans l'obscurité de la forêt, le danger pouvait surgir de partout, mais il était paradoxalement réconfortant de ne rien distinguer et la roulotte poursuivait sa route sans rencontrer d'obstacle.

Environ une heure plus tard, Valentin leva les yeux et découvrit Vinorkis, debout devant lui, la bouche grande ouverte comme un poisson hors de l'eau, tremblant sous l'effet de ce qui devait être une insupportable tension.

— Monseigneur? fit-il d'une voix à peine audible.

Valentin fit un signe de la tête au Hjort.

— Vous tremblez, Vinorkis.

— Monseigneur... comment m'y prendre pour vous dire cela? J'ai une terrible confession à vous faire...

Sleet ouvrit les yeux et lui lança un regard noir. Valentin lui fit signe de rester calme.

— Monseigneur... commença Vinorkis, mais la voix lui manqua.

Il reprit :

— Monseigneur, à Pidruid un homme est venu me voir et m'a dit : « Il y a un étranger, grand, aux cheveux blonds, dans une certaine auberge, et nous croyons qu'il a commis des crimes monstrueux. » Et cet homme me proposait une pleine bourse de couronnes si j'acceptais de surveiller étroitement l'étranger blond, de le suivre partout où il irait et de rapporter ses faits et gestes aux procureurs impériaux à intervalles réguliers.

— Un espion! éructa Sleet, portant la main à son poignard.

— Qui était l'homme qui vous a engagé? demanda Valentin d'un ton paisible.

— D'après la manière dont il était vêtu, répondit le Hjort en secouant la tête, c'était quelqu'un au service du Coronal. Il ne m'a pas dit son nom.

— Et vous avez fait ces rapports? demanda Valentin.

— Oui, monseigneur, murmura Vinorkis, les yeux baissés. Dans chaque ville. Après quelque temps, j'ai eu de la peine à croire que vous puissiez être le criminel qu'on m'avait décrit, car vous aviez l'air doux et bon, mais j'avais accepté leur argent et à chaque nouveau rapport j'en recevais d'autre...

— Laissez-moi le tuer tout de suite, grommela Sleet d'une voix rauque.

— Il n'est pas question de le tuer, dit Valentin. Ni maintenant ni plus tard.

— Il est dangereux, monseigneur!

— Plus maintenant.

— Je n'ai jamais eu confiance en lui, dit Sleet. Pas plus que Carabella ou Deliamber. Mais pas uniquement parce qu'il était un Hjort. Il avait des manières cauteleuses et quelque chose de sournois et de fuyant. Toutes ces questions qu'il posait, toujours à essayer de nous tirer les vers du nez...

— Je vous demande pardon, fit Vinorkis. Je n'avais pas la moindre idée de l'identité de l'homme que je trahissais, monseigneur.

— Vous croyez cela? rugit Sleet.

— Oui, répondit Valentin. Pourquoi pas? Il ne savait pas plus qui j'étais... que je ne le savais moi-même. On lui a demandé de suivre un homme blond et d'apporter des renseignements au gouvernement. Où est le mal ? Il servait son Coronal, ou croyait le servir. Ton poignard ne doit pas être le salaire de sa loyauté, Sleet.

— Vous êtes parfois naïf, monseigneur, dit Sleet.

— Tu as peut-être raison. Mais pas cette fois. Nous avons beaucoup à gagner en pardonnant à Vinorkis et absolument rien en le tuant.

Se tournant vers le Hjort, Valentin lui dit :

— Je vous accorde mon pardon, Vinorkis. Je vous demande seulement de vous montrer aussi loyal envers le véritable Coronal que vous l'avez été envers le faux.

— Je vous en fais le serment, monseigneur.

— Parfait. Allez prendre un peu de repos maintenant et soyez sans crainte.

Vinorkis fit le symbole de la constellation et se retira, allant s'installer au milieu du compartiment entre deux Skandars.

— C'est bien imprudent, monseigneur, dit Sleet. Et s'il continue à vous espionner ?

— Dans cette jungle ? A qui enverrait-il ses messages ?

— Et quand nous quitterons la jungle ?

— Je pense que l'on peut lui faire confiance, répondit Valentin. Je sais que sa confession peut n'avoir été que double jeu de sa part, destiné à endormir nos soupçons. Je ne suis pas aussi naïf que tu l'imagines, Sleet. Je te charge de le tenir à l'œil dès que nous retrouverons la civilisation... on ne sait jamais. Mais je pense que tu t'apercevras que son repentir est sincère. Et à mon service, il pourrait se montrer fort utile.

— Utile, monseigneur ?

— Un espion peut nous mener à d'autres espions. Et il y aura d'autres espions, Sleet. Peut-être demanderons-nous à Vinorkis de maintenir ses contacts avec les agents impériaux, hein ?

— Je vois ce que vous voulez dire, monseigneur, fit Sleet avec un clin d'œil complice.

Valentin lui sourit et ils se turent.

Oui, se dit Valentin, l'horreur et le remords de Vinorkis étaient sincères. Et ils lui avaient appris bien des choses qu'il désirait savoir; car si le Coronal avait consenti à débourser de fortes sommes pour faire suivre un saltimbanque insignifiant de Pidruid à Ilirivoyne, dans quelle mesure ce saltimbanque pouvait-il réellement être insignifiant? Valentin sentit un étrange picotement lui parcourir la peau. Plus que tout le reste, la confession de Vinorkis était la confirmation de tout ce que Valentin avait découvert à propos de lui-même. Nul doute que, si la technique utilisée pour le dépouiller de son corps était nouvelle et relativement peu éprouvée, les conspirateurs n'aient eu aucune certitude quant à la permanence de l'effacement du passé et qu'ils n'aient répugné à laisser le Coronal proscrit errer par monts et par vaux en liberté et sans surveillance. Ils l'avaient donc fait accompagner d'un espion et il y en avait probablement d'autres rôdant à proximité. Et la menace planait de rapides mesures préventives si l'usurpateur apprenait que Valentin commençait à retrouver la mémoire. Il se demanda avec quelle attention les forces impériales le surveillaient et à quel moment de son voyage vers Alhanroel elles choisiraient de l'intercepter.

Et la roulotte avançait dans la nuit noire. Deliamber et Lisamon Hultin conféraient interminablement avec Zalzan Kavol sur l'itinéraire à suivre. La seconde agglomération métamorphe d'importance, Avendroyne, était située quelque part au sud-est d'Ilirivoyne, dans un défilé entre deux hautes montagnes, et il semblait probable que la route qu'ils suivaient allait les y mener. Foncer tête baissée dans une autre ville métamorphe ne semblait, naturellement, guère prudent. La nouvelle de la libération du prisonnier et de la fuite de la roulotte avait déjà dû se répandre. Et pourtant, il y avait encore plus grand péril à tenter de repartir en direction de la Fontaine de Piurifayne.

Valentin, que le sommeil fuyait, repassa une centaine de fois dans son esprit la pantomime métamorphe. Certes, cela avait une qualité onirique, mais aucun rêve n'avait cette immédiateté. Il avait été assez près pour toucher son sosie métamorphe; il avait vu, sans que le doute soit permis, les changements de traits, le passage du blond au brun, et du brun au blond. Les Métamorphes connaissaient la vérité, beaucoup mieux que lui-même. Etaient-ils capables de lire dans les âmes, comme le faisait parfois Deliamber? Et qu'avaient-ils ressenti en sachant qu'ils avaient parmi eux un Coronal déchu? Aucune crainte, assurément : les Coronals ne représentaient rien pour eux, tout au plus des symboles de leur propre défaite des milliers d'années plus tôt. Il avait dû leur paraître follement drôle de voir un successeur de lord Stiamot lancer des massues pour leur festival et les amuser avec des tours et des danses ridicules, loin des splendeurs du Mont du Château, un Coronal dans la boue de leur village de bois. Que tout cela est étrange, se dit-il. Que tout cela ressemble à un rêve...

15

A l'approche de l'aube, d'énormes montagnes aux sommets arrondis commencèrent à devenir visibles, séparées par un défilé. Avendroyne ne devait pas être loin. Zalzan Kavol, avec une déférence dont il n'avait jamais fait montre jusqu'alors, vint à l'arrière pour consulter Valentin sur la stratégie à adopter. Rester cachés dans les bois toute la journée et attendre la tombée de la nuit pour essayer de traverser Avendroyne? Ou bien tenter de forcer le passage de jour?

Valentin n'avait plus l'habitude du commandement. Il réfléchit quelques instants, essayant de se donner un air avisé et clairvoyant.

— Si nous avançons de jour, dit-il finalement, nous nous ferons remarquer. D'autre part, si nous perdons toute la journée à rester cachés ici, nous leur laissons plus de temps pour nous tendre des pièges.

— Ce soir, fit remarquer Sleet, est encore un soir de fête à Ilirivoyne, et il en est probablement de même ici. Nous pourrions essayer de nous faufiler en profitant des réjouissances. Mais pendant la journée nous n'avons aucune chance.

— Je suis d'accord avec lui, dit Lisamon Hultin.

— Carabella? demanda Valentin en tournant la tête.

— Si nous attendons, nous laissons à ceux d'Ilirivoyne le temps de nous rattraper. A mon avis, il faut continuer.

— Deliamber?

Le Vroon mit délicatement en contact l'extrémité de ses tentacules.

— En avant. Dépassons Avendroyne et obliquons en direction de Verf. Il y aura sûrement à partir d'Avendroyne une seconde route menant à la Fontaine.

— Oui, dit Valentin.

Il se tourna vers Zalzan Kavol.

— Je partage l'avis de Deliamber et Carabella. Quelle est votre opinion?

— Ce que je voudrais, répondit le Skandar, le visage sombre, c'est que le sorcier fasse voler cette roulotte et qu'elle nous transporte pendant la nuit jusqu'à Nimoya. A défaut de cela, je propose de continuer sans perdre de temps.

— Ainsi ferons-nous, dit Valentin, comme s'il avait pris la décision tout seul. Et quand nous approcherons d'Avendroyne, nous enverrons des éclaireurs pour trouver une route qui contourne la ville.

Ils poursuivirent leur chemin, redoublant d'attention alors que l'aube commençait à poindre. La pluie tombait toujours par intermittence, mais lorsqu'elle reprit, il ne s'agissait plus d'un petit crachin, mais d'une averse presque tropicale dont les grosses gouttes s'écrasaient avec un bruit fracassant sur le toit de la roulotte. Pour Valentin, cette pluie était la bienvenue : peut-être obligerait-elle les Métamorphes à rester à l'abri pendant leur traversée de la ville. Ils approchaient des faubourgs, maintenant, et des huttes en osier se disséminaient au bord de la route qui bifurquait de plus en plus souvent. Deliamber devinait la bonne direction à chaque embranchement jusqu'à ce que finalement ils aient acquis la certitude d'être à proximité d'Avendroyne. Lisamon Hultin et Sleet partirent en éclaireurs et revinrent une heure plus tard, porteurs de bonnes nouvelles : l'une des deux routes qui s'ouvraient devant eux menait au cœur d'Avendroyne où les préparatifs du festival battaient leur plein, et l'autre obliquait vers le nord-est, contournant toute la ville et traversant une zone de cultures sur les pentes de la montagne.

Ils prirent la route du nord-est et dépassèrent sans encombre la région d'Avendroyne.

En fin d'après-midi, ils sortirent du défilé et s'engagèrent dans une vaste plaine couverte de forêts, battue par la pluie et sombre, qui marquait la limite orientale du territoire métamorphe. Zalzan Kavol conduisait la roulotte avec une sorte d'acharnement, ne faisant halte que lorsque Shanamir insistait pour que les montures prennent un peu de repos et de fourrage. Elles avaient beau être virtuellement infatigables et d'origine synthétique, elles n'en étaient pas moins vivantes et avaient besoin, de temps à autre, de se reposer. Le Skandar cédait à contrecœur; il semblait possédé par une nécessité désespérée de mettre la plus grande distance possible entre Piurifayne et lui.

A l'heure du crépuscule, alors qu'ils traversaient un terrain raboteux et accidenté, les ennuis commencèrent soudain.

Valentin voyageait dans le compartiment central en compagnie de Deliamber et de Carabella; la plupart des autres dormaient, et Heitrag Kavol et Gibor Haern occupaient le siège du conducteur. De l'avant leur parvint un long craquement sinistre et le bruit retentissant d'un écroulement, et quelques secondes plus tard, la roulotte s'arrêtait en cahotant.

— Un arbre abattu par la tempête! cria Heitrag Kavol. La route est bloquée devant nous!

Zalzan Kavol se répandit en jurons et tira sur la manche de Lisamon Hultin pour la réveiller. Devant la roulotte, Valentin ne voyait qu'une masse verte, toute la cime de quelque géant de la forêt qui obstruait la route. Cela risquait de prendre des heures, voire des jours pour la dégager. Les Skandars, épaulant leurs lanceurs d'énergie, sortirent pour constater les dégâts. Valentin les suivit. La nuit tombait rapidement. Le vent soufflait par rafales qui leur projetaient presque horizontalement la pluie sur le visage.

— Mettons-nous au travail, grommela Zalzan Kavol en secouant la tête de contrariété. Thelkar! Tu commences à couper à partir d'ici! Rovorn! Tu t'occupes des grosses branches latérales! Erfon...

— Il serait peut-être plus rapide, suggéra Valentin, de faire demi-tour et de se mettre à la recherche d'un autre embranchement de la route.

La suggestion laissa Zalzan Kavol tout pantois, comme si, en cent ans de vie, le Skandar n'eût pas été capable de concevoir cette idée. Il la rumina pendant un moment.

— Oui, fit-il finalement. Il y a du vrai là-dedans. Si nous...

Et un second arbre, encore plus imposant que le premier, s'abattit à cent mètres derrière eux. La roulotte était prise au piège.

Valentin fut le premier à comprendre ce qui devait être en train de se passer.

— Tout le monde dans la roulotte ! C'est une embuscade !

Il se précipita vers la porte restée ouverte.

Trop tard. De la forêt qui s'assombrissait jaillit un flot de Métamorphes, une vingtaine ou plus, qui surgirent silencieusement au milieu d'eux. Zalzan Kavol laissa échapper un terrible cri de rage et ouvrit le feu avec son lanceur d'énergie ; la langue de feu projetait une étrange lueur lavande sur le bas-côté de la route et deux Métamorphes tombèrent, le corps hideusement calciné. Mais au même instant, Heitrag Kavol émit un gargouillement étranglé et s'écroula, une lame lui ayant transpercé le cou, et Thelkar tomba aussi, les mains crispées sur un autre poignard fiché dans sa poitrine.

Soudain l'arrière de la roulotte s'enflamma. Ceux qui étaient à l'intérieur sortirent en se bousculant, Lisamon Hultin ouvrant la marche en brandissant son sabre à vibrations. Valentin se trouva attaqué par un Métamorphe ayant revêtu son propre visage. Il repoussa la créature d'un coup de pied, pivota sur ses talons et en pourfendit un second à l'aide du couteau qui était sa seule arme. Qu'il était étrange de blesser quelqu'un. Avec une singulière fascination, il observa le liquide bronze qui commençait à couler. Mais le Métamorphe Valentin revint à l'attaque et lança ses griffes en avant, cherchant les yeux. Valentin esquiva, se retourna et porta un coup de couteau. La lame s'enfonça profondément et le Métamorphe recula en titubant, se tenant la poitrine. Valentin se mit à trembler, mais cela ne dura qu'un instant. Il se tourna pour affronter le suivant.

Le fait de se battre et de tuer était une expérience nouvelle pour lui, qui lui serrait le cœur. Mais faire preuve de clémence maintenant équivalait à s'exposer à une mort rapide. Il frappait d'estoc et de taille. Il entendit, venant de derrière lui, la voix de Carabella qui lui demandait :

— Comment t'en sors-tu ?

— Je... tiens... bon... grogna-t-il en réponse.

Zalzan Kavol, voyant sa superbe roulotte en feu, saisit en hurlant un Métamorphe par la taille et le précipita dans le brasier; deux autres se ruèrent sur lui, mais un autre Skandar les arrêta au passage et les cassa comme des fétus de paille avec ses deux paires de mains. Dans cette furieuse mêlée, Valentin aperçut Carabella luttant corps à corps avec un Métamorphe et le plaquant au sol grâce à la puissance des muscles de ses avant-bras que des années de jonglerie avaient développés. Et Sleet, férocement vindicatif, en écrasait un autre à coups de botte avec une joie sauvage. Mais la roulotte était la proie des flammes. La roulotte brûlait. Les bois étaient remplis de Métamorphes, la nuit tombait rapidement, il pleuvait à verse, et la roulotte brûlait.

Comme la chaleur du feu augmentait, le centre de la bataille se déplaça du bas-côté à la forêt, et la confusion atteignit son comble, car dans l'obscurité il était difficile de distinguer les amis des ennemis. Les perpétuels changements de formes des Métamorphes ne faisaient que compliquer les choses, bien que dans la frénésie du combat ils fussent incapables de conserver longtemps leur nouvelle apparence, et ce qui semblait être Sleet, Shanamir ou Zalzan Kavol reprenait rapidement sa forme première.

Valentin se battait avec sauvagerie. Il était ruisselant de sa propre sueur et du sang des Métamorphes, et son cœur lui martelait douloureusement la poitrine à cause de sa débauche d'efforts. Essoufflé, haletant, sans un instant de tranquillité, il se frayait un chemin à travers les rangs ennemis avec une ardeur qui l'étonnait lui-même, sans jamais s'arrêter pour prendre une seconde de repos. De taille et d'estoc. D'estoc et de taille...

Les Métamorphes n'avaient que des armes primitives, et bien qu'ils aient été des douzaines, leurs rangs s'éclaircissaient rapidement. Lisamon Hultin faisait un carnage avec son sabre à vibrations qu'elle brandissait en le tenant à deux mains, élaguant les arbres autant qu'elle sectionnait les membres des Métamorphes. Les Skandars survivants, tirant furieusement tout autour d'eux, avaient mis le feu à une demi-douzaine d'arbres et jonché le sol de corps de Métamorphes. Sleet estropiait et massacrait à tour de bras comme s'il s'imaginait pouvoir en quelques folles minutes se venger de toute la douleur qu'il avait éprouvée et dont il rendait les Métamorphes responsables. Khun et Vinorkis se battaient également en déployant une énergie farouche.

Et aussi brusquement qu'elle avait commencé, l'embuscade fut terminée.

A la lumière des arbres en flammes, Valentin voyait le sol couvert de Métamorphes. Deux Skandars morts gisaient parmi eux. Lisamon Hultin avait une blessure sanglante mais peu profonde à une cuisse; Sleet avait eu la moitié de son pourpoint arrachée et avait reçu plusieurs estafilades superficielles; Shanamir avait des marques de griffes qui lui traversaient la joue; Valentin, lui aussi, ne souffrait que de légères égratignures et la fatigue lui alourdissait les bras, mais il n'était pas blessé. Deliamber... tiens, où était passé Deliamber? Nulle part il n'y avait trace du Vroon. Valentin se tourna vers Carabella et lui demanda d'une voix où perçait l'angoisse :

— Le Vroon est-il resté dans la roulotte?

— J'ai cru que nous étions tous sortis quand elle s'est enflammée.

Valentin fronça les sourcils. Les seuls bruits qui

troublaient le silence de la forêt étaient les sifflements et les craquements du feu et le crépitement régulier et moqueur de la pluie.

— Deliamber! appela Valentin. Deliamber, où êtes-vous?

— Ici, répondit une voix aiguë venant d'en haut.

Valentin leva les yeux et vit le magicien juché sur une énorme branche, à cinq mètres au-dessus du sol.

— La guerre n'est pas un art dans lequel j'excelle, expliqua le Vroon d'un ton imperturbable.

Puis il se suspendit à sa branche et se laissa tomber dans les bras de Lisamon Hultin.

— Que faisons-nous, maintenant? demanda Carabella.

Valentin réalisa que c'était à lui qu'elle posait la question. C'était lui qui commandait. Zalzan Kavol, agenouillé près des corps de ses frères, semblait pétrifié par leur mort et par la perte de sa précieuse roulotte.

— Nous n'avons pas le choix, dit Valentin. Il nous faut couper à travers la forêt. Si nous essayons de suivre la route principale, nous allons rencontrer d'autres Métamorphes. Shanamir, où en sont les montures?

— Mortes, répondit le garçon, avec des sanglots dans la voix. Toutes. Les Métamorphes...

— Eh bien, nous irons à pied. La marche sous la pluie risque d'être longue et pénible. Deliamber, à quelle distance croyez-vous que nous soyons de la Steiche?

— A quelques jours de marche, je présume. Mais nous n'avons aucune notion de la direction à prendre.

— Suivons la pente du terrain, proposa Sleet. La rivière ne peut pas être plus haut que nous. Si nous continuons à nous diriger vers l'est, nous ne pouvons la manquer.

— A moins qu'une montagne ne se dresse sur notre chemin, fit remarquer Deliamber.

— Nous trouverons cette rivière, dit Valentin d'une voix ferme. La Steiche se jette dans le Zimr à Ni-moya, c'est bien cela ?

— Oui, répondit Deliamber, mais son cours est impétueux.

— C'est un risque à courir. Je suppose qu'un radeau sera ce qu'il y a de plus rapide à construire. Allons-y. Si nous restons ici plus longtemps, ils vont lancer une nouvelle attaque.

Il n'y avait rien à récupérer dans la roulotte, ni vêtements, ni nourriture, ni objets personnels, ni leur matériel de jonglerie — tout avait brûlé, ils avaient tout perdu, sauf ce qu'ils avaient sur eux lorsqu'ils étaient sortis à la rencontre de leurs assaillants. Pour Valentin, la perte n'était pas grave, mais pour certains des autres, les Skandars en particulier, elle était considérable. La roulotte avait longtemps été leur foyer.

Il fut difficile d'arracher Zalzan Kavol de sa place. Il était prostré et paraissait incapable d'abandonner les corps de ses frères et la carcasse encore fumante de sa roulotte. Avec douceur, Valentin le força à se relever. Quelques-uns des Métamorphes, dit-il, avaient fort bien pu sortir vivants de la bataille et pouvaient bientôt revenir avec des renforts; il était périlleux de rester ici. Ils creusèrent rapidement des tombes peu profondes dans le sol meuble de la forêt et y ensevelirent Thelkar et Heitrag Kavol. Après quoi, sous une pluie battante et à la nuit tombante, ils se mirent en route en espérant que la direction qu'ils suivaient était celle de l'est.

Ils marchèrent pendant plus d'une heure, jusqu'à ce que l'obscurité devienne trop profonde pour distinguer quoi que ce fût. Ils s'entassèrent misérablement pour la nuit, dégoulinants de pluie, se serrant les uns contre les autres en attendant l'aube. Dès potron-minet, ils se levèrent, raides et frigorifiés, et commencèrent à se frayer un chemin à travers l'enchevêtrement de la végétation. La pluie avait enfin cessé. La forêt commençait à s'éclaircir et ils ne rencontraient plus guère d'obstacles, excepté, de temps à autre, un cours d'eau rapide qu'il leur fallait traverser précautionneusement à gué. Lors d'un de ces passages, Carabella perdit l'équilibre et fut repêchée par Lisamon Hultin; à un autre, ce fut Shanamir qui fut emporté par le courant et Khun qui le retira de l'eau. Ils marchèrent jusqu'à midi, puis firent halte pendant une ou deux heures, déjeunant avec frugalité de racines crues et de baies. Puis ils reprirent leur route jusqu'à la tombée de la nuit.

Et ils vécurent pendant deux autres jours de la même façon. Le troisième jour, ils arrivèrent devant un groupe de dwikkas, huit arbres gigantesques et trapus dont les monstrueux fruits renflés pendaient aux branches.

— De la nourriture! hurla Zalzan Kavol.

— De la nourriture sacrée pour les frères de la forêt, lui dit Lisamon Hultin. Faites attention!

Le Skandar affamé était pourtant sur le point de couper la tige d'un des énormes fruits quand Valentin fit sèchement :

— Non! Je vous l'interdis!

Zalzan Kavol le fixa d'un air incrédule. Pendant un instant, ses vieilles habitudes de commandement s'affirmèrent et il regarda Valentin comme s'il était prêt à le frapper. Mais il réussit à se contrôler.

— Regardez, dit Valentin.

Des frères de la forêt sortaient de derrière chaque arbre. Ils étaient armés de leurs sarbacanes. Voyant les fragiles créatures simiesques les encercler, Valentin, accablé de fatigue, en vint presque à souhaiter qu'ils en finissent vite. Mais cela ne dura qu'un moment. Il reprit ses esprits et s'adressa à Lisamon Hultin.

— Demandez-leur s'ils peuvent nous procurer de la nourriture et des guides jusqu'à la Steiche. S'ils demandent à être payés, nous pourrons jongler pour eux avec des pierres ou des morceaux de fruits, je suppose.

La guerrière, qui mesurait le double des frères de la forêt, s'avança au milieu d'eux et parlementa un long moment. Quand elle revint, elle souriait.

— Ils sont au courant que nous sommes ceux qui ont libéré leurs frères à Ilirivoyne!

— Alors nous sommes sauvés! s'écria Shanamir.

— Les nouvelles vont vite dans cette forêt, dit Valentin.

— Nous sommes leurs hôtes, reprit Lisamon Hultin. Ils vont nous nourrir et nous guider.

Ce soir-là, les voyageurs firent un repas planureux, avec des fruits du dwikka et autres délices de la forêt et, pour la première fois depuis l'embuscade, des rires s'élevèrent parmi eux. Après le dîner, les frères de la forêt exécutèrent une danse en leur honneur, des sortes de cabrioles simiesques et, pour ne pas demeurer en reste, Sleet, Carabella et Valentin exécutèrent un numéro de jonglerie impromptu en utilisant des objets ramassés dans la forêt. Après quoi, Valentin dormit d'un sommeil profond et réparateur. Il rêva qu'il était capable de voler et il se vit prendre son essor et s'élever jusqu'au sommet du Mont du Château.

Le lendemain matin, un groupe de frères de la forêt jacasseurs les conduisit jusqu'à la Steiche, à trois heures de marche des dwikkas, où ils leur souhaitèrent bon voyage avec force gazouillements.

A la vue de la rivière, ils se sentirent tout dégrisés. Elle était large, même si elle était loin d'atteindre les dimensions imposantes du Zimr, et coulait vers le nord à une vitesse stupéfiante, avec une telle force qu'elle s'était creusé un lit profond bordé en de nombreux endroits par de hautes parois rocheuses. Çà et là d'affreux écueils apparaissaient à fleur d'eau et, en aval, Valentin distinguait les tourbillons blanchâtres des rapides.

La construction des radeaux leur prit une journée et demie. Ils abattirent les jeunes arbres élancés qui poussaient près de la berge, les ébranchèrent et les dégauchirent à l'aide de leurs poignards et de pierres tranchantes, et les assemblèrent avec des lianes. Le résultat manquait certes d'élégance, mais les radeaux, bien que rudimentaires, inspiraient relativement confiance. Il y en avait trois en tout — un pour les quatre Skandars, un pour Khun, Vinorkis, Lisamon Hultin et Sleet, et le dernier occupé par Valentin, Carabella, Shanamir et Deliamber.

— Nous serons probablement séparés en descendant la rivière, dit Sleet. Il vaudrait mieux se donner rendez-vous à Ni-moya.

— La Steiche et le Zimr se rencontrent à un endroit appelé Nissimorn, dit Deliamber. Il y a une grande plage de sable. Donnons-nous rendez-vous à la plage de Nissimorn.

— A la plage de Nissimorn, d'accord, dit Valentin.

Il trancha la corde qui retenait son radeau à la rive et ils furent emportés par le courant.

La première journée s'écoula sans incident; il y avait des rapides, mais aucun de très dangereux et ils les traversèrent sans difficulté en s'aidant de la gaffe. Carabella se montra très habile à gouverner le radeau et elle le manœuvrait adroitement autour des rares écueils.

Au bout d'un certain temps, les radeaux se séparèrent, celui de Valentin prenant rapidement de l'avance sur les deux autres sous l'action des courants. Le matin venu, il attendit, espérant que les autres le rattraperaient. Mais ne voyant aucun signe d'eux, il décida finalement de repartir.

Et ils continuèrent, se laissant la plupart du temps entraîner par le courant, avec, de temps à autre, des moments d'anxiété lorsque l'eau blanchissait devant eux. L'après-midi du second jour, le cours de la rivière commença à devenir plus agité. Le terrain semblait descendre à mesure que le Zimr s'approchait et la rivière suivait cette inclinaison, plongeant par à-coups. Valentin commençait à craindre de trouver des chutes d'eau en aval. Et ils n'avaient pas de carte, ni aucune notion des dangers qu'ils pouvaient rencontrer; ils prenaient les choses comme elles venaient. Il n'avait plus qu'à s'en remettre à la chance pour que cette rivière impétueuse les déposât en sécurité à Ni-moya.

Et après? Descendre le fleuve jusqu'à Piliplok et s'embarquer sur un bateau de pèlerins pour l'Ile du Sommeil, obtenir une entrevue avec la Dame, sa mère, et après? Et après? Comment pouvait-il revendiquer le trône du Coronal alors que son visage n'était pas le visage de lord Valentin, le souverain légitime? De quel droit, en vertu de quelle autorité? Cela semblait à Valentin une impossible quête. Il ferait mieux de rester ici dans la forêt, à régner sur sa petite troupe. Eux, au moins, l'acceptaient volontiers pour ce qu'il croyait être; mais dans ce monde peuplé de milliards d'inconnus, dans ce vaste empire aux cités géantes qui s'étendait au-delà de la ligne de l'horizon, comment, mais comment pourrait-il jamais réussir à convaincre les sceptiques que lui, Valentin le jongleur, était...?

Non. Toutes ces idées étaient insensées. Jamais encore, depuis qu'il était apparu, amputé de sa mémoire et de son passé, sur l'escarpement surplombant Pidruid, il n'avait ressenti le besoin de régner sur les autres; et s'il en était arrivé à commander sa petite troupe, c'était plus par un don naturel et par la carence de Zalzan Kavol que par désir manifeste de sa part. Et pourtant, c'était lui qui détenait l'autorité, aussi fragile et hésitante fût-elle. Et il en serait ainsi tant qu'ils iraient de l'avant sur Majipoor. Il allait avancer pas à pas et faire ce qui lui paraîtrait juste et approprié, et peut-être la Dame le guiderait-elle, et si le Divin le voulait, il réintégrerait un jour le Château, mais si cela n'entrait pas dans ses grands desseins, il saurait également l'accepter. Il n'y avait rien à craindre. Les événements allaient sereinement suivre leur cours, comme ils l'avaient fait depuis Pidruid. Et...

— *Valentin!* hurla Carabella.

D'énormes dents rocheuses semblaient émerger de la rivière. Partout autour d'eux, des blocs de pierre et de monstrueux tourbillons blancs, et juste devant, une terrifiante rupture de pente, un endroit où la Steiche se jetait dans le vide et dégringolait en rugissant une suite de niveaux jusqu'à la vallée, loin en contrebas. Valentin s'agrippa à sa gaffe, mais elle ne pouvait plus lui être d'aucune utilité. Elle se bloqua entre deux écueils et fut arrachée à son étreinte. Quelques instants plus tard, il y eut un affreux craquement alors que le frêle radeau, heurté par des rochers immergés et dévié de sa course, se disloquait. Valentin fut projeté dans le courant glacé et entraîné comme un bouchon. Il réussit pendant quelques secondes à agripper Carabella par le poignet, mais le courant la détacha de lui et, alors qu'il tendait désespérément la main pour la retenir, il fut submergé par le flot tumultueux et attiré vers le fond. Haletant et suffoquant, Valentin se débattit pour sortir la tête de l'eau. Quand il y parvint, le courant l'avait déjà entraîné au loin. Nulle part il n'y avait trace de l'épave du radeau.

— Carabella? cria-t-il. Shanamir? Deliamber? Ohé! Ohé!

Il hurla jusqu'à ce que sa voix fût cassée, mais le mugissement des rapides couvrait tellement ses cris qu'il pouvait à peine les entendre lui-même. Une affreuse sensation de peine et de perte lui engourdissait l'esprit. Avaient-ils donc tous disparu? Ses amis, sa bien-aimée Carabella, le madré petit Vroon, ce jeune effronté de Shanamir, tous engloutis en un instant? Non, non. C'était impensable. C'était une douleur bien plus aiguë que cette histoire, encore irréelle à ses yeux, de Coronal dépossédé de son Château. Quelle importance cela avait-il ? D'un côté, des êtres de chair et de sang et qui lui étaient chers; de l'autre, rien qu'un titre et le pouvoir. Ballotté par les flots, il ne cessait de crier leurs noms :

— *Carabella ! Shanamir !*

Valentin s'accrochait aux rochers, essayant de ralentir l'inéluctable chute, mais il se trouvait maintenant au cœur des rapides, secoué et meurtri par le courant et les pierres du lit de la rivière. Etourdi, épuisé, à demi paralysé par la douleur, Valentin abandonna la lutte et se laissa entraîner, tournoyant, montant et descendant comme un ludion. Il ramena ses genoux contre sa poitrine et se couvrit la tête de ses bras, essayant ainsi de réduire la surface de son corps entrant en contact avec les rochers. La force de la rivière était terrifiante. Ainsi voilà la fin, se dit-il, la fin de la grande aventure de Valentin de Majipoor, naguère Coronal, ancien jongleur itinérant, réduit en miettes par les forces impersonnelles et insoucieuses de la nature. Il recommanda son âme à la Dame, qu'il croyait être sa mère, prit une grande gorgée d'air, fit une culbute et s'enfonça, de plus en plus profondément, heurta quelque chose avec une violence terrible, se dit que ce devait être la fin, mais ce n'était pas encore la fin, car il heurta encore quelque chose et le choc sur ses côtes lui causa une douleur atroce, vidant ses poumons de l'air qu'ils contenaient, et il dut perdre conscience pendant quelque temps, car la douleur disparut. Il se retrouva allongé sur une plage de galets, le long d'un bras secondaire de la rivière. Il avait l'impression d'avoir été agité pendant des heures dans un cornet à dés géant avant d'être jeté au hasard, comme un objet de rebut, inutile. Tout son corps n'était que souffrance. Dès qu'il respirait, il sentait ses poumons gorgés d'eau. Il tremblait et avait la chair de poule. Et il était seul, sous un ciel vaste et sans nuages, à la lisière de quelque inconnu. La civilisation était devant lui, à une distance indéterminée, et tous ses amis s'étaient peut-être fracassés contre les rochers.

Mais il était vivant. Cela au moins ne faisait aucun doute. Seul, meurtri, désemparé, accablé de chagrin, perdu... mais vivant. Ainsi l'aventure n'était pas encore terminée. Lentement, avec une peine infinie, Valentin s'arracha au ressac, tituba jusqu'à la berge, s'allongea précautionneusement sur un grand rocher plat, ôta ses vêtements de ses doigts gourds et s'offrit à la chaleur bienfaisante du soleil. Il regardait vers la rivière, espérant voir Carabella arriver à la nage ou Shanamir avec le magicien perché sur l'épaule. Personne. Mais cela ne signifie pas qu'ils sont morts, se dit-il. Peut-être ont-ils été rejetés sur une autre grève. Je vais me reposer un peu ici, décida Valentin, puis je partirai à la recherche des autres et alors, avec ou sans eux, je me remettrai en route, vers Ni-moya, vers Piliplok, vers l'Ile du Sommeil, j'irai de l'avant, toujours de l'avant, jusqu'au Mont du Château ou quoi que ce soit d'autre que le destin me réserve. De l'avant. Toujours de l'avant.

TROISIÈME PARTIE

LE LIVRE
DE L'ÎLE DU SOMMEIL

1

Pendant ce qui lui parut durer des mois, voire des années, Valentin resta étendu de tout son long, nu sur une pierre plate et chaude de la plage de galets où la tumultueuse Steiche l'avait déposé. Le grondement de la rivière formait dans ses oreilles un bourdonnement continu, étrangement apaisant. Le soleil l'enveloppait d'un nimbe doré et vaporeux et il se dit que cette caresse allait le guérir de ses meurtrissures, de ses écorchures et de ses contusions, s'il pouvait seulement rester allongé assez longtemps. Il sentait vaguement qu'il aurait dû se lever, s'occuper de trouver un abri et se lancer à la recherche de ses compagnons, mais il parvenait à peine à trouver la force de se retourner. Il savait que cette conduite n'était pas digne d'un Coronal de Majipoor. Une telle indolence pouvait à la rigueur être acceptable de la part de commerçants, de taverniers ou même de jongleurs, mais celui qui avait des prétentions au pouvoir suprême devait s'astreindre à une discipline plus sévère. Alors relève-toi, se dit-il, rhabille-toi et commence à marcher vers le nord en suivant la berge de la rivière jusqu'à ce que tu trouves ceux qui peuvent t'aider à reconquérir ta haute position. Oui, debout, Valentin ! Mais il restait où il était. Coronal ou non, il avait consumé jusqu'à la dernière parcelle toute l'énergie qu'il y avait en lui lors de son plongeon tumultueux dans les rapides. Dans la position où il était, il avait le sentiment très vif de l'immensité de Majipoor, de ses nombreux milliers de kilomètres de circonférence qui s'étendaient sous son corps, une planète suffisamment vaste pour que vingt milliards d'habitants y vivent sans être à l'étroit, une planète aux villes énormes, avec des parcs, des réserves naturelles, des districts sacrés et des territoires agricoles aux dimensions fabuleuses, et il avait l'impression que s'il prenait la peine de se lever, il lui faudrait parcourir à pied toute cette colossale étendue, pas à pas. Il paraissait plus simple de rester où il était. Quelque chose lui chatouillait le bas du dos, quelque chose de caoutchouteux et d'insistant. Il feignit de ne pas s'en apercevoir.

— Valentin ?

Il n'eut toujours pas de réaction.

Le chatouillement recommença. Mais déjà l'idée s'était infiltrée à travers son cerveau engourdi de fatigue que quelqu'un l'avait appelé par son nom et donc que l'un de ses compagnons devait malgré tout avoir survécu. Une joie profonde l'envahit. Rassemblant le peu d'énergie qu'il lui restait, Valentin leva la tête et vit la petite silhouette aux nombreux tentacules d'Autifon Deliamber debout près de lui. Le magicien vroon se disposait à l'effleurer une troisième fois.

— Vous êtes vivant ! s'écria Valentin.

— Evidemment que je suis vivant. Et vous aussi, plus ou moins.

— Et Carabella ? Et Shanamir ?

— Je ne les ai pas vus.

— C'est bien ce que je craignais, murmura Valentin d'une voix faible.

Il ferma les yeux, baissa la tête et, écrasé de désespoir, il retomba en arrière comme une loque humaine.

— Venez, dit Deliamber. Un long voyage nous attend.

— Je sais. C'est pour cela que je ne veux pas me lever.

— Etes-vous blessé?

— Je ne pense pas. Mais je veux me reposer, Deliamber. Me reposer pendant au moins un siècle.

Les tentacules du sorcier palpèrent et tâtèrent le corps de Valentin en une douzaine d'endroits.

— Rien de grave, murmura le Vroon. Une bonne partie de votre corps est en parfait état.

— Une bonne partie ne l'est plus, dit Valentin indistinctement. Et vous?

— Les Vroons sont d'excellents nageurs, même les vieux comme moi. Je suis indemne. Nous devrions reprendre la route, Valentin.

— Plus tard.

— Est-ce ainsi qu'un Coronal de Majip...

— Non, le coupa Valentin. Mais un Coronal de Majipoor n'aurait jamais eu à descendre les rapides de la Steiche sur un radeau construit à la va-vite. Un Coronal n'aurait jamais eu à errer dans une jungle pendant des jours et des jours, dormant sous la pluie et se nourrissant exclusivement de fruits secs et de baies. Un Coronal...

— Un Coronal n'accepterait pas que ses lieutenants le voient dans un tel état d'indolence et d'abattement, l'interrompit sèchement Deliamber. Et en voici justement un qui approche.

Valentin cligna des yeux et se mit sur son séant. Lisamon Hultin arpentait la plage en se dirigeant vers eux. Elle avait l'air un tantinet défaite, avec ses vêtements en lambeaux et son gigantesque corps musculeux parsemé de bleus, mais sa démarche était toujours

aussi fringante et c'est de son habituelle voix de sten-
tor qu'elle les héla.

— Ohé! Etes-vous indemnes?

— Je pense, répondit Valentin. Avez-vous vu les
autres?

— Carabella et le garçon, à environ un kilomètre et
demi en amont.

Il sentit son moral remonter.

— Ils vont bien?

— Elle, oui, en tout cas.

— Et Shanamir?

— Il refuse de reprendre conscience. Elle m'a
envoyée chercher le sorcier. Je l'ai trouvé plus vite que
je ne pensais. Pouah, quelle rivière! Ce radeau s'est
disloqué si rapidement que c'en était presque drôle!

Valentin tendit la main pour prendre ses vêtements,
qu'il trouva encore mouillés, et les reposa sur la pierre
avec un haussement d'épaules.

— Il faut aller voir Shanamir tout de suite. Avez-
vous des nouvelles de Khun, de Sleet et de Vinorkis?

— Je ne les ai pas vus. Je me suis retrouvée dans la
rivière, et quand j'en suis sortie, j'étais seule.

— Et les Skandars?

— Aucune trace d'eux.

Puis, se tournant vers Deliamber, elle demanda :

— Où sommes-nous, à votre avis, sorcier?

— Loin de tout, répondit le Vroon. Mais en tout cas,
nous sommes sortis sains et saufs du territoire métamorphe. Allez, conduisez-moi jusqu'au garçon.

Lisamon Hultin hissa Deliamber sur son épaule et
remonta la plage à grandes enjambées; Valentin, portant ses vêtements mouillés sur le bras, clopinait derrière eux. Au bout de quelque temps, ils trouvèrent
Carabella et Shanamir installés dans une anse au sable
d'un blanc éclatant et bordée de hauts roseaux aux
tiges écarlates. Carabella, toute contusionnée et l'air
exténué, ne portait qu'une courte jupe de cuir, mais elle

ne paraissait pas trop mal en point. Shanamir était allongé, inconscient, la respiration lente, la peau d'une inquiétante teinte sombre.

— Oh, Valentin! s'écria Carabella, bondissant sur ses pieds et courant à sa rencontre. Je t'ai vu emporté par le courant... et puis... et puis... Oh, j'ai cru ne jamais te revoir!

Il la serra fort contre lui.

— Et j'ai cru la même chose. J'ai cru t'avoir perdue à jamais, mon amour.

— Tu as été blessé?

— Rien de grave, répondit-il. Et toi?

— J'ai été tellement secouée et ballottée que je ne savais plus qui j'étais. Et puis j'ai trouvé un endroit plus calme et j'ai nagé jusqu'à la rive, et Shanamir y était déjà. Mais il était impossible de le réveiller. Et puis Lisamon est sortie des broussailles et elle a dit qu'elle allait essayer de trouver Deliamber, et... Va-t-il reprendre conscience, sorcier?

— Encore un instant, répondit Deliamber, disposant l'extrémité de ses tentacules sur la poitrine et le front du garçon, comme s'il opérait un transfert d'énergie.

Shanamir grogna et remua faiblement. Il essaya d'ouvrir les yeux, les referma, les rouvrit. D'une voix pâteuse, il tenta de dire quelque chose, mais Deliamber lui ordonna de se taire, de rester immobile et de laisser l'énergie affluer en lui.

Il n'était pas question pour eux d'essayer de reprendre la route dans l'après-midi. Carabella et Valentin construisirent un abri rudimentaire à l'aide de roseaux, Lisamon Hultin prépara un dîner de fruits crus et de jeunes pousses de pininna; puis ils s'assirent en silence au bord de la rivière, admirant un féerique coucher de soleil, des bandes violettes et or striant le dôme du ciel, des reflets orange et pourpres sur la surface de l'eau, auréolés de nuances vert pâle, rouge satiné et cramoisi soyeux, puis les premières traînées de gris et de noir et la prompte tombée de la nuit.

Le lendemain matin, bien qu'encore raides de leur nuit à la belle étoile, ils se sentaient tous capables de repartir. Shanamir ne se ressentait plus de sa faiblesse de la veille : les soins de Deliamber et la résistance naturelle de la jeunesse lui avaient permis de retrouver toute sa vitalité.

Ayant rafistolé leurs vêtements du mieux possible, ils se mirent en route vers le nord, suivant la rive sableuse jusqu'à ce qu'elle disparaisse, puis continuant à travers la forêt de grêles androdragmas et d'alabandinas en fleurs qui flanquait la rivière. L'air était doux et le soleil jouant à cache-cache à travers le feuillage apportait à la petite troupe errante une chaleur qui était la bienvenue.

Pendant leur troisième heure de marche, Valentin sentit l'odeur d'un feu juste devant lui et huma quelque chose qui ressemblait à s'y méprendre à des effluves de poisson grillé. Il partit en courant, salivant, prêt à acheter, à mendier et, si nécessaire, à voler un peu de ce poisson, car il ne savait plus depuis combien de jours il n'avait pas pris d'aliments cuits. Il se laissa glisser en bas d'un talus en pente raide, et arriva sur des galets, si blancs sous le soleil qu'il en fut aveuglé. Dans la lumière éblouissante, il distingua trois silhouettes penchées sur un feu au bord de l'eau, et quand il mit sa main en visière, il s'aperçut que l'une des silhouettes était un humain trapu, à la peau pâle, à la tignasse d'un blanc stupéfiant, qu'une autre était un être d'un autre monde, aux longues jambes et à la peau bleue, et que la troisième était un Hjort.

— Sleet ! s'écria Valentin. Khun ! Vinorkis !

Il courut vers eux, glissant et trébuchant sur les galets.

Ils le suivirent d'un œil calme dans sa course éperdue, et lorsqu'il arriva près d'eux, Sleet, d'un geste plein de simplicité, lui tendit un morceau de bois sur lequel était embroché un filet de quelque poisson de rivière à chair rose.

— Tu mangeras bien quelque chose, lui proposa aimablement Sleet.

Valentin resta bouche bée.

— Comment êtes-vous arrivés si loin devant nous ? Avec quoi avez-vous allumé ce feu ? Comment avez-vous attrapé les poissons ? Qu'avez-vous...

— Votre poisson va refroidir, l'interrompit Khun. Mangez d'abord, vous poserez des questions après.

Valentin mordit avec voracité dans le poisson — jamais il n'avait mangé quelque chose d'aussi succulent, une chair tendre et juteuse, parfaitement saisie, il était sûr que jamais mets plus délicat n'avait été servi aux festins du Mont du Château — et, se retournant, il fit signe à ses compagnons de descendre le talus. Mais ils arrivaient déjà, Shanamir bondissant et poussant de grands cris, Carabella filant gracieusement comme une flèche au-dessus des cailloux, Lisamon Hultin, portant toujours Deliamber, martelant le sol de son pas lourd.

— Il y a du poisson pour tout le monde ! proclama Sleet.

Ils en avaient attrapé au moins une douzaine, qui nageaient tristement en rond dans une petite flaque bordée de rochers. Avec une grande habileté, Khun les sortit de l'eau, les ouvrit et les vida. Sleet les présenta quelques secondes à la flamme et les fit passer aux autres qui les mangèrent gloutonnement.

Sleet expliqua que lorsque leur radeau s'était disloqué, ils s'étaient accrochés à trois troncs d'arbres qui étaient restés assemblés et qu'ils avaient réussi ainsi à traverser les rapides et à se laisser porter loin en aval. Ils se souvenaient vaguement avoir vu la plage sur laquelle Valentin avait été rejeté, mais ils n'avaient pas remarqué sa présence sur la plage lorsqu'ils étaient passés devant et s'étaient laissé entraîner par le courant pendant encore plusieurs kilomètres jusqu'à ce qu'ils aient suffisamment récupéré de leur descente des rapides pour avoir envie d'abandonner leurs troncs d'arbres et de gagner la rive à la nage. C'était Khun qui avait pêché les poissons à main nue; il avait, dit Sleet, les mains les plus prestes qu'il lui avait jamais été donné de voir et il ferait probablement un jongleur de tout premier ordre. Khun grimaça un sourire — c'était la première fois que Valentin voyait son visage se départir de son expression lugubre.

— Et le feu? demanda Carabella. Vous l'avez allumé en claquant des doigts, je suppose.

— Nous avons essayé, répondit benoîtement Sleet. Mais l'entreprise s'est avérée trop pénible. Alors nous sommes allés jusqu'au village de pêcheurs, juste derrière le coude de la rivière, et nous avons demandé à leur emprunter du feu.

— Un village de pêcheurs? fit Valentin, stupéfait.

— Une colonie de Lii qui ignorent à l'évidence que la destinée de leur race est de vendre des saucisses dans les agglomérations occidentales. Ils nous ont offert le gîte pour la nuit et ont accepté de nous transporter cet après-midi jusqu'à Ni-moya pour que nous puissions attendre nos amis à la plage de Nissimorn.

Il sourit.

— Je présume qu'il nous faudra louer une seconde embarcation maintenant.

— Sommes-nous si près de Ni-moya? demanda Deliamber.

— Deux heures de bateau, d'après ce qu'on m'a dit, jusqu'au confluent des deux cours d'eau.

Le monde parut soudain moins démesuré à Valentin, et les tâches qui l'attendaient moins écrasantes. Avoir enfin fait un vrai repas, savoir qu'il y avait à proximité un village ami et qu'il allait bientôt laisser derrière lui la vie sauvage, tout cela était merveilleusement réconfortant. Une seule chose le tracassait encore : le sort de Zalzan Kavol et de ses trois frères survivants.

Le village lii était effectivement tout proche — il comptait environ cinq cents âmes, des gens trapus, la tête plate et la peau sombre, dont les trois yeux luisants comme des braises n'exprimaient guère de curiosité à l'égard des voyageurs. Ils vivaient dans de modestes huttes au toit de chaume bâties tout près de la rivière et s'adonnaient dans des jardinets à des cultures variées pour fournir un supplément aux prises que rapportait leur flottille de bateaux de pêche primitifs. Leur dialecte était difficile, mais Sleet semblait capable de communiquer avec eux et il réussit non seulement à retenir une seconde embarcation, mais encore à acquérir, pour quelques couronnes, des vêtements frais pour Carabella et Lisamon Hultin.

En début d'après-midi, ils embarquèrent pour Nimoya avec un équipage de quatre Lii taciturnes.

La rivière coulait aussi vite qu'ailleurs, mais il y avait peu de rapides d'importance et les deux bateaux suivaient le courant à bonne allure à travers une campagne de plus en plus peuplée et civilisée. Les rives escarpées des hautes terres faisaient place à de larges plaines alluviales de limon noir et épais, et bientôt ils virent défiler devant eux une succession presque ininterrompue de villages.

Puis la rivière se transforma en un large plan d'eau d'un bleu profond. A cet endroit, le terrain était plat et découvert, et bien que les agglomérations sur les deux rives fussent sans aucun doute des villes de belle taille, peuplées de plusieurs milliers d'habitants, on eût dit de simples hameaux, tellement elles étaient rapetissées par l'immensité de la nature environnante.

Devant eux, il y avait une énorme étendue d'eau qui paraissait s'allonger jusqu'à l'horizon, comme s'il s'agissait de la mer.

— Le Zimr, annonça l'homme de barre de l'embarcation de Valentin. La Steiche se termine ici. La plage de Nissimorn sur la gauche.

Valentin contempla une énorme plage en forme de croissant, bordée d'une dense palmeraie dont les arbres surmontés de leurs pourpres feuilles pennées avaient une inclinaison très prononcée. En approchant de la plage, Valentin découvrit avec stupéfaction un radeau composé de troncs d'arbres grossièrement assemblés et, assis près de lui, quatre silhouettes velues dotées chacune de quatre bras. Les Skandars les attendaient.

2

La descente de la rivière n'avait rien eu d'extraordinaire pour Zalzan Kavol. Son radeau était arrivé aux rapides; ses frères et lui les avaient traversés en manœuvrant à la gaffe, se faisant un peu secouer, mais rien de bien méchant; ils s'étaient laissé entraîner par le courant jusqu'à la plage de Nissimorn où ils s'étaient installés, attendant avec une impatience croissante et se demandant ce qui avait pu retarder le reste de la troupe. Il n'était pas venu à l'esprit du Skandar que les autres radeaux avaient pu se fracasser pendant la descente de la rivière et il n'avait vu aucun des naufragés sur la grève.

— Vous avez eu des ennuis? demanda-t-il avec ce qui paraissait être une innocence sincère.

— Qualifions-les de mineurs, répondit sèchement Valentin. Mais nous sommes apparemment tous réunis et il sera bon de retrouver un vrai toit pour dormir cette nuit.

Ils reprirent leur voyage et, très vite, ils arrivèrent au

confluent de la Steiche et du Zimr, une étendue d'eau si vaste qu'il fut impossible à Valentin de concevoir qu'il ne s'agissait que du point de rencontre de deux cours d'eau. Arrivés à la ville de Nissimorn, sur la rive sud-ouest, ils prirent congé des Lii et s'embarquèrent sur le ferry-boat qui allait les transporter jusqu'à Nimoya, la plus grande ville du continent de Zimroel.

Trente millions de citoyens y habitaient. A Ni-moya, le Zimr faisait une grande courbe, orientant brusquement son cours de l'est au sud-est. Là, une prodigieuse mégalopole avait pris forme. Elle étendait ses tentacules sur des centaines de kilomètres le long des deux rives du fleuve et en remontant plusieurs des affluents venant du nord. Valentin et ses compagnons virent d'abord la banlieue sud, des quartiers résidentiels qui laissaient place, tout à fait au sud, à la zone agricole qui s'étendait jusqu'à la vallée de la Steiche. La principale zone urbaine était située sur la rive nord et on ne la voyait qu'indistinctement de prime abord, des rangées de tours blanches au toit plat descendant en terrasses jusqu'au fleuve. Des douzaines de ferry-boats sillonnaient l'eau à cet endroit, reliant entre elles la myriade de villes qui bordaient le fleuve. La traversée leur prit plusieurs heures et ce n'est qu'au crépuscule qu'ils virent la ville de Ni-moya proprement dite.

La cité était d'une beauté magique. Elle commençait à se parsemer de lumières au clignotement tentateur sur le fond de vertes collines boisées et de bâtiments d'un blanc immaculé. Des jetées géantes s'avançaient comme des doigts tendus dans le fleuve et une incroyable profusion de bateaux de toutes dimensions étaient amarrés le long du front de mer. La ville de Pidruid, qui avait paru si imposante à Valentin au début de sa longue errance, ne soutenait vraiment pas la comparaison avec celle-ci.

Seuls les Skandars, Khun et Deliamber étaient déjà venus à Ni-moya. Deliamber leur parla des merveilles qu'offrait la cité : son Portique Flottant, une galerie marchande d'un kilomètre et demi de long, suspendue au-dessus du sol par des câbles presque invisibles; son Parc des Animaux Fabuleux, où les spécimens les plus rares de la faune de Majipoor, des créatures dont l'espèce était menacée d'extinction par le développement de la civilisation, vivaient en liberté dans un milieu reproduisant leur habitat naturel; son Boulevard de Cristal, une artère rutilante aux réflecteurs tournants, une vue grandiose; son Grand Bazar, vingt-cinq kilomètres carrés d'un dédale de ruelles abritant des milliers de minuscules échoppes sous une ligne continue de toits d'un jaune éblouissant; son Musée des Mondes, sa Chambre de la Sorcellerie; son palais ducal, construit à une échelle démesurée et dont on prétendait que seul le Château de lord Valentin le surpassait, et bien d'autres choses encore qui paraissaient à Valentin relever beaucoup plus du mythe et de la chimère que de ce que l'on pouvait découvrir dans une véritable ville. Mais ils ne verraient rien de tout cela. L'orchestre municipal et ses mille instrumentistes, les restaurants flottants, les oiseaux artificiels aux yeux de pierres précieuses et tout le reste devraient attendre, si ce jour devait jamais arriver, qu'il revienne à Ni-moya revêtu de la robe du Coronal.

Alors que le ferry-boat approchait du débarcadère, Valentin réunit tout le monde et leur dit :

— Le moment est venu pour chacun de choisir sa route. Mon intention est de m'embarquer d'ici pour Piliplok et d'entreprendre de là-bas le pèlerinage de l'Ile. J'ai fort prisé votre compagnie jusqu'à maintenant et j'aimerais la conserver, mais je n'ai rien d'autre à vous offrir qu'une interminable vie de voyages et l'éventualité d'une mort prématurée. Mes chances de succès sont minces et les obstacles sont considérables. Quelqu'un d'entre vous veut-il continuer avec moi ?

— Je te suivrai jusqu'au bout du monde! s'écria Shanamir.

— Moi aussi, dit Sleet, imité par Vinorkis.

— Douterais-tu de moi? demanda Carabella.

Valentin lui sourit puis tourna la tête vers Deliamber qui dit :

— La légitimité du royaume est en jeu. Comment pourrais-je ne pas suivre le véritable Coronal partout où il lui semblera bon d'aller?

— Tout cela me déroute, dit Lisamon Hultin, je ne comprends rien à cette histoire de Coronal qui vadrouille loin de son véritable corps. Mais je n'ai pas d'autre emploi, Valentin. Je suis des vôtres.

— Je vous remercie tous, dit Valentin. Et je vous remercierai de nouveau, et de manière plus grandiose, dans la salle des banquets du Mont du Château.

— Et les Skandars ne peuvent-ils vous être d'aucune utilité, monseigneur? demanda Zalzan Kavol.

Valentin ne s'attendait pas à cela.

— Voulez-vous venir aussi?

— Notre roulotte est détruite. La mort a frappé notre famille. Tout notre matériel de jonglerie a disparu. Je n'ai aucune vocation de pèlerin, mais je vous suivrai jusqu'à l'Ile et au-delà, et mes frères feront de même, si vous nous acceptez.

— Je vous accepte, Zalzan Kavol. S'il existe un poste de jongleur à la cour impériale, il sera pour vous, je vous le promets!

— Merci, monseigneur, répondit le Skandar d'un ton empreint de gravité.

— Il y a encore un volontaire, dit Khun.

— Vous aussi? demanda Valentin, surpris.

— Peu m'importe, répondit l'étranger à la mine lugubre, de savoir qui est le monarque de cette planète où j'ai échoué. Par contre, il est important pour moi de me conduire honorablement. Sans vous, je serais maintenant mort à Piurifayne. Je vous dois la vie et je vous aiderai de mon mieux.

— Nous n'avons fait pour vous que ce que tout être civilisé aurait fait pour un autre, répliqua Valentin en secouant la tête. Vous n'avez aucune dette de reconnaissance à acquitter.

— Je ne vois pas les choses de la même manière, reprit Khun. De plus, la vie que j'ai menée jusqu'à ce jour a été frivole et superficielle. J'ai quitté sans raison Kianimot, ma planète natale, pour venir ici où j'ai vécu de manière stupide et failli perdre la vie, alors pourquoi continuer ainsi ? J'épouserai votre cause et la ferai mienne, et peut-être finirai-je par y croire, et si je meurs pour vous faire roi, je ne ferai que payer la dette qui existe entre nous. Avec une mort réussie, je pourrai me racheter aux yeux de l'univers d'une vie ratée. Voulez-vous de moi ?

— De tout cœur, vous êtes le bienvenu, répondit Valentin.

Le ferry-boat fit entendre un long coup de sirène et accosta sans heurt le débarcadère.

Ils passèrent la nuit dans l'hôtel le moins cher qu'ils purent trouver sur le front de mer, un gîte propre mais nu, aux murs blanchis à la chaux et aux baignoires communes. Ils s'offrirent un dîner modeste et plantureux dans une auberge proche. Valentin demanda à mettre les fonds en commun et nomma Shanamir et Zalzan Kavol trésoriers puisqu'ils semblaient avoir la meilleure appréciation de la valeur et de l'usage de l'argent. Il restait à Valentin la majeure partie de la somme qu'il avait sur lui à Pidruid et Zalzan Kavol sortit d'une bourse cachée une pile impressionnante de pièces de dix royaux. A eux deux, ils avaient largement de quoi mener tout le monde jusqu'à l'Ile du Sommeil.

Le lendemain matin, ils payèrent leur passage à bord d'un vapeur semblable à celui qui les avait transportés de Khyntor à Verf et ils commencèrent le voyage jusqu'à Piliplok, le grand port situé à l'embouchure du Zimr.

Malgré toute la distance qu'ils avaient déjà parcourue à travers Zimroel, plusieurs milliers de kilomètres les séparaient encore de la côte orientale. Mais sur toute la largeur du Zimr, les bateaux faisaient route rapidement et paisiblement. Bien sûr, le vapeur faisait escale à chacune des innombrables villes sises en bordure du fleuve, Larnimisculus, Belka et Clarischanz, Flegit, Hiskuret et Centriun, Obliorn Vale, Salvamot et Gourkaine, Semirod et Cerinor, Haunfort Major, Impemond, Orgeliuse, Dambemuir et beaucoup d'autres, une interminable succession d'agglomérations presque indiscernables, chacune avec ses jetées, ses promenades en bordure du fleuve, ses plantations de palmiers et d'alabandinas, ses entrepôts peints de couleurs gaies et ses bazars gigantesques, ses queues de passagers, leurs billets serrés dans la main, avides de monter à bord et impatients de partir dès qu'ils avaient franchi la passerelle. Sleet tailla des massues dans des morceaux de bois dont l'équipage lui avait fait cadeau, et Carabella dénicha quelque part des balles pour jongler. Pendant les repas, les Skandars escamotaient tranquillement de la vaisselle, si bien que la troupe accumulait progressivement tout un matériel de jongleurs et, à partir du troisième jour, ils gagnèrent quelques couronnes en se produisant sur le pont promenade. Maintenant qu'il avait recommencé à jongler, Zalzan Kavol retrouvait peu à peu une partie de son assurance bourrue, bien qu'il parût encore étrangement radouci, abordant avec un luxe de précautions des situations qui auraient auparavant provoqué des explosions de rage.

C'était le pays natal des Skandars, qui avaient vu le jour à Piliplok et débuté en faisant des tournées dans les villes de l'intérieur de cette immense province qui s'étendait jusqu'à Stenwamp et Port Saikforge en bordure du fleuve, à quinze cents kilomètres de la côte. Ce paysage familier les dérida, ce moutonnement de collines fauves et ces petites villes animées aux constructions de bois, et Zalzan Kavol s'étendit sur le début de sa carrière, ses premiers succès et ses très rares échecs, et mentionna une dispute avec un imprésario qui l'avait conduit à chercher fortune à l'autre extrémité de Zimroel. Valentin soupçonna que cela avait dû entraîner quelque violence et peut-être quelque transgression de la loi, mais il ne posa pas de questions.

Un soir, après force libations, les Skandars allèrent jusqu'à chanter — pour la première fois depuis que Valentin partageait leur vie — une chanson skandar, une complainte lugubre sur un ton mineur, tout en dansant en rond, traînant les pieds, les épaules basses :

Parfois mon cœur soupire;
D'obscurs pressentiments
Voilent mes yeux de larmes
Qui coulent lentement.

> *La mort et l'affliction,*
> *La mort et l'affliction*
> *Nous suivent pas à pas*
> *Partout où nous allons.*

Ils sont loin les sentiers
Où je vagabondais,
Les monts et ruisselets
Du pays bien-aimé.

> *La mort et l'affliction,*
> *La mort et l'affliction*
> *Nous suivent pas à pas*
> *Partout où nous allons.*

Les dragons ont la mer,
Le malheur tient la terre,

Jamais ne reverrai
Mon pays bien-aimé.

La mort et l'affliction,
La mort et l'affliction
Nous suivent pas à pas
Partout où nous allons.

La chanson était d'une monotonie tellement sinistre et les énormes Skandars, se dandinant lourdement en chantant, avaient l'air si ridicule que Carabella et Valentin eurent au début toutes les peines du monde à réprimer une violente envie de rire. Mais dès le second couplet, Valentin se sentit remué par l'émotion sincère qui semblait se dégager de la complainte : les Skandars avaient réellement connu la mort et l'affliction, et bien qu'ils fussent tout près de leur pays natal, ils avaient passé la majeure partie de leur vie loin de Piliplok. Valentin se dit qu'il était peut-être effectivement dur et pénible d'être un Skandar sur Majipoor, une créature velue se déplaçant pesamment dans l'air chaud au milieu d'êtres plus légers et à la peau lisse.

L'été touchait maintenant à sa fin, et sur la côte orientale de Zimroel c'était la saison sèche pendant laquelle des vents chauds soufflaient du sud, la végétation entrait en sommeil et, d'après Zalzan Kavol, les gens s'emportaient facilement et les crimes passionnels étaient monnaie courante. Valentin trouva la région moins intéressante que les jungles de l'intérieur du continent ou la luxuriance de la végétation subtropicale, mais après quelques jours d'observation attentive, il conclut qu'elle n'était pas dépourvue d'une sorte de beauté austère, sobre et sévère, bien éloignée de la folle exubérance de l'Ouest. Malgré tout, c'est avec plaisir et soulagement, après de longs jours passés sur ce fleuve monotone et apparemment interminable, qu'il entendit

Zalzan Kavol annoncer que les faubourgs de Piliplok étaient en vue.

3

La ville de Piliplok était à peu près aussi vieille et aussi grande que le port qui lui faisait pendant sur la côte opposée du continent, Pidruid. Mais la ressemblance s'arrêtait là, car Pidruid avait été construit sans plan et offrait un capricieux enchevêtrement de rues, d'avenues et de boulevards s'entortillant au petit bonheur les uns autour des autres, alors que Piliplok avait été construite selon un plan tracé avec une précision rigoureuse et presque maniaque.

La ville était bâtie sur un large promontoire situé à l'embouchure du Zimr, sur sa rive droite. Le fleuve atteignait une largeur inconcevable, de l'ordre de cent kilomètres à l'endroit où il se jetait dans la Mer Intérieure, et il charriait le limon et les sédiments accumulés sur les onze mille kilomètres de son cours rapide depuis l'extrême nord-ouest du continent, souillant ainsi l'océan et mêlant aux flots bleu-vert une tache sombre qui, à ce que l'on disait, pouvait être vue jusqu'à plusieurs centaines de kilomètres en mer. Le cap nord de l'embouchure était une falaise crayeuse d'un kilomètre et demi de haut et de plusieurs kilomètres de long qui, même de Piliplok, était visible par temps clair, une muraille d'un blanc éblouissant, miroitant sous le soleil matinal. Rien là-bas ne pouvait être utilisé pour des installations portuaires, aussi cette zone avait-elle été laissée à l'abandon et convertie en territoire sacré. Des adeptes de la Dame y vivaient dans une réclusion si totale que nul ne les avait importunés depuis plus de cent ans. Mais Piliplok était une tout

342

autre affaire : onze millions d'habitants dans cette ville qui rayonnait dans toutes les directions à partir de son magnifique port naturel. Une série de rues coupaient ces grands axes et délimitaient les différents quartiers de la ville, les quartiers commerçants au centre, puis des zones réservées aux activités professionnelles et aux loisirs et enfin, à la périphérie, les quartiers résidentiels, eux-mêmes soigneusement cloisonnés en fonction de la situation de fortune et, dans une certaine mesure, de la race. Il y avait à Piliplok une forte concentration de Skandars — Valentin avait l'impression qu'une personne sur trois se promenant sur le front de mer appartenait au peuple de Zalzan Kavol — et il était quelque peu intimidant de voir déambuler une telle quantité de géants velus à quatre bras. Dans cette ville, vivaient également bon nombre de Su-Suheris, cette race distante et aristocratique, négociants en articles de luxe, étoffes précieuses, bijouterie et artisanat d'art en provenance de toutes les régions de la planète. L'air était vif et sec et, sentant l'incessant vent du sud lui brûler les joues, Valentin commença à comprendre ce que Zalzan Kavol voulait dire lorsqu'il avait parlé de la propension à l'emportement suscitée par ce vent.

— Cela lui arrive-t-il d'arrêter de souffler ? demanda-t-il.

— Le premier jour du printemps, répondit Zalzan Kavol.

Valentin espérait être déjà loin à ce moment-là. Mais ils durent immédiatement faire face à un problème. En compagnie de Zalzan Kavol et de Deliamber, Valentin se rendit sur le quai de Shkunibor à l'extrémité est du port de Piliplok pour s'occuper du transport jusqu'à l'Ile. Depuis des mois, Valentin s'imaginait dans cette ville et sur ce quai, et il avait acquis à ses yeux un prestige quasi légendaire, avec de vastes perspectives et une architecture majestueuse, aussi ne fut-il pas peu déçu en y arrivant de découvrir que le principal point d'embarquement sur les bateaux de pèlerins était une bâtisse croulante et délabrée, dont la peinture verte s'écaillait sur les murs et les drapeaux lacérés flottaient au gré du vent.

Mais il y avait plus grave encore. Le quai semblait désert. Après quelques minutes de recherche, Zalzan Kavol trouva un horaire des départs placardé dans un coin sombre du bureau des billets. Les bateaux de pèlerins partaient pour l'Ile les premiers du mois — sauf en automne, où les départs étaient beaucoup plus espacés à cause des vents contraires dominants. Le dernier bateau de la saison avait levé l'ancre une semaine plus tôt. Le prochain partait dans trois mois.

— Trois mois! s'écria Valentin. Mais qu'allons-nous faire à Piliplok pendant trois mois? Jongler dans les rues? Mendier? Voler? Relisez cet horaire, Zalzan Kavol!

— Il dira la même chose, déclara le Skandar. J'aime Piliplok par-dessus tout, poursuivit-il en grimaçant, mais je ne tiens guère à y être pendant la saison des vents. Quelle poisse!

— Il n'y a vraiment aucun bateau qui appareille à cette saison? demanda Valentin.

— Seulement les dragonniers, répondit Zalzan Kavol.

— Qu'est-ce que c'est?

— Ce sont des navires équipés pour la pêche aux dragons de mer qui se réunissent en troupes pour s'accoupler à cette époque de l'année et sont faciles à tuer. Nombreux sont les dragonniers qui prennent la mer en ce moment. Mais de quelle utilité peuvent-ils nous être?

— Jusqu'où vont-ils en mer? demanda Valentin.

— Aussi loin qu'il le faut pour trouver leurs prises. Ils poussent parfois jusqu'à l'archipel de Rodamaunt si les dragons se rassemblent à l'est.

— Où est cet archipel ?

— C'est une longue chaîne d'îles très loin dans la Mer Intérieure, à peu près à mi-chemin de l'Ile du Sommeil.

— Elles sont habitées ?

— La population y est dense.

— Bon. Dans ce cas, il y a sûrement des échanges entre les îles. Nous pourrions peut-être, en payant, nous faire accepter comme passagers sur un de ces dragonniers et transporter jusqu'à l'archipel et, de là, trouver un capitaine et affréter son navire pour nous emmener dans l'Ile.

— C'est possible, dit Deliamber.

— Il n'y a pas de règlement exigeant de tous les pèlerins qu'ils arrivent sur les bateaux de pèlerins ?

— Pas à ma connaissance, répondit le Vroon.

— Les capitaines des dragonniers ne voudront pas s'embarrasser de passagers, objecta Zalzan Kavol. Jamais ils n'exercent ce genre de commerce.

— Même une poignée de royaux ne pourrait éveiller leur intérêt ?

— Je n'en ai aucune idée, répondit Zalzan Kavol, l'air dubitatif. Leur métier est déjà fort lucratif. Ils peuvent considérer que des passagers risquent de les encombrer ou même de leur porter malheur. De plus, il n'est même pas sûr qu'ils acceptent de nous transporter jusqu'à l'archipel, s'il se trouve cette année au-delà de leur zone de pêche. Et au cas où nous réussirions à atteindre l'archipel, nous ne pouvons pas non plus être sûrs d'y trouver quelqu'un qui acceptera de nous transporter jusqu'à l'Ile.

— Par ailleurs, dit Valentin, tout cela pourrait peut-être s'arranger très facilement. Nous avons de l'argent et je préférerais l'utiliser à persuader des patrons de pêche de nous prendre comme passagers que le dépenser en nourriture et en logement à Piliplok pendant les trois mois à venir. Où peut-on trouver les pêcheurs de dragons ?

Toute une portion du front de mer, cinq à six kilomètres de quais, était réservée à leur usage exclusif et, dans le port, on était en train de compléter l'armement de plusieurs douzaines d'énormes navires en bois pour la saison de pêche qui ne faisait que commencer. Les dragonniers étaient tous construits sur le même modèle, que Valentin trouva morbide et sinistre, de lourds bâtiments bombés, à la coque ventrue, aux énormes mâts extravagants et fourchus, avec de terrifiantes figures de proue aux dents proéminentes, et à la poupe terminée par de longues queues en pointe. La plupart étaient décorés tout le long de leurs flancs d'audacieux motifs représentant des yeux écarlate et jaune ou des rangées de dents blanches de carnassiers; et, très haut au-dessus des ponts, des coupoles hérissées pour les harponneurs, des treuils géants pour les filets et des plates-formes tachées de sang sur lesquelles le dépeçage avait lieu. Il paraissait incongru à Valentin d'utiliser un de ces navires semant la mort pour gagner le havre de paix et de sainteté qu'était l'Ile du Sommeil. Mais il n'avait pas d'autre solution.

Et même cette solution commença très vite à devenir problématique. Ils allaient de bateau en bateau, d'appontement en appontement, de forme de radoub en forme de radoub, et partout les patrons de pêche écoutaient leur proposition d'une oreille distraite et leur opposaient un rapide refus. Zalzan Kavol leur servait la plupart du temps de porte-parole, car les patrons étaient en majorité des Skandars et l'on pouvait penser qu'ils accueilleraient avec plus de sympathie la proposition de quelqu'un de leur propre race. Mais en dépit de tous les arguments invoqués, ils demeuraient inflexibles.

— Vous ne feriez que distraire l'équipage, leur dit le premier patron. Vous seriez toujours en train de vous prendre les pieds dans le gréement, d'avoir le mal de mer ou des exigences particulières pour le service...

— Nous ne pouvons être affrétés pour le transport de passagers, dit le second. Nos statuts nous l'interdisent.

— L'archipel est au sud de nos parages préférés, déclara le troisième.

— Cela fait bien longtemps que je suis persuadé, dit le quatrième, qu'un dragonnier prenant la mer avec à son bord des étrangers à la corporation est un bateau qui ne reverra jamais Piliplok. Je préfère ne pas vérifier cette année encore le bien-fondé de cette superstition.

— Les pèlerins ne m'intéressent pas, leur dit le cinquième. Que la Dame vous transporte dans les airs si elle le veut. Mais vous ne monterez pas à bord de mon bateau.

Le sixième refusa à son tour, ajoutant qu'aucun patron n'était susceptible de les aider. Le septième leur dit la même chose. Le huitième, ayant été averti qu'un groupe de terriens parcourait les quais pour essayer de s'embarquer, n'accepta même pas de les recevoir.

Le neuvième patron, une vieille Skandar grisonnante, à la bouche édentée et à la fourrure pelée, se montra plus amicale que les autres, bien que tout aussi hostile à l'idée de leur faire de la place sur son bateau. Elle alla jusqu'à leur faire une suggestion.

— Sur le quai Prestimion, leur dit-elle, vous trouverez le capitaine Gorzval, le patron du *Brangalyn*. Gorzval a fait plusieurs voyages malheureux et tout le monde sait qu'il est à court d'argent. Je l'ai entendu dans une taverne, pas plus tard que l'autre soir, essayer de faire un emprunt pour payer les réparations de sa coque. Il est possible que le revenu supplémentaire apporté par des passagers lui soit bien utile en ce moment.

— Et où se trouve le quai Prestimion ? demanda Zalzan Kavol.

— Tout à fait au bout, derrière Dekkeret et Kinniken, juste à l'ouest du bassin de désarmement.

Une heure plus tard, après avoir jeté un premier coup d'œil au bateau du capitaine Gorzval, Valentin se disait avec tristesse qu'un poste de mouillage situé à proximité du bassin de désarmement était tout à fait indiqué pour le *Brangalyn*, qui paraissait bon pour la ferraille. C'était un bateau plus petit et plus vieux que les autres que Valentin avait vus, et dans le cours de sa longue histoire, sa coque avait dû être déchirée car, à la suite de sa reconstruction, elle était devenue mal proportionnée, avec des poutres dépareillées et l'air bizarrement de guingois à tribord. Les yeux et les dents peints le long de la ligne de flottaison avaient perdu leur éclat; la figure de proue était de travers; les queues en pointe avaient été brisées net à quelque trois mètres de leur base, peut-être par un vigoureux coup de queue d'un dragon furieux; les mâts, eux aussi, avaient été amputés de quelques vergues. Des hommes d'équipage, l'air mou et abattu, étaient au travail, mais sans grande efficacité, calfatant, lovant des cordages et ravaudant la voilure.

Le capitaine Gorzval lui-même paraissait aussi fatigué et usé que son rafiot. C'était un Skandar, à peine de la taille de Lisamon Hultin — pratiquement un nain pour sa race — affecté de strabisme, avec un moignon à l'endroit où aurait dû se trouver son bras extérieur gauche. Sa fourrure était rêche et emmêlée, il avait les épaules tombantes et tout dans son attitude exprimait la lassitude et le découragement. Mais son visage s'épanouit dès que Zalzan Kavol lui demanda s'il accepterait de prendre des passagers jusqu'à l'archipel de Rodamaunt.

— Combien?

— Douze. Quatre Skandars, un Hjort, un Vroon, cinq humains et un... un autre.

— Tous des pèlerins, vous m'avez dit.

— Tous des pèlerins.

Gorzval fit négligemment le signe de la Dame et reprit :

— Vous savez qu'il est illégal de prendre des passagers à bord des dragonniers. Mais je dois à la Dame des remerciements pour des faveurs qu'elle m'accorda dans le passé. Je suis prêt à faire une exception pour vous. Vous payez d'avance ?

— Naturellement, répondit Zalzan Kavol.

Valentin cessa de retenir son souffle. Le rafiot était d'une vétusté pitoyable et Gorzval, selon toute probabilité, un navigateur de troisième ordre, poursuivi par la guigne, à moins qu'il ne s'agisse d'incompétence pure et simple, et pourtant il acceptait de les prendre à bord de son bateau, alors que tous les autres en avaient repoussé l'idée.

Gorzval fit connaître son prix et attendit, visiblement tendu, que le marchandage s'engage. Ce qu'il demandait était à peine la moitié de ce qu'ils avaient offert sans succès aux autres patrons de pêche. Zalzan Kavol, sans nul doute par habitude et par fierté, commença à débattre le prix et demanda un abattement de trois royaux. Gorzval, l'air effaré, proposa une réduction d'un royal et demi; Zalzan Kavol paraissait prêt à rogner encore quelques couronnes sur cette somme, quand Valentin, prenant en pitié l'infortuné patron, s'interposa vivement et dit :

— Marché conclu. Quand levons-nous l'ancre ?

— Dans trois jours, répondit Gorzval.

Il en fallut quatre, en réalité — Gorzval ayant vaguement mentionné des réparations supplémentaires, Valentin s'aperçut qu'il s'agissait en fait de boucher quelques voies d'eau de dimension non négligeable. Il n'avait pu mener à bien cette opération avant d'avoir touché l'argent du passage des pèlerins. Lisamon Hultin leur apprit que d'après les ragots qui couraient dans les tavernes du port, Gorzval avait essayé d'em-

prunter de quoi payer les charpentiers en hypothé-
quant une partie de sa pêche, mais qu'il n'avait pas
trouvé preneur. Il avait, dit-elle, une réputation douteuse; il manquait de jugement, était poursuivi par la
malchance et son équipage était composé de tire-au-
flanc sous-payés. Une année, il avait complètement raté
le rassemblement des dragons de mer et était revenu à
vide à Piliplok; lors d'une autre campagne de pêche, un
jeune dragon, pas tout à fait aussi mort qu'il le croyait,
lui avait coûté un bras; et la dernière fois, le *Brangalyn*
avait été heurté par le travers par un animal furieux et
avait failli être envoyé par le fond.

— Nous ferions peut-être mieux, suggéra Lisamon
Hultin, d'essayer de gagner l'Ile à la nage.

— Nous allons peut-être lui porter chance, dit Valentin.

— S'il suffisait d'être optimiste pour conquérir le
trône, répliqua Sleet en riant, vous auriez réintégré le
Château avant le premier jour de l'hiver.

Valentin se mit à rire avec lui. Mais après le désastre
de Piurifayne, il espérait ne pas entraîner ses compagnons vers de nouvelles catastrophes à bord de ce
bateau pourri. Car, après tout, ils ne le suivaient que
parce qu'ils avaient foi en lui, sur la seule preuve de
quelques rêves, de sorcellerie et d'une énigmatique
mascarade métamorphe. Quel opprobre et quel désespoir pour lui si, dans sa hâte à atteindre l'Ile, il leur
causait de nouveaux tourments. Et pourtant Valentin
éprouvait une vive sympathie envers le Skandar man-
chot et dépenaillé. Bien malheureux, peut-être, en tant
que patron de pêche, Gorzval ferait un timonier tout à
fait acceptable pour un Coronal à qui la fortune avait
été si contraire qu'il avait réussi à perdre en une seule
nuit son trône, sa mémoire et son identité !

La veille du départ du *Brangalyn*, Vinorkis prit
Valentin à part et lui dit d'un ton inquiet :

— Monseigneur, on nous épie.

— Comment savez-vous cela ?

Le Hjort sourit en lissant sa moustache orange.

— Monseigneur, quand on fait un peu d'espionnage, on en retrouve les tics chez les autres. J'ai remarqué un Skandar grisonnant qui flânait sur les quais ces jours-ci et posait des questions aux hommes de Gorzval. Un des charpentiers du bateau m'a dit qu'il s'intéressait aux passagers que Gorzval avait pris et à notre destination.

Valentin se renfrogna.

— J'avais espéré que nous les avions semés dans la jungle !

— Ils ont dû nous retrouver à Ni-moya, monseigneur.

— Alors il nous faudra les dépister de nouveau dans l'archipel, dit Valentin. Et d'ici là, prendre garde aux autres espions qui se trouveraient sur notre chemin. Je vous remercie, Vinorkis.

— Vous n'avez pas à me remercier, monseigneur. Je n'ai fait que mon devoir.

FIN DU PREMIER VOLUME

Achevé d'imprimer sur les presses de l'imprimerie Brodard et Taupin
58, rue Jean Bleuzen, Vanves. Usine de La Flèche,
le 3 octobre 1985
6644-5 Dépôt légal octobre 1985. ISBN : 2 - 277 - 21905 - 3
Imprimé en France

1905
★ ★ ★ ★

Editions J'ai Lu
27, rue Cassette, 75006 Paris
diffusion France et étranger : Flammarion